Klett-Cotta im Ullstein Taschenbuch

Klett-Cotta im Ullstein Taschenbuch
Ullstein Buch Nr. 39025
im Verlag Ullstein GmbH,
Frankfurt/M – Berlin – Wien
Ungekürzte Ausgabe
Umschlagentwurf: Andreas Brylka

Lizenzausgabe
mit Genehmigung
der Verlagsgemeinschaft
Ernst Klett – J. G. Cotta'sche
Buchhandlung
Nachfolger GmbH,
Stuttgart
Printed in Germany 1981
Druck und Verarbeitung: Mohndruck
Graphische Betriebe GmbH, Gütersloh
ISBN 3 548 39025 0

Oktober 1981

CIP-Kurztitelaufnahme der Deutschen Bibliothek

Heissenbüttel, Helmut:
D'Alemberts Ende / Helmut Heissenbüttel.
– Ungekürzte Ausg. – Frankfurt/M;
Berlin; Wien: Ullstein, 1981.
(Ullstein-Buch; Nr. 39025:
Klett-Cotta im Ullstein Taschenbuch)
ISBN 3-548-39025-0

NE: GT

Helmut
Heißenbüttel

Projekt Nr. 1
D'Alemberts Ende

Klett-Cotta im Ullstein Taschenbuch

Das Zitat als solches
hat etwas spezifisch Musikalisches,
ungeachtet des Mechanischen, das ihm eignet,
außerdem aber ist es Wirklichkeit,
die sich in Fiktion verwandelt, Fiktion,
die das Wirkliche absorbiert,
eine eigentümlich träumerische und reizvolle
Vermischung der Sphären.
Thomas Mann

1

Wahlverwandtschaften

Eduard – so nennen wir einen Rundfunkredakteur im besten Mannesalter – Eduard hatte im D-Zug München–Hamburg (Ankunft Hauptbahnhof 21.19) die schönsten Stunden eines Julinachmittags (25.7.1968) zugebracht und betrachtete mit Vergnügen die Gegend zwischen Lüneburg und Harburg. In Hannover zugestiegen, von Kassel kommend, wo sie die internationale Kunstausstellung der 4. Documenta besucht hatte, war eine Kollegin vom Hamburger Fernsehen, die dort Filme über Themen der bildenden Kunst produzierte und die auch für das Ressort, das Eduard verwaltete (Kulturpolitik im Bayrischen Rundfunk), eben etwas über die Documenta schreiben wollte. Ihr Name war Ottilie Wildermuth. Sie saß ihm nun gegenüber, und sie unterhielten sich miteinander.

Da wir denn ungestört hier allein sind, sagte eben Eduard: und ganz ruhigen, heiteren Sinnes, so muß ich Ihnen gestehen, daß ich schon einige Zeit etwas auf dem Herzen habe, was ich Ihnen vertrauen muß und möchte, und nicht dazu kommen kann. Ich habe Ihnen so etwas angemerkt, versetzte Ottilie Wildermuth.

Und ich will nur gestehen, fuhr Eduard fort, wenn mich diese Reise nicht drängte, wenn ich mich nicht bis zur Ankunft entschließen müßte, ich hätte vielleicht weiter geschwiegen.

Was ist es denn? fragte Ottilie freundlich.

Es betrifft unseren Freund, den bekannten ortsansässigen Kunstkritiker, d'Alembert, Leonard, Lonnie, antwortete Eduard: Sie kennen die traurige Lage, in die er, wie so mancher andere, ohne sein Verschulden gesetzt ist. Wie schmerzlich muß es einem Manne von seinen Kenntnissen, seinen Talenten und Fertigkeiten sein, sich außer Tätigkeit zu sehen.

Das ist wohl zu überlegen und von mehr als einer Seite zu betrachten, versetzte Ottilie.

Meine Ansichten bin ich bereit mitzuteilen, entgegnete ihr Eduard: in seinem letzten Briefe herrscht ein stiller Ausdruck des tiefen Mißmutes; nicht daß es ihm an irgendeinem Bedürfnis fehle, denn er weiß sich durchaus zu beschränken, und für das Notwendige ist ja gesorgt. Daß er geschäftlos ist, das ist eigentlich seine Qual. Das Vielfache, was er an sich ausgebildet hat, zu andrer Nutzen täglich und stündlich zu gebrauchen, ist ganz allein sein Vergnügen, ja seine Leidenschaft.

Ich dachte doch, sagte Ottilie, ihm wären von verschiedenen Orten Anerbietungen geschehen. Ich hatte selbst um seinetwillen mit manchen tätigen Freunden und Freundinnen gesprochen, und soviel ich weiß, blieb dies auch nicht ohne Wirkung.

Ganz recht, versetzte Eduard; aber selbst diese verschiedenen Gelegenheiten, diese Anerbietungen machen ihm neue Qual, neue Unruhe. Keines von den Verhältnissen ist ihm gemäß. Er soll nicht wirken, er soll sich aufopfern.

Es ist recht schön und liebenswürdig von Ihnen, versetzte Ottilie, daß Sie d'Alemberts Zustand mit soviel Teilnahme bedenken; allein erlauben Sie mir, Sie aufzufordern, auch Ihrer, auch unser zu gedenken.

Während die Bleistiftrohre der Abbrennkamine der Shell auftauchten mit sehr hellen, roten, geradestehenden Flammenzungen an der Spitze, Aufschriften sich vorüberschoben wie: Thörl oder Ford oder Phoenix-Gummi, Fernleitungsmasten mit vierfachen Querstreben, das Ausbesserungswerk Hamburg-Harburg, Pappeln am Seevekanal, blickten Eduard und Ottilie einander in die Augen und brachen in ein lautes und herzliches Gelächter aus.

Bienenbüttel ist die letzte Station vor Lüneburg (Eilzüge). Lüneburg ist die letzte Station vor Winsen/Luhe (ebenfalls Eilzüge). Lüneburg ist die letzte Station vor Harburg (D-Züge, nicht alle). Die letzte Station vor Harburg für Personenzüge ist Meckelfeld. Harburg ist die letzte Station vor Hamburg-Hauptbahnhof (D-Züge, nicht alle). Die letzte Station vor Hamburg-Hauptbahnhof für Eil- und Personenzüge ist Hamburg-Veddel. Hamburg-Hauptbahnhof ist die letzte Station vor Hamburg-Dammtor. Hamburg-Dammtor ist die letzte Station vor Hamburg-Altona (D-Züge und Personenzüge, nicht S-Bahn).

Harfen von Bäumen. Bäume über Giebeldreiecken. Landstraße in spitzem Winkel. Bardowick. Waldketten. Waldrücken hinter Weideland. Nickende Ölbohrgestelle. Bretterabtritt mit rostigem Blechdach. Die sandgelbe Wand des Winsener Bahnhofsgebäudes. Autokette senkrecht zum Bahndamm. Fächer der Ebene. Zaunkarrees. Wiesenstadion Stelle. Drei einzelne nickende Ölbohrgestelle. Ein Birkenwald und ein Autofriedhof. Der Kanaldeich. Zum Seevestrand. Ausbesserungswerk Hamburg–Harburg. Flachgezogene Rauchgelände über Rangierbahnhöfen. Zwei Männer in schwarzen Arbeitsmänteln mit Lederschultern und Eisenbahnermützen; der eine, rotgesichtig, schneuzt sich mit Daumen und Zeigefinger. Weiß auf blau auf Backstein: Phoenix Hamburg-Harburg. Krupp HEB. Louis Hagel Salz-Kali-Umschlag. Werner Frahm Eisen-Schrottgroßhandel, ein grauer Schuppen. Gelbweiße Flagge: Ernst Dello. Halb gelöschtes Grün auf Backstein: Bavaria, St. Pauli Brauerei. Das Doppelturmtor zur Süderelbbrücke mit dem Harburger Wappen. TSV Einigkeit Turnhalle. Schrebergärtengelände. Sinus und Kosinus der Norderelbbrücke. Veddeldreieck. Naturin. Schaub u. Co. Das wellige Dach der Großmarkthalle. Die Splitterung der Lichtreflexe in den Fenstern der Großmarkthalle.
Eduard und Ottilie waren es nicht allein, die diesen Zug benutzten. Die Gestalt eines sehr großen, dicken Mannes mit kahlem Kopf schob sich den Gang entlang und blieb stehen. Während eine fleischige, jedoch gepflegte Hand die Abteiltür aufschob, sagte der bekannte auswärtige Kunstkritiker, den alle eigentlich nut unter seinem Spitznamen, die Schildkröte, kannten: Entweder ihr kennt mich nicht, ihr versteht micht nicht, oder ihr seid sehr boshaft. Ist denn hier ein Streit? Ist denn hier eine Hülfe nötig? Glaubt ihr, daß ich in der Welt bin, um Rat zu geben? Das ist das dümmste Handwerk, das einer treiben kann. Gerät es gut, so freue er sich seiner Weisheit und seines Glücks; läufts übel ab, dann bin ich bei der Hand. Wer ein Übel los sein will, der weiß immer, was er will; wer was Bessers will, als er hat, der ist ganz

 starblind. Ja ja! lacht nur – er spielt Blindekuh, er ertappts vielleicht; aber was? Tut, was ihr wollt: es ist ganz einerlei! Das Vernünftigste habe ich mißlingen sehen, das Abgeschmackteste gelingen.

Nachdem die Schildkröte so gesprochen, brachen nun alle drei in lautes Gelächter aus; der berühmte Mann kam vorwärts, er verbeugte sich tief vor Ottilie und gab Eduard die Hand. Eduard hatte ihn lange gekannt, wenn auch in der allerletzten Zeit die Verbindung ein wenig oberflächlicher geworden war, und Ottilie wußte eher von ihm durch ihren Bruder Andreas (Andie), der Maler war und sich von beiden, von der Schildkröte wie von d'Alembert, einer gewissen Förderung erfreute, welcher Förderung Ottilie nur mit einer gewissen Reserve zuschauen konnte.

Der berühmte Mann wollte sich jedoch in der kurzen Zeit bis zum Einlaufen des Zuges in den Hauptbahnhof nicht aufhalten. Nachdem er einige Höflichkeitsformeln von sich gegeben hatte, wendete er sich, wie es seine Art war, abrupt, kehrte sich jedoch in der Tür noch einmal um und murmelte, während er Eduard scharf anblickte, mit erhobenem Zeigefinger: Tastet aber der Gedanke im ungeschmälerten Bewußtsein derart über sich hinaus, daß er das Andere ein ihm schlechthin Inkommensurables nennt, so findet er nirgends Schutz als in der dogmatischen Tradition. Denken ist in solchem Gedanken zu zweierlei Wahrheit verurteilt, die mit der Idee des Wahren unvereinbar wäre. Metaphysik hängt daran, ob ohne Erschleichung aus dieser Aporie hinauszugelangen ist. – Eduard erhob sich überrascht, um zu erwidern. Allein der berühmte Mann bewegte sich fort, den Gang hinab, in einer, so könnte man sagen: Voyage en Zigzag. Dennoch wendete er, am Ende des Gangs, noch einmal den Schildkrötenkopf zurück, während Eduard wortlos im Gang stehenblieb, und rief: Die Dialektik aber zerstört den Identitätsanspruch, indem sie ihn prüfend honoriert. Er prägt ihr als Zauberkreis den Schein absoluten Wissens auf. For he was a storehouse of memories, sagte Ottilie, als Eduard ins Abteil zurückkehrte: and a very remarkable mimic, whose affection for the particulars of remembered gesture and anunciation shaped and accented the flow of anecdote. Mit den breitgefächerten Weidenbäumen am Sandstrand der Norderelbe, mehr als hundertmal seit 45 im Vorbeifahren gesehen, hatte sich das Panorama, das für Eduard das Panorama der Einfahrt schlechthin war, geöffnet. Diese Weidenbäume, unverhofft erblickt, weckten etwas in ihm, das ihm sonst nicht erkennbar war. Er erinnerte sich, daß Eugen Gomringer 57 etwas Ähnliches von der Einfahrt nach Zürich gesagt hatte. Es kam nicht auf die Einzelheiten an, die sich repetieren ließen, jedoch die Tendenz hatten, in ihrer Abfolge durcheinander zu geraten. Und wenn es ein Bild war, etwa das der Abbrennkamine mit den Flammenzungen oder der plötzliche Einblick ins Hafenbecken oder das Veddeldreieck oder die neue Großmarkthalle oder der alte Großmarkt unmittelbar vor der Einfahrt in den Hauptbahnhof; wenn es ein solches Bild war, dann nicht das, welches man jetzt und hier hätte fotografieren können, sondern eines mit vielen Schattierungen aus Jahres- und Tageszeiten, Stimmungen, historischen Hintergründen, persönlichen Hintergründen usw. Erinnerung, zusammengesetzt zu etwas Komplexerem als es das sein konnte, was er nun, in diesem Abendlicht eines Juliabends, am 25.7.1968, mit seinen Augen sehen konnte. Erinnerung jedoch unauflösbar vermischt mit Erwartung. Denn wenn sich hier das Panorama der Einfahrt schlechthin öffnete, so bedeutete es, daß sich nicht unterscheiden ließ zwischen Erinnerung und Erwartung. Ankommen. Schichten aus Ankommen überlagert von neuem Ankommen. Abgelegenes mischte sich ein. Eine Straße zwischen Wilhelmshaven und Jever; der Blick von der Straße Irhove-Leer nach Westen, von der Bahnstrecke Lübeck-Neustadt nach Osten; die Bahnstrecke Groningen-Meppel. Häuserwände, Straßeneinschnitte mit vorbeigedrehten Laternen, Fenstereinblicke, Fensterinhalte, Firmennamen, Reklameinschriften. In der Mischung aus Erinnerung und Erwartung wurde bestätigt, daß das Definitive noch einmal widerrufbar war. Widerrufbar in der Erreichbarkeit unendlich gerichteter Erwartung: jetzt begriff er es. Er erinnerte sich, daß er nach einer solchen Einfahrt den Tunnel der U-Bahnstation Hauptbahnhof als das wirkliche Bild von Heimat erkannt hatte. Er erinnerte sich an ein Foto, das er aus der Dunkelheit des U-Bahntunnels heraus auf den Bahnsteig der Station Berliner Tor gemacht hatte, auf dem die das Licht reflektierenden Gleise wie zwei Hinweise in die schwarze Schattenfläche ragten. Er erinnerte sich an ein Foto, auf dem hinter der nahen und deutlichen Rinde eines Baums die verwischte Fläche der Alster zu sehen war. Er erinnerte sich an das Foto, das er nachts vom Knie der Bellevue in Richtung auf das Kleine Fährhaus gemacht hatte. Er erinnerte sich an das Foto, das er nachts aus dem Fenster seines Sechs-Quadratmeter-Zimmers gemacht hatte, auf dem zugleich die von Laternen beleuchteten Häuserschächte und der im Fensterglas gespiegelte Inhalt des Zimmers zu sehen war. Er erinnerte sich an ein Foto vom Kuhmühlenteich, als seine älteste Tochter zwei Jahre alt gewesen war. Er erinnerte sich, daß er von seiner jüngeren Tochter geträumt hatte, sie hatte ein langes Gedicht aufgesagt mit dem Titel: der Lebenswell.

Als sie am Hauptbahnhof ausstiegen, erkannte Eduard weit vorauf, fast an der Treppe zur Haupthalle, die Schildkröte, wie er von einem mageren, hochgewachsenen, schwarzhaarigen Jüngling empfangen wurde, Andie Wildermuth, Ottilies Bruder. Bevor Eduard, unentschlossen, Ottilie darauf aufmerksam machen konnte, trat von der anderen Seite ein älterer Mann auf sie zu, der ihnen beiden bekannt war, Dr. Samuel Johnson aus Wohltorf, ein freier Schriftsteller. Er gehörte zu einer Gruppe von alten Männern, die Eduard verehrte und manchmal fast als sein Eigentum betrachtete. Einige davon waren bereits gestorben. Der Verkehr mit ihnen beruhigte Eduard über das Definitive des Sterbens. Dr. Johnson jedoch war eben jetzt mehr an Ottilie Wildermuth interessiert als an Eduard. Sie stiegen zusammen zur Unterführung hinab, die zur U-Bahn führt und trennten sich vor den Bahnsteigen der U-Bahn.

Am anderen Morgen erinnerte sich Eduard, daß er geträumt hatte. Es war kein Angsttraum. Es war ein Traum von oben. Träume von oben sind Tagesgedanken oder Tagesabsichten gleichzustellen, denen es gelungen ist, sich nächtlicherweile einer Verstärkung aus dem vom Ich abgesprengten Verdrängten zu holen. Er hatte von Rudolf Augstein geträumt; sie hatten im Schlafsaal eines Internats in langen Nachthemden nebeneinander auf der Kante einer Eisenbettstelle gesessen und sich unterhalten, wobei Augstein seine Hand auf Eduards Knie gelegt hatte. Er hatte aber auch von einem Besuch bei Siegfried Unseld geträumt, bei dem dieser ihn und Joachim Kaiser über die allgemeine literarische Lage konsultierte, sehr vorsichtig und Diskussion vermeidend.

Aber als ich mich an das erinnerte, was ich in einer Weise vergessen hatte, fiel mir etwas ein. Umhergegangen in der blassen Frühsonne des 26.7.1968 war ich gleichsam gestrandet am Rand von vier- und fünfstöckigen Häuserfronten, wenige Läden, einige mit Souterraintreppen, wenige, rasch gehende Passanten. Der äußerste Rahmen, den ich bezeichnen kann, ist diese Standtlandschaft. Der nächste Rahmen ist ein Schaufenster. In dem Schaufenster hängt ein Bild. Der nächste Rahmen ist der Rahmen dieses Bildes, eine Holzkante, darin das Passepartout. Ein etwa 10 cm hohes und 25 cm breites Aquarell. Auf diesem zu sehen eine leicht gewellte Wasserfläche, ein hoher Himmel, nach rechts zu ein Ufer mit übereinander gestapelten Baum- und Häusergruppen. In der Mitte der Wasserfläche ein dreimastiges Segelschiff. Schräg dem Bug des Dreimasters entgegen eine Schaluppe mit leicht gewölbtem Segel, zwei oder drei Personen. Der Himmel von flachen hellen Wolken durchsetzt. Links unten übereck der Wasserfläche eingeschrieben: Blankenese. Rechts der Name: Ludolf Backhuysen.

In die Erinnerung, die ich vergessen habe, hinein fällt mir dies Bild ein. Es fällt mir ein, daß es natürlich ein solches Bild gibt und daß sogar zu diesem Bild nicht nur sein materielles Vorhandensein gehört einschließlich der Stockflekken, die vor allem auf den Himmelspartien sichtbar sind, sondern auch die spiegelnde Fensterscheibe, in der ich eben jetzt das Gesicht eines momentan von der Sonne beleuchteten Mädchens erkenne, von Schatten bereits überdeckt in dem Moment, in dem ich mich auf Einzelheiten zu konzentrieren suche.

Juni, pflegte er zu sagen, ist der Monat, der riecht. Im Juli fängt alles schon wieder an vorbei zu sein.

D'Alemberts Selbstporträt

Tatsächlich wird er manchmal vor dem Mikrofon von den
Aufwallungen seiner eigenen Stimme überwältigt, deren Gefühlswert ihn, wie er, darauf angesprochen, zugibt, positiv bewegt. Ist er eitel? Er bevorzugt starkfarbige Pullover Hemden Krawatten Socken. Aber immer nur einfarbige und immer nur kombiniert mit schwarzen und grauen Mänteln Anzügen Schuhen. Wobei diejenigen, die allzu rasch mit einer Erklärung bei der Hand sind, nicht wissen, daß seine Frau es schon immer gewußt hat. Nun gut.
Er ist der mit dem pfannkuchenförmigen Gesicht und den großen Ohren. Und merkwürdigerweise verhält er sich nun schon seit dreißig Jahren so, als ob es nicht angehn kann. Gleichwohl ist ihm seit dreißig Jahren nicht wohl dabei. Er hat nie einer Organisation des dritten Reichs angehört. Er ist nie gegen etwas im dritten Reich gewesen. Er hat stillschweigend das Ganze mißbilligt. Er ist wegen der Unregelmäßigkeit seiner erotischen Neigungen sehr vorsichtig gewesen. Er ist von Natur ein vorsichtiger Mensch. Er hat drei Reserven. Seine Frau. Einen alten Freund. Aus der Nazizeit? In der Industrie? In der Regierung? Seine Sammlung, durch Altern wertvoll geworden. Er spricht, wenn er von seinen Reserven spricht, über den Verlust der Reserven. Er versteht auch die Kunst, die gute Seite eines jeden Menschen oder Vorfalls ausfindig zu machen. Er findet nicht selten an Leuten Unterhaltung, deren Umgang wegen Unregelmäßigkeit in dem Gebrauch ihrer Kräfte sonst vermieden wird. Er hat von 33 bis 38 studiert. Er ist kein Soldat gewesen. Seine Zähne sind schlecht. Die Spangen der Zahnprothese sind zu sehen, wenn er die Oberlippe zurückzieht. Er zieht die Oberlippe nicht zurück. Sein Herz ist schlecht. Er sagt: wenn wie behauptet wird die Alphabetisierung das Problem ist, wer alphabetisiert die Alphabetisierer? Nun gut.
Dies alles ist ganz normal. Weder traurig noch lustig, weder aufregend noch langweilig, weder heroisch noch gemein, sondern so, wie es normalerweise ist. Man wundert sich nur, daß trotzdem alles Traurige Aufregende Heroische und

 Lustige Langweilige Gemeine darin enthalten ist, unvergesellschaftet ein Individuum und kein Verlust von Latifundien. Ist er ein Liebhaber von gutem Essen? Er wird leicht ungeduldig, wenn darüber gesprochen wird. Er kann stundenlang darüber sprechen. Das rote Haar hat er, seit es dünner zu werden anfing, nach vorn gekämmt. Seit seinem fünfzigsten Geburtstag trägt er ein Toupet. Er hat einen Sprachfehler und rotes Haar. Er ist nicht mehr der Jüngste. Er hat Schwierigkeiten beim Anlauten von anlautenden Vokalen wie in Individuum Onomatopoesie und Adamsapfel. Er hat einen Adamsapfel. Sein Sprachfehler hindert ihn nicht, im Rundfunk zu sprechen. Er plaudert mit seinem Kollegen Hanns Theodor Flemming. Er plaudert mit seinem Kollegen Gottfried Sello. Er macht mit einem Kollegen ein kunstkritisches Kaffeekränzchen wie Hans Mayer und Marcel Reich-Ranicki. Er hat noch zu Zeiten Schüddekopfs eine Sendereihe gemacht über den Begriff des Arrangements in der modernen Kunst. Er hat zu Zeiten Schnabels Vorträge gehalten über den Einfluß der Surrealisten auf die Hamburger Schule. Er hat zu Zeiten Bächlis bereits den Begriff der Conceptional Art in die Debatte geworfen. Er hat sich arrangiert. Ein Jugendfreund mit dem Spitznamen Schildkröte hat ihm alles vor der Nase weggeschnappt. Er verfolgt die Bewegungen der Schildkröte. Er ist der bekannte ortsansässige Kritiker. Nun gut.

Er ist von Natur ein vorsichtiger Mensch. Er hat Reserven. Ist er ein Liebhaber von gutem Essen? Er wird leicht ungeduldig, wenn darüber gesprochen wird. Er kann stundenlang darüber sprechen. Er ist Tee- und Biertrinker. Er säuft. Er verträgt keinen Alkohol. Er raucht Hasch. Seine Ausdrucksweise ist unausgeglichen, seiner jeweiligen seelischen Verfassung entsprechend ernst oder heiter, oft sogar unzusammenhängend, niemals aber ermüdend und trocken. Er ist Mitarbeiter dreier Rundfunkanstalten, einer überregionalen Zeitung und dreier Zeitschriften. Er hat herausgegeben, eingeleitet, vorgestanden. Er kennt Museumsdirektoren und Galeriebesitzer in der Bundesrepublik, in Österreich, in der Schweiz, in England, Frankreich, Italien und in der Tschechoslowakei. Er ist zweimal in Amerika gewesen. Er hat eine Monographie über den Jugendstilkarrikaturisten Heinrich Kley geschrieben. Er hat sich mit der Schule des Fotografen Edward Weston beschäftigt. Er ist ein Kenner von Winslow Homer, Odilon Redon, Charles Sheeler, René Magritte und Arthur Boyd. Er hat Vorworte Nachworte Einleitungen Überleitungen und Leitfäden verfaßt. Sein letzter Protegé, Andie W., mit dem er befreundet ist, will ihn keine Ausstellung eröffnen lassen. Er wird in den skandinavischen Ländern zitiert. Er besitzt Beziehungen zum Modern Museet in Stockholm. Er interessiert sich für Fahlström. Ist er erfolgreich? Er hat Anfang der sechziger Jahre gern einen Kunstverein leiten wollen. Er beneidet Wieland Schmied in der Kestnergesellschaft. Nun gut.

Einmal kam ein junger Maler zu ihm in der Meinung, daß er ihm Unrecht getan hatte, ihm darüber Vorwürfe zu machen und sagte ihm eine Impertinenz über die andere. Er stand an einen Stuhl gelehnt, wandte keine Auge von jenem weg und hörte alle seine Impertinenzen mit der größten stoischen Ruhe. Erst nachdem der junge Mann ausgetobt hatte, ging er zu ihm und sagte: Gehen Sie. Sie sehen, daß Sie hier ihren Zweck nicht erreichen. Sie können mich nicht aufbringen. Dabei lächelte er ungemein melancholisch. Seine Zähne und sein Herz haben ihm schon immer zu schaffen gemacht. Er hält das für eine der unvermeidbaren Tatsachen des Lebens, definitiv von Beginn an. Sein Sprachfehler hindert ihn nicht, im Rundfunk zu sprechen. Er liest Ausstellungsberichte und Rezensionen. Es hat Schwierigkeiten gegeben, als er über den Kunstmarkt des Vereins progressiver deutscher Kunsthändler in Köln berichten wollte. Er war befreundet mit dem Besitzer der Galerie Der Spiegel in Köln. Er ist nicht befreundet mit dem Besitzer der Galerie Der Spiegel in Köln. Es ist ihm nicht gelungen, sich in das Streitgespräch zu Beginn der 4. Documenta in Kassel einzuschalten. Er gibt Gründe dafür an, die in Hamburg ihren Ursprung haben. Das alles kann natürlich weder die

 Objektivität seiner Berichterstattung noch die entschiedene Subjektivität seines Urteils beeinträchtigen. Aber was hat er davon, wenn sie ihn nicht schreiben und reden lassen? Dies alles ist ganz normal. Weder traurig noch lustig, weder aufregend noch langweilig, weder heroisch noch gemein, sondern so, wie es normalerweise ist. Man wundert sich nur darüber, daß trotzdem alles Lustige Aufregende Heroische und Traurige Langweilige Gemeine darin enthalten ist, unvergesellschaftet ein Individuum und kein Verlust von Latifundien. Nun gut.

Da er in bestimmten Kreisen durchaus bekannt ist, da in bestimmten Kreisen bestimmte seiner Eigenschaften durchaus bekannt sind, sind bestimmte Erklärungen in Umlauf, von denen er manche selber weiterverbreitet. Er bevorzugt das Mikrofon seiner Ähnlichkeit mit einem männlichen Körperteil wegen. Nun gut.

Er versteht auch die Kunst, die gute Seite eines jeden Menschen oder Vorfalls ausfindig zu machen. Er findet nicht selten an Leuten Unterhaltung, deren Umgang wegen Unregelmäßigkeit in dem Gebrauch ihrer Kräfte sonst vermieden wird. Er ist seit Kriegsende verheiratet. Seine Frau Liselotte ist genauso alt wie Eduard. Eduard, so nennen wir einen Rundfunkredakteur im besten Mannesalter, den d'Alemberts seit Jahren kennen. Nun gut.

Er trägt ein Toupet, weil er jünger erscheinen möchte. Er hat sich angewöhnt, sein Alter um zwei drei sieben Jahre herabzusetzen. Er hat immer Angst gehabt, daran zu denken, daß er sterben muß. Er wünscht, wenn er daran denkt, daß er sterben muß, so alt wie möglich zu werden. Wenn er nicht daran denkt, glaubt er, es kann nicht angehn. Sehr selten sind die Augenblicke, in denen alles unwiderruflich richtig erscheint. Er sagt: wenn wie behauptet worden ist die Alphabetisierung das Problem ist, wer alphabetisiert die Alphabetisierer? Auch kann er bei dergleichen Gelegenheiten seinen Kummer über die menschlichen Schwächen nicht verbergen. Seine Ausdrucksweise ist unausgeglichen, seiner jeweiligen seelischen Verfassung entsprechend ernst oder heiter, oft sogar unzusammenhängend, niemals aber ermüdend oder trocken. Das rote Haar hat er, seit es dünner zu werden anfing, nach vorn gekämmt, und seit seinem fünfzigsten Geburtstag trägt er ein Toupet. Er trägt ein Toupet, weil er jünger erscheinen möchte. Er hat sich angewöhnt, sein Alter um zwei drei sieben Jahre herabzusetzen. Nun gut.

Nach eingehendem Studium und völliger Zurückgezogenheit ist er erst spät mit der Gesellschaft in Berührung gekommen und hat sich in ihr nie sehr wohl gefühlt. Er hat sich nie ihre Sprache und ihre Gewohnheiten angewöhnen können, und vielleicht schmeichelt es ein wenig seiner Eitelkeit, dies alles zu verachten. Trotzdem verfällt er niemals in ungeschliffenes Benehmen, weil er weder grob noch schroff ist. Aber gelegentlich ist er unhöflich aus Unachtsamkeit oder Unwissenheit. Ist er eitel? Daß er ein Toupet trägt, hat ebensoviel mit dem Alter zu tun wie mit der Eitelkeit. Er rasiert sich nicht sorgfältig. Rasieren langweilt ihn. Er hat noch immer soviel verdient, daß er die Miete für zwei Wohnungen bezahlen kann. Was die Unkosten betrifft, die durch die Unregelmäßigkeit in dem Gebrauch seiner Kräfte entsteht, so gibt es manchmal Schwierigkeiten. Ist er verheiratet? Er hat immer Angst gehabt, daran zu denken, daß er sterben muß. Er wünscht, wenn er daran denkt, daß er sterben muß, so alt wie möglich zu werden. Wenn er nicht daran denkt, glaubt er, es kann nicht angehn. Sehr selten werden die Augenblicke, in denen alles unwiderruflich richtig erscheint. Dies alles ist ganz normal. Weder traurig noch lustig, weder aufregend noch langweilig, weder heroisch noch gemein, sondern so, wie es normalerweise ist. Man wundert sich nur, daß trotzdem alles Traurige Aufregende Gemeine und Lustige Langweilige Heroische darin enthalten ist, unvergesellschaftet ein Individuum und kein Verlust von Latifundien. Er hat sich mehrere Male in der Repräsentationsfähigkeit und Entwicklungsmöglichkeit der von ihm geförderten Künstler geirrt. Aber er gibt nicht dem Künstler oder sich selbst die Schuld, sondern dem Zeitgeschmack.

 Aber er macht weder sich selber noch dem Künstler Vorwürfe, sondern Intrigen und schlechtem Geschmack. Auch kann er bei dergleichen Gelegenheiten seinen Kummer über die menschlichen Schwächen nicht verbergen. Nun gut.
Er hat als Student in einer Vorauswahlkommission mitgewirkt für die Ausstellung entarteter Kunst. Er ist Ende des Krieges in England interniert gewesen und hat dort für die BBC gearbeitet. Er hat Deutschland verlassen müssen wegen einer Anzeige betreffend § 175. Ist er eitel? Er trägt keine Ringe. Er trägt eine Taschenuhr. Er besitzt seit Ende der vierziger Jahre eine größere Anzahl von Socken und Krawatten. Er kauft periodenweise Socken und Krawatten. Er ist abergläubisch. Er glaubt an Krankenwagen von rechts nach links. Besser noch ist ein Leichenwagen am Morgen. Tatsächlich wird er manchmal vor dem Mikrofon von Aufwallungen seiner eigenen Stimme überwältigt, deren Gefühlswert ihn, wie er, darauf angesprochen, zugibt, positiv bewegt. Wobei diejenigen, die allzu rasch mit einer Erklärung bei der Hand sind, nicht wissen, daß seine Frau es schon immer gewußt hat. Nun gut.
Das rote Haar hat er, seit es dünner zu werden anfing, nach vorn gekämmt, und seit seinem fünfzigsten Geburtstag trägt er ein Toupet. Bemerkenswert ist, daß er auf Reserven baut, zu denen er kein Zutrauen hat. Sein Sprachfehler hindert ihn nicht, im Rundfunk zu sprechen. Anstoßer und Versprecher werden geschnitten. Cutterinnen lernen an den Bändern, die er bespricht, schneiden. Dr. d'Alemberts gesammelte Stotterer. Da er in bestimmten Kreisen durchaus bekannt ist, da in bestimmten Kreisen bestimmte seiner Eigenschaften durchaus bekannt sind, sind bestimmte Erklärungen in Umlauf, von denen er einige selber erfunden hat. Ein junger Freund hat ihm einmal LSD gegeben. Er hatte die Vision vor übergroßen weitgeöffneten weiblichen Geschlechtsteilen, die sich langsam auf seinen Kopf senkten, eines über das andere, wie ein Turm aus fleischernen Pudelmützen. Er sagt: Wenn wie behauptet worden ist die Alphabetisierung das Problem ist, wer alphabetisiert die

Alphabetisierer? Er versteht auch die Kunst, die gute Seite
eines jeden Menschen oder Vorfalls ausfindig zu machen. Er findet nicht selten an Leuten Unterhaltung, deren Umgang wegen Unregelmäßigkeit in dem Gebrauch ihrer Kräfte sonst vermieden wird. Ist er erfolgreich? Er ist nirgendwo fester Mitarbeiter. Er nutzt die Gelegenheiten, die er hat. Aber er ist nicht hinter ihnen her. Sein Horizont reicht nicht über den örtlichen Malerklüngel hinaus. Die Gastdozenten am Lerchenfeld bilden für ihn den höchsten Maßstab. Er hat Grimm und Kluth in ihrer besten Zeit gekannt. Er verehrt Bazon Brock. Er hat gelegentlich mit Max Bense geredet. Er hat nie einen Posten gehabt, weder als Beirat noch als Berater, Korrespondent oder Herausgeber. Er hat niemals etwas veröffentlicht. Er hat eine Dissertation geschrieben über das Kolorit bei Januarius Zick, der mit Goethe befreundet war. Er ist einmal Zeichenlehrer gewesen. Er hat den Schuldienst aufgeben müssen wegen Unregelmäßigkeit in dem Gebrauch seiner Kräfte. Niemand zitiert ihn. Er fällt nicht auf. Er mischt sich unter die Leute. Er ist der bekannte ortsansässige Kritiker. Nun gut.
Ist er erfolgreich? Die Neigung zur Unregelmäßigkeit in dem Gebrauch seiner Kräfte hat er in einem amerikanischen Kriegsgefangenenlager erworben. Als er heiratete, hielt er diese Unregelmäßigkeit für etwas Vorübergehendes. Es ist nicht vorübergegangen. Er tritt auf der Stelle. Er hat fleischige glatte angewachsene Ohrläppchen. Er hat Haare in den Nasenlöchern, links mehr als rechts. Ist er erfolgreich? Diese Frage ist harmlos genug. Denn sie fragt nur nach dem, was jeder haben will. Wenn Privilegien und Klassenbewußtsein durch etwas ersetzbar sind, so ist es durch den Erfolg, den jeder haben will. Erfolg ist das Privileg, das jeder haben will, um in Frieden zu leben. Lebt man in Frieden, wenn man Erfolg hat? Wer muß sich in was einig sein, damit was ein Erfolg wird? Er hat sich oft gefragt, wer mit ihm einig sein könnte. Wenn der berühmte auswärtige Kritiker die Bilder seines Protegés Andie W., mit dem er liiert ist, entdecken wird, wird er nicht mit ihm einig sein. Man

 muß nicht nur Abnehmer und Käufer finden, man muß zitiert, preisgekrönt, im Fernsehn gezeigt werden. Ein Kritiker in München kann erraten, wer in Hamburg arriviert. Ein Kritiker in Köln kann erraten, wer in München arriviert. Ein Kritiker in Hamburg kann erraten, wer in London arriviert. Ein Kritiker in New York kann erraten, wer in Mailand arriviert. Ein Kritiker in Paris kann erraten, wer in Prag arriviert. Das nützt gar nichts. Im Zweifelsfall hält man ihn für homosexuell. Er ist homosexuell. Er ist heterosexuell. Er betreibt Bigamie. Er ist monogam. Er ist monoman. Er hat eine Monophobie. Er trägt ein Monokel. Nun gut.

Er hat den Wunsch gehabt, Leiter eines Kunstvereins zu werden. Er wollte Karriere machen. Er beneidet Wieland Schmied in der Kestnergesellschaft. Er ist der mit dem pfannkuchenförmigen Gesicht und den großen Ohren. Da er in bestimmten Kreisen durchaus bekannt ist, da in bestimmten Kreisen bestimmte seiner Eigenschaften durchaus bekannt sind, sind bestimmte Erklärungen in Umlauf, von denen einige sein Jugendfreund, die Schildkröte, erfunden hat. Denn beim Innervieren des ersten Lautes eines Wortes wendet sich der Erregungsvorgang bereits den späteren Lauten zu und ändert, soweit die Innervationen gleichzeitig sind, diese, einander beeinflussend, ab. Die Erregung des psychisch intensiveren Lautes klingt vor oder hallt nach. Der Sprachfehler, der ihn bei öffentlichen Diskussionen oder Ansprachen behindert, stört ihn nicht in seiner Rundfunktätigkeit, da alle Anstoßer und Versprecher geschnitten werden. Die Cutterinnen lernen an den von ihm besprochenen Bändern schneiden. Ist er erfolgreich? Sein Name wird noch immer regelmäßig gedruckt. Er ist zerstreut ignorant und dumm. Seine Frau verbessert alles, was er schreibt. Der jeweilige Favorit verbessert alles, was er schreibt. Er hat Beziehungen, die noch aus der Nazizeit stammen. Er ist nicht an Politik interessiert. Er verdient sein Geld mit dem Verfassen von Reiseprospekten mit kunsthistorischen Ambitionen. Er verdient sein Geld mit dem Verfassen von Museumsführern.

Er hat einen Reklametext für die nächste Olympiade verfaßt. Über die Reisen, die er unternimmt, herrschen übertriebene Vorstellungen. Er ist nie an den verschiedenen Orten gewesen, an denen er gesehen worden ist. Nun gut. Vielleicht liegt das alles daran, daß er mit dem pfannkuchenförmigen Gesicht und den großen Ohren durchaus pittoresk und zugleich ganz und gar unbedeutend erscheint. Nun gut.
He is a fat little man nudging fifty with henna dyed hair, almond shaped eyes and a round fat face.

Ottilie in der Arbeitswelt

Bei jeder Arbeit kommt es darauf an, ob man Spaß dran hat oder nicht. Wenn man Spaß dran hat, kommt es drauf an, ob mans durchkriegt oder nicht. Wenn man Spaß dran hat und es durchkriegt, kommt es natürlich drauf an, ob mans so hinkriegt, wie man sichs vorgestellt hat. Wenn man Spaß dran hat und es durchgekriegt hat und es so hingekommen ist, wie man sichs vorgestellt hat, kommt es drauf an, ob die andern es einsehn. Vorgesetzte, Planer, Zuschauer, Leute, Programmstatistiker usw. Wenn die es einsehn, kann es ein Erfolg sein. Wenn es ein Erfolg ist, kann man weitermachen. Man hat Kredit, muß aber auch das Image ausfüllen, das immer enger wird, je mehr Erfolg man hat. Das ist das Blöde. Wenn die andern es nicht einsehn und berechtigte Kritik üben, kommt es natürlich drauf an, ob man sich drum kümmert oder nicht. Wenn man sich drum kümmert, macht man sich das Leben schwer. Am besten, man fängt was neues an. Wenn es erst gar nicht so hingekommen ist, wie man sichs vorgestellt hat, kommt es drauf an, ob mans einsieht oder nicht. Man sieht es nie ein. Wenn mans gar nicht erst durchgekriegt hat, kommt es drauf an, ob man vor Ärger den Spaß an der Arbeit verliert. Das ist normal. Wenn man alles so macht, daß es auf Nummer Sicher geht, wird es ein Routinebetrieb. Natürlich tut mans auch, um Geld zu verdienen oder weil es ein bequemer Job ist oder weil man zufällig da reingerutscht ist usw. Es kommt dann auch drauf an, wie man den Tag rumkriegt. Sie hatte nur heitere Phantasien gehabt. Fast immer war sie in Gärten unter schönen Blumen gewesen.

Kollegen unterscheiden sich von Mitarbeitern dadurch, daß man mit Kollegen entweder zufällig oder offiziell redet. Verkehren tut man auch nicht ohne weiteres mit Mitarbeitern, aber doch eher. Es gibt natürlich Betriebe, wo Mitarbeiter immerzu und ausschließlich miteinander verkehren. Natürlich gibt es auch heute noch Vorgesetzte, die die Karikaturen sind, als die sie früher mal gezeichnet wurden, aber das spielt eigentlich keine besonders große Rolle. Man kann damit rechnen, daß es relativ vernünftige Leute sind. Wer

 etwas erreichen will, macht sich Gedanken über organisatorische Veränderungen. Ehrgeizige gibt es mehr, als befriedigt werden können. Der Ehrgeiz ist jedoch weniger auf die große Karriere oder das große Gehalt gerichtet, als darauf, sich einen Namen zu machen. Ehrgeiz geht ebenso auf Kosten der Vorgesetzten wie der Untergebenen. In bundesdeutschen Rundfunkanstalten ist der Kirchenfunk eine sichere Basis. Die Tendenz zum weißen Hemd kommt von oben und von unten. In der Mitte ist sie am schwächsten ausgebildet. Sie wird von weiblichen Kollegen in leitenden Stellungen gefördert. Aber das ist im Grunde lächerlich. Natürlich würden manche Direktoren im Rollkragenpullover komisch aussehen. Aber ist das ein Argument? Nach Dienstschluß erscheinen die Portiers genauso korrekt gekleidet wie die Leitung. In Angestelltenbetrieben sind vielfach die proletarischsten Kollegen am bürgerlichsten. Die bürgerlichen neigen dazu, sich einen künstlerischen Anstrich zu geben. Unter leitenden Angestellten gibt es Hobbygruppen. Das kann sich auf gotische Truhen und echte Kristallüster beziehen, aber auch auf Theater Heute, Grafik von Wunderlich oder auf Zacher in Wellingsbüttel. Sie ist fröhlich den lieben langen Tag und noch länger.
Beurteilung. Zweck der Beurteilung. Tätigkeit und Arbeitsumfang. Allgemeiner Eindruck: Äußeres: sehr ordentlich, gepflegt, schlicht, aufgemacht, ungepflegt. Auftreten: selbstsicher, sicher, natürlich, bescheiden, schüchtern, unbeholfen. Körperlicher Zustand: robust, kräftig, belastbar, zäh, schwächlich, weichlich, schlapp. Begabung: Auffassung: rasch, rege, gründlich, schwerfällig, begriffstutzig. Urteilsvermögen: klar, kritisch, überlegt, verschwommen, unklar, verworren. Arbeitsinteresse. Arbeitstempo. Ausdauer. Anstelligkeit. Sorgfalt und Ordnung. Charakterliche Haltung: in der Gemeinschaft: aufopfernd, hilfsbereit, verträglich, engherzig, eigensinnig, zänkisch, brutal. Gegenüber Vorgesetzten: aufrecht, gehorsam, fügsam, unterwürfig, aufsässig, kriecherisch. Selbstvertrauen und Selbstkritik. Vertrauenswürdigkeit: verschwiegen, offen, ehrlich, vertrauensselig,

unehrlich, verlogen. Gesamturteil. Führung. Fleiß. Leistung. Würden Sie den (die) Beurteilte(n) in Ihrer Abteilung behalten? Sonstige Bemerkungen. Unterschrift. Sie hat nur heitere Phantasien gehabt. Fast immer war sie in Gärten unter schönen Blumen gewesen.

In Hannover zugestiegen, von Kassel kommend, wo sie die internationale Kunstausstellung der 4. Documenta besucht hatte, war eine Kollegin vom Hamburger Fernsehen, die dort Filme über Themen der bildenden Kunst produzierte, aber als fest Angestellte auch Büropflichten erfüllen mußte, ja darüber hinaus an der generellen Lage und an der Frage der Mitbestimmung von Angestellten und Journalisten aktiv beteiligt war. Nach einer ruhigen Nacht in ihrer Wohnung am Immenhof sitzt sie nun (26. 7. 1968, 9.30 bedeckt, keine Sonne) telefonierend an ihrem Schreibtisch. Das Eis ist gebrochen, und aus der Rinde eines düsteren Angesichts bricht der milde Spätfrühling eines reinbewahrten Herzens. Eine Hebe nach Canovas Vorbilde ist sie eben nicht, dazu ist ihre Gestalt etwas zu voll, die Röte ihrer Wangen mahnt mehr an den frischen Anhauch eines Wintermorgens als an die zarte Mandelblüte.

Woran man sich nicht so leicht gewöhnt, sind die Leute: Kollegen, Vorgesetzte, Sekretärinnen, Boten (an diese am leichtesten), Kameramänner, Spielleiter, Fahrer usw. Alles sind Kollegen. Aber Vorgesetzte sind drüber und Fahrer drunter. Man spricht von Führungskräften und Führungsfähigkeiten. Man spricht von Programmgestaltung und ganz neuen Programmvorstellungen. Es gibt Tarifgruppen. Es gibt die Betriebsleitung und den Betriebsrat. Betriebsleitung sind die Führungskräfte. Betriebsrat ist nur eine Vertretung der anderen, die meistens das tut, was die Betriebsleitung vorschlägt. Aber das ist es alles nicht. Sondern man sitzt jahrelang mit Leuten zusammen, die man sich nicht aussuchen kann. Man gewöhnt sich an sie oder nicht. Oder es passieren die bekannten Geschichten. Das Eis ist gebrochen, und aus der Rinde eines düsteren Angesichts bricht der milde Spätfrühling eines reinbewahrten Herzens. Die regelmäßige wöchentliche Arbeitszeit der Arbeitnehmer beträgt zweiundvierzig und eine halbe Stunde. Wenn in die Arbeitszeit regelmäßig Arbeitsbereitschaft im Sinne der Arbeitsordnung fällt, kann die tägliche Arbeitszeit auf zehn Stunden, in besonderen Ausnahmefällen mit Genehmigung des Gewerbeaufsichtsamtes auch über zehn Stunden hinaus verlängert werden. Die Wangen stark gerötet vom Arbeitseifer, eine etwas gedrungene Gestalt und ganz und gar keine Schönheit, aber so flink und rührig, daß es eine Freude ist, sie anzusehen. Sie ist ein Bürogenie ersten Ranges, und von der Pressemeldung bis zum fertigen Film gerät alles unter ihrer Hand. Dabei ist sie entschlossenen Charakters, und obgleich das Studium ihre Sache nicht ist, führt sie doch eine gute Feder in allen Korrespondenzen. Die regelmäßige wöchentliche Arbeitszeit der Arbeitnehmer beträgt zweiundvierzig und eine halbe Stunde. Wenn in die Arbeitszeit regelmäßig Arbeitsbereitschaft im Sinne der Arbeitsordnung fällt, kann die tägliche Arbeitszeit auf zehn Stunden, in besonderen Ausnahmefällen mit Genehmigung des Gewerbeaufsichtsamts auch über zehn Stunden hinaus verlängert werden.

Das Eis ist gebrochen, und aus der Rinde eines düsteren Angesichts bricht der milde Spätfrühling eines reinbewahrten Herzens. Die Wangen stark gerötet vom Arbeitseifer, eine etwas gedrungene Gestalt und ganz und gar keine Schönheit, aber so flink und rührig, daß es eine Freude ist, sie anzusehen. Sie ist ein Bürogenie ersten Ranges, und von der Pressemeldung bis zum fertigen Film gerät alles unter ihrer Hand. Dabei ist sie entschlossenen Charakters, und obgleich das Studium ihre Sache nicht ist, führt sie doch eine gute Feder in allen Korrespondenzen.

Ein Arbeitnehmer, der an der Arbeitsleistung verhindert ist, muß dies unverzüglich mitteilen. Ein erkrankter Arbeitnehmer muß binnen drei Tagen ein ärztliches Zeugnis beibringen. Sie hat nur heitere Phantasien gehabt. Fast immer war sie in Gärten unter schönen Blumen.

Ein Arbeitnehmer, der an der Arbeitsleistung verhindert ist, muß dies unverzüglich mitteilen. Ein erkrankter Arbeitnehmer muß binnen drei Tagen ein ärztliches Zeugnis beibringen. Der Arbeitnehmer erhält in jedem Jahr, erstmals nach sechsmonatiger Wartezeit, einen Urlaub unter Fortzahlung der Dienstbezüge. Der Urlaub wird nach Werktagen berechnet. Urlaubsjahr ist das Kalenderjahr. Innerhalb der Wartezeit wird Urlaubsanspruch erworben, darf jedoch erst nach Ablauf der Wartezeit genommen werden. Der Urlaub dient der Erholung und darf während der Dauer des Arbeitsverhältnisses nicht durch geldliche Entschädigungen abgegolten werden. Während des Urlaubs darf der Arbeitnehmer ohne Genehmigung keine dem Urlaubszweck widersprechende Berufsarbeit leisten. Die regelmäßige wöchentliche Arbeitszeit der Arbeitnehmer beträgt zweiundvierzig und eine halbe Stunde. Wenn in die Arbeitszeit regelmäßig Arbeitsbereitschaft im Sinne der Arbeitszeitordnung fällt, kann die tägliche Arbeitszeit auf zehn Stunden, in besonderen Ausnahmefällen mit Genehmigung des Gewerbeaufsichtsamtes auch über zehn Stunden hinaus verlängert werden. Der Arbeitsvertrag ist ein privatrechtlicher Dienstvertrag auf unbestimmte Zeit. Den Arbeitnehmern sollen schriftliche Arbeitsverträge ausgehändigt werden. Der Arbeitgeber ist verpflichtet, Art und Umfang der vereinbarten Arbeit im Arbeitsvertrag festzulegen. Leistungen, zu denen der Arbeitnehmer nicht vertraglich verpflichtet ist, sind nach besonderer Vereinbarung zu entschädigen. Der Arbeitgeber ist verpflichtet, dem Arbeitnehmer eine entsprechende Einarbeitung zu ermöglichen. Nach zehn Beschäftigungsjahren kann der Arbeitgeber nur kündigen, wenn die Leistungen des Arbeitnehmers den Betriebserfordernissen nicht mehr entsprechen oder wenn sonstige in seiner Person liegende Gründe eine Kündigung erforderlich machen. Das gleiche gilt, wenn innerbetriebliche wichtige Gründe eine Kündigung verlangen. Mit Ablauf des Monats, in dem ein Arbeitnehmer das 65. Lebensjahr vollendet, endet das Arbeitsverhältnis, ohne daß es einer Kündigung bedarf. Sie hat nur heitere Phantasien gehabt. Fast immer war sie in Gärten unter schönen Blumen gewesen.

 Woran man sich gewöhnt, sind die Räume. Die Wände, die Fußböden, die Decken, die Fenster, die Möbel, die Regale, der Schreibtisch mit Inventar: Telefon, Tischlampe, Kalender, Notizzettelkasten, Ablagekörbe, farbige Klarsichtmappen mit Terminplänen, Briefe, Manuskripte, Bleistifte, Füllfederhalter, Tintenflasche, Gummitiere, Donald Ducks, Automodelle, Fotos usw. Man gewöhnt sich ans Klingeln des Telefons und an die halbe Wendung, mit der man den Hörer aufnimmt, und an den Blick aus dem Fenster, wenn man telefoniert, und an die wechselnden Jahreszeiten vorm Fenster, die wechselnden Himmel an wechselnden Tageszeiten, die wechselnden Wolken an wechselnden Himmeln zu wechselnden Tageszeiten usw. Man gewöhnt sich an das, was man um sich herum hat. Man gewöhnt sich daran, daß man es über Jahre hinweg um sich herum hat. Es widerspricht der Definitivität. Es verspricht Dauer. Es wird zu etwas, an das man sich dann erinnert. Es wird einem schwer werden, da wieder hineinzugehn, wenn man einmal heraus sein wird. Etwas von einem selbst und etwas, das vorher schon da war und etwas, das nachher kommt, liegt übereinander. Sie ist fröhlich den lieben langen Tag und noch länger, nicht mit der sprudelnden lärmenden Fröhlichkeit mancher jungen Mädchen, die dem unbefangenen Zuschauer angst und bange macht, und von der, wie vom Champagnerschaum, fast nichts im Glase bleibt, wenn er verflogen ist; nein mit einer klaren ruhigen Heiterkeit, die den anmutig kräuselnden Wellen eines tiefen Sees gleicht, in dem sich der blaue Himmel spiegelt. Und sie meint es recht und aufrichtig, aber die unendliche Lücke in ihrem Herzen will sich nicht füllen, ein tiefes Ungenügen beginnt seine Schatten im Grund ihrer Seele auszubreiten.
Die regelmäßige wöchentliche Arbeitszeit der Arbeitnehmer beträgt zweiundvierzig und eine halbe Stunde. Wenn in die Arbeitszeit regelmäßig Arbeitsbereitschaft im Sinne der Arbeitszeitordnung fällt, kann die tägliche Arbeitszeit auf zehn Stunden, in besonderen Ausnahmefällen mit Genehmigung des Gewerbeaufsichtsamtes auch über zehn Stunden hinaus

verlängert werden. Beurteilung. Zweck der Beurteilung.
Tätigkeit und Arbeitsumfang. Allgemeiner Eindruck: Äußeres: sehr ordentlich, gepflegt, schlicht, aufgemacht, ungepflegt. Auftreten: selbstsicher, sicher, natürlich, bescheiden, schüchtern, unbeholfen. Körperlicher Zustand: robust, kräftig, belastbar, zäh, schwächlich, weichlich, schlapp. Begabung: Auffassung: rasch, rege, gründlich, schwerfällig, begriffstutzig. Urteilsvermögen: klar, kritisch, überlegt, verschwommen, unklar, verworren. Arbeitsinteresse. Arbeitstempo. Ausdauer. Anstelligkeit. Sorgfalt und Ordnung. Charakterliche Haltung: in der Gemeinschaft: aufopfernd, hilfsbereit, verträglich, engherzig, eigensinnig, zänkisch, brutal. Gegenüber Vorgesetzten: aufrecht, gehorsam, fügsam, unterwürfig, aufsässig, kriecherisch. Selbstvertrauen und Selbstkritik. Vertrauenswürdigkeit: verschwiegen, offen, ehrlich, vertrauensselig, unehrlich, verlogen. Gesamturteil. Führung. Fleiß. Leistung. Würden Sie den (die) Beurteilte(n) in Ihrer Abteilung behalten? Sonstige Bemerkungen. Unterschrift. Sie ist heiter den lieben langen Tag und noch länger.

In Hannover zugestiegen, von Kassel kommend, wo sie die internationale Kunstausstellung der 4. Documenta besucht hatte, war eine Kollegin vom Hamburger Fernsehen, die dort Filme über Themen der bildenden Kunst produzierte, aber als fest Angestellte auch Büropflichten erfüllen mußte, ja darüber hinaus an der generellen Lage und an der Frage der Mitbestimmung von Angestellten und Journalisten aktiv beteiligt war. Nach einer ruhigen Nacht in ihrer Wohnung am Immenhof sitzt sie nun (26. 7. 1968, 9.30 bedeckt keine Sonne) telefonierend an ihrem Schreibtisch. Sie ist heiter den lieben langen Tag und noch länger.

Da geht einmal ein Mensch ins Büro und trifft unterwegs einen anderen Menschen, der sich ein langes französisches Weißbrot gekauft hat und nach Hause geht. Das ist eigentlich alles. Sie ist heiter den lieben langen Tag und noch länger.

D'Alemberts Traum

In den Traumberichten dominiert das optische und das akustische Sinnesgebiet. Besondere Betonung verdient die Tatsache, daß der Traumbericht grundsätzlich linear in der Zeit verläuft, während das Traumerlebnis bis zu einem gewissen Grade polyphone Gleichzeitigkeit besitzen kann. Die Dauer der Träume liegt dabei zwischen fünfzehn und hundertfünfzig Sekunden. Kaum mehr als fünfzehn Sekunden benötigen jene oft sehr reichhaltigen Reizträume, die zum Beispiel durch das Klingeln eines Weckers ausgelöst werden.

Das war nun alles schon lange her. Sie war darüber nun schon lange hinweggekommen. Sie hatte es nun schon fast vergessen. Und schon lange hatte sie gemerkt, daß es nicht darum gegangen war, ob es blieb, sondern darum, ob es noch ein bißchen länger dauerte. Es hatte nun schon lange aufgehört, überhaupt eine Rolle zu spielen. Sie war nun schon lange daran gewöhnt, daß es besser ging, daß es sich einfacher machte, daß es zuverlässiger war, daß es vernünftiger war: ohne. Sie wußte natürlich nun ebenso lange, daß es dies alles nicht war: besser, einfacher, zuverlässiger, vernünftiger usw. Es war nun auch schon lange her, daß sie etwas tat, was man daran denken nennen konnte, bei allem, was sie dachte dabei. Lange war es nun schon eine Sache wie ein Einrichtungsgegenstand der Erinnerung, den man herumschieben, umstellen, umräumen, wegstellen kann.

Haut und Haar. Mit Haut und Haaren. Das Ausgespannte das Eingewölbte das Kuhlige das Gefaltete das Gerunzelte der Haut. Das Glatte und das Rauhe der Haut. Das Ausgespannte der Haut, das an das Gerunzelte der Haut grenzt usw. Die Bewegungen der Haut. Die Bewegungen des Körpers, denen die Bewegungen der Haut nachfolgen. Das Aufgeplusterte das Glattzüngige das Gerollte das Gittrige das Fächerige das Faserige des Haars. Das Haar, das die Haut bedeckt. Das Haar, das die Haut verdeckt. Das Haar, das die Haut durchscheinen läßt. Das Haar, das auf der Haut steht. Das Haar, das sich auf der Haut einrollt. Das Haar, das an der Haut klebt. Farben der Haut, Farben des Haars.

Überlegen unterlegen unterstellen abstellen ausstellen sich ausstellen aushalten. Anspielen verspielen überspielen sich aufspielen etwas vorspielen. Vorspiegelung. Etwas finden sich finden vorfinden sich abfinden.
Er hatte eine sehr unruhige Nacht hinter sich. Er wollte nichts zu sich nehmen. Sie wußte nicht, wo er den Abend (25.7.1968) verbracht hatte. Aber er war mit sorgenvoller Miene zurückgekommen. Bei der Rückkehr hatte er seinen Hausrock angezogen und sich in den Sessel geworfen, in dem er dann eingeschlafen war. Er war böse auf sie geworden, als sie ihm gesagt hatte, im Bett wäre er besser aufgehoben. Sie hatte ihm eine halbe Stunde zusetzen müssen, um ihn ins Bett zu bringen. Als er endlich im Bett lag, ruhte er nicht wie gewöhnlich – er schlief sonst wie ein Kind – sondern wälzte sich hin und her, streckte die Arme aus, schlug die Decke zurück und begann laut zu sprechen.
Im Bewußtsein eines schon vor langer Zeit Gestorbenseins konnte sie leichter umgehn mit den sogenannten Lebendigen. Umgehn, weil sie sie nicht umgehen konnte. Umgehen, das war es, was sie getan hätte, wäre sie nicht schon vor langer Zeit gestorben. Es lebte sich leichter im Bewußtsein eines schon vor langer Zeit Gestorbenseins.
Angenommen man sieht im Traum eine Art Sprache. Eine Art, etwas zu sagen oder eine Art, etwas zu symbolisieren. Es mag einen geregelten Symbolismus geben, nicht notwendig alphabetisch – vielleicht wie im Chinesischen. Man könnte dann eine Möglichkeit finden, diesen Symbolismus in die Sprache der gewöhnlichen Rede, der gewöhnlichen Gedanken zu übersetzen. Aber dann müßte die Übersetzung in beiden Richtungen möglich sein. Es müßte möglich sein, mit derselben Technik gewöhnliche Gedanken in Traumsprache zu übersetzen. Wie Freud bemerkt, ist dies nie getan worden und kann nicht getan werden. So kann man fragen, ob träumen überhaupt eine Art zu denken, ob es überhaupt eine Sprache ist. Das war nun alles schon lange her. Sie war darüber nun schon lange hinweggekommen. Sie hatte es nun schon lange fast vergessen. Und schon lange hatte sie ge-

merkt, daß es nicht darum gegangen war, ob es blieb, sondern darum, ob es noch ein bißchen länger dauerte. Es hatte nun schon lange aufgehört, überhaupt eine Rolle zu spielen. Sie war nun schon lange daran gewöhnt, daß es besser ging, daß es sich einfacher machte, daß es zuverlässiger war, daß es vernünftiger war: ohne. Sie wußte natürlich nun ebenso lange, daß es dies alles nicht war: besser, einfacher, zuverlässiger, vernünftiger usw. Es war nun auch schon lange her, daß sie etwas tat, was man daran denken nennen konnte, bei allem, was sie dachte dabei. Lange war es nun schon eine Sache wie ein Einrichtungsgegenstand der Erinnerung, den man herumschieben, umstellen, umräumen, wegstellen kann.

Dann hatte er irgend etwas vor sich hin gemurmelt, irgend etwas über Körner, über Fleischstückchen, die in Wasser aufgeweicht wurden, über verschiedene Tierarten, die er nacheinander entstehen und vergehen sah. Dann hatte er mit einem Seufzer hinzugefügt: Ach wie nichtig sind unsere Gedanken, wie erbärmlich unser Ruhm und wie armselig unsere ganze Arbeit, wie erbärmlich und beschränkt unsere Anschauungen! Es gibt nichts Solides außer Essen, Trinken, Leben, Lieben und Schlafen. – Da hatte sich sein Gesicht gerötet. Sie hatte ihm den Puls fühlen wollen. Aber er hatte die Hand versteckt. Er schien einen Krampf zu haben. Sein Mund hatte sich halb geöffnet, sein Atem war beschleunigt; er stieß einen tiefen Seufzer aus und dann einen schwächeren, aber noch tieferen. Dann drehte er den Kopf auf dem Kissen um und schlief ein. Sie betrachtete ihn aufmerksam und war tief bewegt, ohne zu wissen warum; ihr Herz klopfte heftig, aber nicht aus Angst. Nach einer Weile hatte sie ein Lächeln um seine Lippen spielen sehn. Er hatte geflüstert: Auf einem Planeten, wo sich die Menschen nach der Art und Weise der Fische fortpflanzen würden, wo der Laich eines Mannes in Verbindung mit dem Laich eines Weibes ... ja da hätte ich wohl weniger Kummer ... man darf nichts von dem verlieren, was noch seinen Nutzen haben kann.

Füße im Feuer und Flüche im Flur hinterm Ofen hinterm Spiegel der ewige Schwur ich will dich fressen ich will dich vergessen ich meine ja nur.

Freud erwähnt verschiedene Symbole: Zylinder sind gewöhnlich phallische Symbole, hölzerne Gegenstände wie Tische sind Frauen usw. Seine historische Erklärung dieser Symbole ist absurd. Wir können sagen, das ist auch nicht nötig: es ist die natürlichste Sache der Welt, daß ein Tisch gerade diese Sorte Symbol ist. Da sie es niemals jemandem erzählt hatte, wußte es auch niemand. In den Traumberichten dominiert das optische und das akustische Sinnesgebiet. Besondere Betonung verdient die Tatsache, daß der Traumbericht grundsätzlich linear in der Zeit verläuft, während das Traumerlebnis bis zu einem gewissen Grade polyphone Gleichzeitigkeit besitzen kann. Die Dauer der Träume liegt dabei zwischen fünfzehn und hundertfünfzig Sekunden. Kaum mehr als fünfzehn Sekunden benötigen jene oft sehr reichhaltigen Reizträume, die zum Beispiel durch das Klingeln eines Weckers ausgelöst werden. Man kann dabei Träume von oben und Träume von unten unterscheiden, wenn man diesen Unterschied nicht zu scharf fassen will. Träume von unten sind solche, die durch die Stärke eines unbewußten (verdrängten) Wunsches angeregt werden, der sich eine Vertretung in irgendwelchen Tagesresten verschafft hat. Sie entsprechen den Einbrüchen des Verdrängten in das Wachleben. Träume von oben sind Tagesgedanken oder Tagesabsichten gleichzustellen, denen es gelungen ist, sich nächtlicherweile eine Verstärkung aus dem vom Ich abgesprengten Verdrängten zu holen.

Als er aufwachte, das heißt, als ihm bewußt wurde, daß er aufgewacht war, lag er auf dem Rücken, die Hände übereinander dicht oberhalb des Nabels auf die Bauchdecke gepreßt. Er schob die rechte Hand unter dem Gummizug der Schlafanzughose hindurch und tastete nach dem Körperteil, auf den sich automatisch seine Aufmerksamkeit gerichtet hatte, als ihm bewußt geworden war, daß er erschreckt aufgewacht war. Dieser lag fleischig, kegelförmig und harmlos halblinks nach aufwärts gerichtet auf dem unteren Teil der Bauchdecke zwischen Haaren, die sich ebenso anfühlten wie die Haare auf dem Kopf. Der Körperteil rührte sich weder unter der Berührung des rechten Zeigefingers noch auf das Reiben mit der Innenkante des rechten Daumens. Sie lächelte ihm ins Gesicht mit einem Lächeln, das wie erwärmt war von verstehendem Gefühl. Alles war in Ordnung, und er war vollkommen glücklich. Aber dann sagte sie: ich will dich nicht hinters Licht führen, mit angenehmer sanfter Stimme, berührte seine Hand eine Sekunde lang und flüsterte vor sich hin. Sie war nur eine nette ältere Frau, von der Sorte, die Kuchen für die Neffen bäckt oder bei einem kranken Nachbarn wacht. Nichts hatte sich verändert, die Katze hatte nicht einmal geblinzelt.

Angenommen man sieht im Traum eine Art Sprache. Eine Art, etwas zu sagen oder eine Art, etwas zu symbolisieren. Es mag einen geregelten Symbolismus geben, nicht notwendig alphabetisch – vielleicht wie im Chinesischen. Man könnte dann eine Möglichkeit finden, diesen Symbolismus in die Sprache der gewöhnlichen Rede, der gewöhnlichen Gedanken zu übersetzen. Aber dann müßte die Übersetzung in beiden Richtungen möglich sein. Es müßte möglich sein, mit derselben Technik gewöhnliche Gedanken in Traumsprache zu übersetzen. Wie Freud bemerkt, ist dies nie getan worden und kann nicht getan werden. So kann man fragen, ob träumen überhaupt eine Art zu denken, ob es überhaupt eine Sprache ist.

Er hatte eine sehr unruhige Nacht hinter sich. Er wollte nichts zu sich nehmen. Sie wußte nicht, wo er den Abend (25.7.1968) verbracht hatte. Aber er war mit sorgenvoller Miene zurückgekommen. Bei der Rückkehr hatte er seinen Hausrock angezogen und sich in den Sessel geworfen, in dem er dann eingeschlafen war. Er war böse auf sie geworden, als sie ihm gesagt hatte, im Bett wäre er besser aufgehoben. Sie hatte ihm eine halbe Stunde zusetzen müssen, um ihn ins Bett zu bringen. Als er endlich im Bett lag, ruhte er nicht wie gewöhnlich – er schlief sonst wie ein Kind –

 sondern wälzte sich hin und her, streckte die Arme aus, schlug die Decke zurück und begann laut zu sprechen. You're no angel, I'm no saint, you've a modern body with a super coat of paint. My acceleration's speedy, you've broken every rule, you may say that I am greedy, you may call me just a fool. You're no angel and I sometimes lost my head, but fools step in where angels fear to tread. Er ruhte nicht wie gewöhnlich – er schlief sonst wie ein Kind – sondern wälzte sich hin und her, streckte die Arme aus, schlug die Decke zurück und begann laut zu sprechen. Haut und Haar. Mit Haut und Haaren. Das Ausgespannte das Eingewölbte das Kuhlige das Gefaltete das Gerunzelte der Haut. Das Glatte und das Rauhe der Haut. Das Ausgespannte der Haut, das an das Gerunzelte der Haut grenzt usw. Die Bewegungen der Haut. Die Bewegungen des Körpers, denen die Bewegungen der Haut nachfolgen. Das Aufgeplusterte das Glattzüngige das Gerollte das Gittrige das Fächerige das Faserige des Haars. Das Haar, das die Haut bedeckt. Das Haar, das die Haut verdeckt. Das Haar, das die Haut durchscheinen läßt. Das Haar, das auf der Haut steht. Das Haar, das sich auf der Haut einrollt. Das Haar, das an der Haut klebt. Farben der Haut und Farben des Haars.

Der Traum ist ein Hüter des Schlafs. Triebregungen finden in ihm eine mit dem Schlafzustand verträgliche Erfüllung. Über die Gestaltung des Traums wacht eine Kontrollinstanz der Persönlichkeit, die solche Regungen, die vom moralischen Wachbewußtsein mißbilligt werden, namentlich sexueller und aggressiver Art, nur in einer Form zur Darstellung gelangen läßt, welche durch die sogenannte Traumarbeit unkenntlich gemacht worden ist. Es ist daher bei jedem Traum zwischen dem chiffrierten Traum und dem sogenannten latenten Traumgedanken, dem Klartext der Triebansprüche, zu unterscheiden.

Worauf es ankommt? Form der Ohren; tiefes Relief; fleischige Ohrläppchen, angewachsen oder nicht; tiefe trichterförmige Ohröffnung; fleischige Nase, vorstehende Nase,

Nasenkuppe gerundet oder eingedellt; Lippen wie ein aufgeplatzter Einschnitt, gerunzelt gespannt über die Zähne gezogen vor die Zähne geschoben; Kinn fleischig oder häutig oder knochig, breit beweglich starr; Augen: Farbe, Größe der Pupille, Beweglichkeit der Iris; Augenumgebung, Lidhaut, Wimpern oben unten, Größe des Hautlochs, Glätte oder Runzligkeit der Hautränder; Stirn, Haar, Stirnhaar Haarstirn; Seitenflächen Backen Kiefer Schläfen usw. kommt es darauf an? Anfangs war es ein wirres Gerede über schwingende Saiten und empfindliche Fasern, mit Haut und Haaren. Ihr war dies so verrückt erschienen, daß sie beschlossen hatte, ihn nicht allein zu lassen. Da sie aber nicht gewußt hatte, was sie tun sollte, hatte sie einen kleinen Tisch ans Fußende seines Betts gerückt und angefangen, alles aufzuschreiben, was sie von seinen Phantasien erfassen konnte. Die Zauberer, mit denen sie zu tun hatte, waren ortsansässige Leute, die sie seit Jahren kannte, mit gutem Ruf hier und in der Halbwelt. Sie taten nichts, was die Elemente gegen sie aufbringen konnte und sie hatten kein Pech. Haut und Haar. Mit Haut und Haaren. Das Ausgespannte das Eingewölbte das Kuhlige das Gefaltete das Gerunzelte der Haut. Das Glatte und das Rauhe der Haut. Das Ausgespannte der Haut, das an das Gerunzelte der Haut grenzt usw. Die Bewegungen der Haut. Die Bewegungen des Körpers, denen die Bewegungen der Haut nachfolgen. Das Aufgeplusterte das Glattzüngige das Gerollte das Gittrige das Fächerige das Faserige des Haars. Das Haar, das die Haut bedeckt. Das Haar, das die Haut verdeckt. Das Haar, das die Haut durchscheinen läßt. Das Haar, das auf der Haut steht. Das Haar, das sich auf der Haut einrollt. Das Haar, das an der Haut klebt. Farben der Haut und Farben des Haars.

Der Traum ist der Hüter des Schlafs. Triebregungen finden in ihm eine mit dem Schlafzustand verträgliche Erfüllung. Über die Gestaltung des Traums wacht eine Kontrollinstanz der Persönlichkeit, die solche Regungen, die vom moralischen Wachbewußtsein mißbilligt werden, namentlich sexueller und aggressiver Art, nun in einer Form zur

 Darstellung gelangen läßt, welche durch die sogenannte Traumarbeit unkenntlich gemacht worden ist. Es ist daher bei jedem Traum zwischen dem chiffrierten Traum und dem sogenannten latenten Traumgedanken, dem Klartext der Triebansprüche, zu unterscheiden. Zwischen zwei elipsoiden Felsenbacken steht vor einer Höhle, deren Öffnung die Form eines aufrecht stehenden Ovals hat, von kahlem Gestrüpp überhangen, eine große graue Ente. Auf ihrem Rükken hockt ein brauner Adler. Er hackt mit aufgerissenem Schnabel auf den Hals der Ente ein und bewegt dabei jedesmal flatternd seine Flügel. Ein Kind mit hochgebundenem hellblondem Haar schlägt schreiend mit einem Ast auf die Vögel ein. Die Ente bewegt sich mit dem Adler auf dem Rücken in die Höhle hinein, und zwar ruckweise, so daß ihre Schwänze noch längere Zeit zu sehen sind. Das Kind folgt ihnen, den Ast hoch erhoben, schreiend. Dann treten aus dem Wald zwei andere, größere Adler hervor. Sie hüpfen in langen Sprüngen und mit aufgerissenen Schnäbeln auf die Höhle zu. Füße im Feuer und Flüche im Flur hinterm Ofen hinterm Spiegel der ewige Schwur ich will dich fressen ich will dich vergessen ich meine ja nur. Zwischen zwei elipsoiden Felsenbacken steht vor einer Höhle, deren Öffnung die Form eines aufrecht stehenden Ovals hat, von kahlem Gestrüpp überhangen, eine große graue Ente. Auf ihrem Rücken hockt ein brauner Adler. Er hackt mit aufgerissenem Schnabel auf den Hals der Ente ein und bewegt dabei jedesmal flatternd seine Flügel. Ein Kind mit hochgebundenem hellblondem Haar schlägt schreiend mit einem Ast auf die Vögel ein. Die Ente bewegt sich mit dem Adler auf dem Rücken in die Höhle hinein, und zwar ruckweise, so daß ihre Schwänze noch längere Zeit zu sehen sind. Das Kind folgt ihnen, den Ast hoch erhoben, schreiend. Dann treten aus dem Wald zwei andere, größere Adler hervor. Sie hüpfen in langen Sprüngen und mit aufgerissenen Schnäbeln auf die Höhle zu.

Freuds Traumtheorie. Er will sagen, daß alles, was im Traum passiert, mit irgendeinem Wunsch in Verbindung ge-

bracht werden kann, den die Analyse ans Licht bringen kann. Aber diese Prozedur der freien Assoziation usw. ist merkwürdig, weil Freud nie zeigt, wie wir wissen, wo wir aufhören sollen – wo die richtige Lösung liegt. Der Grund dafür, daß er eine Art Analyse als die richtige bezeichnet, scheint nicht eine Sache des Beweises zu sein. Noch ist es die Voraussetzung, daß Halluzinationen und ebenso Träume Wunscherfüllungen sind. Angenommen, ein verhungernder Mann hat die Halluzination von Speise. Freud will sagen, die Halluzination von etwas erfordert eine außerordentliche Energie: sie ist nichts, das normalerweise passiert, aber die Energie ist ein Produkt der außerordentlichen Umstände, in denen eines Menschen Wunsch nach Speise überwältigend ist. Das ist eine Spekulation. Weibliche Schönheit, wenn es darauf ankommt. Worauf kommt es an? Das Gesicht des Unterkörpers. Die Gesichtszüge des Unterkörpers. Das Studium der Gesichtszüge des Unterkörpers.
Angst wird vom Träumer im Schlaf verspürt, und schmerzliche Empfindungen bleiben nach ihm übrig. Traumdeutung aber mahnt, doch ja nicht in den Irrtum zu verfallen, die Angst, die man in einem Traum empfindet, von dem Inhalt des Traumes abzuleiten, den Trauminhalt doch nicht so zu behandeln wie einen Vorstellungsinhalt des wachen Lebens. Sie macht darauf aufmerksam, wie oft wir die gräßlichsten Dinge träumen, ohne daß eine Spur von Angst dabei empfunden wird. Vielmehr sei der wahre Sachverhalt ein ganz anderer, der nicht leicht zu erraten, aber sicher zu beweisen ist. Die Angst des Angsttraumes entspreche einem sexuellen Affekt, einer libidinösen Empfindung, wie überhaupt jede nervöse Angst, und sei sie durch den Prozeß der Verdrängung aus der Libido hervorgegangen. Bei der Deutung des Traums müsse man also die Angst durch sexuelle Erregtheit ersetzen. Im Bewußtsein eines schon vor langer Zeit Gestorbenseins konnte sie leichter umgehn mit den sogenannten Lebendigen. Umgehn, weil sie sie nicht umgehen konnte. Umgehen, das war es, was sie getan hätte, wäre sie nicht schon vor langer Zeit gestorben. Es lebte sich leichter im Be-

 wußtsein eines schon vor langer Zeit Gestorbenseins. In den Traumberichten dominieren das optische und das akustische Sinnesgebiet. Besondere Beachtung verdient die Tatsache, daß der Traumbericht grundsätzlich linear in der Zeit verläuft, während das Traumerlebnis bis zu einem gewissen Grade polyphone Gleichzeitigkeit besitzen kann. Die Dauer der Träume liegt dabei zwischen fünfzehn und hundertfünfzig Sekunden. Kaum mehr als fünfzehn Sekunden benötigen jene oft sehr reichhaltigen Reizträume, die zum Beispiel durch das Klingeln eines Weckers ausgelöst werden. Überlegen unterlegen unterstellen abstellen ausstellen sich ausstellen aushalten. Anspielen verspielen überspielen sich aufspielen etwas vorspielen. Vorspiegelung. Etwas finden sich finden vorfinden sich abfinden. Weibliche Schönheit, wenn es darauf ankommt. Worauf kommt es an? Das Gesicht des Unterkörpers. Die Gesichtszüge des Unterkörpers. Das Studium der Gesichtszüge des Unterkörpers.
Alle wunderten sich, wovon sie lebte. Dabei war es so einfach zu erklären. Sie war vor fünfundzwanzig Jahren gestorben, und was brauchen Tote zum Leben? Manches dabei war so klar, daß es überflüssig erschien, den Grund dafür zu suchen, anderes so dunkel, daß man überhaupt nichts erkennen konnte, und alles zusammen völlig nutzlos.

Kleines Protokoll

Eduard wohnte in Hamburg unter der Adresse, unter der er nicht zu erreichen war. Er ging zu Fuß zum Funkhaus in der Rothenbaumchaussee und besuchte seinen Kollegen Bertolt Wildermuth, den er seit Jahren kannte, einen Bruder Ottilie Wildermuths, mit der er im Zug gefahren war, und Helmut Maria Wildermuths, den er vom Studium in den fünfziger Jahren kannte und den er später, beim Mittagessen im Speiselokal København (Ecke Hohe Bleichen, Amelungstraße und Heuberg) treffen sollte, wobei sie auch das vierte der Geschwister Wildermuth, den Maler Andie, sahen, der dort mit Frau d'Alembert aß.
Eduard wollte vor allem ein Projekt mit Bertolt Wildermuth besprechen, über das sich noch nichts Definitives sagen ließ. Er wollte aber auch Pläne austauschen, sich zu Sendungen anregen lassen und seinerseits anbieten, was er hatte. Zwischendurch behandelten sie allgemeine Gesprächsthemen. Sie unterhielten sich über die Lage, die allmählich ernster zu werden drohte. Sie suchten eher nach Fragen als nach Lösungen. Sie wollten nicht gerade mitprotestieren, waren sich aber bewußt. Eine Lage übrigens, über die man sich noch unterhalten konnte, konnte noch nicht ganz katastrophal sein. Den Fall der Katastrophe hielten sie für vermeidbar. Katastrophale Folgen sahen sie nur für das dauernde Zitieren der Katastrophe. Sie wollten alles in ihrer Macht stehende tun. Sie waren sich klar darüber, daß sie wenig tun konnten. Nicht in ihrer Macht stand es. Aber sie konnten versuchen, nicht nachzulassen. Sie wollten nicht nachlassen, die Augen offen zu halten. Erfahrungen zu machen, zu sammeln, zu prüfen, zu verwerten (verwerfen?). Nicht nachlassen, dies gewissenhaft zu tun, jedes kleinste bißchen unter die Lupe zu nehmen. Vorurteilen entgegenzutreten. Der Reaktion und Restauration entgegenzutreten. Sie wollten sich nicht verführen lassen.
Eduard mißbilligte zum Beispiel das Verhalten von Leuten, die er lieber nicht beim Namen nennen wollte. Leute, die er lieber nicht beim Namen nennen wollte, hielt er schon jetzt verantwortlich dafür, daß die Sache nicht einfach mehr

beim Namen genannt werden konnte; und wenn diese Leute was anfaßten, dann taten sie es tatsächlich nur dann, wenn sie sicher waren, sich nicht die Finger dabei zu verbrennen. Statt die Sachen beim Namen zu nennen, brachten sie alte Parolen neu in Umlauf. Wollten sie nicht in Wahrheit nur einfach diejenigen sein, welche? Und ihre Hände in Unschuld waschen?

Bertolt Wildermuth war nicht damit einverstanden. In gewisser Weise waren sie beide nicht einverstanden, aber das war noch wieder etwas anderes, und sie fragten nun nach denen, die überhaupt noch einverstanden sein konnten. Einverstandenzusein erfüllte sie beide mit Mißtrauen. Obwohl natürlich zugleich ebenso. Eduard hatte Reserven. Bertolt Wildermuth hatte keine Reserven, oder zumindest weniger Reserven als Eduard. Er hielt es für möglich, keine Reserven zu haben. Diese Möglichkeit war für ihn fast eine Sache der Selbstverständlichkeit. Für Eduard war sie das nicht. Sie erinnerten sich zwischendurch an etwas, das sie schon fast ganz wieder vergessen hatten. Allerdings war das, was Eduard schon fast ganz wieder vergessen hatte, nicht das, was Bertolt Wildermuth schon fast ganz wieder vergessen hatte. Sie hatten nur beide noch nicht die Fähigkeit verloren, sich an das zu erinnern, was sie schon fast ganz wieder vergessen hatten. Wenn es verschiedene Gegenstände, Angelegenheiten, Erlebnisse waren, die sie schon fast wieder vergessen hatten, so war zu fragen, ob es jetzt, wo sie sich an das erinnerten, was sie schon fast ganz wieder vergessen hatten, auf diese Gegenstände, Angelegenheiten, Erlebnisse ankam oder darauf, daß sie sich einfach an das erinnerten, was sie schon fast ganz wieder vergessen hatten. Sie fragten sich zum Beispiel, was diesen Gegenständen, Angelegenheiten, Erlebnissen Vergleichbares zugrundelag. Sie fragten sich, ob der Unterschied nicht vielmehr in der Überzeugung lag. Man pflegte von Bertolt Wildermuth zu sagen, und dies ist gegründet, er hätte nie weder gelacht noch geweint. Dieser Zug zeichnet so ziemlich seinen Mann. Er kannte nicht den Tumult der Leidenschaften, noch alle jene ungestümen

Regungen, von welchen oft die größten Männer beherrscht werden; auch hatte sein kaltes und unempfängliches Herz nie die Zaubermacht der Schönheit, die lebendigen Eindrücke der Tugend, nicht die reizende Süßigkeit der Freundschaft empfunden.

Gesprächsthemen, die sie berührten: Produktionskürzungen in den Hörfunkprogrammen; Programmübernahmen; das Fernsehprogramm der letzten Woche; die Berliner Studentenproteste, die Osterunruhen ganz allgemein; die chinesische Kulturrevolution, über die ihr Kollege Joachim Schickel vor einem Jahr einen Aufsatz geschrieben hatte und auf die ein jüngerer Autor, der für Eduard Manuskripte schrieb, Michael Scharang, erneut zurückkommen wollte; der Vietnamkrieg, Protestsongs und Erich Fried; die Palette von Hubert Fichte, die Insel von Peter O. Chotjewitz; der letzte Urlaub; die Rüstungsspirale; die Entwicklung des bemannten Raumflugs; Nachlaßveröffentlichungen von Ludwig Wittgenstein mit dem Titel: Zettel; Claude Levi-Strauss und Herbert Marcuse; LSD; Farbfernsehn; der letzte Roman von Alfred Andersch (Efraim); das Studium der Germanistik, das Studium der Soziologie, das Studium der Politologie; das Wetter; die Vergangenheit; ob sie zusammen mittagessen wollten, aber Eduard war bereits mit Bertolt Wildermuths Bruder Helmut Maria verabredet.

Gesprächsthemen, die sie nicht berührten: gegenseitige Honorarerwartungen; die Nahostkrise; die Bundesminister Schröder, Strauß und Schiller; der Spiegel; Marcel Reich-Ranicki, Theodor W. Adorno und Hans Egon Holthusen; Starfighterabstürze; die NPD; der Bürgerkrieg in Nigeria; die Gruppe 47; die serielle Musik; Joachim Kaiser; Peter Handke; der junge deutsche Film; das eigene Körpergewicht; Pläne; Privatangelegenheiten.

Sie unterhielten sich unter anderem über Fragen des Tages.

Sie unterhielten sich unter anderem über einige Fragen des Tages auch nicht. Und wenn darin etwas allgemein Bedeutendes enthalten war, so lag es in der Tatsache, daß sie sich überhaupt über Fragen des Tages unterhielten und nicht

über Privatangelegenheiten oder Möglichkeiten, Geld zu verdienen. Sie beschäftigten sich mit dem, worüber sie, zumeist kürzlich, informiert worden waren. Mit manchem, worüber sie informiert worden waren, beschäftigten sie sich nicht. Sie wurden informiert zum Beispiel durch die Morgennachrichten des Hörfunks, die Abendschau des Fernsehens, die Wochenschau des Kinos, die zuständige Tageszeitung, die bevorzugte überregionale Zeitung oder Zeitschrift, Bild, Zeit, Spiegel, Konkret, Monat usw., das mündliche Gespräch. Information geriet zwischen ihnen in Fluß. Veränderte, variierte und nuancierte sich nach der gewohnten, gebrauchten oder angenommenen (zitierten) Redeweise. Nach der gewöhnlichen, gebräuchlichen oder annehmbaren Denkweise. Information geriet in Fluß, in Redefluß, Gedankenfluß, soweit Gedanken am Redefluß beteiligt waren. Solange, bis neue Information die alte außer Kurs setzte. Nicht alle alte Information wurde außer Kurs gesetzt. Ganze Informationskomplexe waren stereotyp. Wenn Eduard und Bertolt Wildermuth sich am Vormittag des 26.7.1968 im Funkhaus des NDR an der Rothenbaumchaussee über Fragen des Tages unterhielten, so wiederholten, referierten, reproduzierten und variierten sie natürlich nicht nur das, was sie ganz persönlich gerade eben gehört oder gelesen hatten, sondern sie taten dies im Verein mit vielen anderen an vielen anderen Orten, und das alles setzte sich zusammen aus allem möglichen; in dies alles mögliche mischte sich zum Beispiel auch das, was sie schon fast ganz wieder vergessen hatten. Und bereits sie selber wären, wenn sie es sich ins Bewußtsein gerufen hätten, schon fast bereit gewesen, diesem Gespräch nur eben soviel Bedeutung beizumessen, wie überhaupt in dem Gemisch aus Zitat, Meinung, Meldung und Stellungnahme objektiv abzulesen gewesen wäre.
Daß allerdings Dinge von so allgemeiner Bedeutung wie zum Beispiel die Proteste der Berliner Studenten oder der Krieg in Vietnam oder der Konflikt zwischen Schwarzen und Weißen in den USA, über die sie geredet hatten; oder Dinge wie der Krieg zwischen Israel und den Arabern oder

die Verabschiedung der Notstandsgesetze durch die deutsche Bundesregierung, über die sie nicht geredet hatten, bloß Gesprächsstoff waren. Ein Anlaß, um darüber zu reden. Daß diese Dinge ja tatsächlich die nicht betrafen, die darüber redeten, oder jedenfalls nicht im Augenblick, schlimmer als Stammtischpolitiker. Daß die, die sich am Gesprächsstoff beteiligten, dennoch andere Sorgen hatten. Den Zahnarzt oder das Leberleiden zum Beispiel, den Aufstieg in eine höhere Tarifgruppe oder das nächste Urlaubsziel, das Schulzeugnis der Kinder oder das Verheimlichen eines Seitensprungs oder die nächste Steuererklärung usw. Gab es Beteiligte? War der Gesprächsstoff, den sie ergriffen, mehr als ein Gesprächsstoff etwa für Regierungsmitglieder, Militärbefehlshaber, Parteivorsitzende, Polizeikommandeure, Bankpräsidenten, Rundfunkintendanten, Axel Springer, Verwalter von Industrien, Überwacher von Konzernen? Wenn der Gesprächsstoff auch für diese bloß Gesprächsstoff war, so blieben als diejenigen, für die er nicht bloß Gesprächsstoff war, nur die, die Opfer von dem waren, worin im Gesprächsstoff die Rede war. Vielleicht ist allerdings niemand davor sicher, ein solches Opfer zu werden, und nur deshalb das Gerede, voll heimlicher Angst, in der jeder nur versucht, sich selber in Sicherheit zu bringen.

Als die Tür sich öffnete, fragte die Sekretärin Bertolt Wildermuths danach, ob er heute noch Herrn Dr. d'Alembert sehen konnte, der draußen wartete und sagte, daß er hereinschauen wollte. Eduard antwortete, daß er froh war, ihn zu sehen. D'Alembert kam herein. Sie begrüßten sich herzlich. Sie besprachen Pläne zu dritt und versprachen d'Alembert, der andeutete, daß es ihm nicht gut ging, zu helfen. Sie redeten so weiter, Eduard stellte sich d'Alembert, während sie redeten, als den Helden einer Geschichte vor, ein gewisser verstörter, unkommunikativer, melancholischer Eindruck, den d'Alembert an diesem Vormittag machte, machte Lust zu klatschen. Eduard hatte ihn einmal eifersüchtig gesehen. Es war der Anblick von etwas Unglaubwürdigem gewesen. Während Eduard phantasierte, war d'Alembert in sein Fahrwasser gekommen. Immer wenn er in sein Fahrwasser kam, kam er aus dem Konzept. Sie brachten ihn aus dem Konzept. Sie unterhielten sich über die Farbe, die in der aktuellsten Phase der bildenden Kunst den Ausschlag gab. Sie unterhielten sich über die Reproduktion, die, seit Walter Benjamin, die Aura ersetzt hatte und, als Enterbte, so d'Alembert kühn, nun die Besitzerin des Auftrags geworden war. Sie berührten ein Gerücht, über das Eduard und Bertolt Wildermuth nicht offen sprechen konnten, und die direkte Frage, die d'Alembert stellte, war nur hypothetisch zu beantworten. D'Alembert machte sich freilich nur Sorgen um seine weiteren Verdienstmöglichkeiten, er brauchte seinen Lebensunterhalt und die Miete für zwei Wohnungen und freilich etwas auch noch außerdem. Eduard blickt aus dem Fenster in das blaue Licht des kühlen Julimittags (12.55 kurz Sonne). Als Eduard hinausging, begegnete er überraschenderweise dem Mann, der einmal fast wirklich berühmt gewesen war, einem ehemaligen Seemann.

Wie Eduard sich vorstellt
was Dr. Samuel Johnson
als freier Schriftsteller tut
und nicht tut

Früher aufstehn, als wenn er ins Büro müßte.
Jedenfalls früher und schneller frühstücken.
Regelmäßig spazierengehn.
Die alte Straße entlang. Straße für Spaziergänger Beerenpflücker Einzelgänger. Die Straße, auf der es von Wildwachsendem überquillt. Auf der Wildwuchs die abhält, die es bequem haben wollen. Die Straße, die in einen großen und immer noch wenig gerühmten Garten hinein und durch ihn hindurch führt, den Garten der Pflanzen und Tiere, der schlichten Natur, dessen Ausgang noch niemand erreicht hat.
Es ist der Geruch des Farnkrauts. An tieferen Stellen der Straße, an den Mauern ist es halb vertrocknet. An höheren Stellen sind die Büsche stattlicher, außen gelb, innen grün. So wechselt sein Weg. Der süßliche Geruch von Verwelktem. Wenn er zwischen Knicks durch das Gras watet, ist ihm, als ob er sich in einen der alten Kräutergärten verirrt hat, die es nun nicht mehr gibt. Es gab mehr Gerüche, als er jung war. Manchmal kommt die Erinnerung an einen davon zurück. Das trockene Farnkraut auf dem Schreibtisch im Arbeitszimmer. Der Geruch trägt ihn weit ins Land hinaus. Wie hinter Kühen gegangen oder in Wäldern verloren. Kühl und wohl wie ein Waldfrosch. Der Ruf einer Waldtaube. Die rufende Stimme seiner Mutter hinter den Wäldern.
Straßen, die die Stadt hinter sich lassen. Auf denen man die Nebengedanken abschüttelt. Auf denen man keine Uhr mitnimmt oder sich an Eigentümer erinnert. Wo der Eigentümer der einzig Unbefugte ist, wenn es gilt, nach Kirschen, Pflaumen oder Äpfeln zu suchen. Der einzige, der seinen Namen mißversteht, dessen Titel falsch ist. Es gibt kein Eigentum.
Das Farnkraut hat den wildesten und primitivsten Geruch. Ganz unvermischt und ungezähmt, wie nichts Menschliches ihn verbreitet. Früher Morgengeruch, vordiluvisch, Kraft und Hoffnung ineins. Wer ihn gerochen hat, vergeht nie. Noch immer ist dort, wo er wächst, das Feld des Neuen und

Unerprobten. Nur wer am Grund der Gedanken geht, nimmt ihn wahr. Wer diesen Geruch mit in seine Wohnung nimmt, bleibt ganz und ganz unvergänglich wie Schierling. Geruch älter als, aber verwandt dem der Erdbeere, der Walderdbeere. Früher noch als Walderdbeeren und sie überdauernd. Gut für das Tribolitische und Saurierische in uns. Tod den Dandies! Morgens und abends ist der Geruch am stärksten. Wachsend ohne Pflege. Älter als der Mensch. Überall. Immer und überall. Je und je. Morgens mittags und abends sogar im Büro. Ein dies dies ist ein. Wasfürein. Wie am oder auf oder in das heißt als was andersartiger als. Fleischfarb Agaven Phantast. Zurückgeblendt Lächeln. All dies. Einfahrt wie Ausfahrt. Signale Gestänge. Nach Obenes hergestellt in Mantel aus zottig Morgengeschrei. Parks Plätze Paläste. Wie eingehn und schon verloren. Und das was wenn nichts als dies und so fort.
Anstelle des Wortes Gegenbegriff das Wort Ganghofer lesen. Ausflüge mit dem Fahrrad machen. Mit dem Zug mit dem Fahrrad. Die Vorstellung haben, etwas, das ihm jetzt nicht einfällt, wird ihm einfallen, wenn er an der Ostsee steht. Über Lübeck nach Neustadt fahren. In Lübeck regnet es. Auf den Hügeln hinter Neustadt hört es auf zu regnen. An Dahme vorbeifahren über Grube und hinter der Siedlung Siggen an den Strand. Hinter den Feldern fällt das Land zum Wasser hin steil ab. Der Strand ist leer. Große Steine ins Meer hinaus. Tiefe Wolken bewegen sich rasch von Norden nach Süden. Der Wind kommt von Land. Kein Regen. Sand in der Luft. Auf einem der großen Steine sitzen, an einen anderen angelehnt, die kalte Pfeife im Mund, barhaupt, die Hände in den Taschen der Lederjacke, auf den steilen flachen dunklen Horizont starrend. Es fällt ihm ein. Etwas Etudenhaftes hängt auch an seinen rigorosesten Ausdrucksleistungen. Nähert man sich ihm, so findet man sich gewissermaßen in eine Atmosphäre von Rechtlichkeit und Biedersinn versetzt. Er dünstet sozusagen sie aus allen Poren, und zugleich damit eine Ruhe und Heiterkeit des Gemüts, die einem das Blut erfrischt. Ohne ihn zu kennen,

sitzt man ihm gern zur Seite, bloß aus dem Grunde, weil der Rechtliche gern neben dem Rechtlichen sich ausruht. Nie habe ich ein biedereres Gesicht gesehen, sagt Eduard: es ist der reine Abdruck seiner Seele. Man sieht deutlich, daß alles, was weder die Ehre, noch die Freundschaft betrifft, nie sein Gemüt auch nur gestreift hat. Etwas Etudenhaftes hängt auch an seinen rigorosesten Ausdrucksleistungen.
Sich ihn vorstellen am Strand sitzend. Der Strand ist rauh und leer, zwischen den Steinen, mit der Dünung vor und zurück schwappend, der Tanggürtel. Im Norden, wie in den grauen Himmel geritzt, das Kreissegment der Fehmarner Brücke. Zwei oder drei Fischkutter, schwarz und langsam. Dicht über den Horizont gezogen eine flache Rauchfahne. Oben Weideland. Wenig Bäume. Knicks. Ein Wäldchen. Sich an den Umriß eines Wäldchens erinnern, aber nicht wissen, wo man es unterbringen soll. Was für Bäume? Eine Vorstellung von dieser Stelle haben, aber kein sicheres Wissen über die Details.
Vorstellungen belehren uns nicht über die Außenwelt, weder richtig noch falsch. Während ich einen Gegenstand sehe, kann ich ihn mir nicht vorstellen. Welchen Gegenstand ich mir vorstelle, ersehe ich nicht aus der Ähnlichkeit des Vorstellungsbildes mit ihm. Einmal hat er angefangen, zum Frühstück Boursin mit Schwarzbrot zu essen. Von da ab bestand er darauf, jeden Morgen Brot und Käse zu essen. Er erklärt, daß es ihm nicht viel ausmacht, was er ißt, wenn es nur immer dasselbe ist.
Er hat ein Haus. Er ist verheiratet und hat drei Söhne, von denen zwei erwachsen sind. Er wohnt in Wohltorf, seitdem er aus Dänemark zurückgekehrt ist. Er ist niemals in ein Büro gegangen. Er hat viel geschrieben, wenig mit dem Ehrgeiz auf Dauer. Eine kleine allegorische Erzählung war Ende der vierziger Jahre ein Bestseller. Das ist nun schon lange her. In den schlimmsten Zeiten hat er sein Geld mit dem Übersetzen von amerikanischen und skandinavischen Büchern verdient. Er ist seit Anfang der fünfziger Jahre vor allem als kulturpolitischer Kommentator geschätzt. Er

hat sich gehalten. Er ist, wenn man will, ein glücklicher Mensch. Nähert man sich ihm, so findet man sich gewissermaßen in eine Atmosphäre von Rechtlichkeit und Biedersinn versetzt. Er dünstet sozusagen sie aus allen Poren, und zugleich damit eine Ruhe und Heiterkeit des Gemüts, die einem das Blut erfrischt. Ohne ihn zu kennen, sitzt man ihm gern zur Seite, bloß aus dem Grunde, weil der Rechtliche gern neben dem Rechtlichen sich ausruht. Nie habe ich ein biedereres Gesicht gesehen, sagt Eduard: es ist der reine Abdruck seiner Seele. Man sieht deutlich, daß alles, was weder die Ehre, noch die Freundschaft betrifft, nie sein Gemüt auch nur gestreift hat.

Nachdenken über den Satz: ein Mensch, den Philosophie verwirrt, ist wie jemand in einem Zimmer, der hinaus will, aber nicht weiß wie. Er versucht das Fenster, aber es liegt zu hoch. Er versucht den Kamin, aber er ist zu eng. Wenn er sich nur umdrehn würde, würde er sehn, daß die Tür die ganze Zeit offensteht.

Er hat eine Vorliebe für Jahrmärkte und läßt dort gern die Kugel rollen oder den Ball fliegen. Er schließt dabei die Augen, weil man alles dem Zufall überlassen muß.

Anstelle des Wortes Gegenbegriff das Wort Ganghofer lesen. Am Abend an den Strand hinuntergehen. Der Wind hat sich gelegt. Im Nordwesten ist der Himmel blaß melonenfarben. Draußen im Osten ruht schon die Nacht auf der See. Die Strandsteine sind noch warm. Sich auf einen dieser Ruheplätze setzen, die die Kälte aufgesprengt und die Wellen glattgeschliffen haben. In der Ferne blitzt ein Leuchtfeuer. Die Luft hat sich abgekühlt. Der Tag ist gefallen. Von See sind die Schreie von Möven zu hören wie die Rufe Schiffsbrüchiger. An Hamburg denken und an das Ehepaar d'Alembert und an Ottilie Wildermuth.

Tatsächlich manchmal einfach wissen wollen, was diese Leute eigentlich den ganzen Tag tun. Bücher schreiben? Artikel schreiben? Wie lange schreibt so ein Schriftsteller an einer Schreibmaschinenseite? Wieviel Schreibmaschinenseiten schafft er durchschnittlich an einem Tag? Was verdient er damit? Wieviele Male muß er etwas neu schreiben, bis es fertig ist? Notiert er es mit der Hand? Kann es sein, daß das schon das Richtige ist? Woher weiß er, wann es richtig ist und ob es fertig ist? Wie weit ist es schon im Kopf fertig? Erfindet er es ganz neu oder gibt es ein Vorbild oder schließt er sich an etwas an? Richtet er sich nach etwas, das von ihm verlangt wird? Wer verlangt es von ihm? Ein Redakteur, ein Lektor? Wird von diesen wiederum etwas verlangt von dem, der das Geld herausrücken muß? Macht nicht der das Geschäft? Oder verlangen es die Leser und Hörer? Aber wie machen sie das, wenn sie es verlangen wollen? Dadurch, daß sie es nicht hören, sehen, lesen oder dadurch, daß sie es nicht kaufen? Oder dadurch, daß sie irgendwie ihre Meinung dazu sagen, einem Kritiker glauben oder mißtrauen? Als Anonymus in einer demoskopischen Untersuchung? Wird ein Buch oder ein Zeitungsartikel gelesen, wird eine Rundfunksendung gehört, ein Fernsehfilm angesehn, weil der Autor, der das Manuskript geschrieben hat, dies Manuskript richtig findet? Beschäftigen sich solche Leute den ganzen Tag über damit, herauszufinden, welche Wörter und in welcher Reihenfolge sie richtig sind? Oder hat er bloß Einfälle? Tut alles mögliche und schreibt nur rasch zwischendurch mal was in die Maschine? Was ihm gerade zufällig in den Kopf kommt? Aber was kommt ihm zufällig in den Kopf? Etwas Etudenhaftes hängt auch an seinen rigorosesten Ausdrucksleistungen.

Ist Denken eine Tätigkeit? Nun, man kann einem befehlen: denk darüber nach. Wenn aber einer in Befolgung dieses Befehls zu sich selbst oder auch zum andern spricht, verrichtet er da zwei Tätigkeiten? Man könnte auch sagen: einer denkt, wenn er in bestimmter Weise lernt. Über einem Musikstück steht, vom Komponisten darübergeschrieben, daß die Viertelnote das Tempo 88 haben soll, aber um es heute richtig zu spielen, muß sie im Tempo 94 gespielt werden: welches ist das vom Komponisten gemeinte Tempo? Etwas Besonderes sein und absurd, fast sympathisch. Man fragt sich manchmal, ob seine unveränderte Liebenswürdigkeit nicht ein Zeichen von Mißtrauen ist. Soll man sich mit ihm amüsieren oder sich ärgern, weil er sich nicht ärgert? Am Ende lächelt man, wie einem auch zumute ist. Da scheint er freilich zu triumphieren, und seine Liebenswürdigkeit unter der Hand die Färbung von Bosheit anzunehmen.

Wenn es kühl ist, einen Rollkragenpullover tragen und eine Lederjacke. Die Hände in den Taschen, den Kopf vorgebeugt, vielleicht die Pfeife kalt im Mund. Summt er vor sich hin? Hört er eine Melodie, wenn er spazierengeht? Beobachtet er etwas? Er hat die Pfeife kalt im Mund. Er fixiert etwas in einiger Entfernung. Ein Gebäude, einen Baum, ein Tier, ein Auto, ein Flugzeug am Himmel, eine Wolke, oder auch nur die Färbung eines Baums, eine Bewegung vor der Fläche des Waldrands, die von Baumgruppe zu Baumgruppe weitergeschnellten Dächer von Autos in einiger Entfernung auf einer tiefer gelegenen Autobahn. Beobachtet er, während er fixiert? Denkt er nach, indem er etwas fixiert? Worüber denkt er nach?

Mit der Hand und mit der Maschine schreiben. Was für eine Maschine? Eine Reiseschreibmaschine, die er mitnehmen kann? Eine alte Büroschreibmaschine? Eine elektrische? (Die IBM von Hans Magnus Enzensberger. Die IBM von Walter Boehlich.) Wann geht er zu Bett? Kann er schlafen, ohne etwas zu trinken?

25./26. 7. 1968: zu kühl für die Jahreszeit.

Es kommt auch auf eine Unterscheidung von Theorie und Praxis heraus. Ist Schreiben eine Praxis? Ludwig Wittgenstein war Volksschullehrer, Klostergärtner, Laienarchitekt wie Rudolf Alexander Schröder und Gehilfe in einem chirurgischen Labor. Was zählt? Solche Tätigkeiten oder der Gedanke? Kommt es auf die Tätigkeit des Denkens an, wenn es eine Tätigkeit ist? Wann zählt ein Gedanke? Wenn er berühmt wird? Was macht Gedanken berühmt? Was verhilft einem Gedanken zu Einfluß? Daß er verblüfft? Daß er aktuell, daß er zeitgemäß ist? Wer beurteilt, ob der Gedanke so etwas ist?

Was tut er, wenn er nichts tut? Mit dem jüngsten Sohn
Minigolf spielen gehn? Oder gerade nicht?
Möglicherweise wäre alles dasselbe gewesen, wenn er in ein Büro hätte gehen müssen. Wo liegt der Unterschied? In der Regelmäßigkeit? In der Unregelmäßigkeit? Aus einiger Entfernung gesehen kann er tatsächlich erscheinen wie ein Tier mit regelmäßigen Gewohnheiten. Würde er im Büro nicht Verabredungen nur deshalb treffen, weil sie die Bürozeit unterbrechen? Würde er nicht abends länger bleiben, um eine Entschuldigung zu haben, morgens später zu kommen? Er hatte manchmal das Objektivierende eines Büros mit einem gewissen Neid betrachtet. Die Möglichkeit, nicht länger man selbst, sondern ein ersetzbarer Einrichtungsgegenstand zu sein. Etwas Etudenhaftes hängt auch an seinen rigorosesten Ausdrucksleistungen.
Wissen, daß diese Leute nicht wirklich was zu sagen haben. Daß sie sich aber in alles hineinmischen. Sie schreiben ununterbrochen über etwas, das sie nicht getan haben. Wen interessiert das, was sie über das schreiben, was sie selber tun? Was tun sie? Was ist ihre Tätigkeit? Schreiben? Spazierengehen, ja; auf die Schreibmaschinentasten hauen, ja; Pfeife rauchen, ja; auf einem Bleistift kaun, ja; aber sonst? Möglicherweise (und vielleicht sogar zweifellos) gibt es einen Punkt oder einen Bezirk, auf den sich alles beziehen läßt. Ich lese eine Geschichte und stelle mir während des Lesens, also während des aufmerksamen Schauens, also deutlichen Sehens, alles mögliche vor.
Was tut er sonst noch? Wenn er vom Vormittagsspaziergang nach Hause kommt, die Post sortieren und lesen. Das Gelesene zu mehreren Häufchen ordnen und diese zu denen von gestern und vorgestern schieben. Das Buch, in dem er gelesen hat, auf den Schreibtisch zurücklegen. Aufstehen, zum Bücherregal gehen, mit ausgestrecktem Zeigefinger an einer Buchreihe entlangsuchen, ein Buch herausziehen, darin blättern, es wieder wegstellen, das alles wiederholen. Etwas Etudenhaftes hängt auch an seinen rigorosesten Ausdrucksleistungen.

70 Vorstellungen belehren uns nicht über die Außenwelt, weder richtig noch falsch. Während ich einen Gegenstand sehe, kann ich ihn mir nicht vorstellen. Welchen Gegenstand ich mir vorstelle, ersehe ich nicht aus der Ähnlichkeit des Vorstellungsbildes mit ihm. Am 26. 7. 1968 in die Stadt fahren und im Kasino des Funkhauses essen und mit irgendwelchen Redakteuren irgendetwas besprechen. Mit der S-Bahn von Wohltorf bis Hauptbahnhof fahren. Am Hauptbahnhof in die U-Bahn umsteigen und bis Hallerstraße fahren. Im Vorbeigehen in die Bücherstube Stolterfoht gehen und sich mit Frau Drascher unterhalten. Eduard treffen, der vom Funkhaus kommt und in die Stadt will. Wer eine dicke Zunge hat, hat Schwierigkeiten beim Schnalzen.

Porträt des jungen Künstlers als junger Künstler

Untergetaucht und aufgegangen in all diesen Wörtern und Sachen. Die Frage ist nur, ob er er ist, weil er auswechselbar oder unverwechselbar ist. Single oder multiple. Seine Locken stehen ihm schwarz von Kopf und Körper, seine Augen leuchten so blau, das leuchtendste helle kalte Blau, das es überhaupt gibt. Kann ja nicht angehn.

Ihre Medien sind das gesprochene und das geschriebene Wort Straßen Nachrichtenwege Kleidung Geld Wohnung Uhren und der Duft der Zeit the scent of time Druck und Comics Rad Fahrrad Flugzeug Fotografie Presse Auto Werbung Telegraf Telefon Schallplatte Kino Radio Fernsehn Waffen und Automation. Kann ja nicht angehn.

Er säuft. Kann ja nicht angehn.

Wer die Wahrheit sagen will, muß nicht die Wahrheit sagen. Wer etwas erreichen will, muß es nicht so genau nehmen. Opas Apo und Maos Oma. Bildern ist er zugetreten eines zugedeckten Lands. Des untröstlichen Propheten sanft und bitterlicher Kranz. Kann ja nicht angehn.

Wenn man sagt, dieser Baum verdeckt das und das, ein Stück Wasserfläche zum Beispiel und ein Stück Ufer, kann man ihn als Fleck oder als Fleckenhaufen vor etwas anderem sehen. Man kann ebensogut dies andere sehen als etwas, das eine Fläche zerstört. Man kann versuchen, das alles immer einfacher zu machen. Dann kommt von der anderen Seite von selbst die Farbe. Daß es bereits von selbst in der Farbe drinsteckt. Dabei fühlt er sich ganz wohl. Jedenfalls gibt es Momente. Manchmal unvermittelt. Wer die Wahrheit sagen will, muß nicht die Wahrheit sagen. Wer etwas erreichen will, muß es nicht so genau nehmen. Opas Apo und Maos Oma. Die Masche fällt. Zufrieden, daß das Bewußtsein noch immer ein Beweis ist. Kann ja nicht angehn.

Das Spiegelnde der Alsterfläche. Daß unter der Oberfläche des Eingerichteten, daß unter der Oberfläche des Funktionierenden etwas wächst, das das Koordinierbare desordinieren würde, wenn es durchbräche. Eine Kette, ein Feld, ein Klumpen von unübersehbaren Einzelheiten. Wie manchmal

 abends im Bett bereits in die Tätigkeit des Einschlafens vertieft. Aus dieser Tätigkeit aufschreckend. Ein Hohlraum voll Einzelvorstellungen Einzelbildern Einzelgedanken Einzelzitaten. Todesangst sprachlos atemanhaltend. Alles zerfällt. Kann ja nicht angehn.
Eine spiegelblanke Alsterfläche. Zufällige Erinnerung zufällig aufgefüllt mit dem Geräusch der Radiostimme von Hans Mayer und dem Fernsehgesicht von Hubert Fichte. Kann ja nicht angehn.
Schwanenwikufer vom gegenüberliegenden Ufer aus gesehn. Ein Bild und das Bild von einem Bild. Dies und dies nicht. Das Abgeleitete, das wahrer ist als das, was tatsächlich ist. Ein Rapport aus Begrenzungslinien, dick und mit stetiger Hand ausgezogen, irgendwo auf der rechten Hälfte abgebrochen. Zehn Zentimeter darüber neu angesetzt. Vertauschte Farbwerte. Übereinandergestapelte Gegenstände, Landungsbrücken, Bootsstege, Uferwege. Spiegelverkehrt wiederholt. Er ist er. Er ist der der er ist. Der der er ist. Ist er. Kann ja nicht angehn.
Er ist sechsundzwanzig Jahre alt. Wer die Wahrheit sagen will, muß nicht die Wahrheit sagen. Wer etwas erreichen will, darf es nicht so genau nehmen. Apos Opa und Maos Oma. Man and his environment are indeed in a cyclic relationship, each altering between cause and effect. Kann ja nicht angehn.
Die Mundsburgerbrücke als ein doppelter Rückspiegel. Ein Knotenpunkt, von dem aus nach allen Seiten etwas weggeht und auf den von allen Seiten etwas zukommt. Ein Knoten aus Überquerungen und Erinnerungen. Ein Mittelpunkt von Überquerungen und Erinnerungen. Papenhuderstraße Mundsburgerdamm Hartwicusstraße. Bündel von Richtungen. Ich bin da immerzu überall herumgelaufen. Der Milchladen in der Papenhuderstraße, Hammonia in der Papenhuderstraße. Nur hier in der Papenhuderstraße. Der Friseur, der auf dem Foto aussah wie Göring, der Göring rasiert. Der Fotograf, der mit Herbert in die Lehre gegangen war und der die Vergrößerung gemacht hat, die Max haben wollte.

Lokale, die er bis heute nur von außen kennt. Na denn. Ein umgeklappter Grundriß. Ein aufgeklappter Grundriß. Ein hochgeklappter Grundriß. Kann ja nicht angehn.

Er säuft. Kann ja nicht angehn.

Er hat Erinnerungen, die er nicht haben kann. Synthetische Erinnerungen. Er verdient sein Geld mit Werbegraphik im Stil osteuropäischer Folklore. Den bekannten ortsansässigen Kritiker gut zu kennen, ist für einen aufstrebenden jungen Künstler genauso wichtig wie seine älteren Kollegen zu verleumden. Er macht dasselbe, was die auch einmal getan haben. Er geht mit ihnen aus und er redet über sie hinter ihrem Rücken. Andie ist mit d'Alembert befreundet. Kann ja nicht angehn.

Die Frage ist nur, ob er er ist, weil er auswechselbar oder unverwechselbar ist. Single oder multiple. Seine Locken stehen ihm schwarz von Kopf und Körper, seine Augen leuchten so blau, das leuchtendste helle kalte Blau, das es überhaupt gibt. Kann ja nicht angehn.

Die Jugend ist heute anders als es die Vätergeneration einst war. Sie kuscht nicht mehr vor anzweifelbarer obrigkeitlicher Verfügung, aber sie hat auch nicht immer den natürlichen Respekt vor den Älteren. Sie ist die Jugend einer Vätergeneration, die die Folgen des eigenen Respekts verfluchen lernte und den Jüngeren den richtigen Respekt erst garnicht beibrachte. Nun stehen die Älteren vor den Jüngeren und haben keine Ahnung, wie dieser im Gegensatz zu ihnen ununiformierte Haufe sich einmal verhalten wird, wenn etwas passiert. Und auch wenn was passiert, lernen die Älteren offenbar nichts daraus. Kann ja nicht angehn.

Eine spiegelblanke Alsterfläche. Wege, Rasen und Bäume bilden einen Streifen Kadmiumgrün. Eine Schicht, unter der andere Schichten verborgen sind. Gärten, die sich vom Harvestehuderweg zur Alster hinab erstrecken. Unterhalb vom Harvestehuderweg, Fontenay, Alte Rabenstraße, Magdalenenstraße, Alsterchaussee, Pöseldorferweg usw. die Alsterweiden mit Knicks und Kühen. Darunter Sumpfland. Objektivierte Erinnerung. Übereinandergestapelte Umrisse,

 Grenzen, Abrisse. Dabei fühlt er sich ganz wohl. Jedenfalls gibt es Momente. Manchmal unvermittelt. Papas Kunst ist tot es lebe Papas Kunst. Neues deutsches Kino, aber doch nicht Warhol. Das Wachsende immer weiterwachsend. Unaufhaltsam. Das Zusammengekratzte absaugend ablutschend abspülend. Gift abtropfend von meiner Schrägen. Was kommt kommt spät. Kommt zusätzlich merkwürdig komisch gleichgültig. Kann ja nicht angehn.

Gleiches gelte von großen Teilen der Jugend. Ein allgemeiner Skeptizismus gegen alles und jeden sei eingerissen. Die jungen Leute würden geradezu systematisch pervertiert. Wie solle man eine solche Jugend moralisch wieder aufbaun? Nirgends sei Halt. Nur große Menschen könnten da einen Wandel schaffen, einen neuen Idealismus erwecken, Menschen, die die Überzeugung weckten, daß sie ihr Leben für ihre Ideen einsetzten. Kann ja nicht angehn.

Jung und hager, voller Vorurteile und Minderwertigkeitskomplexe, selbstbewußt und irritierbar. Schwarz stehen seine Locken von Kopf und Körper, seine Augen leuchten so blau, das leuchtendste helle kalte Blau, das es überhaupt gibt. Jedenfalls ein Vertreter der jungen Generations Ideen und der jungen Generations Vorstellungen der jungen Generations Erfindungen und der jungen Generations Entdekkungen der jungen Generations Neuigkeiten und der jungen Generations Abneigungen der jungen Generations Vorurteile und der jungen Generations Zorn der jungen Generations Wut und der jungen Generations Revolutionsgeist der jungen Generations antiautoritäres Verhalten der jungen Generations Hoffnung und der jungen Generations Liebebedürfnis. Kann ja nicht angehn.

Wenn er sich von der Schildkröte verabschiedet hat, geht er aufs neue d'Alembert entgegen. Aber er trifft schließlich nur Liselotte, sie fährt Ecke Leinpfad und Klärchenstraße an ihm vorbei und nimmt ihn mit zum Mittagessen. Wenn sie mittagessen gehen, sehen sie Helmut Maria und Eduard. Der Plan für eine Abendgesellschaft wird gefaßt und vollendet sich von selbst. Kann ja nicht angehn.

Jedenfalls ein Vertreter der jungen Generation, die ihre Väter entmündigen möchte. Sie haben es jedenfalls geschafft, den Graben aufzureißen. Kann ja nicht angehn. Sowohl schamlos wie auch interesselos. Sowohl verantwortungslos wie auch unverbesserlich. Das Wachsende immer weiterwachsend. Unaufhaltsam. Das Zusammengekratzte absaugend ablutschend abspülend. Gift abtropfend von meiner Schrägen. Was kommt kommt spät. Kommt zusätzlich merkwürdig komisch gleichgültig. Kann ja nicht angehn. Jedenfalls ein Vertreter der jungen Generation, die ihre Väter entmündigen möchte. Sie haben es jedenfalls geschafft, den Graben aufzureißen. Kann ja nicht angehn. Er lächelt. Lächelt er? Wie lächelt er? Schüchtern strahlend gewinnend mürrisch plötzlich verstohlen verloren? Huscht das Lächeln über die (wie?) weichen flaumigen straffen jünglingshaft unbestimmten schon männlich umrissenen Wangen Backen Züge? Schwarz stehen seine Locken von Kopf und Körper, seine Augen leuchten so blau, das leuchtendste helle kalte Blau, das es überhaupt gibt. Worin besteht der Unterschied zur jungen Generation der vierziger Jahre? Politisch ästhetisch modisch allgemein? Selbstmitleid. Empfindlich gegen Kritik. Dabei fühlt er sich ganz wohl. Jedenfalls gibt es Momente. Manchmal unvermittelt. Wie heißt er? Trägt er einen Namen oder trägt der Name ihn? Kann ja nicht angehn.

Er hat Erinnerungen, die er nicht haben kann. Synthetische Erinnerungen. Das Wachsende immer weiterwachsend. Unaufhaltsam. Das Zusammengekratzte absaugend ablutschend abspülend. Gift abtropfend von meiner Schrägen. Was kommt kommt spät. Kommt zusätzlich merkwürdig komisch gleichgültig. Kann ja nicht angehn.

Untergetaucht und aufgegangen in all diesen Wörtern und Sachen. Worin besteht der Unterschied zur jungen Generation der vierziger Jahre? Politisch ästhetisch modisch allgemein? Kadmiumgrün. Farbton beliebig gelbgrün bis blaugrün. Chromoxidhydrat plus Cadmiumsulfid. Sehr gut lichtecht. Mischbarkeit gut. Färbvermögen sehr gut. Lasierfähigkeit befriedigend. Nicht vor 1817 anzutreffen. Quer. Terra di Siena. Farbton mittleres künstliches Eisenoxid. Mischbarkeit gut. Ein typisches Beispiel dafür, daß manche Pigmente des Altertums von modernen Industrieerzeugnissen noch keineswegs ganz eingeholt oder gar übertroffen werden konnten. Quer. Manganblau. Das leuchtendste helle kalte Blau, das es überhaupt erst seit neuester Zeit gibt. Bariumsulfat Manganat. Schon im Jahre 1907 durch Bong erfunden, später durch Patente der IG-Farben verbessert, erst im zweiten Drittel des 20. Jahrhunderts in der Praxis verbreitet. Quer. Rebenschwarz. Farbton nach DIN 6164 mitunter nur 0 zu 7,5. Fast reiner Kohlenstoff. Vielleicht das älteste Schwarzpigment überhaupt. Im Mariana-Manuskript von 1503 bis zur 27 Sorten angeführt. 1584 nennt Borghini auch Mandelkernschwarz Weinrebenschwarz Eichenrindenschwarz. Ab wann in Spanien Korkrinde verbrannt ist, steht nicht fest. Quer. Kann ja nicht angehn. Hat er den berühmten auswärtigen Kritiker in Atem gehalten oder außer Atem gebracht? Wenn der berühmte auswärtige Kritiker atemlos war, liegt es nicht an ihm. Es macht ihn mürrisch. Er kennt selber genügend Tricks. Die Nacht mit in Gesellschaft von zu Gast bei ist ehrlich kein Erfolg gewesen. Schlechtes Repertoire. Abgerissene Schau. Der Totenkopf unter der hochgezogenen Oberlippe pustend, eine glitzernde Strähne von trüber Flüssigkeit quer über Backe und Schläfe. Losgelassen im letzten Augenblick. Losgelassen im richtigen Augenblick. Losgelassen im falschen Augenblick. Schweißglänzende Totenglatze. Bei jedem Pusten das Kitzeln im Bauchhaar. Altgewordener Jungenshintern. Zwischen den Backen, die bibbernd auseinanderstehen, der lila gekräuselte Muskel. Kann ja nicht angehn. Wenn er sich bezichtigt, bezichtigt er sich dessen, daß er vorhanden ist. Er bezichtigt sich dessen, was unwiderruflich ist und was er nicht ändern kann. Selbstbezichtigung. Er beschuldigt nicht seine Urheber und Älteren. Sucht er Gründe in der Vergangenheit oder in dem Umstand, in dem er sich befindet? Er bezichtigt sich seiner selbst. Kann ja nicht angehn.

Allmähliche Verfertigung einer Persönlichkeit

(1) Er lügt.
(2) Er säuft.
(3) Er ist liberal.
(4) Er raucht Pfeife.
(5) Er ist konservativ.
(6) Er ist Nichtraucher.
(7) Er liest den Spiegel.
(8) Er verträgt keinen Alkohol.
(9) Er hält Überzeugung für ein Zeichen von Eskapismus.
(10) Er ist Herausgeber einer traditionsreichen aber erfolglosen Zeitschrift.
(11) Er ist Herausgeber einer gesinnungslosen aber einflußreichen Zeitschrift.
(12) Er trägt einen eisengrauen Spitzbart und überblickt die Menge.
(13) Seine Karriere ist noch keineswegs beendet. Im Gegenteil. Alles ist möglich.
(14) In volltrunkenem Zustand hat er manchmal beteuert: Ich wollte nur kein Gammler sein.
(15) Er hat den gewohnheitsmäßig schräg nach oben gekehrten Blick des geborenen Lügners.
(16) Das Wort Unzucht ist für ihn nach allgemeingültigem Sprachgebrauch ein Ausdruck des Abscheus.
(17) Wenn er tatsächlich so etwas wie Karriere gemacht hat, wie ist es eigentlich dazu gekommen?
(18) Er ist schlecht gelaunt, wenn in der öffentlichen Meinung eine Sache neutral erscheint. Das bietet keinen Ansatz.
(19) Er bekämpft das Mißtrauen gegen ökonomische Argumente und organisatorische Lösungen, hält sich jedoch an die bestehenden Besitzverhältnisse.
(20) Man kann ihn sich gut älter vorstellen, dicker, faltiger, vorsichtiger, herzlicher. Mit gepflegtem weißem Haar und gerötetem Gesicht.
(21) Wenn zum Beispiel ein Mensch wie Eduard etwas von ihm will, will er etwas von Eduard. Aber sie rücken beide nicht mit der Sprache heraus.
(22) Wenn er sich zum Beispiel mit einem Menschen wie

 Eduard in einem Lokal wie København zum Essen verabredet, will er etwas von diesem und dieser will etwas von ihm.
(23) Er kann im Grunde eine Politik überhaupt nicht von einer anderen unterscheiden. Er greift einfach irgendjemanden an und verteidigt je nachdem.
(24) Noch nie hat ihn jemand auf einer offenen Lüge ertappt. Wohl aber kann man sagen, daß selten ein wahres Wort aus seinem Mund gekommen ist.
(25) Man kann sich auch gut den klassischen verheimlichten Zusammenbruch vorstellen. Das Comeback danach. Dem Alkohol abgeschworen. Kein Spaß mehr an kleinen Mädchen. Vielleicht sogar ehrlicher.
(26) Er hat lange Zeit die Meinung vertreten, daß Unterdrückung nicht vermieden werden kann, solange es psychologische, biologische Unterschiede oder solche der Besitzverhältnisse, der Einkommensstufen und der Intelligenz gibt.
(27) Er ist der Meinung, daß es, solange nicht alle gleich sind, Erniedrigte und Opfer gibt. Für diese einzutreten, macht einen guten Eindruck, seien es nun Entwicklungsvölker, Homosexuelle oder Gastarbeiter.
(28) Er besitzt ein umfangreiches Repertoire von Abwandlungen und Varianten und verläßt sich darauf. In der Leichtigkeit, mit der er diese einzusetzen weiß, kommt ihm eine natürliche Erfindungsgabe zu Hilfe.
(29) Er hat die Statur und das Format, die persönliche und die politische Kraft, um notfalls seine Parteifreunde auch einmal mit mehr oder weniger sanfter Gewalt zur Vernunft und zum nüchternen Kalkül zu zwingen.
(30) Denn es kommt nicht darauf an, für Ideale, Programme oder überhaupt Inhalte einzutreten, sondern allein darauf, den konkreten Notstand in die Debatte zu werfen. Wo etwa offensichtliches Unrecht nicht festgestellt werden kann, muß ein neues, ganz anderes, sublimes erfunden werden.
(31) Wie viele ist er der Meinung, daß alle Fragen sich auf ökonomischer Basis lösen lassen, was bedeutet, daß man auf

organisatorischem Wege die Gesellschaft in ein perfektes System von Industrie- und Handelsunternehmen verwandeln muß, die als ein einziges Perpetuummobile miteinander korrespondieren.

(32) Er verläßt sich sowenig auf Überzeugung wie er nach Prioritäten geht. Er schätzt immer nur den jeweiligen Ausschlagswinkel ab. Darin hat er es zu einer außerordentlichen Virtuosität gebracht. Und er wagt manchmal zu urteilen, wo alle anderen vorsichtig geblieben sind.

(33) Denn wer Politik ernsthaft betreibt, muß nun einmal darüber nachdenken, was erreichbar ist und was nicht. Er darf sich nicht damit begnügen, das Ideale geruhsam herbeizuwünschen oder gar voll und ganz in möglichst theoretischer Debatte darüber aufzugehen, was denn das Ideale sei.

(34) Er mag kein besonders eleganter Debattierer sein. Aber er hat doch etwas sehr Wichtiges, was mehr und mehr Mangelware zu werden droht, nämlich gesunden Menschenverstand, Sinn für Taktik und die schlichte Einsicht, daß sich Politik auf dieser Erde und nicht in irgendeinem Wolkenkuckucksheim abspielt.

(35) Denn die philosophische Fragestellung nach der Wahrheit läßt sich darauf reduzieren, daß er niemals ein Bedürfnis danach verspürt hat, ein korrektes oder auch nur konstantes Verhältnis herzustellen zwischen einer Tatsache und dem, was man darüber sagen kann. Selten bleibt ja das, was man darüber sagen kann, unbeeinflußt von den Interessen der daran Beteiligten, und nur darauf allein kommt es letzten Endes an.

(36) Er zitiert Klaus Rainer Röhl: Es ist interessant, wann bei Augstein und Dahrendorf, bei Adorno und Habermas die Sicherungen durchbrennen, wann ihre Toleranzdosis überschritten ist: wenn Steine geworfen werden, wenn der Schnaps des Rektors getrunken wird, wenn ein Redner ausgepfiffen wird, wenn ein Ehrenmann dumme Sau genannt wird, wenn man einem Redner das Mikrophon wegnimmt, wenn man die Spielregeln verletzt.

(37) Es ist wahr, daß das Gute schlechthin nicht darzustel-

 len ist. Andererseits ist immer wieder zu Recht erklärt worden, daß das zu Verändernde, zu Verbessernde jeweils bezeichnet werden kann. Im übrigen besteht richtige Aktivität nicht bloß in der Veränderung, sondern auch in der Erhaltung gewisser Momente, so daß der wahre Konservative dem wahren Revolutionär verwandter ist als dem Faschisten, so wie der wahre Revolutionär dem wahren Konservativen verwandter ist als dem Kommunisten heute.

(38) Er hatte die Theorie entwickelt, daß in der Epoche der großen und kleinen Koalitionen die traditionellen Parteien nicht mehr inhaltlich zu definieren seien, sondern sich jeweils in Fraktionen aufspalten ließen, die in Wahrheit quer über die Parteien hinweggehen. Diese Fraktionen, die in jeder der traditionellen Parteien zu finden sind, reichen von den Ultrarechten, den Unbelehrbaren über die Mitte, die häufig die aktiven Politiker stellt und sich selbst vage als liberal versteht, bis zur sehr notwendigen Halblinken und zur Ultralinken, der möglicherweise vernünftige Leute anhängen, die aber in der Praxis wegen des Übergewichts von Theorie schlecht zu brauchen ist und innerhalb derer daher die Abspaltung einer sogenannten außerparlamentarischen Opposition durchaus zu begrüßen ist. Laß sie sich da austoben, bis sie zur Vernunft (lies Kompromißbereitschaft) kommen.

(39) Sein Gesicht hat die Farbe von Ziegelsteinen. Sein Gesicht hat die Farbe von geräuchertem Speck. His face is suntanned. Er hat das Haar nach vorn gekämmt. Er trägt Dauerwelle. Er trägt Rasierschnitt. Sein Haar klebt schwarz und kraus an der Kopfhaut. Seine Augen leuchten so blau. Seine Augen sind braun und stumpf. Er überblickt die Menge. Sein Mundwinkel zuckt. Sogar im Büro. Hoch zu Roß. Im Eislaufkostüm. Im Tennisdreß. Im Smoking. Eingeklemmt zwischen, eingerahmt von silbergrauen Tapeten, indochinesischen Teppichen, afghanischen Teppichen, Blattpflanzen, Kronleuchtern, gotischen Cocktailbars, barocken Fernsehempfängern, echten Fayencetellern und Palisanderschreibtischen. Ein starkknochiger Mensch, loyal

gesonnen mit dem Herzen auf dem rechten Fleck. Er sieht phantastisch aus im Tweedanzug, scharlachrotem Sweater, violettem Halstuch, Kamelhaarmantel und schwarzem Borsalino. Er spricht unaufhörlich und so rasch, daß seine Zuhörer ihn unterbrechen müssen mit der Bitte zu wiederholen. Seine Vitalität ist erstaunlich. Seine Hände hängen behaart aus der scharlachroten Hausjacke mit Goldverschnürung. Er hat die Spitzen der wurstförmig knochigen Hände gegeneinander gestemmt und schlägt mit den Zeigefingern den Takt zum Gespräch.

Die Bewegungen einer Schildkröte

Psychogramme konservieren den Mythos, daß Männer Geschichte machen. Freilich. Er hatte unglaublich geschlitzte Nasenlöcher. Freilich. Permanente Fluchtbewegung. Dadurch Selbstbewußtsein? Eine Figur von Jules Feiffer und R. O. Blechman. Schau abziehen. Abgerissene Schau. Freilich. Er war von unglaublicher Eitelkeit und hatte sich oft genug von ihr zu unglaublichen Schaustellungen hinreißen lassen. Dennoch hielt dieser Eitelkeit die Angst ohne Einfluß zu sein die Waage (Charlus?). Freilich. Was wurde erkennbar, als er die Isestraße zwischen Hoheluftbrücke und Eppendorferbaum entlangfuhr? Was war erkennbar geworden, als nach Rödingsmarkt die Elbe auftauchte? Was war erkennbar zwischen Sierichstraße und Borgweg nach Verlassen der Durchfahrt? I used to be a rebel in my youth. This cause that cause (chuckle) I backed'em all. But I learned. Rebellion is simply a device used by the immature to hide from his own problems. So I lost interest in politics. Now when I feel aroused by a Civil Rights case or a passport hearing, I realize it's just a device. I go to my analyst and we work it out. You have no idea how much better I feel these days. Freilich. Schau abziehen. Abgerissene Schau. Er war ein unglaublicher Egoist und in vieler Hinsicht ein unglaublich unangenehmer Mensch. Freilich. Wenn man bedenkt, wie wenig wir aus anderen Quellen über die Entstehung des Bewußtseins wissen, wird man dem Satz, daß Bewußtsein entstehe an Stelle der Erinnerungsspur, wenigstens die Bedeutung einer Behauptung einräumen müssen. Was bewegte ihn? Was hielt ihn in Gang? Hatte er Erinnerungen wie alle anderen? Er hatte Erinnerungen wie alle anderen. Welche Form hatten seine Erinnerungen? In welcher Form tauchten sie auf? Nach Verlassen des Hotels, dessen Adresse er nie preisgegeben hatte, etwas tun, was er seit Ewigkeiten nicht getan hatte: langsam zur nächsten U-Bahnstation gehn, Fahrkarte lösen, Bahnsteig betreten, U-Bahn besteigen usw. Fuhr vom Stephansplatz zum Hauptbahnhof. Vom Hauptbahnhof über Berliner Tor nach Barmbek. Von Barmbek über Volksdorf nach Groß-

 Hansdorf. Ging hundert Meter im Umkreis der Endstation hin und her. Von Groß-Hansdorf bis Landungsbrücken. Ging die Treppen hinab. Sprühregen kam mit dem Westwind über die Elbe. Ein hübscher magerer Jüngling mit langem Haar und Backenbart, in weißen Hosen, unten weit, streckte ihm grinsend eine Zigarre entgegen, er verbeugte sich und schüttelte lächelnd den Kopf. (Charlus?) Von Landungsbrücken über Schlump bis Emilienstraße. Zu Fuß zum Doormannsweg. Von Emilienstraße über Schlump, Kellinghusenstraße und Lattenkamp bis Langenhorn Nord. Zu Fuß zur Emil-Schumacher-Schule. Von Langenhorn Nord bis Kellinghusenstraße. Von Kellinghusenstraße bis Stadtpark. Von Stadtpark bis Barmbek. Von Barmbek bis Lübeckerstraße. Von Lübeckerstraße bis Wandsbek-Markt usw. Ein kahlköpfiger dicker Mann von 65. 1,92 groß. Grauer Sommeranzug. Weißes Hemd mit blauen Streifen. Marineblaue Krawatte mit eingestickten silbernen Emblemen. Eine eher pompöse Erscheinung. Buschige Augenbrauen. Fuhr er eine Spur ab? Freilich. Ob überhaupt jemand zu diesem Schluß kommen konnte, nachdem er dies schreckliche Beweisstück vor Augen gehabt hatte, dies Ding auf der Schwelle? Ein kahlköpfiger dicker Mann von 65. 1,92 groß. Grauer Sommeranzug. Weißes Hemd mit blauen Streifen. Marineblaue Krawatte mit eingestickten silbernen Emblemen. Eine eher pompöse Erscheinung. Buschige Augenbrauen. Fuhr er eine Spur ab? Schau abziehen. Abgerissene Schau. Vielleicht konnte man ihn als den überhaupt einflußreichsten Kunstkritiker der Bundesrepublik nach 45 bezeichnen. Anders als Gleichaltrige hatte er sich zurückgezogen. War das Taktik? Er war keineswegs sentimental. Emotionen anderer erregten ihn sinnlich. Eine Figur von Jules Feiffer und R. O. Blechman. U-Bahn-Memoiren. Eine bestimmte Station? Eine bestimmte Strecke? Ein bestimmter Ausblick? Ein bestimmtes Tunnelstück? Eindringen der erleuchteten Kästen in dunkle Tunnel (tubes)? Allegorisches Eindringen in dunkle Tunnel (tubes)? Die Repetierbarkeit des Fahrplans? Schildkröten haben einen sehr langsamen und leichten Gang. Daher denn

Pauvius sie Tardigrada nennt. Die Schildkröte wirft niemals ihren Panzer ab, nicht einmal im hohen Alter. Die Stimme ist ein abruptes und gebrochenes Zischen, gleichwie bei Schlangen, jedoch sehr viel lauter und tonloser. Die männlichen Schildkröten sind sehr fleischlich und lieben die Kopulation, aber die weiblichen tun es nicht. Sie gelten für gewitzt und schlau auf ihre Weise. Denn Schlauheit wird nicht allein demjenigen zugeschrieben, das dünnes Blut hat, vielmehr ebenso dem, das dicke Haut, Horn und Panzer hat, wie Schildkröte und Krokodil. Was hatte ihn beunruhigt? Verließ die U-Bahn an der Station Meßberg. Ging zur Kneipe Ecke Hopfensack und Kattrepel. Wird dort von Dr. Samuel Johnson und Helmut Maria Wildermuth entdeckt werden. Er hatte unglaublich geschlitzte Nasenlöcher. Freilich. D'Alembert has nothing to lose. But it is different for me. I have established myself. I am a man of substance. Freilich. Nach Verlassen des Hotels, dessen Adresse er nie preisgegeben hatte, etwas tun, was er seit Ewigkeiten nicht getan hatte: langsam zur nächsten U-Bahnstation gehn, Fahrkarte lösen, Bahnsteig betreten, U-Bahn besteigen usw. Er hatte unglaublich dürre Beine. Freilich. I used to be a rebel in my youth. This cause that cause (chuckle) I backed'em all. But I learned. Rebellion is simply a device used by the immature to hide from his own problems. So I lost interest in politics. Now when I feel aroused by a Civil Rights case or a passport hearing, I realize it's just a device. I go to my analyst and we work it out. You have no idea how much better I feel these days. Unbewegtes Herumfahren in der U-Bahn am 26. 7. 1968. Wie alles in sich einsaugend, aus dem Fenster, auf die Mitfahrer starrend. Sein Einfluß war groß und seine Wirkung schwer zu übersehen, weil er so progressive Ansichten mit so altmodischem Geschmack verband. He looked like a modern and he smelled of the museum. Ein kahlköpfiger dicker Mann von 65. 1,92 groß. Grauer Sommeranzug. Weißes Hemd mit blauen Streifen. Marineblaue Krawatte mit eingestickten silbernen Emblemen. Eine eher pompöse Erscheinung.

 Buschige Augenbrauen. Fuhr er eine Spur ab? Freilich. Eduard fuhr U-Bahn. Ottilie, Andie und Bertolt Wildermuth fuhren manchmal U-Bahn. Dr. Johnson fuhr U-Bahn. Selbst D'Alembert fuhr U-Bahn. War es bemerkenswert, daß die Schildkröte am 26. 7. 1968 U-Bahn fuhr? Waren die Motive psychologischer Natur? physiologischer, soziologischer, politischer, privater, geschäftlicher, krimineller, verborgener, offensichtlicher Natur? War das Motiv ein schlechtes Gewissen oder eine unangenehme Erinnerung? Was war peinlich? Bezeugt die Wiederholung von Peinlichem, daß es das nicht war? Wenn man bedenkt, wie wenig wir aus anderen Quellen über die Entstehung des Bewußtseins wissen, wird man dem Satz, daß Bewußtsein entstehe an Stelle der Erinnerungsspur, wenigstens die Bedeutung einer Behauptung einräumen müssen. Bedeutete es einen Verlust an Sozialprestige, in ein öffentliches Verkehrsmittel zu steigen? Das war es offenbar nicht. Er war unglaublich eitel. Er hatte einen unglaublich kleinen und dünnen Penis. Sein Einfluß war groß und seine Wirkung schwer zu übersehen, weil er so progressive Ansichten mit so altmodischem Geschmack verband. He looked like a modern and he smelled of the museum. Er war unglaublich eitel. Den Spitznamen Schildkröte hatte er wegen seines Aussehens. Der kahle Kopf, der aus den runden fleischigen Schultern hervorragte wie aus einem Panzer. Schildkröten wird Spitzfindigkeit, Kaltblütigkeit, Kaltschnäuzigkeit und Dickfelligkeit nachgesagt bei langsamer und leichtfüßiger Fortbewegungsart.

Freilich. Waren die Motive psychologischer Natur? physiologischer, soziologischer, politischer, privater, geschäftlicher, krimineller, verborgener, offensichtlicher Natur? War das Motiv ein schlechtes Gewissen oder eine unangenehme Erinnerung? Was war peinlich? Bezeugt die Wiederholung von Peinlichem, daß es das nicht war? He had the stately aloofness of an archbishop. He was tall and bulky with a pink and white complexion and several pink chins that quivered when he was vexed. He was a big man, close on six feet two, dark and built like a heavyweight boxer. The small Z-shaped scar on his right cheek and his black pencil-lined moustache gave him a slightly raffish air. Freilich. He used to be a rebel in his youth. This cause that cause (chuckle) he backed'em all. But he learned. Rebellion was simply a device used by the immature to hide from his own problems. So he lost interest in politics. Now when he felt aroused by a Civil Rights case or a passport hearing, he realized it's just a device. He went to his analyst and they worked it out. Nobody had an idea how much better he felt these days. Er hatte unglaublich behaarte Handrücken. U-Bahn-Memoiren. Eine bestimmte Strecke? Eine bestimmte Station? Ein bestimmter Ausblick? Ein bestimmtes Tunnelstück? Eindringen der erleuchteten Kästen in dunkle Tunnel (tubes)? Allegorisches Eindringen in dunkle Tunnel (tubes)? Die Repetierbarkeit des Fahrplans? Freilich. Sein Einfluß war groß und seine Wirkung schwer zu übersehen, weil er so progressive Ansichten mit so altmodischem Geschmack verband. He looked like a modern and he smelled of the museum. Psychogramme konservieren den Mythos, daß Männer Geschichte machen. He had the stately aloofness of an archbishop. He was tall and bulky with a pink and white complexion and several pink chins that quivered when he was vexed. Stellten die Namen der U-Bahnstationen so etwas dar wie eine Spur des Verdrängten? Aufstören verstören zerstören entstören. Darum verzehren sich aneinander die Künste. Freilich. D'Alembert has nothing to lose. But it is different for me. I have established myself. I am a man of substance. I used to be a rebel in my youth. This cause that cause (chuckle) I backed'em all. But I learned. Rebellion is simply a device used by the immature to hide from his own problems. So I lost interest in politics. Now when I feel aroused by a Civil Rights case or a passport hearing, I realize it's just a device. I go to my analyst and we work it out. You have no idea how much better I feel these days. Freilich. Unterbrach gewohnheitsmäßig seine Rede mit einer Art von tonlosem Keuchen, einer Mischung aus Husten, Seufzen und

 Gähnen. Was tat er sonst gewohnheitsmäßig? Zigarillos mit Mundstück rauchen. Beim Reden eine Hand in die Jackentasche stecken. Mit der Hand in der Tasche Hartgeld hin und her bewegen. Sich mit dem kleinen Finger heftig im Ohr bohren. Ihn dann ablutschen, auch vor anderen. Die Anrede Herr gebrauchen, ohne den Namen hinzuzufügen. In Ausstellungen vor Bildern ein Zischen ausstoßen. Sich zwischen den Beinen kratzen, auch vor anderen. Mit Kellnern reden. Viel und schnell essen. Spät zu Bett gehen. Erdnüsse kauen. Sich weiblichen Personen gegenüber rüde verhalten. Sich nicht verabschieden, sondern einfach weggehn. Sich nackt vorm Spiegel betrachten. Sich nackt im Spiegel von unten betrachten. In dieser Stellung onanieren. Freilich. D'Alembert has nothing to lose. But it is different for me. I have established myself. I am a man of substance. Freilich. Er war keinesfalls sentimental. Emotionen anderer erregten ihn sinnlich. Freilich. Nach Verlassen des Hotels, dessen Adresse er nie preisgegeben hatte, etwas tun, was er seit Ewigkeiten nicht getan hatte: langsam zur nächsten U-Bahnstation gehn, Fahrkarte lösen, Bahnsteig betreten, U-Bahn besteigen usw. Charaktermaske, die austauschbar war. Beliebige Charaktermaske. Ein, so konnte man sagen, raisonabler Mensch. Im direkten Gespräch unkompliziert und unempfindlich. Aber war er überhaupt direkt, unkompliziert, unempfindlich? Er war unglaublich eitel. Was bewegte ihn? Was hielt ihn in Gang? Hatte er Erinnerungen wie alle anderen. Er hatte Erinnerungen wie alle anderen. Welche Form hatten seine Erinnerungen? In welcher Form tauchten sie auf? Er war unglaublich fett. Nach Verlassen des Hotels, dessen Adresse er nie preisgegeben hatte, etwas tun, was er seit Ewigkeiten nicht getan hatte: langsam zur nächsten U-Bahnstation gehn, Fahrkarte lösen, Bahnsteig betreten, U-Bahn besteigen usw. Charaktermaske, die austauschbar war. Beliebige Charaktermaske. Freilich. Darum verzehren sich aneinander die Künste.

Versuch der Rekonstruktion einer Stadt

Die Stadt Hamburg ist eine gute Stadt; lauter solide Häuser. Hier herrscht nicht der schändliche Macbeth, sondern hier herrscht Banko. Der Geist Bankos herrscht überall in diesem kleinen Freistaate, dessen sichtbares Oberhaupt ein hoch- und wohlweiser Senat. Hamburg ist die beste Republik. Seine Sitten sind englisch und sein Essen ist himmlisch. Wahrlich, es gibt Gerichte zwischen dem Wandrahmen und dem Dreckwall, wovon unsere Philosophen keine Ahnung haben. Die Advokaten, die Bratenwender der Gesetze, die so lange die Gesetze wenden und anwenden, bis ein Braten für sie dabei abfällt, diese mögen noch so sehr streiten, ob die Gerichte öffentlich sein sollen oder nicht; darüber sind sie einig, daß alle Gerichte gut sein müssen, und jeder hat sein Leibgericht. Am Hafen liegt ein Gebäude, das das Baumhaus genannt wird, mit einer Galerie oben auf dem Dache, worauf zuverlässig einer der schönsten Prospekte in Deutschland ist. Ich erwähne nur dies, daß man hunderte von dreimastigen Schiffen auf einmal übersieht. Alles lebt und wimmelt, da wird repariert, gebaut, aus- und eingepackt, und alles wacht, ist geschäftig. Auf einmal sieht man die Segel von einem solchen Gebäude voll werden und unter dem Freudengeschrei der Matrosen von den anderen Schiffen geht es mit einem Zuge, dessen Majestät nichts auf der Erde gleich kommt, den prächtigen Strom hinunter.
Die Hamburger Innenstadt liegt zwischen dem Wallring und der Ost-West-Straße. Die Innenstadt hat funktional längst die Grenzen des historischen Hamburg gesprengt und umfaßt beträchtliche Teile rechts und links der Alster und an der Elbe. Die City hat sich zu einer in Deutschland einmaligen Konzentration von Geschäften, Warenhäusern, Banken und Büropalästen entwickelt. Die Tagesbevölkerung dieses nur rund vier Quadratkilometer großen Areals beträgt wochentags zwischen 8 und 18 Uhr schätzungsweise eine halbe Million Menschen.
Bäckerbreitergang Valentinskamp Caffamacherreihe ABC-Straße.
Plötzliches Erkennen des Frühlings am Hofweg. Blick

 Richtung Mühlenkamp. Blaues Licht. Etwas Helles. Aufleuchtendes. Staub. Autos. Kleine schwarze Senkrechte überqueren langsame schwarze Waagerechte. Regenförmiges überquert Regenförmiges. Scharen von Wänden. Kleine schwarze traurige unaufhörlich wandernde Rechtecke. Zögernde Diagonalen.

Manche Historiker behaupten, Karl der Große habe Hamburg nur erweitert, die Phönizier aber hätten Hamburg und Altona gegründet und zwar zu derselben Zeit als Sodom und Gomorra zugrunde gingen. Vielleicht haben sich Flüchtlinge aus diesen Städten nach der Mündung der Elbe gerettet. Man hat zwischen der Fuhlentwiete und der Kaffamacherei einige alte Münzen ausgegraben, die noch unter der Regierung von Bera XVI. und Birsa X. geschlagen wurden. Und noch ein Hinweis: Wer sich in gewissen Lokalen der Großen Freiheit zum Beispiel in der Monica-Bar oder im Barcelona eines der schönen Kinder anlacht, wird, wenn er sich nicht über den besonderen Charakter dieser Vergnügungsstätten im klaren ist, eine höchst unliebsame Überraschung erleben.

Langsam vorsichtig reglos treiben die Unbekannten ans Ufer. Eine Flotille von fünf gerade gestreckten Schwanenhälsen. Ich sah sie fliegen: dunkel schwer nahe am Wasser.

Die Hamburger Innenstadt liegt zwischen dem Wallring und der Ost-West-Straße. Die Innenstadt hat funktional längst die Grenzen des historischen Hamburg gesprengt und umfaßt beträchtliche Teile links und rechts der Alster und an der Elbe. Die City hat sich zu einer in Deutschland einmaligen Konzentration von Geschäften, Warenhäusern, Banken und Büropalästen entwickelt. Die Tagesbevölkerung dieses nur rund vier Quadratkilometer großen Areals beträgt wochentags zwischen 8 und 18 Uhr schätzungsweise eine halbe Million Menschen.

Als er 47 am Hofweg aus der Straßenbahn gestiegen war, hatten Passanten eine Blutspur entdeckt. Ein Mitgeschleifter, ein junger Mann, war zwischen Triebwagen und Anhänger hervorgezogen worden. Eine ältere Frau hatte sich vorgedrängt und an den Haaren des leblos Daliegenden gezerrt. Sie wollte, wie sie hysterisch lachend geschrien hatte, nachsehen, ob der Kopf noch fest saß. Ein grauer Spätnachmittag kurz vor Dunkelwerden. Die leeren Tennisplätze des Uhlenhorster Hockey-Clubs. Die graue Häuserwand der Averhoffstraße. Autoverkehr in beiden Richtungen.

Möven, niedrig um eine Pappel. Grauer Volkswagen vom Dammtor. Straßenbahn vom Klosterstern. Zwei Männer, grauer Hut und blauer Hut, wartend. Hochbahnuniform, Schirmmütze, graues Haar, Stock, hinkend, Richtung Klosterstern. Weißer Dutt, blauer Regenmantel Richtung Dammtor. Vier Mädchen und drei Männer Richtung Dammtor. Grauer Straßenbahnreinigungswagen mit rotweißer Kantenzeichnung. 12. 2. 1840: Heute auf dem Petri-Thurm. Himmlischer Frühlingsmittag. Die Stadt, sich herausschälend aus dem Rauch. Das Glockenspiel: wachet auf, ruft uns die Stimme.

Das alte Hamburger Kaufmannshaus hat sich auf den schmalen, aber tiefen Grundstücken der elbnahen Marschinseln zu seiner eigentümlichen Form und Anordnung entwickelt. Es besteht aus dem vorderen Wohn- und Kontorhaus, dem rückwärtig anschließenden Mittelbau oder Steinhof und dem dahinter am Fleet gelegenen Speicher. Wie lernt man etwas kennen? Indem man seine Einzelheiten auswendig lernt? Eine Stadt zum Beispiel. Man wohnt in ihr, erst in einem, dann in einem anderen Stadtteil. Man macht bestimmte regelmäßige Wege, zu Fuß, mit der U-Bahn, mit dem Wagen. Kennt man die Stadt? Verkehrsmittel, Straßen, Arbeitsplätze, Lokale, Kinos, Museen, Theater, Spaziergänge, kennt man die Stadt, wenn man das kennt? Vielleicht wenn man in Gedanken beliebige und beliebig viele Wege abgehen kann. Wenn man weiß, wie man sich zurechtfindet, wo man was einkaufen kann usw. Muß sich nicht noch außerdem etwas ansetzen? Was? Historisches zum Beispiel. Objektive geschichtliche Entwicklung, Veränderung und die Spuren davon. Persönliche Erinnerung. Beides miteinander gemischt und einander ergänzend. Kennt man zum Beispiel eine Stadt, wenn sie soetwas wie ein Abbild, ein Aufbewahrungsraum, eine Spur geworden ist von dem, was man in ihr gelebt hat?

Die Verteilung von Barkassen und Fährdampfern auf einer Hafenfläche. Die wechselnde Dichte der Verteilung von Barkassen und Fährdampfern auf einer Hafenfläche. Bäkkerbreitergang Valentinskamp Caffamacherreihe ABC-Straße. Nachmittage in Nachmittage die Zelle, in der er gelebt hatte. Eine ganze Kette von Nachmittagen dieses Zimmers, während er daliegt, ins Fenster starrt, zum Schreibtisch geht, schreibt, liest. Abendlicht über den regennassen Dächern. Spaziergänge um die Alster herum. Abendliche Heimwege auf der Adolfstraße. Und abends immer geht der Weg zusammen mit dem spiegelzweiten Silberufer Orion entgegen. Tägliche Fahrten mit dem Alsterdampfer. Die Abendsilhouette der Innenstadt über der Lombardsbrücke.

Ganz Hamburg für drei Mark fünfzig; zu Wasser und zu Lande. Die Sehenswürdigkeiten der Stadt in dreieinhalb Stunden. Käses Stadt- und Hafenfahrten gehen mit gelben, hochbordigen Mail-Coaches morgens um 10 und nachmittags um 3 Uhr vom Sammelplatz vor dem Alsterpavillon ab. An den Vorsteven werden die staunenden Quiddjes eingeschifft zur Fahrt durch die Häfen oder nach Blankenese. Hans Stahl: Ecke Hein Hoyerstraße und Simon von Utrechtstraße. Ecke Hopfensack und Kattrepel. Ecke Trummersweg und Gaedechensweg. Ecke Hallerstraße und Rothenbaumchaussee. Normaluhrreklame: Moravia-Pils. Zwei Männer mit Aktentaschen. Weißhaariger Mann ohne Hut. Auf den Bus wartend.

Von Celle nach Hamburg hat sich mit mir nicht viel Sonderliches zugetragen, es war abscheuliches Wetter und ich saß in einem Fußsack bis unter die Arme. Diese angenehme Lage bei einem kalten nassen Wetter brachte bei mir ein paar Gedanken auf die Flügel, die bisher sich immer eingehalten hatten. O wenn Sie wüßten, wenn Sie wüßten, was ich in Hamburg gesehen, gehört, gegessen, gelacht und getan habe.

Die Villenviertel der Uhlenhorst und Winterhudes gehören zu Hamburgs ruhigsten und teuersten Wohngegenden, deren besonderer Reiz eigentlich erst durch eine Bootsfahrt auf den Kanälen, die sich hier hindurchziehen, erfaßt werden kann. Ich selber sagte nie etwas und betrachtete die Mädchen und den heiter sanften Himmel und den langen Petriturm mit der schlanken Taille und die stille blaue Alster, worauf die Schwäne so stolz und so lieblich und so sicher umherschwammen. Krugkoppelbrücke 12 Uhr 10: Streifen von Windrippen. Geschwader von Enten. Vom eisernen Poller hängen Wassertropfen. Der Klinker der Brücke grauviolett und feucht. Rotes Gebüsch vor grünem Gras. Mövenfeld auf der Fläche des Eichenparks. Feuchte Fußspur im Wartehaus. Gleichmäßiges Geräusch des Autoverkehrs auf der Brücke. Zwei Kinder durch den Eichenpark sich entfernend zwischen den Möven. Spiegelbilder im Wasser. Blaugrau. Verschiedene Helligkeitsgrade. Grünrostige Flecke. Geschwader von Enten. Eine Viertelstunde bis Klosterstern. Einzelne Möve schräg um eine Pappel. Wind unter den Brückenbögen, plötzlich Rippelung, plötzlich abflachend, Schatten in Schatten. Autoverkehr in beiden Richtungen.

Alsterschiff-Restaurant; Böges Schiffchen; Café Bosporus; Cölln; København; Pak-Sun-Lam; Schünemanns Austernkeller; Wehrle; Zur Himmelsleiter; Lembcke; Efes Izmir; Madrid; Mühlenkamper Fährhaus; Meson Castellano (Schultheiß am Hallerplatz); Fischereihafen-Restaurant; Fischkajüte; Dill sin Döns; Jacob; Alt-Pöseldorfer Bierstuben; Brahmskeller; Funk-Klause.

Als er 47 am Hofweg aus der Straßenbahn gestiegen war, hatten Passanten eine Blutspur entdeckt. Ein Mitgeschleifter, ein junger Mann, war zwischen Triebwagen und Anhänger hervorgezogen worden. Eine ältere Frau hatte sich vorgedrängt und an den Haaren des leblos Daliegenden gezerrt. Sie wollte, wie sie hysterisch lachend geschrien hatte, nachsehen, ob der Kopf noch fest saß. Ein grauer Spätnachmittag kurz vor Dunkelwerden. Die leeren Tennisplätze des

 Uhlenhorster Hockey-Clubs. Die graue Häuserwand der Averhoffstraße.
Stichworte zu einer erinnerten Gegend. Eine Gegend der Erinnerung, Stichworte, die einen Grundriß bilden. Grundriß von was?
Alter Wall Große Bleichen Neuer Wall: drei Straßen von Weltruf. Hier fahren Damen und Herren in Equipagen vor, um in Gemessenheit einzukaufen. Alles, was in den Auslagen der Salons, Magazine, Kunsthandlungen und Juweliere arrangiert ist, genießt den Ruf erlesener Qualität. Weit urwüchsiger geht es am Ende des Neuen Walls zu, wo das Görzsche Palais noch im Jahre 1888 von Wohnhäusern eingezwängt wird. Dort sieht man den Altonaer Pferdeomnibus, der an dieser Stelle stets ein Vorspannpferd erhält. Mit Hüh und Hussassa treibt der junge Vorreiter die Pferde den steilen Alten Steinweg hinaus zum Großneumarkt, um dort der Pferdebahnkonkurrenz möglichst die Fahrgäste wegzuschnappen.
Die Villenviertel der Uhlenhorst und Winterhudes gehören zu Hamburgs ruhigsten und teuersten Wohngegenden, deren besonderer Reiz eigentlich erst durch eine Bootsfahrt auf den Kanälen, die sich hier hindurchziehen, erfaßt werden kann.
Autoschlangen in beiden Richtungen. Wechselnde Gruppen von Wartenden.
Langsam vorsichtig reglos treiben die Unbekannten ans Ufer. Eine Flottille von fünf gerade gestreckten Schwanenhälsen. Ich sah sie fliegen: dunkel schwer nahe am Wasser.
Ecke Hallerstraße und Rothenbaumchaussee: Astragaststätte, Tabakladen, Bäckerladen, Zeitungsstand, Mode, Blumen. Normaluhr. Große Pappel. Bücherstube Greta Stolterfoht. Litfaßsäule mit Attikareklame: ein Paar, Zigarettenschachtel, Zigarette; Spritereklame (Cappireklame, Tom-Jones-Reklame, Erlaubt ist was Spaß macht: Mädchenkopf, Pinsel im Mund, Pinsel grün). Bus vom Mittelweg Richtung Altona: rot mit gelbem Oberteil.
Von Celle nach Hamburg hat sich mit mir nicht viel Sonder-

liches zugetragen, es war abscheuliches Wetter und ich saß in einem Fußsack bis unter die Arme. Diese angenehme Lage bei einem kalten nassen Wetter brachte bei mir ein paar Gedanken auf die Flügel, die bisher sich immer eingehalten hatten. O wenn Sie wüßten, wenn Sie wüßten, was ich in Hamburg gesehen, gehört, gegessen, gelacht und getan habe.

Kleine schwarze Senkrechte überqueren langsame schwarze Waagerechte. Regenförmiges überquert Regenförmiges. Scharen von Wänden. Kleine schwarze traurige unaufhörlich wandernde Rechtecke. Zögernde Diagonalen. 12. 2. 1840: Heute auf dem Petri-Thurm. Himmlischer Frühlingsmittag. Die Stadt, sich herausschälend aus dem Rauch. Das Glockenspiel: wachet auf, ruft uns die Stimme. Die Villenviertel der Uhlenhorst und Winterhudes gehören zu Hamburgs ruhigsten und teuersten Wohngegenden, deren besonderer Reiz eigentlich erst durch eine Bootsfahrt auf den Kanälen, die sich hier hindurchziehen, erfaßt werden kann. 12. 2. 1840: Heute auf dem Petri-Thurm. Himmlischer Frühlingsmittag. Die Stadt, sich herausschälend aus dem Rauch. Das Glockenspiel: wachet auf, ruft uns die Stimme. Als er 47 am Hofweg aus der Straßenbahn gestiegen war, hatten Passanten eine Blutspur entdeckt. Ein Mitgeschleifter, ein junger Mann, war zwischen Triebwagen und Anhänger hervorgezogen worden. Eine ältere Frau hatte sich vorgedrängt und an den Haaren des leblos Daliegenden gezerrt. Sie wollte, wie sie hysterisch lachend geschrien hatte, nachsehen, ob der Kopf noch fest saß. Ein grauer Spätnachmittag kurz vor Dunkelwerden. Die leeren Tennisplätze des Uhlenhorster Hockey-Clubs. Die graue Häuserwand der Averhoffstraße. Scharen von Wänden.

Aus den Tunneln tauchen die beleuchteten Vorderflächen empor. Holzfeuerhimmel der hinten liegenden Gegenden. Offenstehende Türen zu abgestellten Eisenbahnwaggons in der Novembersonne. Flachgezogene Rauchgelände über Rangierbahnhöfen. Aufgegitterte Spiegelbilder im Wellblech der Kanäle. In diesem Kanal- und Brückengelände.

 Die glitzernden Parallelen des vor mir liegenden Geländes. Scharen von Wänden.
Autoschlangen in beiden Richtungen. Wechselnde Gruppen von Wartenden. Plötzliches Erkennen des Frühlings am Hofweg. Blick in Richtung Mühlenkamp. Blaues Licht. Etwas Helles. Aufleuchtendes. Staub. Autos. Sommer 46 an der Elbe. Das Gewitter in Blankenese. Die tintenfarbige Fläche der Elbe. Das Gesicht Lore Schieblers. Der Eisenzaun vor dem Haus, in dessen Eingangstür sie sich vor dem Regen untergestellt hatten. Dieser Zaun vor diesem Haus, der heute wie stehengeblieben ist von damals. Was mit seinem objektiven Vorhandensein nichts zu tun hat. Autoschlangen in beiden Richtungen. Wechselnde Gruppen von Wartenden. Stichworte zu einer erinnerten Gegend. Eine Gegend der Erinnerung? Stichworte, die einen Grundriß bilden. Grundriß von was? Sommer 46 an der Elbe. Das Gewitter in Blankenese. Die tintenfarbige Fläche der Elbe. Das Gesicht Lore Schieblers. Der Eisenzaun vor dem Haus, in dessen Eingangstür sie sich vor dem Regen untergestellt hatten. Dieser Zaun vor diesem Haus, der heute wie stehengeblieben ist von damals. Was mit seinem objektiven Vorhandensein nichts zu tun hat.
Museen und Galerien: Hamburger Kunsthalle; Museum für Kunst und Gewerbe; Museum für Hamburgische Geschichte; Museum für Völkerkunde und Vorgeschichte; Altonaer Museum; Jenisch-Haus; Helms-Museum; Ernst-Barlach-Haus; Bauzentrum; Kunsthaus Hamburg; Kunstverein Hamburg; Galerie Helmut Brinkmann; Galerie Brockstedt; Galerie Cometer; Galerie Hamburg 13; Helmut von der Höh; Künstlerclub die insel; Neues Kunstzentrum; Atelier Mensch; Galerie Neuendorf; galerie uhu.
Kleine schwarze Senkrechte überqueren langsame schwarze Waagerechte. Regenförmiges überquert Regenförmiges. Scharen von Wänden. Kleine schwarze traurige unaufhörlich wandernde Rechtecke. Zögernde Diagonalen.
Das alte Hamburger Kaufmannshaus hat sich auf den schmalen, aber tiefen Grundstücken der elbnahen Marsch-

inseln zu seiner eigentümlichen Form und Anordnung entwickelt. Es besteht aus dem vorderen Wohn- und Kontorhaus, dem rückwärtig anschließenden Mittelbau oder Steinhof und dem dahinter am Fleet gelegenen Speicher. Oft kehrten wir uns noch im Wagen um und blickten traurig zurück, bis endlich auch die letzten Türme in graue Ferne versanken. Eine gute Chaussee führte uns bis zu dem niedlichen Städtchen Wandsbeck, welches eigentlich nur ein großer Garten voll schöner Landhäuser ist. Hier wohnt der Dichter Claudius.

Das Echo des Stundenschlags tropft. Die schwarz gehöckerte Zunge des Bootshauses redet mit sinnlosen Schnarchgeräuschen. Die ferne Lichtbank der Lombardsbrücke äußert sich sekundenlang mit dem Rattern der S-Bahn. Die Zeit ist ein Loch aus Stille. In weißen Wolkengittern glänzt Cassiopeia. Kleine schwarze Senkrechte überqueren langsame schwarze Waagerechte. Regenförmiges überquert Regenförmiges. Scharen von Wänden. Kleine schwarze traurige unaufhörlich wandernde Rechtecke. Zögernde Diagonalen.

Ich bin viereinhalb Tage in Hamburg gewesen. Habe auf dem göttlichen Fortifikations-Hause einmal mit Herrn Professor Gisecke gefrühstückt; habe mit Herrn Professor Büsch, Herrn Magister Ebeling, Herrn Sonin und der ganzen Handlungs-Akademie, die aus 16 jungen Leuten besteht, gespeist. Nach Tisch kegelte ich mit einigen. Auf dem Baumhause, in der Mitte des Hafens, habe ich auch einmal gefrühstückt und einmal einen halben Nachmittag zugebracht. Ich habe die Börse, das Rathaus und ein eines reisenden Weltweisen Achtung nicht unwürdiges Stück, den Ratskeller, besehen, auch die neue Michaeliskirche habe ich besucht, aber sie nicht so gefunden, als ich wohl erwartet hatte. Unterwegs zwischen zwei Situationen sehe ich ein Fenster, das durch die Nacht leuchtet. Immer derselbe Weg. Kleine kahle Bäume. Wind drängt entgegen, Regen schlägt ins Gesicht. Ich gehe. Während ich gehe, bewegt sich der Weg in immer derselben Richtung mit mir und ich komme nie ans Ende. Kleine schwarze Senkrechte überqueren lang-

 same schwarze Waagerechte. Regenförmiges überquert Regenförmiges. Scharen von Wänden. Kleine schwarze traurige unaufhörlich wandernde Rechtecke. Zögernde Diagonalen.
Oft kehrten wir uns noch im Wagen um und blickten traurig zurück, bis endlich auch die letzten Thürme in graue Ferne versanken. Eine gute Chaussee führte uns bis zu dem niedlichen Städtchen Wandsbeck, welches eigentlich nur ein Garten voll schöner Landhäuser ist. Hier wohnt der Dichter Claudius.
4. 1. 1857: Ich war gestern bei Hofrath Nordberg in Gesellschaft mit einem Oberkriegscommissair, der sich lange in Hamburg aufgehalten hatte. Dieser erzählte, daß dort in den vornehmen Häusern kein Domestik Lohn erhalte, sondern daß jeder auf die Trinkgelder angewiesen sey, die denn auch eben bei Diners und Soupers in colossalem Maaß gereicht würden, 3 Thaler jedes Mal. Dieß hatte die Madame Jenisch ihm selbst gesagt und hinzugefügt, daß die Bedienten es immer meldeten, wenn irgend ein Gast aus Unkunde der Sitte oder aus sonstigen Gründen mit der Steuer im Rückstand geblieben sey.
Sommer 46 an der Elbe. Das Gewitter in Blankenese. Die tintenfarbene Fläche der Elbe. Das Gesicht Lore Schieblers. Der Eisenzaun vor dem Haus, in dessen Eingangstür sie sich vor dem Regen untergestellt hatten. Dieser Zaun vor diesem Haus, der heute wie stehengeblieben war von damals. Was mit seinem objektiven Vorhandensein nichts zu tun hatte. Bäckerbreitergang Valentinskamp Caffamacherreihe ABC-Straße. Das Gewitter, das sie in der Straßenbahn überrascht hatte. 49? 50? Die Regenwand, die hinter der Petrikirche auf die Mönckebergstraße prallte. Erinnerung dabei an Erzählungen von Hamburgern im Lazarett aus der Zeit der Luftangriffe. Autoschlangen in beiden Richtungen. Wechselnde Gruppen von Wartenden.
Krugkoppelbrücke 12 Uhr 10: Streifen von Windrippen. Geschwader von Enten. Vom eisernen Poller hängen Wassertropfen. Der Klinker der Brücke grauviolett und

feucht. Rotes Gebüsch vor grünem Gras. Mövenfeld auf der Fläche des Eichenparks. Feuchte Fußspur im Wartehaus. Gleichmäßiges Geräusch des Autoverkehrs auf der Brücke. Zwei Kinder durch den Eichenpark sich entfernend zwischen den Möven. Spiegelbilder im Wasser. Blaugrau. Verschiedene Helligkeitsgrade. Grünrostige Flecke. Geschwader von Enten. Eine Viertelstunde bis Klosterstern. Einzelne Möve schräg um eine Pappel. Wind unter den Brückenbögen, plötzliche Rippelung, plötzlich abflachend, Schatten in Schatten. Die Tintenschrift, mit der dies notiert ist, ausgelaufen von einem Wassertropfen. Das Muster der ausgelaufenen Schrift auf der Notizblockseite.

Versuch der Rekonstruktion eines Datums: 26.7.1968

Eine Brieftasche mit 5240 Mark in bar und 1046,59 Mark in Schecks fand die 71jährige Marie Jungclaus aus der Schützenstraße in Bahrenfeld auf der Fahrbahn der Stresemannstraße. Sie lieferte die Brieftasche umgehend bei der nächsten Polizeirevierwache ab. Am 25. Jahrestag der großen Fliegerangriffe auf Hamburg legten Bürgerschaftspräsident Herbert Dau und Bürgermeister Drexelius (unser Bild) Kränze am Ehrenmal für die Bombenopfer auf dem Ohlsdorfer Friedhof nieder. Rings um das 1952 entstandene Ehrenmal mit der von Gerhard Marcks geschaffenen Skulpturengruppe Fährmann Charon mit dem Totennachen ruhen fast 40 000 Bombenopfer. Spielplan der Filmtheater am 26. 7. 1968: Unterm Holderbusch; Zur Sache Schätzchen; Ich habe Lust; Mit allen Wassern gewaschen; Alle Herrlichkeit auf Erden; Engel – gibts die? Donald Duck als Sonntagsjäger.
Todesanzeige: Der langjährige Geschäftsführer unserer Tochtergesellschaft, Vereinigte Asphalt- und Teerprodukten-Fabriken GmbH. (VAT) Hamburg, Herr Alfred Simokat ist nach kurzer schwerer Krankheit im 78. Lebensjahr verstorben. Wir gedenken dieses tatkräftigen, umsichtigen und erfolgreichen Mannes, der unsere Tochtergesellschaft durch alle Fährnisse der Kriegszeit und des Wiederaufbaus erfolgreich geführt hat. Seine Freunde in unseren Reihen werden diesem aufrechten Manne stets ein ehrendes Andenken bewahren. ESSO A. G. Hamburg, am 26. Juli 1968. Die Beisetzung hat im engsten Familienkreis in aller Stille stattgefunden. Schriftband Club an der Alster: Internationale Tennismeisterschaften 5.–13. August 1968.
Reklame: Männer! einer Weltstadt wir verlosen diese junge Dame! als Hauptgewinn im Sommer-Schluß-Verkauf (29. Juli bis 10. August).
Bildungspolitik: Ostberlin reformiert die Hochschulen. Engere Zusammenarbeit zwischen Wissenschaft und Praxis ist das Ziel. Aktienkurse leicht erholt. Deckungskäufe der Baissespekulation. Rente freundlich. Dow-Jones-Index für 30 Industriewerte: 885,47 + 12,63. In dem türkischen Eß-

 lokal in der Alsterdorferstraße (Efes Izmir) aß an diesem Abend eine kleine Gesellschaft von jungen Leuten. Brahmskeller in der Ludolphstraße war zeitweise voll besetzt. Gute Kundschaft.
Menschlich gesehen: Wagner-Spezialistin. Am Telefon meldet sich eine tiefe Stimme. Es ist der heroische Alt von Ursula Boese. Die Wagner-Spezialistin, seit 1961 Mitglied der Hamburgischen Staatsoper, opferte ihren diesjährigen Sommerurlaub dem Studium der Gluckoper Die Chinesinnen. Im Weißen Haus führte Präsident Johnson mit Finanzminister Strauß in guter Atmosphäre ein langes Gespräch. Hamburger Pater ist für die Pille. Die amerikanische Filmschauspielerin Laureen Bacall beglückwünscht Marc Bohan für seine gelungene Kollektion. Abstecher nach Bebenhausen. Das Wetter am Freitag. Wetterlage: Zwischen einem Hoch über den britischen Inseln und einem von Dänemark nach Südosten ziehenden Tief strömt kühle Luft von Norden her nach Mitteleuropa ein. Vorhersage für Freitag: Norddeutschland, Berlin und Nordrhein-Westfalen: Wechselnd wolkig mit kurzen Aufheiterungen, Neigung zu einzelnen Schauern, Temperaturen zwischen 16 und 19 Grad. Infolge Bauarbeiten auf der Norderelbbrücke und in der Amsinckstraße rechnet die Hamburger Polizei auch am kommenden Wochenende mit erheblichen Verkehrsstauungen, die sich unter Umständen bis in die Innenstadt hinein auswirken können. Sie empfiehlt deshalb allen Verkehrsteilnehmern, die Hamburg in Richtung Süden verlassen wollen, die Norderelbbrücke zu meiden und stattdessen die südliche Umgehung der Autobahn über die Anschlußstellen Öjendorf oder Moorfleet zu benutzen.
Bildungspolitik: Ostberlin reformiert die Hochschulen. Engere Zusammenarbeit zwischen Wissenschaft und Praxis ist das Ziel. Biafra wartet auf die ersten Hilfssendungen. Dahrendorf kündigt präzises Programm seiner Partei an. Dem Ruhrgebiet droht Überalterung. Die Kulturrevolution in China ist zersplittert. Eberhard Müller: Den Mut haben, heiße Eisen anzufassen. Wagnerfestspiele in Bayreuth er-

öffnet. Bundesaußenminister Willy Brandt von Autogrammjägern umlagert. Spielplan der Filmtheater am 26. 7. 1968: Unterm Holderbusch; Zur Sache Schätzchen; Ich habe Lust; Mit allen Wassern gewaschen; Alle Herrlichkeit auf Erden; Engel – gibts die? Donald Duck als Sonntagsjäger.

Gegen Mittag wurde an der Spitze der Michaeliskirche eine Seifenblase beobachtet, die sich rasch bis zu einem Durchmesser von etwa 10 Metern ausdehnte und dann lautlos platzte.

Von dem 25jährigen britischen Seemann James McC. wurde auf der Reeperbahn eine 64 Jahre alte Raumpflegerin niedergeschlagen. Bildungspolitik: Ostberlin reformiert die Hochschulen. Engere Zusammenarbeit zwischen Wissenschaft und Praxis ist das Ziel. Am 25. Jahrestag der großen Fliegerangriffe auf Hamburg legten Bürgerschaftspräsident Herbert Dau und Bürgermeister Drexelius (unser Bild) Kränze am Ehrenmal für die Bombenopfer nieder. Rings um das 1952 entstandene Mahnmal mit der von Gerhard Marcks geschaffenen Skulpturgruppe Fährmann Charon mit dem Totennachen ruhen fast 40 000 Bombenopfer.

Das Wetter am Freitag. Wetterlage: Zwischen einem Hoch über den Britischen Inseln und einem von Dänemark nach Südosten ziehenden Tief strömt kühle Luft von Norden her nach Mitteleuropa ein. Vorhersage für Freitag: Norddeutschland, Berlin und Nordrhein-Westfalen: Wechselnd wolkig mit kurzen Aufheiterungen, Neigung zu einzelnen Schauern, Temperaturen zwischen 16 und 19 Grad. Während seines Urlaubs besuchte Bundeskanzler Kiesinger den 87jährigen Kurienkardinal Augustin Bea, der sich im Augenblick zu einem Besuch in seiner schwäbischen Heimatgemeinde Riedböhringen aufhält. Ich erinnere mich nicht daran. Aber es ruft mir in Erinnerung. Wagnerfestspiele in Bayreuth eröffnet. Bundesaußenminister Willy Brandt von Autogrammjägern belagert. Während seines Urlaubs besuchte Bundeskanzler Kiesinger den 87jährigen Kurienkardinal Augustin Bea, der sich im Augenblick zu

 einem Besuch in seiner schwäbischen Heimatgemeinde Riedböhringen aufhält. Spielplan der Filmtheater am 26. 7. 1968: Unterm Holderbusch; Zur Sache Schätzchen; Ich habe Lust; Mit allen Wassern gewaschen; Alle Herrlichkeit auf Erden; Engel – gibts die?; Donald Duck als Sonntagsjäger. In dem türkischen Eßlokal in der Alsterdorferstraße (Efes Izmir) aß an diesem Abend eine kleine Gesellschaft von jungen Leuten. Brahmskeller in der Ludolphstraße war zeitweise voll besetzt. Gute Kundschaft. Die neue Herbst- und Wintermode in Paris. Hundeleinen gürten lange Jacken. Schwarz ist Diors Farbe für den Festabend – Courrèges aber beginnt und endet mit Weiß. Eigenbericht der WELT.
Autoverkehr in beiden Richtungen.
An sieben verschiedenen Stellen der Stadt brachen sieben verschiedene Männer zur gleichen Zeit tot zusammen.
Von dem 25jährigen britischen Seemann James McC. wurde auf der Reeperbahn eine 64 Jahre alte Raumpflegerin niedergeschlagen. Wagnerfestspiele in Bayreuth eröffnet. Bundesaußenminister Willy Brandt von Autogrammjägern umlagert. Biafra wartet auf die ersten Hilfssendungen. Dahrendorf kündigt präzises Programm seiner Partei an. Dem Ruhrgebiet droht Überalterung. Die Kulturrevolution in China ist zersplittert. Eberhard Müller: Den Mut haben, heiße Eisen anzufassen. Das alles ist an einem einzigen Tag passiert oder wurde an diesem Tag der Öffentlichkeit mitgeteilt.
Der Thomas-Dehler-Preis, gestiftet vom Bundesministerium für gesamtdeutsche Fragen, wurde erstmalig in der Westberliner Akademie der Künste verliehen. Die Träger dieses mit 10 000 DM dotierten Preises, mit dem literarische und journalistische Arbeiten gesamtdeutschen Inhalts ausgezeichnet werden, sind Jochen Ziem und Dr. Ernst Richert. Infolge von Bauarbeiten auf der Norderelbbrücke und in der Amsinckstraße rechnet die Hamburger Polizei auch am kommenden Wochenende mit erheblichen Verkehrsstauungen, die sich unter Umständen bis in die Innenstadt hinein

auswirken können. Sie empfiehlt deshalb allen Verkehrsteilnehmern, die Hamburg in Richtung Süden verlassen wollen, die Norderelbbrücke zu meiden und stattdessen die südliche Umgehung der Autobahn über die Anschlußstellen Öjendorf und Moorfleet zu benutzen. Der Thomas-Dehler-Preis, gestiftet vom Bundesministerium für gesamtdeutsche Fragen, wurde erstmalig in der Westberliner Akademie der Künste verliehen. Die Träger dieses mit 10 000 DM dotierten Preises, mit dem literarische und journalistische Arbeiten gesamtdeutschen Inhalts ausgezeichnet werden, sind Jochen Ziem und Dr. Ernst Richert. Von dem 25jährigen britischen Seemann James McC. wurde auf der Reeperbahn eine 64 Jahre alte Raumpflegerin niedergeschlagen.
Katzer schreibt an Blessing: Rentensystem nicht antasten. Nasser zur Kur ans Schwarze Meer. Zuchthausstrafe für Kronenberg. Bischof Tomašek vertraut auf Parteichef Dubček. Noch kein Termin für KP-Treffen. Jetzt auch Luftmanöver in der Sowjetunion. Baureife Grundstücke wieder teurer. Ich erinnere mich nicht daran. Aber es ruft mir in Erinnerung. Schiffsankünfte in Hamburg: Du. Neder Lek, 50 B, K. W. – Hafen, Poot u. K., Stgt.-Dt. Ardea, Viehbrücke, Vieh. – No. Jolita, 25, Norw. Schiffs. Agt., Papier.-Br. Pando Cape, 69 B, Mare Schiff Ktr. leer. – Du. Lely, Hansamatex 1, Stahl, Fett. – Dt. Dreestrom, Oberelbe Pohl u. Co., Schulte u. Br., Papier. – Dt. Warturm, Oderhöft, Überseebrücke, Hansa-Linie, Ausrüstung. – It. Edera, Harburg 2, Oltmann, Erz.-Dt. Westen Till, Nordd. Lloyd, Stgt. – No. Beau Geste, Shell Katwyk, Gellatly Rohöl. – Br. Plainsman, 70 A/B, Sanne, leer. – Li. Ocean Regina, Norderelbe, Ott, Kopra. – Da. Dragoer Maersk, 34 B, Infruta, Frucht. Katzer schreibt an Blessing: Rentensystem nicht antasten. Nasser zur Kur ans Schwarze Meer. Zuchthausstrafe für Kronenberg. Bischof Tomašek vertraut auf Parteichef Dubček. Noch kein Termin für KP-Treffen. Jetzt auch Luftmanöver in der Sowjetunion. Baureife Grundstücke wieder teurer. Ich erinnere mich nicht daran. Aber es ruft mir in Erinnerung. Autoverkehr in beiden Richtungen.

 Im Weißen Haus führte Präsident Johnson mit Finanzminister Strauß in guter Atmosphäre ein langes Gespräch. Hamburger Pater ist für die Pille. Die amerikanische Filmschauspielerin Laureen Bacall beglückwünscht Marc Bohan für seine gelungene Kollektion. Abstecher nach Bebenhausen. Das alles ist an einem einzigen Tag passiert oder wurde an diesem Tag der Öffentlichkeit mitgeteilt. Von dem, was gleichzeitig Ottilie Wildermuth, d'Alembert, die Schildkröte, Eduard und in gewisser Weise auch Frau d'Alembert, Dr. Johnson und Andie Wildermuth am meisten beschäftigte: die 4. Documenta in Kassel, war an diesem Tag in der Öffentlichkeit keine Rede. Ottilie Wildermuth und die Schildkröte kamen von dort, d'Alembert, Andie Wildermuth und Dr. Johnson waren früher dort gewesen, und Eduard wollte am Sonntag dahin.

Ausstellungen. Kunsthalle Glockengießerwall: Zeichnungen und Collagen von Saul Steinberg. Galerie Neuendorf Werderstraße 32: Vergrößerte Kleinigkeiten von Diter Rot. Staatliche Landesbildstelle Rothenbaumchaussee 19: Farbfotografien der amerikanischen Landschaft und Experimental Fotografie. Barlach-Haus Jenischpark: 105 ausgewählte Radierungen, Lithographien und Holzschnitte von Edvard Munch. Kunsthaus Ferdinandstor: Aquarell und Pastell, Ausstellung des Berufsverbandes bildender Künstler.

An sieben verschiedenen Stellen der Stadt brachen sieben verschiedene Männer zur gleichen Zeit tot zusammen.

Das Knie ist klar zu sehen. Paris, 26. Juli. Auf dem Sims des Marmorkamins stehen kugelrunde Bäume. Große rotbakkige Äpfel, glänzend poliert, leuchten vor dunkelgrünem Laub. Wie immer bei der Premiere ist die berühmte große Treppe bis auf den letzten Platz besetzt und jedes Goldstühlchen in den Salons.

Gegen Mittag wurde an der Spitze der Michaeliskirche eine Seifenblase beobachtet, die sich rasch bis zu einem Durchmesser von etwa 10 Metern ausdehnte und dann lautlos platzte.

Aktienkurse leicht erholt. Deckungskäufe der Baissespeku-

lation. Rente freundlich. Dow-Jones-Index für 30 Industriewerte: 885,47 + 12,63. Die neue Herbst- und Wintermode in Paris. Hundeleinen gürten lange Jacken. Schwarz ist Diors Farbe für den Festabend – Courrèges aber beginnt und endet mit Weiß. Eigenbericht der WELT. Biafra wartet auf die ersten Hilfssendungen. Dahrendorf kündigt präzises Programm seiner Partei an. Dem Ruhrgebiet droht Überalterung. Die Kulturrevolution in China ist zersplittert. Eberhard Müller: Den Mut haben, heiße Eisen anzufassen.
Rundfunk und Fernsehen. Freitag 26. Juli. Rundfunk. 1. Programm: 19.30 Opernkonzert; 21.00 Deutsches Forum; 23.05 Jazz-Workshop; 2. Programm: 19.35 De Strandlöpers – Küstenbilder; 20.30 Was wollen Sie wissen? – Fernsehen. 1. Programm: 20.00 Tagesschau; 20.15 Report: 1. Dokumentation zum Verhältnis Ostberlin-Prag, 2. Dokumentation zu der Frage der Prüderie in den Ländern England, Frankreich, Amerika und Deutschland; 22.40 Wilhelmsburger Freitag, Fernsehspiel von Christian Geißler; 2. Programm: 19.30 Heute; 21.00 Moldau-Revue, lyrische Groteske in Noten mit Hana Hegerova; 22.25 Heute, anschließend Reisewetter.
Hamburg heute: Senator Eckström empfängt um 10 Uhr auf dem Großmarkt den Generalinspektor des italienischen Instituts für Außenhandel in Rom, Dr. Bedini, und den Direktor des Mailänder Großmarkts, Dr. Ripamonte. Der Gospel-Chor Joybells aus Schweden gibt im Park von Planten und Blomen um 15.30 und 18.15 Uhr halbstündige Konzerte. Autoverkehr in beiden Richtungen. Bayer im Glanz höherer Gewinne. Großer Erfolg mit Nachtwäsche. Auch einäugig hat Rollei Erfolg. Kein neuer Paukenschlag bei DUB. Bankhaus Hardy bleibt vorsichtig. Brüssel bekennt Farbe. Alle müssen Farbe bekennen. Menschlich gesehen: Wagner-Spezialistin. Am Telefon meldet sich eine tiefe Stimme. Es ist der heroische Alt von Ursula Boese. Die Wagner-Spezialistin, seit 1961 Mitglied der Hamburgischen Staatsoper, opferte ihren diesjährigen Sommerurlaub dem Studium der Gluckoper Die Chinesinnen. Von dem, was

 gleichzeitig Ottilie Wildermuth, d'Alembert, die Schildkröte, Eduard und in gewisser Weise auch Frau d'Alembert, Dr. Johnson und Andie Wildermuth am meisten beschäftigte: die 4. Documenta in Kassel, war an diesem Tag in der Öffentlichkeit keine Rede. Ottilie Wildermuth und die Schildkröte kamen von dort, d'Alembert, Andie Wildermuth und Dr. Johnson waren früher dort gewesen, und Eduard wollte am Sonntag dahin. Katzer schreibt an Blessing: Rentensystem nicht antasten. Nasser zur Kur ans Schwarze Meer. Zuchthausstrafe für Kronenberg. Bischof Tomašek vertraut Parteichef Dubček. Noch kein Termin für KP-Treffen. Jetzt auch Luftmanöver in der Sowjetunion. Baureife Grundstücke wieder teurer.

25. 7. 1968 20.45 dunkel, bedeckt, gelegentlich Schauer.

26. 7. 1968 Sonnenaufgang 4.37, Untergang 20.18; Mondaufgang 5.10, Untergang 21.17.

8.30 Sonne, bedeckt.

9.30 bedeckt, keine Sonne.

10.20 Sonne, Regenwolken.

10.56 keine Sonne.

12.55 Sonne.

13.05 Sonne.

13.30 bis 14.30 Sonne. Gelegentlich Wolken.

14.45 bis 15.05 Sonne. Wind, West/Südwest.

16.15 geschlossene Wolkendecke. Weißgraue Wetterwolken von West.

17.13 Wolkendecke aufreißend. Gelegentlich Sonne.

17.30 bis 17.52 Sonne.

18.40 Sonne, fast wolkenlos.

20.00 wolkenlos.

21.30 Abendrot endet, es wird dunkel.

23.30 klarer Sternenhimmel.

27. 7. 1968 2.07 Betriebsbus Goernerstraße.

4.00 klarer Himmel. Wolkenbänke im Osten. Es wird hell. Straßenlampen brennen noch.

4.47 erste U-Bahn Kellinghusenstraße Richtung Kosterstern.

4.57 erste U-Bahn Kellinghusenstraße Richtung Ochsenzoll und Richtung Hoheluftbrücke.
5.18 erste U-Bahn Kellinghusenstraße Richtung Barmbek.
10.00 Sonne, einzelne weiße Wolken.
11.00 sich schließende Wolkendecke.
16.30 leichter Regen.
18.00 sonnig mit Wolken.
Hamburg heute: Senator Eckström empfängt um 10 Uhr auf dem Großmarkt den Generalinspektor des italienischen Instituts für Außenhandel in Rom, Dr. Bedini, und den Direktor des Mailänder Großmarkts, Dr. Ripamente. Der Gospel-Chor Joybells aus Schweden gibt im Park von Planten und Blomen um 15.00 und 18.15 Uhr halbstündige Konzerte. Bayer im Glanz höherer Gewinne. Großer Erfolg mit Nachtwäsche. Auch einäugig hat Rollei Erfolg. Kein neuer Paukenschlag bei der DUB. Bankhaus Hardy bleibt vorsichtig. Brüssel bekennt Farbe. Alle müssen Farbe bekennen.

Materialien zur Sozialpsychologie des Intellektuellen

(1) Eduard erinnert sich, daß er einmal in einem Hotel mit d'Alembert Wand an Wand geschlafen hat. Es hörte sich an, als ob er einen Krampf hatte, dann hatte er einen tiefen Seufzer ausgestoßen und dann einen schwächeren, aber noch tieferen. Dann war es still geworden. Nach einem Geräusch auf dem Fußboden war das Geräusch des elektrischen Rasierapparats zu hören gewesen.
(1) Eduard wohnt in einem Einzelhaus zur Miete, früher hat er in einem Rückgebäude der Leopoldstraße in einer Etagenwohnung gewohnt. Die Schildkröte hat ein Haus am Starnbergersee. Ottilie wohnt am Immenhof in einer Zweizimmerwohnung. Die Verlängerung des Immenhofs ist die Petkumerstraße, diese stößt auf die Averhoffstraße, dort wohnt Andie zur Untermiete bei einer älteren rothaarigen Frau. D'Alemberts bewohnen die erste Etage eines Eckhauses am Trummersweg und Gaedechensweg. D'Alembert wohnt in einer Wohnung in der Jägersallee. Dr. Johnson wohnt in einem älteren eigenen Haus. Bertolt wohnt zur Miete. Helmut Maria hat ein Haus in Blankenese.
(1) Andie liebt Lieselotte. D'Alembert liebt Andie, er ist vollkommen verrückt. Ottilie liebt d'Alembert. Die Schildkröte hat eine Schwäche für Andie. Bertolt und Helmut Maria verehren ihre Schwester Ottilie. Ottilie betreut Andie. Dr. Johnson liebt Ottilie. Frau d'Alembert hat das ist nun schon lange her Eduard gekannt. Eduard erinnert sich nicht daran. Eduard mag Ottilie, aber er hat Angst vor ihr. D'Alembert flieht vor Ottilie.
(1) D'Alembert hat eine Menge Chancen gehabt. Aber er hat sie nicht ausgenutzt. Die Schildkröte galt nach der Rückkehr aus der Emigration als einer der ersten Propheten der amerikanischen Malerei. D'Alemberts Vorliebe für den Surrealismus hat die Schildkröte für Unsinn gehalten. Jetzt verteidigt er ihn. Dr. Johnson hat einmal der Bewegung opponiert, der d'Alembert und die Schildkröte als junge Leute anhingen. Er war einer der schärfsten Kritiker der faschistischen Kulturpolitik. Er ist einer der schärfsten Kritiker der kommunistischen Kulturpolitik. D'Alembert ist

 nicht an Schulen interessiert, weder an deren Interessenpolitik noch an deren Aktualität, sondern an Einzelwerken. Dr. Johnson interessiert die generelle historische Situation. Eduard und Ottilie haben von ihm gelernt. Ottilie verehrt Dr. Johnson. Das kränkt diesen, er will nicht verehrt werden. D'Alembert möchte berühmt sein.

(2) Die Schildkröte hat eine Menge Chancen gehabt. Aber er hat sie nicht ausgenutzt. D'Alembert galt nach der Rückkehr aus der Emigration als einer der ersten Propheten der amerikanischen Malerei. Die Vorliebe der Schildkröte für den Surrealismus hat Dr. Johnson für Unsinn gehalten. Jetzt verteidigt er ihn. D'Alembert hat einmal der Bewegung opponiert, der er und die Schildkröte als junge Leute anhingen. Er war einer der schärfsten Kritiker der faschistischen Kulturpolitik. Er ist einer der schärfsten Kritiker der offiziellen Kulturpolitik. Dr. Johnson ist nicht an Schulen interessiert, weder an deren Interessenpolitik noch an deren Aktualität, sondern an Einzelwerken. Eduard interessiert die generelle historische Situation. Ottilie hat von ihm gelernt. Dr. Johnson verehrt d'Alembert. Das kränkt diesen, er will nicht verehrt werden. D'Alembert möchte berühmt sein.

(1) Nicht ein neues Gebäude ist aufzuführen, oder eine neue Brücke zu schlagen, sondern die Geographie, wie sie jetzt ist, zu beurteilen.

(1) Sie formulieren syntaxgerecht, vermeiden Leerformeln und benutzen sie, hassen Phrasen und benutzen sie, sie sind darauf bedacht zu befolgen, was die Lehren der Rhetoriker fordern, nämlich dem Gedanken den adäquaten sprachlichen Ausdruck zu geben. Nicht gleichgültig ist ihnen dabei ihr subjektiver Eindruck von Gelingen oder Mißlingen, und das Urteil schön ist keineswegs nur eine Ausflucht ins Ästhetische, die das Scheitern einer politischen Aktivität kompensieren soll, sondern sozusagen eine unmittelbare Reaktion.

(2) D'Alembert liebt Andie. Ottilie Wildermuth liebt d'Alembert, sie ist vollkommen verrückt. Die Schildkröte

liebt Andie. Helmut Maria und Bertolt haben eine Schwäche für ihre Schwester Ottilie. Ottilie verehrt ihren Bruder Andie. Dr. Johnson betreut Ottilie. Frau d'Alembert liebt Eduard. Eduard hat das ist nun schon lange her Ottilie gekannt. Eduard erinnert sich nicht daran. D'Alembert mag Ottilie, aber er hat Angst vor ihr. Andie flieht vor Liselotte.
(1) Weiß Liselotte, daß sie Ottilie liebt? Weiß d'Alembert, daß er Eduard liebt? Warum hat Ottilie Angst vor Bertolt? Was verbindet Dr. Johnson mit Eduard? Daß Dr. Johnson sich Liselotte verbunden fühlt, ist erklärlich, er hat seit langem Ersatzmütter gesammelt. Der Gedanke, den Andie am stärksten unterdrückt, ist der, daß d'Alembert sein Vater sein könnte. Ottilie ist für ihn alles, das ist er zufrieden. Liebt Liselotte Andie?
(2) Dieser Typus ist nicht leicht zu definieren. Die Schwierigkeit ist in der Tat symptomatisch für den Charakter der Spezies. Sie sind nicht eine soziale Klasse in dem Sinne, wie die Bauern oder Industriearbeiter eine soziale Klasse bilden; sie kommen aus allen Ecken und Enden der sozialen Welt, und ein Teil ihrer Tätigkeit besteht darin, sich gegenseitig zu bekämpfen und Lanzen zu brechen für Klasseninteressen, die nicht ihre eigenen sind. Und doch entwickeln sie eine Gruppenhaltung und Gruppeninteressen von genügender Stärke, um eine große Zahl von ihnen zu einem Verhalten zu bringen, das gewöhnlich mit dem Begriff der sozialen Klasse verbunden ist.
(2) Weiß Ottilie, daß sie d'Alembert liebt? Weiß Eduard, daß er Ottilie liebt? Warum hat Bertolt Angst vor Dr. Johnson? Was verbindet Eduard mit Dr. Johnson? Daß Liselotte sich Andie verbunden fühlt, ist erklärlich, sie hat seit langem Ersatzsöhne gesammelt. Der Gedanke, den d'Alembert am stärksten unterdrückt, ist der, daß Ottilie seine Mutter sein könnte. Liselotte ist für ihn alles, das ist er zufrieden. Liebt Andie Liselotte?
(3) Nicht ein neues Gebäude ist aufzuführen, oder eine neue Brücke zu schlagen, sondern die Geographie, wie sie jetzt ist, zu beurteilen.

 (1) Warum d'Alembert soetwas wie den Mittelpunkt dieser Gruppe bildet, ist nicht leicht zu erklären. D'Alembert ist eine allegorische Figur. Was d'Alembert und Liselotte zusammengeführt hat und was sie zusammenhält, das hat gewiß sexuelle, psychologische und ökonomische Gründe. D'Alembert und seine Frau sind allegorische Figuren. Bezeichnenderweise macht sich niemand von denen, die sie kennen, darüber Gedanken. Jenseits des Lustprinzips und der Psychoanalyse. Das Übriggebliebene der Enzyklopädisten. Wenigstens der Vorwand der Vernunft. Was sie alle zusammenhält, ist die Oberfläche aus Diskussion, Witz, Rücksichtnahme und Gewohnheit.

(2) Die Schildkröte wohnt in einem Einzelhaus zur Miete, früher hat er in einem Rückgebäude der Leopoldstraße in einer Etagenwohnung gewohnt. Ottilie hat ein Haus am Starnbergersee. Andie wohnt am Immenhof in einer Zweizimmerwohnung. Die Verlängerung des Immenhofs ist die Petkumerstraße, diese stößt auf die Averhoffstraße, dort wohnt d'Alembert zur Untermiete bei einer älteren rothaarigen Frau. D'Alemberts bewohnen die erste Etage eines Eckhauses am Trummersweg und Gaedechensweg. Dr. Johnson wohnt in einer Wohnung an der Jägersallee. Bertolt wohnt in einem älteren eigenen Haus. Helmut Maria wohnt zur Miete. Eduard hat ein Haus in Blankenese.

(3) D'Alembert liebt die Schildkröte. Andie liebt seine Brüder Bertolt und Helmut Maria, er ist vollkommen verrückt. Ottilie liebt Andie. Ottilie hat eine Schwäche für Dr. Johnson. Ottilie verehrt Frau d'Alembert. Erduard betreut Eduard. Erduard liebt Ottilie. D'Alembert hat das ist nun schon lange her Ottilie gekannt. Andie erinnert sich nicht daran. Liselotte mag ihren Mann d'Alembert, aber sie hat Angst vor ihm. Andie flieht vor seiner Schwester Ottilie Wildermuth.

(1) Die Schildkröte ist der Älteste. D'Alembert und Dr. Johnson sind etwa gleichaltrig. Eduard ist genauso alt wie Frau d'Alembert. Sie haben sich das ist nun schon lange

her einmal gekannt. Eduard erinnert sich nicht daran. Von den Geschwistern Wildermuth ist Helmut Maria das älteste. Es folgen Bertolt und Ottilie. Andie ist der Jüngste. Er ist genau 26.

(2) Tatsächlich ist es Zufall, daß gerade diese Personen sich an diesem Abend des 26. Juli 1968 zu einer Gruppe zusammenschließen. Andererseit haben sie sich alle seit mehr oder weniger langer Zeit gekannt. D'Alemberts und Wildermuths treffen sich seit 65 regelmäßig, meistens in der Wohnung am Gaedechensweg. Sie sind zugleich verbunden in dem, was sie als Interesse haben und womit sie ihr Geld verdienen. Sie haben genügend Gruppenhaltung entwickelt, um sich zu einem Verhalten zu bringen, das gewöhnlich mit dem Begriff der sozialen Klasse verbunden ist. Überbau setzt sich in der zweiten Hälfte des 20. Jahrhunderts aus einer Mehrzahl solcher Gruppierungen zusammen. Wenn auch die Einzelmotive (Sachinteresse Ruhmsucht Geldgier persönliche Beziehungen Karriere Berufsrücksichten usw.) auseinander streben, spielt doch ein bestimmter gleichbleibender Mischungscharakter und Mischungsgrad solcher Einzelmotive eine ausschlaggebende Rolle. Im Vergleich zum typisch bürgerlichen Verhalten erweisen sich ihre Motive als vermischter.

(4) Nicht ein neues Gebäude ist aufzuführen, oder eine neue Brücke zu schlagen, sondern die Geographie, wie sie jetzt ist, zu beurteilen.

(3) Die Tatsache, daß ihr Geist stets auf ähnliche Weise abgerichtet ist, erleichtert ihnen das gegenseitige Verständnis und bildet ein gemeinsames Band.

(3) D'Alembert hat eine Menge Chancen gehabt. Aber er hat sie nicht ausgenutzt. Die Schildkröte galt nach der Rückkehr aus der Emigration als einer der ersten Propheten der amerikanischen Malerei. Dr. Johnsons Vorliebe für den Surrealismus hat d'Alembert für Unsinn gehalten. Jetzt verteidigt er ihn. Die Schildkröte hat einmal der Bewegung opponiert, der d'Alembert und Dr. Johnson als junge Leute anhingen. Er war einer der schärfsten Kritiker der faschisti-

 schen Kulturpolitik. Er ist einer der schärfsten Kritiker der kommunistischen Kulturpolitik. Eduard ist nicht an Schulen interessiert, weder an deren Interessenpolitik noch an deren Aktualität, sondern an Einzelwerken. Ottilie interessiert die generelle historische Situation. Dr. Johnson hat von ihr gelernt. D'Alembert verehrt sich selbst, das kränkt ihn, er will nicht nur von sich selbst verehrt werden. Die Schildkröte ist wirklich berühmt.

(3) Ihre Bewegungen am 26. Juli 1968 sind ungleichmäßig, aber im großen und ganzen verifizierbar. Einige Punkte sind nicht zufriedenstellend zu klären. Es bleiben Lücken. Das macht nichts, denn das ist normal, unvergesellschaftet, 9 Individuen, kein Verlust von Latifundien. Mithilfe eines Zeitraffers auf einen Stadtplan projiziert, hätte man den Eindruck energischer Aktivität. Wie Ameisen.

(5) Dieser Typus ist nicht leicht zu definieren. Die Schwierigkeit ist in der Tat symptomatisch für den Charakter der Spezies. Sie sind nicht eine soziale Klasse in dem Sinne, wie die Bauern oder Industriearbeiter eine Klasse bilden; sie kommen aus allen Ecken und Enden der sozialen Welt, und ein Teil ihrer Tätigkeit besteht darin, sich gegenseitig zu bekämpfen und Lanzen zu brechen für Klasseninteressen, die nicht ihre eigenen sind. Und doch entwickeln sie eine Gruppenhaltung und Gruppeninteressen von genügender Stärke, um eine große Zahl von ihnen zu einem Verhalten zu bringen, das gewöhnlich mit dem Begriff der sozialen Klasse verbunden ist.

(4) Ottilie liebt Frau d'Alembert. Eduard liebt Eduard, er ist vollkommen verrückt. Eduard liebt Ottilie. D'Alembert hat eine Schwäche für Ottilie. Andie verehrt Liselotte. D'Alembert betreut Andie. Ottilie Wildermuth liebt d'Alembert. Die Schildkröte hat das ist nun schon lange her Andie gekannt. Bertolt und Helmut Maria erinnern sich nicht daran. Ottilie mag Ottilie, aber sie hat Angst vor ihr. Andie flieht vor Dr. Johnson.

(4) Die Schildkröte hat eine Menge Chancen gehabt. Aber er hat sie nicht ausgenutzt. Dr. Johnson galt nach der Rück-

kehr aus der Emigration als einer der ersten Propheten der amerikanischen Malerei. D'Alemberts Vorliebe für den Surrealismus hat die Schildkröte für Unsinn gehalten. Jetzt verteidigt er ihn. D'Alembert hat einmal einer Bewegung opponiert, der Dr. Johnson und Eduard als junge Leute anhingen. Er war einer der schärfsten Kritiker der faschistischen Kulturpolitik. Er ist einer der schärfsten Kritiker der kommunistischen Kulturpolitik. Ottilie ist nicht an Schulen interessiert, weder an deren Interessenpolitik noch an deren Aktualität, sondern an Einzelwerken. Dr. Johnson interessiert die generelle historische Situation. D'Alembert hat von ihm gelernt. D'Alembert verehrt die Schildkröte, das kränkt diesen, er will nicht verehrt werden. D'Alembert ist nicht berühmt.

(4) Tatsächlich ist es Zufall, daß gerade diese Personen sich an diesem Abend des 26. Juli 1968 zu einer Gruppe zusammenschließen. Andererseits haben sie sich alle seit mehr oder weniger langer Zeit gekannt. D'Alemberts und Wildermuths treffen sich seit 65 regelmäßig, meistens in der Wohnung am Gaedechensweg. Sie sind zugleich verbunden in dem, was sie als Interesse haben und womit sie ihr Geld verdienen. Sie haben genügend Gruppenhaltung entwickelt, um sich zu einem Verhalten zu bringen, das gewöhnlich mit dem Begriff der sozialen Klasse verbunden ist. Überbau setzt sich in der zweiten Hälfte des 20. Jahrhunderts aus einer Mehrzahl solcher Gruppierungen zusammen. Wenn auch die Einzelmotive (Sachinteresse Ruhmsucht Geldgier persönliche Beziehungen Karriere Berufsrücksichten usw.) auseinander streben, spielt doch ein bestimmter gleichbleibender Mischungscharakter und Mischungsgrad solcher Einzelmotive eine ausschlaggebende Rolle. Im Vergleich zum typisch bürgerlichen Verhalten erweisen sich ihre Motive als vermischter. Man kann sie als interessen-promiskuitiv bezeichnen.

(4) Die Tatsache, daß ihr Geist stets auf ähnliche Weise abgerichtet ist, erleichtert ihnen das gegenseitige Verständnis und bildet ein gemeinsames Band.

 (5) D'Alembert liebt Ottilie. Andie liebt Liselotte, er ist vollkommen verrückt. D'Alembert liebt Andie. Ottilie Wildermuth hat eine Schwäche für d'Alembert. Die Schildkröte verehrt Andie. Helmut Maria und Bertolt betreuen ihre Schwester Ottilie. Ottilie liebt Andie. Dr. Johnson hat das ist nun schon lange her Ottilie gekannt. Frau d'Alembert erinnert sich nicht daran. Eduard mag Eduard, aber er hat Angst vor ihm. Eduard flieht vor Ottilie.

(5) Die Tatsache, daß ihr Geist stets auf ähnliche Weise abgerichtet ist, erleichtert ihnen das gegenseitige Verständnis und bildet ein gemeinsames Band.

Nachmittag eines Kapauns

Nachdem er (1.) in Bertolt Wildermuths Büro telefoniert hatte, (2.) das Funkhaus durch den Eingang Werderstraße verlassen, (3.) die Rothenbaumchaussee überquert hatte, (4.) die Werderstraße an der Galerie Neuendorf vorbei, in der Diter Rot ausgestellt war, die Brahmsallee bis zur Hallerstraße, über diese hinweg durch die Heinrich-Barthstraße in die Jägersallee gegangen war, vor dem Haus, in dem er eine Wohnung hatte, (5.) stehengeblieben, (6.) hin und her geblickt hatte, (7.) weitergegangen war, am Hallerplatz (8.) vor dem argentinischen Eßlokal Schultheiß am Hallerplatz die Speisekarte durchgelesen, (9.) den Hallerplatz überquert hatte, (10.) vor den Schaufenstern der Buchhandlung Spartakus stehengeblieben, (11.) durch die Rothenbaum-Terrasse gegangen war, (12.) die Rothenbaumchaussee zum zweitenmal überquert und (13.) das Pissoir in der Turmstraße betreten hatte;
nachdem er dort (1.) seine Hose aufgeknöpft, (2.) sich vor die Ablaufrinne gestellt, (3.) auf die gelben Kacheln und die hellblau getünchte Blechröhre, aus der schubweise Spülwasser herauskam, gestarrt, an der Wand (4.) folgende Inschriften entziffert (suche Erzieher bis 27. J. ab 10 muß geilen Arsch haben; ich 26. 7. hier 10; Richard habe bis 10 gewartet), einen hereinkommenden Mann mit glänzendem schwarzem Haar (5.) angestarrt hatte, (6.) dessen Blick auf seinen eigenen Zebedäus gefolgt, (7.) den Strahl seines dunkelgelben Urins betrachtet, (8.) das aufblickende Gesicht des Schwarzhaarigen zum zweitenmal angestarrt, (9.) den Kopf geschüttelt, (10.) seinen Zebedäus geschüttelt, (11.) die Hose zugeknöpft, (12.) das Pissoir verlassen hatte und (13.) Turmstraße und Rothenbaumchaussee entlang zum U-Bahneingang am HSV-Platz und in die U-Bahnstation Hallerstraße hinabgegangen war;
nachdem er auf dem Bahnsteig (1.) Eduard erkannt, (2.) sich mit ihm unterhalten hatte (unter anderem über die Diter-Rot-Ausstellung bei Neuendorf, über das Schallplattenrepertoire der Buchhandlung Spartakus und über Bertolt Wildermuth, dessen Schwester Ottilie sowie seine Brüder Hel-

 mut Maria und Andreas), (3.) mit Eduard zusammen bis zum Stephansplatz gefahren war, sich (4.) von diesem verabschiedet hatte, (5.) zum Stephansplatz hinauf an der Buchhandlung Laatzen (in deren Schaufenster zwei Plakate von Horst Janssen für die Egon-Monk-Inszenierungen hingen) vorbei die Colonnaden entlanggegangen, (6.) vor den Schaufenstern von Woddem und Steinway stehengeblieben war, (7.) den Jungfernstieg überquert hatte, (8.) vor dem Schaufenster von Hut-Kellner stehengeblieben, (9.) durch die Große Bleichen gegangen, (10.) vor dem Schaufenster von Von der Höh stehengeblieben war, (11.) Böge's Schiffchen betreten, sich (12.) dort gesetzt und (13.) dort gegessen hatte (bei Speckpfannkuchen mit Salat oder einem Strammen Max sitzen Sie hier wie in der Kajüte eines großen Schiffes auf einem der letzten Hamburger Fleete mitten in der City immer behaglich an Grog, Wasser und Wind erinnert);
nachdem er (1.) zwei Glas Bier getrunken, (2.) bezahlt hatte, (3.) zum Rathausmarkt gegangen, (4.) in die Haltestelle Mönckebergstraße der U-Bahn hinabgestiegen, über Hauptbahnhof Berliner Tor (5.) bis zur Haltestelle Uhlandstraße gefahren war, (6.) unter der U-Bahnbrücke die Uhlandstraße und über die Kuhmühlenbrücke den Eilbekkanal überquert hatte, (7.) am Kanal die Hartwicusstraße (immer derselbe Weg mantelvertraut so eins mit mir als wie mein eigenes Haar die Welt ist endlich) entlanggegangen war, (8.) den Mundsburgerdamm überquert, unter Vermeidung des Immenhofs (9.) Erlenkamp und Overbeckstraße entlanggegangen war, an der Ecke Averhoffstraße (10.) den Speisezettel des spanischen Eßlokals Madrid gelesen, (11.) auf die leeren Tennisplätze des Uhlenhorster Hockey-Clubs gestarrt hatte, (12.) in die Averhoffstraße eingebogen war und (13.) das bekannte Haus betreten hatte;
nachdem er telefoniert, verlassen, überquert, entziffert, angestarrt hatte, gefolgt war, wieder und wieder überquert hatte, stehengeblieben, gegangen war, gelesen, noch einmal gestarrt hatte, eingebogen war und betreten hatte;

hatte er sich (1.) über das toupierte Haar gestrichen, (2.) den Fahrstuhl herabkommen lassen, ihn (3.) betreten, war (4.) in dem offenen Käfig hinaufgefahren, hatte (5.) das Schild an der Rückseite des Käfigs (bitte in die Mitte treten) angestarrt, im fünften Stockwerk (6.) den Fahrstuhl verlassen, (7.) an der bekannten Tür geklingelt, (8.) noch einmal geklingelt, sich (9.), als der bekannte Schritt sich der Tür näherte, umgedreht, war (10.) in großer Hast die Treppe hinabgestiegen, (11.) im dritten Stockwerk gestolpert, hatte sich (12.) schnaufend am Treppengeländer festgehalten und war (während von oben über das Treppengeländer herab die rauhe Stimme einer älteren Frau tönte, die rief: Andie ist nicht da Herr d'Alembert) (13.) geflohen.

Vor der Haustür, atemlos, mitten in der Julisonne der leeren Averhoffstraße, nur von einer Katze beobachtet, die nach beiden Seiten weglief, teilte er sich. Er ging nach beiden Seiten die Averhoffstraße entlang. Er ging über den Hofweg, Theresienstieg, Auguststraße, Schöne Aussicht zum Uhlenhorster Fährhaus und über den Winterhuderweg zur U-Bahnhaltestelle Mundsburg. Er setzte sich an der Dampferanlegestelle Uhlenhorster Fährhaus auf eine Bank und fuhr mit der U-Bahn von Mundsburg bis Rathausmarkt. Er saß auf der Bank an der Dampferanlegestelle Uhlenhorster Fährhaus und ging über den Rathausmarkt, Poststraße zur Galerie Brockstedt. Er starrte auf die graue, von Windrippen überzogene Fläche der Alster und fragte in der Galerie Brockstedt nach der Schildkröte. Er erkannte auf dem Fährschiff, das vom kleinen Fährhaus herüberkam, Ottilie Wildermuth und telefonierte in der Galerie Brockstedt. Er kehrte der anlegenden Fähre, den Kopf tief herabgebeugt, den Rücken zu und telefonierte in der Galerie Brockstedt. Er richtete sich wieder auf, als die Fähre abgelegt hatte, und telefonierte in der Galerie Brockstedt. Er blickte, als er sich aufrichtete, Ottilie Wildermuth ins Gesicht, die ihm gegenüber an der Schönen Aussicht an einem Baum stehengeblieben war, und telefonierte in der Galerie Brockstedt. (Ottilie Wildermuth blickte ihn [spöt-

 tisch?] lächelnd an und winkte mit der rechten Hand.) Er winkte zurück und telefonierte in der Galerie Brockstedt. Er drehte sich rasch um und fragte in der Galerie Brockstedt nach Andie W. Er lief auf den Winterhuder Dampfer zu, der eben anlegte, und fragte in der Galerie Brockstedt nach Andie W. Er betrat, sich noch einmal umdrehend (winkend?), den Dampfer und fragte in der Galerie Brockstedt nach Andie W. Er fuhr mit dem Dampfer (Zukunft rauscht ein weißgestrichnes Fährschiff ihm entgegen) zur Alten Rabenstraße und fuhr mit dem Paternoster von der Galerie Brockstedt hinab. Er ging die Alsterchaussee hinauf, über den Mittelweg hinweg, am Club an der Alster vorbei zur Ecke Hallerstraße und Rothenbaumchaussee und über den Gänsemarkt, durch die Dammtorstraße zur U-Bahnhaltestelle Stephansplatz. Er ging an der Bushaltestelle und der Normaluhr und an der Bücherstube Stolterfoht vorbei und fuhr mit der U-Bahn bis zur Hallerstraße.
Während (1.) die Wolkendecke aufreißt, (2.) die Sonne scheint, (3.) Autoverkehr in beiden Richtungen, 19 Autos (4.) auf der Ostseite der Rothenbaumchaussee zwischen Hallerstraße und Hansastraße geparkt, (5.) ein Taxi und ein Volkswagen von Dammtor kommend, (6.) mehrere Mercedes und ein Citroen von Klosterstern kommend auf Grünlicht warten, (7.) zwei alte Frauen und ein Mann mit weißem Haar und blauem Anzug, den Spiegel lesend, auf der Bank neben der Bücherstube Stolterfoht sitzen, ein Mädchen mit weißen Strümpfen, grauem Rock und einer grünen Baskenmütze auf rotem, kurzgeschnittenem Haar (8.) in Richtung Klosterstern geht, (9.) auf der Bank an der Straßenbahnhaltestelle (später Bushaltestelle) vor der 82. Bezirksstelle der Hamburger Sparcasse von 1827 (Rothenbaumchaussee 119) ein älteres Paar sitzt, (10.) zwei Tauben in dem frischgemähten Gras vor der Bücherstube Stolterfoht picken (pigeons in the grass alas), (11.) ein Neger mit einer Chinesin auf dem Rücksitz sich auf einem Motorrad aus Richtung Klosterstern nähert, (12.) die Normaluhr genau auf 17 Uhr 13 zeigt und (13.) sozusagen gar nichts passiert, vereinigt er sich wieder mit sich selbst.

Wenige Zeit später, während er in seiner Wohnung in der Jägersallee stehen wird, wird dort das Telefon klingeln. Wenn das Telefon klingeln wird, wird zugleich die Türglocke klingeln. Wenn Telefon und Türglocke klingeln werden, werden in einiger Entfernung ein anderes Telefon und eine andere Türglocke klingeln. Wenn Telefon und Türglocke und in einiger Entfernung ein anderes Telefon und eine andere Türglocke klingeln werden, werden weitere Telefone und weitere Türglocken in weiterer Entfernung klingeln. Wenn er, in seiner Wohnung in der Jägersallee dastehend darauf hinhören wird, wird die Stimme seiner Frau Lilo zu hören sein. Die Stimme seiner Frau Lilo, die zu hören sein wird, wird sagen, daß sie Andie Wildermuth und mit ihm zusammen Helmut Maria Wildermuth und Eduard und daß Eduard Dr. Johnson und sie selber Ottilie Wildermuth und auch Ottilie Wildermuth Dr. Johnson, Dr. Johnson und Ottilie Wildermuth aber d'Alembert (ihn selbst), Andie Wildermuth dagegen die Schildkröte, die Schildkröte wiederum Eduard und Bertolt Wildermuth, Bertolt Wildermuth aber mit Dr. Johnson, dieser mit der Schildkröte und die Schildkröte wiederum mit Andie Wildermuth, während noch einmal Ottilie Wildermuth und Eduard (ihn selbst) d'Alembert, Lilo (sie selbst) aber Eduard und sie alle zusammen und sie alle zusammen und sie alle zusammen und sie alle zusammen usw.

Der Schatten im Fenster und im Zimmer wird zunehmen werden.

2

Rekonstruktion eines Schauplatzes

Das Zimmer ist groß und wirkt flacher als es ist. Keine Dekkenlampe. Zwei Fenster. Ein breites Sofa, Sessel, ein runder Tisch am Stirnende, dem einen der Fenster gegenüber. Ein großer dicker einfarbig grauer Wollteppich. Die Wände dunkelblau tapeziert. Gelblampe Lampenkreis offen sich offen und dann umdunkelt dunkelt um um das dunkle Rundume wie Gitter gegittert offengittrig wie offen gemacht zu sehend gründend und das dahinter das hintergegründete. In bestimmter Hinsicht ist der Schauplatz neutral, die personale Absonderung seiner Bewohner ist eindeutig. Seine Individuation, wenn man sie so nennen kann, befähigt ihn, das, was draußen ist, widerzuspiegeln, aber nicht, an ihm teilzunehmen und in ihm aufzugehn.

In einem Augenblick der Unentschiedenheit hatte es so ausgesehen, als ob eine Auswahl bestanden habe. Sogar Jürgen Beckers Hans Stahl an der Ecke Hein Hoyerstraße und Simon von Utrechtstraße. Die Kneipe Ecke Kattrepel und Hopfensack. Oder noch die Alternative: Jägersallee oder Ecke Gaedechensweg und Trummersweg. Die Entscheidung schien später in gewisser Hinsicht rückgängig gemacht zu werden, da d'Alembert in die Jägersallee zurückkehrte.

Der Trummersweg verläuft zwischen Heilwigstraße und Geffkenstraße ungefähr von Ost nach West, parallel zu Goernestraße und Arnold Heisestraße, in der Mitte zwischen beiden. Die Goernestraße führt zur U-Bahnstation Kellinghusenstraße. Von der Goernestraße zur Arnold Heisestraße führend kreuzt der Gaedechensweg den Trummersweg. Der Gaedechensweg weitet sich an dieser Kreuzung, der Arnold Heisestraße zu, zu einem Platz aus. Das Haus steht an der Ecke des Vierecks aus Gaedechensweg und Trummersweg, Heilwigstraße und Arnold Heisestraße.

Das Zimmer ist groß und wirkt flacher als es ist. Keine Dekkenlampe. Zwei Fenster. Ein breites Sofa, Sessel, ein runder Tisch am Stirnende, dem einen der Fenster gegenüber. Ein großer dicker einfarbig grauer Wollteppich. Die Wände dunkelblau tapeziert. In einem Augenblick der Unentschiedenheit hatte es so ausgesehen, als ob eine Auswahl bestanden habe. Sogar Jürgen Beckers Hans Stahl an der Ecke Hein Hoyerstraße und Simon von Utrechtstraße. Die Kneipe Ecke Kattrepel und Hopfensack. Oder noch die Alternative: Jägersallee oder Ecke Gaedechensweg und Trummersweg. Die Entscheidung schien später in gewisser Hinsicht wieder rückgängig gemacht zu werden, da d'Alembert in die Jägersallee zurückkehrte.

Das Bild ist nun ebenso wahr wie die objektive Realität. Was von der Wirklichkeit geliefert worden ist, unterscheidet sich schon nach sehr kurzer Zeit nicht mehr von den Verschönerungen und Modfizierungen der Erinnerung.

Das Haus stammt aus der ersten Hälfte des 19. Jahrhunderts. Es ist ein Überbleibsel in dem etwas verwilderten Garten, der es umgibt und in mancher Hinsicht wie aus einer anderen Welt, ja wie nicht wahr. Ursprünglich unaufgeteilt, ist es heute nach Stockwerken vermietet, wobei der Mieter des Erdgeschosses, ein mysteriöser Mensch, selten von Wohnung und Garten Gebrauch macht. D'Alemberts haben das erste Stockwerk gemietet.

Der Geruch nach Holz auf der Treppe. Die Fixierung der Treppe wie das Bild des Nochnichtangekommenseins. Dies alles wie immer und in Ewigkeit bevorstehend. Sich definitiv nicht ereignend. Melancholie dessen, das sich nicht ereignen wird, oder, deutlicher, sich, ereignet, ins Nochnichtereignete zurückzieht.

Solange es Schauplätze dieser Art gibt, und man könnte unsere Welt als ein einziges und fast unübersehbares Konglomerat aus solchen Schauplätzen auffassen, wird sich nicht wirklich das Verändernde einstellen. Wie sehr auch das Neue den Schauplatz ergreift und in ihn eindringt, wie gierig wir es zu erraten und uns zu eigen zu machen suchen, so wenig können diese unsere Schauplätze sich dahinein verwandeln. So wenig vermögen wir die Anhänglichkeit an unsere Schauplätze aufzugeben. Hängen wir an unseren Schauplätzen.

Es gab drei Stehlampen. Als sie nach dem Essen ins Wohn-

zimmer gingen, füllte noch Abendlicht den Raum. Abendlicht wechselte in das Licht der Stehlampen. Das Licht der Stehlampen füllte den Raum ungleichmäßig. Zwischen den Fenstern entstand eine dunkle Wölbung. Eine kleine Zeichnung von Horst Janssen über dem Sofa wurde plötzlich hell. Die Sitzenden sahen manchmal das Zimmer wie aus weiter Ferne eine erleuchtete Höhle.
Das Haus stammt aus der ersten Hälfte des 19. Jahrhunderts. Es ist ein Überbleibsel in dem etwas verwilderten Garten, der es umgibt und in mancher Hinsicht wie aus einer anderen Welt, ja wie nicht wahr. Ursprünglich unaufgeteilt, ist es heute nach Stockwerken vermietet, wobei der Mieter des Erdgeschosses, ein mysteriöser Mensch, selten von Wohnung und Garten Gebrauch macht. D'Alemberts haben das erste Stockwerk gemietet.
Ottilie Wildermuth kam mit ihren Brüdern Bertolt und Andie. Sie fuhren mit der U-Bahn von der Mundsburgerbrücke über Barmbek und waren etwas später da als Eduard, der, ebenfalls mit der U-Bahn, von der Hallerstraße kam. Dieselbe Strecke war etwa eine halbe Stunde vorher d'Alembert gefahren.
Es gab noch einen rechteckigen Raum, ungefähr doppelt so groß wie ein normales Schlafzimmer. Hier arbeitete und schlief Frau d'Alembert. Die Möbel waren groß und dunkel und nahmen viel Platz ein. Das Bett hätte für eine Familie zum Schlafen gereicht. Das Zimmer machte den Eindruck von Strenge und Einfachheit. An den untapezierten Wänden hingen zwischen zwei Bücherregalen drei Sepiazeichnungen aus dem 17. oder 18. Jahrhundert. Ein riesiger Tisch auf Säulenbeinen. Auf seiner schwarzen Platte eine einzige schwere Lampe mit rotem Lampenschirm. Daneben eine dreiviertel leere Flasche und ein altmodisches, dickwandiges Stielglas mit achteckigem Kelch, in dem das vom Lampenschirm rötlich gefärbte Licht der Tischlampe sich spiegelte.
Der Trummersweg verläuft zwischen Heilwigstraße und Geffkenstraße ungefähr von Ost nach West, parallel zu Goernestraße und Arnold Heisestraße, in der Mitte zwi-

schen beiden. Die Goernestraße führt zur U-Bahnstation Kellinghusenstraße. Von der Goernestraße zur Arnold Heisestraße führend kreuzt der Gaedechensweg den Trummersweg. Der Gaedechensweg weitet sich an dieser Kreuzung, der Arnold Heisestraße zu, zu einem Platz aus. Das Haus steht an der Ecke des Vierecks aus Gaedechensweg und Trummersweg, Heilwigstraße und Arnold Heisestraße.

Wie aus weiter Ferne erscheint die Wohnung wie eine Gruppierung aus Raumsphären, die jeweils von einem Lampenlicht gebildet werden. Die für sich schwebenden Lampenlichtsphären sind miteinander verbunden durch Übergänge aus Dunkelheit, unbestimmbar in ihren Abmessungen, aber dennoch wie durchtränkt vom Abglanz des Lichts. An- und Abschwellen von Licht. Das Ganze wie zusammengedrängt zu einem flachgedrückten kubischen Klumpen.

Imaginäre Personen erschrecken und verfolgen. Zahlreiche Einzelheiten, die nicht notiert werden können. Ein ganzes Mobiliar einschließlich der Flecke auf dem Holz, das nie erwähnt wird. Idealisiert die Erinnerung? Das Erstaunen vor der Fotografie. Sie zeigt nie das, was man gesehen hat. Wie durch die Lichtkugeln hindurchgefiltert das gleichmäßige Geräusch der redenden Stimmen. Manchmal in einem Solo akzentuiert. Die veränderte Tonqualität eines Auflachens. Dann wieder diffus. Später teils unterbrochen, teils unterlegt mit der wiederum anderen akustischen Qualität der Platten, die Andie an einem bestimmten Punkt ihrer Unterhaltungen anfing aufzulegen: Buffalo Springfield, Incredible Stringband, Tim Hardin, Eric von Schmidt und Shel Silverstein, Joni Mitchells Night in the City und Leonard Cohens Suzanne, Richard und Mimi Farina und auch Bob Dylan, Bert Jantsch und John Renbourn.

In einem Augenblick der Unentschiedenheit hatte es so ausgesehen, als ob eine Auswahl bestanden habe. Sogar Jürgen Beckers Hans Stahl an der Ecke Hein Hoyerstraße und Simon von Utrechtstraße. Die Kneipe Ecke Kattrepel und Hopfensack. Oder noch die Alternative: Jägersallee oder Ecke Gaedechensweg und Trummersweg. Die Entscheidung schien später in gewisser Hinsicht wieder rückgängig gemacht zu werden, da d'Alembert in die Jägersallee zurückkehrte.

Wie durch die Lichtkugeln hindurchgefiltert das gleichmäßige Geräusch der redenden Stimmen. Manchmal in einem Solo akzentuiert. Die veränderte Tonqualität eines Auflachens. Dann wieder diffus. Später teils unterbrochen, teils unterlegt mit der wiederum anderen akustischen Qualität der Platten, die Andie an einem bestimmten Punkt ihrer Unterhaltungen anfing aufzulegen: Buffalo Springfield, Incredible Stringband, Tim Hardin, Eric von Schmidt und Shel Silverstein, Joni Mitchells Night in the City und Leonard Cohens Suzanne, Richard und Mimi Farina und auch Bob Dylan, Bert Jantsch und John Renbourn.

Die Deutlichkeit der Pappeln, die man vom Klofenster aus sieht. Ihre Bewegungen im Wind vor dem Nachthimmel, der weiße Wolken hat.

Die Treppe ist am deutlichsten im Halbdunkel. Abendlicht, das durch die Fenster hereinkommt. Hinter U-Bahn und Schröders Park geht die Sonne unter. Sonnenuntergang Freitag 26. 7. 1968 um 20 Uhr 18. Wolkenloser Himmel. Das Abendrot endet gegen 21 Uhr 30. Klarer Sternenhimmel. Kühl. Kühle durch die Fenster hereinkommend auf die Treppe. Das Holz leuchtet rötlich. Die weißgekalkte Wand nimmt im Schatten einen Widerschein davon auf. Das alles ist es nicht. Es ist das Bild. Eine bestimmte Verteilung von Licht und Schatten, in Diagonalführungen, durchleuchtend, unveränderlich herausgehoben wie der noch immer anhaltende Klang der Stimme, die eben jetzt jetzt jetzt einen leisen Ruf der Überraschung ausgestoßen hat. Das Innere des Hauses, soviel man davon sehen kann, ist eine Überraschung. Es erinnert ihn an seine Schulzeit, die Abmessungen überall etwas kleiner als er es erwartet hat. Das Treppenhaus ist aus Kiefernholz, entworfen von einem, den es zur Einfachheit zurückgedrängt hat, aber nicht mit einemmal, sondern in Abschnitten, in den Abschnitten, in denen Herzen ins Holz des Geländers geschnitten sind. Die

 Stufen sind ohne Läufer und wurden früher zweifellos regelmäßig gebohnert.

Frau d'Alemberts Zimmer und ein weiterer wenig benutzter Raum befinden sich neben der Küche auf der anderen Seite des Flurs. War es der Schauplatz, an dem sie sich versammelten? Waren sie, als Versammelte, Zubehör dieses Schauplatzes? Von ihm erst materialisiert, ins Leben gebracht, Akzentuierungen des Schauplatzes? Emanationen des Schauplatzes?

Die Wohnung läuft auf den Namen von Frau d'Alembert. Zu ihr gehören zwei Bodenkammern, von denen die eine als Gästezimmer dient, die andere als Abstellraum, vor allem für die Stücke von d'Alemberts Sammlung, die er nicht hängen oder stellen kann. Wenn d'Alembert nicht in der Jägersallee-Wohnung übernachtet, schläft er manchmal, statt in seinem Arbeitszimmer im Gästezimmer.

In einer Hinsicht ist diese Wohnung nur eine Variante ihrer aller Wohnungen. Noch niemals ist es aufgefallen, daß niemals früher die gleiche Möglichkeit bestand, daß fast alle in fast denselben Wohnungen wohnen. Wobei, wenn diese hier tatsächlich eine Gruppe darstellten, ihre Gruppenzugehörigkeit sich am ehesten an der spezialisierten Variante der allen gleichen Wohnmöglichkeit abgebildet hätte.

Vom Wohnzimmer, dem breiten Fenster der Längswand gegenüber, führt eine Tür in das Zimmer, in dem d'Alembert gewöhnlich, wenn er sich in dieser Wohnung aufhält, arbeitet und schläft. Dieses Zimmer hat einen kleinen Balkon, der auf den Garten hinausführt.

Eine sechsstufige Steintreppe führt zur Eingangstür hinauf. Von einem Vorplatz geht unmittelbar der Flur zur unteren Wohnung ab. An der rechten Wand entlang führt eine Holztreppe, relativ steil, zum ersten Stockwerk hinauf. Der obere Flur ist geräumig. Zwischen einem Biedermeierschrank und einer Biedermeierkommode hängen dort seit langem drei Tuschzeichnungen von Michaux. Die Anordnung der Möbel ist zugleich der Lageplan der tödlichen Fallen, und die Zimmerflucht schreibt dem Opfer die Fluchtbahn vor.

Das regelmäßige Geräusch der U-Bahn. Die Rufe der U-Bahnangestellten vom Kellinghusenbahnhof. Manchmal Wind. In einer Pause aus Stille ein Rauschen wie von den Pappeln, die das Geviert aus Loogeplatz, Goernestraße, Gaedechensweg und Trummersweg überragen. Plötzlich erstarrt wie mitten in einer erleuchteten Höhle. Und unendlich vor dem Hintergrund ihrer Erstarrung ablaufend das Ritual ihres unaufhörlich in sich selbst zurücklaufenden Redekarussells. Das endlich wahr gewordene Bild ihrer nicht kommunizierenden Kommunikation.

Der Platz, zu dem der Gaedechensweg zur Arnold Heisestraße hin sich ausweitet, ist mit Kastanien bestanden. Dazwischen ein Vogelbeerbaum. Der Fußweg ist mit Platten belegt, die vom Randstein durch einen Streifen Erde getrennt sind.

Geruch, der aus dem Garten hereinkommt, vermischt mit dem Geruch der die Zimmer füllt, Resten von Küchengeruch, menschlichen Ausdünstungen, Geruch von Zigaretten und Wein, durch alles hindurchdringend aber, allem unterlegt der Geruch nach Holz in einem sehr alten Haus.

Der Schauplatz ist die bestimmte Variante einer bestimmten Variante.

Dr. Johnson hatte zufällig im Pressehaus Helmut Maria Wildermuth getroffen. Dr. Johnson kam aus der Spiegel-Redaktion, Wildermuth aus der Redaktion der Zeit. Sie gingen zusammen zu einer Kneipe an der Ecke Kattrepel und Hopfensack, in der Dr. Johnson immer Station machte, wenn er vom Pressehaus zur U-Bahnstation Meßberg ging. Sie aßen Bratwurst mit Rotkohl und tranken dazu Bier. Merkwürdigerweise tauchte dort später der bekannte auswärtige Kunstkritiker, genannt die Schildkröte, auf. Er stellte sich an die Theke und trank zwei Klare. Dr. Johnson, der ihn seit langem kannte, ging zu ihm hinüber und begrüßte ihn. Dann setzte er sich zu den beiden Essenden an den Tisch. Sowohl die Schildkröte wie auch Wildermuth wußten von Frau d'Alemberts Einladung. Sie redeten darüber und beschlossen schließlich, hinzufahren.

Wildermuth telefonierte mit seiner Schwester Ottilie, und sie fuhren mit dem Taxi zum Gaedechensweg.

Plötzlich erstarrt wie mitten in einer erleuchteten Höhle. Und unendlich vor dem Hintergrund ihrer Erstarrung ablaufend das Ritual ihres unaufhörlich in sich selbst zurücklaufenden Redekarussells. Das endlich wahr gewordene Bild ihrer nicht kommunizierenden Kommunikation.

Das Bild ist dennoch nicht genau begrenzt, so deutlich es auch sein mag. So ist vollkommen sichtbar ein Möbelstück, ein Gesicht, ein Stück Landschaft. Aber das schwebt umher, befindet sich irgendwo. Besteht für sich allein ohne Zusammenhang mit dem übrigen, während in der Wirklichkeit bei der Betrachtung eines Sessels oder eines Baums gleichzeitig die anderen Möbel im Zimmer, die anderen Bäume im Garten gegenwärtig sind, ja die Proportion des Zimmers oder des Gartens selbst, zumindest als etwas, das einfach vorhanden ist. Halluzination kann sich nicht auf einen ausgedehnten Raum erstrecken, nicht in einem weitgespannten Rahmen bewegen. Fügt sie sich ein in die Umwelt? Nein. Die reale Umwelt verschwindet.

Das regelmäßige Geräusch der U-Bahn. Die Rufe der U-Bahnangestellten vom Kellinghusenbahnhof. Manchmal Wind. In einer Pause aus Stille ein Rauschen wie von den Pappeln, die das Trapez aus Loogeplatz, Goernestraße, Gaedechensweg und Trummersweg überragen. Im nächsten Augenblick erlosch das Licht, und mit ihm der schwindende Glanz von der schwindenden Flamme um die Stirn des Gekleideten; während in der Dunkelheit, die folgte, der Kosmopolit den alternden Mann freundlich fortführte. Mehr von dieser Maskerade später. Zu fragen wäre tatsächlich gewesen, ob der Schauplatz zu den Masken gehörte oder ob die Masken sich seiner bedienten.

Frau d'Alemberts Zimmer und ein anderer, wenig benutzter Raum befinden sich neben der Küche auf der anderen Seite des Flurs. Gelblampe Lampenkreis offen sich offen und dann umdunkelt dunkel um um das dunkle Rundume wie Gitter gegittert offengittrig wie offen gemacht zu sehend gründend und das dahinter das hintergegründete.

Die Wohnung läuft auf den Namen von Frau d'Alembert.
Zu ihr gehören zwei Bodenkammern, von denen die eine als Gästezimmer dient, die andere als Abstellraum, vor allem für die Stücke von d'Alemberts Sammlung, die er nicht hängen oder stellen kann. Wenn d'Alembert nicht in der Jägersallee-Wohnung übernachtet, schläft er manchmal statt in seinem Arbeitszimmer im Gästezimmer.

Als sie ins Wohnzimmer gegangen waren und noch unentschlossen darin herumstanden, war d'Alembert düster auf den Balkon seines Arbeitszimmers gegangen. In diesem Augenblick kamen Dr. Johnson, die Schildkröte und Helmut Maria Wildermuth.

Wie herausgelöst aus der räumlichen Kontinuität die Lichtreflexe von Flaschen und Gläsern, Aschenbechern und Zigarettenrauch. Geruch, der aus dem Garten hereinkommt, vermischt mit dem Geruch, der die Zimmer füllt, Resten von Küchengeruch, menschlichen Ausdünstungen, Geruch von Zigaretten und Wein, durch alles hindurchdringend aber, allem unterlegt der Geruch nach Holz in einem sehr alten Haus.

Von der U-Bahnstation Kellinghusenstraße bis zur Ecke Gaedechensweg und Trummersweg sind es, nach der einen Zählweise 320, nach der anderen 376 Schritt. Auf dem Weg dahin standen am U-Bahndamm Anfang Lichtwarkstraße am 26. 7. 1968 zwei Wagen (Wohn- und Arbeitswagen) der Firma Hans Franck Straßen-Tiefbau Hamburg-Wandsbek. Der Platz, zu dem der Gaedechensweg zur Arnold Heisestraße hin sich ausweitet, ist mit Kastanien bestanden. Dazwischen ein Vogelbeerbaum. Der Fußweg ist mit Platten belegt, die vom Randstein durch einen Streifen Erde getrennt sind. Am Gaedechensweg stehen, wenn man von der Goernestraße kommt, rechts drei Birken und ein Vogelbeerbaum, am Abend des 26. 7. 1968 ohne Fruchtansatz; links ein Vogelbeerbaum mit sich rötenden Früchten, weitere Vogelbeerbäume am Trummersweg zur Heilwigstraße hin.

Großes Protokoll

Eduard verteidigt Rupprecht Geiger. Sie zitieren Wilhelm Busch und die Schildkröte wiederholt den Kalauer: Wo ein Willer ist ist auch ein Schiller. Sie reden nicht von ihren Vorgesetzten, denn sie haben keine. Sie reden nicht von ihren Untergebenen, denn sie haben keine. Sie reden nicht von ihren Unternehmungen, denn sie veranstalten keine. Sie diskutieren nicht taktische Verfahrensweisen und strategisches Verhalten, denn sie verfolgen sie nicht und sie haben es nicht. Alle brauchen tatsächlich Redewendungen, Floskeln, Formeln, die alle gebrauchen und die allgemein, regional, in Gebrauch sind, wie etwa: schick, genau, in der Tat, hastudasgehört, nicht möglich, sagemal, höremal, machdochnichts, Schwamm drüber, mußduselberwissen, prima (Andie manchmal wahllos) behämmert (Ottilie), am Arsch, scheißdrauf, fabelhaft, unheimlich usw.

Sie haben zum Beispiel gehört, daß Brock in Kassel Grieshaber gestanden hat, warum er soviel Geld braucht und daß Freiherr von Butlar Brock, weil usw. D'Alembert verbirgt seine Zuneigung zu Andie Wildermuth hinter einem nörgelnden Kommentar zu Andies neuesten Projekten. Die Schildkröte gibt zu bedenken. D'Alembert pflegt gelegentlich, wie in Gedanken, unvermittelt: Aber ja doch auszurufen. Antworten leitet Bertolt Wildermuth gern mit Umschreibungen, Rückfragen, Höflichkeitsfloskeln, Beteuerungen seiner Wohlmeinung usw. ein, was ihn jedoch nicht hindert, gerade in den Antworten, die auf besonders ausschweifende Einleitungen folgen, besonders scharf zu formulieren. Andie hat gehört, daß Horst Janssen. Ottilie konnte ein warmes, vom Herzen aufquellendes Lachen haben. D'Alembert hat einen Zusammenstoß mit Vogel gehabt, und Ottilie hat gehört, daß Vogel gesagt hat, daß d'Alembert usw.

Ottilie Wildermuth hat überhaupt die eher konventionelle Angewohnheit: o wie scheußlich zu sagen, ganz egal, ob es paßt oder nicht. Sie reden über die Munchausstellung im Barlachhaus und über Diter Rot. Sie reden über Literatur und Politik. Über das Kursbuch. Über Enzensberger. Über

 das neue Stück von Grass. Über den kommenden Roman von Grass, von dem Eduard gehört hat, daß usw. Sie reden von der Rolle Heinrich Bölls. Sie reden über Kunst und Politik. Über Pop-Art und Minimal-Art. Eduard verteidigt Rupprecht Geiger. Die Schildkröte hält sich an Vasarély. Kinetik allerdings, sagt er, ist passé. Sie reden von allem möglichen und auch von Bürodienst, Dienstreisen, Gehältern, Honoraren, Freunden, Gegnern, Gesinnungsgenossen, Neidern, Gönnern, Konkurrenten, Tarifgruppen, Arbeitsgewohnheiten, Arbeitsklima, Arbeitsbedingungen, Zustimmung zu und von Autoren, Kritikern, Lesern, Hörern, Ärger mit Autoren, Kritikern, Lesern, Hörern usw.
Eduard verwendet häufig das Wort: offenbar; er verkleinert seine Meinung häufig durch den Zusatz: würde ich sagen; er hat die Angewohnheit zu sagen: wenn du weißt, was ich meine. Ottilie Wildermuth fängt ihre Sätze häufig mit den Wörtern: und übrigens an. Einer fragt nach der Tagung der Gruppe 47. Der Ausfall von Prag steht noch bevor. Das Thema erweist sich im Moment als nicht sehr ergiebig. Helmut Maria Wildermuth schiebt, wenn er in Erregung gerät, häufig ein kurzes und fast stimmloses ö in seine Sätze ein.
Was sie nicht sind: Täter, Akteure, Praktiker. Sie sind nicht in etwas verwickelt, das durchgeführt werden muß und sich durchgeführt als ein Ereignis von besonderer oder hervorragender Tragweite herausstellt. Sie sind nur immer irgendwie durchgekommen. Einige von ihnen haben durchaus eine gewisse Prominenz erreicht. Sie sind nicht nicht wer. Es mag sein, daß sie sogar unter sich sich über Praktiker erheben. Nichts Dramatisches. Keine Szenen. Keine dekorativen Fluchten. Kein pittoreskes Scheitern. Eigentlich in allem, was öffentliches Wirken, öffentliche Repräsentanz, öffentliches Auftreten betrifft: Versager. Ihre Stärke besteht eher im Zögern, im Vergessen oder Nichtvergessen, in der Unentschiedenheit, im Abwarten, in ihrer Zuschauerschaft, in der Neigung es eher nicht ernst zu nehmen, in der Neigung sich damit abzufinden, vielleicht ohne es dabei in Wirklichkeit ganz aufzugeben.

Alle sind sich eigentlich darüber einig, daß das, was man allenfalls lehren kann, Destruktion und Anarchie ist, Auflösung von konventionellen regulativen Systemen und bürgerlicher Moral; sie wollen jedoch ihre persönliche Sphäre reserviert haben; sie wollen ihr Reservat, ohne Hinblick auf alles andere, geschützt haben. Sie hören eine Weile der Erzählung d'Alemberts, Ottilies oder Dr. Johnsons zu, dann werden sie ungeduldig und wechseln das Thema. Dr. Johnson pflegt unvermittelt und unmotiviert beim Reden sein Gesicht zu einem momentanen Lächeln zu verziehen; er macht den Eindruck, als ob er beim Reden zugleich an ganz etwas anderes denkt. Sie reden von allem möglichen und auch von Bürodienst, Dienstreisen, Gehältern, Honoraren, Freunden, Gegnern, Gesinnungsgenossen, Neidern, Gönnern, Konkurrenten, Tarifgruppen, Arbeitsgewohnheiten, Arbeitsklima, Arbeitsbedingungen, Zustimmung zu und von Autoren, Kritikern, Lesern, Hörern, Ärger mit Autoren, Kritikern, Lesern, Hörern usw. D'Alembert sagt: die meisten finden sowieso nur gut, was sie bereits seit langem kapiert haben; sie sind einfach dran gewöhnt. Er verbirgt seine Zuneigung zu Andie Wildermuth hinter einem nörgelnden Kommentar zu Andies neuesten Projekten. Frau d'Alembert blickt ihn staunend an und spricht mit großem Ernst und dem Ausdruck der Wahrheit: es ist kein Mensch auf Erden, gegen den ich etwas hätte.

Wie andere gebrauchen sie beim Reden bestimmte Redewendungen und Stereotypen. Eduard erinnert an das, was Dr. Johnson am Vormittag in der Buchhandlung Stolterfoht gesagt hat; Dr. Johnson antwortet: ja aber und es war beziehungsweise usw. Ottilie Wildermuth fängt ihre Sätze häufig mit den Wörtern: und übrigens an. Sie ist hingerissen von Paolozzi. Sie reden alle durcheinander über den und den, der die und die Bilder von dem und dem scheußlich oder fabelhaft oder das Letzte oder eine Offenbarung oder als Weltkunst oder einfach nicht mehr up to date findet. Nicht gleichgültig ist ihnen dagegen ihr subjektiver Eindruck vom Gelingen oder Mißlingen, und das Urteil schön

ist dabei keineswegs nur eine Ausflucht ins Ästhetische, um das Scheitern einer politischen Aktion zu kompensieren, sondern sozusagen eine unmittelbare Reaktion. Frau d'Alembert pflegt oft dann, wenn sie ihrer Rede Nachdruck geben will, die Satzenden wie fragend hochzuziehen. Eduard zitiert ein wenig süffisant Rühmkorf, der gesagt hat: wer eine Zeitlang den unterschiedlichsten Thesen über die Sexualität im Zeitalter ihrer Vermarktung zum Ausdruck verholfen hat, den drängt es im Lauf der Debatte doch immer einmal wieder als gesammelte Person zu Wort. Dr. Johnson pflegt häufig seinen Urteilen die Diminutive: unheimlich und unendlich hinzuzufügen; er findet Dinge unheimlich schön oder unendlich bedeutend, unheimlich melancholisch oder unendlich tangibel usw. Sie hören eine Weile der Erzählung d'Alemberts, Ottilies oder Dr. Johnsons zu, dann werden sie ungeduldig und wechseln das Thema. Wie alle anderen klatschen sie natürlich. Die Schildkröte hat trotzdem für die Plastik Wunderlichs was übrig. Alle sind sich eigentlich darüber einig, daß das, was man allenfalls lehren kann, Destruktion und Anarchie ist, Auflösung von konventionellen regulativen Systemen und bürgerlicher Moral; sie wollen jedoch ihre persönliche Sphäre reserviert haben; sie wollen ihr Reservat, ohne Hinblick auf alles andere, geschützt haben.
Ottilie konnte ein warmes, vom Herzen aufquellendes Lachen haben. Die Schildkröte erwähnt ein wenig süffisant, er habe dem Artikel von d'Alembert neulich entnommen, daß d'Alembert tatsächlich doch usw. Bertolt Wildermuth redet über die Verhältnisse in der Redaktion der Zeitschrift Konkret und sagt seine Meinung über den Herausgeber Klaus Rainer Röhl. Wie alle anderen klatschen sie natürlich. Sie reden hin und her und über dies und das. Helmut Maria Wildermuth redet von dem Botero, den er bei Raddatz am Leinpfad gesehen hat. Sie reden auch über das, was sie in der Zeitung gelesen oder in den Rundfunknachrichten gehört haben. Über Laureen Bacall zum Beispiel, die usw. Über den deutschen Bundeskanzler Kiesinger, der gesagt

hat, der Bundesfinanzminister Franz Josef Strauß habe denn doch nicht ganz so usw., während Bundesaußenminister Willy Brandt und die große Koalition, wenn Strauß usw.

Dr. Johnson pflegt zu sagen: wer eine dicke Zunge hat, hat Schwierigkeiten beim Schnalzen. Sie formulieren syntaxgerecht, vermeiden Leerformeln, hassen Phrasen und sind darauf bedacht zu befolgen, was die Lehren der Rhetoriker fordern: dem Gedanken den adäquaten sprachlichen Ausdruck zu geben. Bertold fragt Eduard, ob Koeppen noch Geld von Suhrkamp kriegt; Eduard weiß es nicht. D'Alembert hat einen Zusammenstoß mit Vogel gehabt, und Ottilie hat gehört, daß Vogel gesagt hat, daß d'Alembert usw. Alle brauchen tatsächlich Redewendungen, Floskeln, Formeln, die alle gebrauchen und die allgemein, regional, in Gebrauch sind, wie etwa: schick, genau, in der Tat, hastudasgehört, nicht möglich, sagemal, höremal, machdochnichts, Schwamm drüber, mußduselberwissen, prima (Andie manchmal wahllos), behämmert (Ottilie), am Arsch, scheißdrauf, fabelhaft, unheimlich usw.

Frau d'Alembert sagt: das ganze Gerede heute geht doch darum, daß wers hat es nicht tut, und daß wers tut es nicht hat; aber tut wers hat nun deshalb nichts? oder hat wers tut nun deshalb nichts haben tun sie beide was; es geht doch darum, ob man überhaupt was haben soll; und wenn keiner was hat, wers denn dann hat. Die Schildkröte hat trotzdem etwas für die Plastik Wunderlichs übrig. Einer fragt nach der Tagung der Gruppe 47. Der Ausfall von Prag steht noch bevor. Das Thema erweist sich im Moment als nicht ergiebig. Der einzelne Mensch ist ihm nichts, aber die ganze Menschheit könnte er liebevoll umfassen, gegen die schlägt sein Herz, wie er sagt, mit mächtigen Schlägen; für die opfert er, indem er in vierundzwanzig Stunden sieben Meilen hin und zurück geht, seine Kräfte auf. Eduard hat eine Neigung, Sprachspiele zu forcieren. D'Alembert folgt allerdings manchmal der Assoziation. Er macht beim Sprechen, wie bei allem, was er tut, Pausen. Wenn sein Sprachfehler ihm zu schaffen macht, in nervösem Zustand, spricht er zunehmend langsamer und immer mehr in Bruchstücken. Der einzelne Mensch ist ihm nichts, aber die ganze Menschheit könnte er liebevoll umfassen, gegen die schlägt sein Herz, wie er sagt, mit mächtigen Schlägen; für die opfert er, indem er in vierundzwanzig Stunden sieben Meilen hin und zurück geht, seine Kräfte auf.

Sie reden alle durcheinander über den und den, der die und die Bilder von dem und dem scheußlich oder fabelhaft oder das Letzte oder eine Offenbarung oder als Weltkunst oder einfach nicht mehr up to date findet. D'Alembert pflegt beim Sprechen mit der rechten Hand über seinem toupierten Haar hin und her zu fahren und das etwas pfannkuchenartige Gesicht nach vorn zu neigen. Eduard hat die Angewohnheit, bei längeren Reden am Angesprochenen vorbei auf einen hinter diesem befindlichen Punkt zu starren. Andie hat gehört, daß Horst Janssen. Dr. Johnson zitiert nahe dem Lächerlichen, daß dort, wo Begriffe fehlen, sich ein Wort einstellt. Helmut Maria Wildermuth regt sich über das auf, was er von den Verhältnissen in der Redaktion der Zeitschrift: Die Zeit gehört hat. Sie sprechen über Bertold Wildermuths Kollegen Joachim Schickel. Sie sprechen zum Beispiel auch darüber, daß sie in der Zeitung gelesen haben, daß in Italien ein neuer Skandal usw., und Helmut Maria behauptet, daß es nur da noch Proletarier gibt, wo es öffentliche Skandale gibt. Vielleicht, fügt d'Alembert hinzu, sind es die letzten Proletarier und man muß sie wie in einer Art kapitalistischen Naturschutzgebiets vorm Aussterben schützen, weil die Proletarier die einzige Garantie sind für Veränderung und Revolution. Dr. Johnson weiß auch, wer alles ein Monatsfixum von Rowohlt kriegt. D'Alembert erzählt davon, daß er in Prag war. Es war sehr heiß, und er war sehr beunruhigt. Er hat die Ausstellung eines tschechischen Malers im Manes gesehen, dessen Name ihm momentan nicht einfällt, er fand die Ausstellung widersprüchlich. Er hat Jiřij Kolař besucht in seinem neuen Atelier, das eine Dachkammer in einem normalen Mietshaus ist. Er hat eine große Collage nach dem Bild eines Renaissancemalers, dessen Name ihm momentan ebenfalls nicht einfällt, gesehn und einen Schmetterlingskasten und eine mit Blindenschrift beklebte Birne mitgebracht. Er hat in Prag sehr viel Wein getrunken und einmal in angetrunkenem Zustand eine lange Unterhaltung mit einer russischen Wissenschaftlerin, er weiß momentan nicht mehr, was für einer, gehabt. Er hat, vor allem, wenn er sich angegriffen fühlt, und er ist, wie Dr. Johnson sagt, von einer unendlichen Tangierbarkeit, die Angewohnheit, den Blick starr auf den Redenden zu fixieren und ihn, ohne zu antworten, anzustarren.

Wie andere brauchen sie beim Reden bestimmte Redewendungen und Stereotypen. Eduard hat eine Neigung, Sprachspiele zu forcieren. D'Alembert folgt manchmal allerdings der Assoziation. Alle sind sich eigentlich darüber einig, daß das, was man allenfalls lehren kann, Destruktion und Anarchie ist, Auflösung von konventionellen regulativen Systemen und bürgerlicher Moral; sie wollen jedoch ihre persönliche Sphäre reserviert haben; sie wollen ihr Reservat, ohne Hinblick auf alles andere, geschützt haben. Frau d'Alembert sagt: das ganze Gerede heute geht doch darum, daß wers hat es nicht tut, und daß wers tut es nicht hat; aber tut wers hat nun deshalb nichts? oder hat wers tut nun deshalb nichts? haben tun sie beide was; es geht doch darum, ob man überhaupt was haben soll; und wenn keiner was hat, wers denn dann hat.

Eduard erinnert sich natürlich, daß er die Schildkröte mit Andie auf dem Hauptbahnhof, er redet drumherum. Er erzählt von seinem Freund Armin Sandig, dessen Glasfenster für eine Schule in Hohenhorst er am Nachmittag angesehn hat. Er hat gestern überlegt, ob er Hubert Fichte anrufen soll, hats aber noch nicht getan, und d'Alembert erzählt, wie er Fichte neulich im Atelier Mensch getroffen hat und daß sie eigentlich zusammen essen gehen wollten, aber Fichte hatte sich im letzten Augenblick doch noch daran erinnert, daß er usw.

 Eduard erinnert sich außerdem an Amsterdam, Helmut Maria dagegen an Stockholm, für das Eduard ebenfalls eine Schwäche hat.
Sie reden über Kunst und Politik. Über Pop-Art und Minimal-Art. Eduard verteidigt Rupprecht Geiger. Die Schildkröte hält sich an Vasarély. Kinetik allerdings, sagt er, ist passé. D'Alembert macht beim Sprechen, wie bei allem, was er tut Pausen. Wenn sein Sprachfehler ihm zu schaffen macht, in nervösem Zustand, spricht er zunehmend langsamer und immer mehr in Bruchstücken. Ottilie Wildermuth fängt ihre Sätze häufig mit den Wörtern: und übrigens an. D'Alembert pflegt gelegentlich, wie in Gedanken, unvermittelt: aber ja doch auszurufen.
Sie reden nicht von ihren Vorgesetzten, denn sie haben keine. Sie reden nicht von ihren Untergebenen, denn sie haben keine. Sie reden nicht von ihren Unternehmungen, denn sie veranstalten keine. Sie diskutieren nicht taktische Verfahrensweisen oder strategisches Verhalten, denn sie verfolgen sie nicht und sie haben es nicht. Ottilie Wildermuth fängt ihre Sätze häufig mit den Wörtern: und übrigens an. Wie alle anderen klatschen sie natürlich. Sie reden von allem möglichen und auch von Bürodienst, Dienstreisen, Gehältern, Honoraren, Freunden, Gegnern, Gesinnungsgenossen, Neidern, Gönnern, Konkurrenten, Tarifgruppen, Arbeitsgewohnheiten, Arbeitsklima, Arbeitsbedingungen, Zustimmung zu und von Autoren, Kritikern, Lesern, Hörern, Ärger mit Autoren, Kritikern, Lesern, Hörern usw. D'Alembert pflegt beim Sprechen mit der rechten Hand über seinem toupierten Haar hin und her zu fahren und das etwas pfannkuchenartige Gesicht nach vorn zu neigen. Der einzelne Mensch ist ihm nichts, aber die ganze Menschheit könnte er liebevoll umfassen, gegen die schlägt sein Herz, wie er sagt, mit mächtigen Schlägen; für die opfert er, indem er in vierundzwanzig Stunden sieben Meilen hin und zurück geht, seine Kräfte auf. Einige von ihnen haben Vorgesetzte, Sekretärinnen, Kollegen, Programmsitzungen, Konferenzen, Betriebsausflüge, planen,

vermitteln, taktieren, wägen ab usw., aber es ist nicht die Hauptsache, über die sie reden.
Eduard hat die Angewohnheit, bei längeren Reden am Angesprochenen vorbei auf einen hinter diesem befindlichen Punkt zu starren. Bertolt Wildermuth hat, wie immer, auch in der Unterhaltung etwas Vages, Ausweichendes, Hinundherrutschendes. Sie reden nicht von ihren Vorgesetzten, denn sie haben keine. Sie reden nicht von ihren Untergebenen, denn sie haben keine. Sie reden nicht von ihren Unternehmungen, denn sie veranstalten keine. Sie diskutieren nicht taktische Verfahrensweisen oder strategisches Verhalten, denn sie verfolgen sie nicht und sie haben es nicht. Ottilie erzählt von ihrem letzten Besuch in London. Sie hat Paolozzi gesehn, aber mit Hockney zu tun gehabt, über den sie einen Film machen will. Ihr neuester Schwarm ist Caulfield, von dem sie drei Blätter mitgebracht hat: sweet bowl, coloured stillife, the letter. Helmut Maria ärgert sich über das, was er über die Verhältnisse in der Redaktion der Zeitschrift: Die Zeit gehört hat.
Alle brauchen tatsächlich Redewendungen, Floskeln, Formeln, die alle gebrauchen und die allgemein, regional, in Gebrauch sind, wie etwa: schick, genau, in der Tat, hastudasgehört, nicht möglich, sagemal, höremal, machdochnichts, Schwamm drüber, mußduselberwissen, prima (Andie manchmal wahllos), behämmert (Ottilie) am Arsch, scheißdrauf, fabelhaft, unheimlich usw. Sie sprechen zum Beispiel auch darüber, daß sie in der Zeitung gelesen haben, daß in Italien ein neuer Skandal usw., und Helmut Maria behauptet, daß es nur da noch Proletarier gibt, wo es öffentliche Skandale gibt. Vielleicht, fügt d'Alembert hinzu, sind es die letzten Proletarier und man muß sie wie in einer Art kapitalistischen Naturschutzgebiets vorm Aussterben schützen, weil die Proletarier die einzige Garantie sind für Veränderung und Revolution. Die Schildkröte erwähnt ein wenig süffisant, er habe dem Artikel d'Alemberts neulich entnommen, daß er tatsächlich doch usw. Sie reden alle durcheinander über den und den, der die und die Bilder von dem und

dem scheußlich oder fabelhaft oder das Letzte oder eine Offenbarung oder als Weltkunst oder einfach nicht mehr up to date findet. Dr. Johnson fragt d'Alembert, welche Galerien in Deutschland eigentlich feste Monatsbeträge zahlen. D'Alembert macht Ausflüchte. Helmut Maria schiebt, wenn er in Erregung ist, oft ein kurzes und fast stimmloses ö in seine Sätze ein. Eduard verwendet häufig das Wort: offenbar; er verkleinert seine Meinung häufig durch den Zusatz: würde ich sagen; und hat die Angewohnheit zu sagen: wenn du weißt, was ich meine. Dr. Johnson fragt d'Alembert noch einmal, welche Galerien in Deutschland eigentlich feste Monatsbeträge zahlen. D'Alembert macht noch einmal Ausflüchte. Eduard hat gestern überlegt, ob er Hubert Fichte anrufen soll, hats aber noch nicht getan, und d'Alembert erzählt, wie er Fichte neulich im Atelier Mensch getroffen hat und daß sie eigentlich zusammen essen gehen wollten, aber Fichte hatte sich im letzten Augenblick doch noch daran erinnert, daß er usw.

Bei alldem aber muß man sich darüber klar sein, daß sie hier nun tatsächlich unter sich sind und daß, was an ihrer Unterhaltung Konversation ist, diese Form nur annimmt, wenn sie unter sich sind; daß sie dagegen, wären sie in Gesellschaft von Mitgliedern anderer Gruppen oder Schichten, redeten sie so wie jetzt, als absolut Fremde erscheinen würden. Was sie reproduzieren, ist nicht die generelle, sondern eine spezielle Konservation, an der generellen, die vage den gesellschaftlichen Gesamtzustand widerspiegelt, haben sie nur tangierend Anteil. Ihre Konversation hat die Form von Jargon. Aber man muß dabei erkennen, daß auch die Inhalte ihrer Gespräche Jargon sind; daß ihr Zustand dadurch gekennzeichnet ist, daß ihr Bewußtsein die Form von Jargon angenommen hat.

Gespräch im Konjunktiv
mit Zitaten aus Karl Marx: Das Kapital

Frau d'Alembert nimmt an, daß kein Bundesfinanzminister sich jemals darum gekümmert hat, ob seit der Geburt der großen Industrie, nachdem das Kapital Jahrhunderte gebraucht, um den Arbeitstag bis zu seiner normalen Maximalgrenze (und dann über diese hinaus, bis zu den Grenzen des natürlichen Tags von 12 Stunden) zu verlängern, dann eine lawinenartig gewaltsame und maßlose Überstürzung habe erfolgen können, sodaß selbst die Begriffe von Tag und Nacht so sehr verschwammen, daß ein englischer Richter 1860 wahrhaft talmudistischen Scharfsinn aufbieten mußte, um urteilskräftig zu erklären, was Tag und Nacht sei. Frau d'Alembert nimmt an, daß kein Bundesfinanzminister sich jemals darum gekümmert hat, wo das Kapital seine Orgien feierte.

Eduard dagegen nimmt an, daß kein Straßenbahnschaffner beispielsweise eine Ahnung davon hat, daß man den durch Verlängerung des Arbeitstages produzierten Mehrwert absoluten Mehrwert nennt; den Mehrwert dagegen, der aus Verkürzung der notwendigen Arbeitszeit und entsprechender Veränderung im Größenverhältnis der beiden Bestandteile des Arbeitstags entspringt, relativen Mehrwert.

Die Schildkröte macht sich Gedanken darüber, wie weit wohl ein Straßenbahnschaffner im Bild sein kann darüber, daß der Wert der Arbeit bestimmt ist durch den Wert der gewohnheitsmäßig notwendigen Lebensmittel des Durchschnittsarbeiters; daß die Masse dieser Lebensmittel, obgleich ihre Form wechseln mag, in einer bestimmten Epoche einer bestimmten Gesellschaft gegeben und daher als konstante Größe zu behandeln ist.

Andie Wildermuth wiederum macht sich Gedanken darüber, ob dieser Straßenbahnschaffner überhaupt eine Ahnung davon haben kann, daß die Grundlage aller entwickelten und durch Warentausch vermittelten Teilung der Arbeit die Scheidung von Stadt und Land ist und daß man sagen kann, daß die ganze ökonomische Geschichte der Gesellschaft sich in der Bewegung dieses Gegensatzes resümiert.

Die Schildkröte: aber kein Straßenbahnschaffner hat tatsächlich einen blassen Schimmer davon, daß wir für die Betrachtung gemeinsamer, das heißt vergesellschafteter Arbeit nicht zurückzugehen brauchen zu der naturwüchsigen Form derselben.

Bertold Wildermuth vermutet, daß auch der Präsident der deutschen Bundesbank keinen blassen Schimmer davon hat, daß das Rätsel des Geldfetischs nur das sichtbar gewordene, die Augen blendende Rätsel des Warenfetischs ist.

Frau d'Alembert möchte es einmal aussprechen, wer anderes wohl darüber Bescheid wisse, daß die Gesamtheit der Kapitalistenklasse eines Landes sich nicht selbst übervorteilen könne.

D'Alembert vermutet seinerseits, daß niemals ein Präsident der deutschen Bundesbank sich darum gekümmert hat, daß das Kapital die Mehrarbeit nicht erfunden hat (denn überall, wo ein Teil der Gesellschaft das Monopol der Produktionsmittel besitzt, muß der Arbeiter, frei oder unfrei, der zu seiner Selbsterhaltung notwendigen Arbeitszeit überschüssige Arbeitszeit zusetzen, um die Lebensmittel für den Eigner der Produktionsmittel zu produzieren, sei dieser Eigentümer nun atheniensischer Aristokrat, etruskischer Theokrat, civis romanus, normännischer Baron, amerikanischer Sklavenhalter, walachischer Bojar, moderner Landlord oder Kapitalist).

Helmut Maria Wildermuth: nie im Leben kann der Bundeskanzler darüber Bescheid wissen, daß gleiche Exploitation der Arbeitskraft das erste Menschenrecht des Kapitals ist.

Ottilie Wildermuth: ob der Bundeskanzler aber wohl unterscheiden kann, daß die Produktivkraft der Arbeit sich nicht verdoppeln kann ohne eine Änderung in den Arbeitsmitteln oder der Arbeitsmethode oder beiden zugleich (daher eine Revolution in den Produktionsbedingungen der Arbeit eintreten müsse, das heißt in der Produktionsweise und daher im Arbeitsprozeß selbst).

D'Alembert beteuert, der Bundeskanzler könne sich nie im Leben darin zurechtfinden, daß die beständige Wiederholung des Austauschs diesen zu einem regelmäßigen gesellschaftlichen Prozeß macht (daher im Laufe der Zeit wenigstens ein Teil der Arbeitsprodukte absichtlich zum Behuf des Austausches produziert werden müsse und von diesem Augenblick an sich die Scheidung befestige zwischen der Nützlichkeit der Dinge für den unmittelbaren Bedarf und ihrer Nützlichkeit zum Austausch). Daß ihr Gebrauchswert sich von ihrem Tauschwert scheidet.

Bertolt Wildermuth: ob eine Filmschauspielerin wie Laureen Bacall wohl darüber im Bild ist, daß die Ware zunächst nur ein äußerer Gegenstand, ein Ding ist, das durch seine Eigenschaften menschliche Bedürfnisse irgendeiner Art befriedigt; daß die Natur dieser Bedürfnisse, ob sie zum Beispiel dem Magen oder der Phantasie entspringen, nichts an der Sache ändert; und daß es sich hier auch nicht darum handelt, wie die Sache das menschliche Bedürfnis befriedigt, ob unmittelbar als Lebensmittel, das heißt als Gegenstand des Genusses, oder auf einem Umweg, als Produktionsmittel.

Dr. Johnson: irgendjemand wird schon darüber Bescheid wissen, daß die Produktivität der Maschine sich an dem Grad mißt, worin sie menschliche Arbeitskraft ersetzt.

Bertolt Wildermuth vermutet, daß vielleicht tatsächlich irgendjemand unterscheiden kann, daß das Rätsel des Geldfetischs nur das sichtbar gewordene, die Augen blendende Rätsel des Warenfetischs ist.

Und d'Alembert möchte es nun doch noch einmal aussprechen, daß vielleicht sogar ein Straßenbahnschaffner darüber im Bild sein könne, daß seit der Geburt der großen Industrie, nachdem das Kapital Jahrhunderte gebraucht, um den Arbeitstag bis zu seiner normalen Maximalgrenze (und dann über diese hinaus, bis zu den Grenzen des natürlichen Tags von 12 Stunden) zu verlängern, dann eine lawinenartig gewaltsame und maßlose Überstürzung habe erfolgen können, sodaß selbst die Begriffe von Tag und Nacht so sehr verschwammen, daß ein englischer Richter 1860 wahrhaft talmudistischen Scharfsinn aufbieten mußte, um urteilskräftig zu erklären, was Tag und Nacht sei. Daß vielleicht

 sogar ein Straßenbahnschaffner darüber im Bild sein könne, wie das Kapital seine Orgien feierte.
Ottilie Wildermuth möchte es nun einmal aussprechen, daß Laureen Bacall natürlich keinen blassen Schimmer davon hat, daß die Nützlichkeit eines Dings es zum Gebrauchswert macht; daß diese Nützlichkeit nicht in der Luft schwebt; daß sie, durch die Eigenschaften des Warenkörpers bedingt, nicht ohne denselben existiert; daß der Gebrauchswert sich nur im Gebrauch oder der Konsumtion verwirklicht.
Helmut Maria Wildermuth fragt, ob der Bundeskanzler wohl darüber Bescheid weiß, daß der absolute Bereicherungstrieb, die leidenschaftliche Jagd auf den Wert, dem Kapitalisten mit dem Schatzbildner gemeinsam ist; daß aber, während der Schatzbildner nur der verrückte Kapitalist, der Kapitalist der rationelle Schatzbildner ist.
D'Alembert: ob denn nicht selbst ein Straßenbahnschaffner sich darum kümmern könne, daß die Produktivkraft der Arbeit sich nicht verdoppeln kann ohne eine Änderung in den Arbeitsmitteln oder der Arbeitsmethode oder beiden zugleich (daher eine Revolution in den Produktionsbedingungen der Arbeit eintreten müsse, daß heißt in der Produktionsweise und daher im Arbeitsprozeß selbst).
Frau d'Alembert macht sich Gedanken darüber, ob eine Filmschauspielerin wie Laureen Bacall überhaupt danach fragen könne, ob der Kreislauf Ware-Geld-Ware ausgeht von dem Extrem einer Ware und abschließt mit dem Extrem einer anderen Ware; ob sie danach fragen könne, ob in der einfachen Warenzirkulation beide Extreme dieselbe ökonomische Form haben, beide Ware sind; ob schließlich jedoch der Zirkulation mehr Geld entzogen wird, als anfangs hineingeworfen ward (das heißt die ursprünglich vorgeschossene Geldsumme plus einem Inkrement); ob sie danach fragen könne, ob dieses Inkrement oder der Überschuß über den ursprünglichen Wert Mehrwert zu nennen sei (wobei der ursprünglich vorgeschoßne Wert in der Zirkulation sich nicht nur erhalten habe, sondern seine Wert-

größe verändert, einen Mehrwert zugesetzt oder sich verwertet habe).

Bertolt Wildermuth sagt aus, kein Bundeskanzler sei jemals im Bild darüber gewesen, daß der religiöse Widerschein der wirklichen Welt überhaupt nur verschwinden kann, sobald die Verhältnisse des praktischen Werkeltagslebens dem Menschen tagtäglich durchsichtig vernünftige Beziehungen zueinander und zur Natur darstellen.

Die Schildkröte: kann denn selbst der Präsident der deutschen Bundesbank unterscheiden, ob der Gebrauch der Arbeitskraft die Arbeit selbst ist? ob der Käufer der Arbeitskraft sie konsumiert, indem er ihren Verkäufer arbeiten läßt? ob letztrer hierdurch actu sich betätigende Arbeitskraft, Arbeiter, wird, was er früher nur potentia gewesen ist? ob er, um seine Arbeit in Waren darzustellen, sie vor allem in Gebrauchswerten darstellen muß (Sachen, die zur Befriedigung irgendeiner Art dienen)? ob es also ein besondrer Gebrauchswert, ein bestimmter Artikel ist, den der Kapitalist vom Arbeiter anfertigen läßt? ob die Produktion von Gebrauchswerten oder Gütern ihre allgemeine Natur nicht dadurch ändert, daß sie für den Kapitalisten und unter seiner Kontrolle vorgeht und ob der Arbeitsprozeß daher zunächst unabhängig von jeder bestimmten gesellschaftlichen Form zu betrachten ist?

Andie Wildermuth nimmt an, daß ja irgendwann irgendjemand begreifen müsse, daß die zweite Periode des Arbeitsprozesses, die der Arbeiter über die Grenzen der notwendigen Arbeit schanzt, ihm zwar Arbeit kostet, Verausgabung von Arbeitskraft, aber keinen Wert für ihn bildet; daß sie vielmehr Mehrwert bildet, der den Kapitalisten mit allem Reiz einer Schöpfung aus Nichts anlacht.

Die Schildkröte beteuert: der Präsident der Vereinigten Staaten hat ganz bestimmt keinen blassen Schimmer davon, daß der Produktionsprozeß, welches immer seine gesellschaftliche Form, kontinuierlich sein oder periodisch stets von neuem dieselben Stadien durchlaufen muß; daß eine Gesellschaft, so wenig sie aufhören kann zu konsumieren, so

 wenig aufhören kann zu produzieren; daß jeder gesellschaftliche Prozeß, in einem stetigen Zusammenhang und dem beständigen Fluß seiner Erneuerung betrachtet, zugleich Reproduktionsprozeß ist.
Eduard macht die Aussage, daß bestimmt kein Bundesfinanzminister darüber Bescheid weiß, daß das Kapital die Mehrarbeit nicht erfunden hat (denn überall, wo ein Teil der Gesellschaft das Monopol der Produktionsmittel besitzt, muß der Arbeiter, frei oder unfrei, der zu seiner Selbsterhaltung notwendigen Arbeitszeit überschüssige Arbeitszeit zusetzen, um die Lebensmittel für den Eigner der Produktionsmittel zu produzieren, sei dieser Eigentümer nun atheniensischer Aristokrat, etruskischer Theokrat, civis romanus, normännischer Baron, amerikanischer Sklavenhalter, walachischer Bojar, moderner Landlord oder Kapitalist).
Frau d'Alembert: aber irgendjemand muß sich doch darin zurechtfinden, daß die Grundlage aller entwickelten und durch Warentausch vermittelten Teilung der Arbeit die Scheidung von Stadt und Land ist und daß man sagen kann, daß die ganze ökonomische Geschichte der Gesellschaft sich in der Bewegung dieses Gegensatzes resümiert.
Dr. Johnson: ob wohl der Präsident der deutschen Bundesbank unterscheiden kann, ob die letzte Grenze oder Minimalgrenze des Werts der Arbeitskraft gebildet wird durch den Wert einer Warenmasse, ohne deren tägliche Zufuhr der Träger der Arbeitskraft, der Mensch, seinen Lebensprozeß nicht erneuern kann, also durch den Wert der physisch unentbehrlichen Lebensmittel?
Frau d'Alembert: ob der Bundeskanzler sich zurechtfinden könnte, wenn er wüßte, daß die Gesamtheit der Kapitalistenklasse eines Landes sich nicht selbst übervorteilen kann?
Eduard macht die Aussage, daß sojemand wie Laureen Bacall niemals darüber Bescheid wissen wird, daß es sich bei der Analyse des absoluten Mehrwerts zunächst um die extensive Größe der Arbeit handelt, während der Grad ihrer Intensität als gegeben vorausgesetzt wird und man nun den Umschlag der extensiven Größe in intensive oder Gradgröße zu betrachten hat.

Die Schildkröte wiederum beteuert: irgendjemand muß doch wenigstens einen blassen Schimmer davon haben, daß seit der Geburt der großen Industrie, nachdem das Kapital Jahrhunderte gebraucht, um den Arbeitstag bis zu seiner normalen Maximalgrenze (und dann über diese hinaus, bis zu den Grenzen des natürlichen Tags von 12 Stunden) zu verlängern, dann eine lawinenartig gewaltsame und maßlose Überstürzung hat erfolgen können, sodaß selbst die Begriffe von Tag und Nacht so sehr verschwammen, daß ein englischer Richter 1860 wahrhaft talmudistischen Scharfsinn aufbieten mußte, um urteilskräftig zu erklären, was Tag und Nacht sei. Irgendjemand muß doch wenigstens einen blassen Schimmer davon haben, wo das Kapital seine Orgien feierte.
Andie Wildermuth nimmt an, selbst der Präsident der Vereinigten Staaten könnte wohl begreifen, daß der Arbeiter, wenn er in einem auf gesellschaftlicher Teilung beruhenden Zustand produziert, seine Lebensmittel nicht direkt produziert, sondern in Form einer besonderen Ware, des Garns zum Beispiel, einem Wert gleich dem Wert seiner Lebensmittel oder dem Geld, womit er sie kauft.
Die Schildkröte: selbst sojemand wie Laureen Bacall müßte unterscheiden können, daß die Natur nicht auf der einen Seite Geld- oder Warenbesitzer und auf der anderen bloße Besitzer der eignen Arbeitskräfte produziert, daß nämlich dies Verhältnis kein naturgeschichtliches und ebensowenig ein gesellschaftliches ist, das allen Geschichtsperioden gemeinsam wäre, sondern daß dies Verhältnis offenbar selbst das Resultat einer vorhergegangenen historischen Entwicklung, das Produkt vieler ökonomischer Umwälzungen (des Untergangs einer ganzen Reihe älterer Formationen der gesellschaftlichen Produktion) ist.
Bertolt Wildermuth hält sich an die Aussage, wer anders denn darüber im Bild sei, daß es nur das bestimmte gesellschaftliche Verhältnis der Menschen selbst ist, welches für diese Menschen die phantasmagorische Form eines Verhältnisses von Dingen annimmt.

 Frau d'Alembert wiederum macht sich darüber Gedanken, ob sojemand wie Laureen Bacall überhaupt fähig sei zu fragen, wieso Kapital nicht aus der Zirkulation entspringen und ebensowenig aus der Zirkulation nicht entspringen könne (es zugleich in ihr und nicht in ihr entspringen müsse).

D'Alembert: selbst welcher Straßenbahnschaffner kümmert sich denn darum, daß die Arbeitsstunden durch Naturgesetze beschränkt sind, die nicht ungestraft verletzt werden?

Helmut Maria Wildermuth fragt, ob ein Bundeskanzler wohl jemals darüber Bescheid gewußt hat, daß der Verkauf der Arbeitskraft stets nur für bestimmte Zeitperioden stattfindet; daß die verwandelte Form, worin der Tageswert, Wochenwert usw. der Arbeitskraft sich unmittelbar darstellt, daher die des Zeitlohns ist, also Tageslohn usw.

Ottilie Wildermuth möchte es doch einmal aussprechen, daß sie bezweifle, daß der Präsident der deutschen Bundesbank einen blassen Schimmer davon habe, daß auf dem Warenmarkt nicht die Arbeit dem Geldbesitzer direkt gegenübertritt; sondern der Arbeiter; daß das, was letztrer verkauft, seine Arbeitskraft ist; daß seine Arbeit, sobald sie wirklich beginnt, bereits aufgehört hat, ihm zu gehören, also nicht mehr von ihm verkauft werden kann; daß die Arbeit die Substanz und das immanente Maß der Werte ist, aber selbst keinen Wert hat.

Auch d'Alembert möchte es einmal unverhohlen aussprechen, daß irgendjemand doch darüber im Bild sein müsse, daß der Preis der Geldname der in der Ware vergegenständlichten Arbeit sei.

Bertolt Wildermuth wiederum vermutet, daß der Präsident der Vereinigten Staten natürlich niemals darüber Bescheid gewußt hat, daß es nichts Ungewöhnliches in Nottingham gewesen sei, 15 bis 20 Kinder in einem kleinen Zimmer von vielleicht nicht mehr als 12 Fuß im Quadrat zusammengepökelt zu finden, während 15 aus 24 Stunden beschäftigt an einer Arbeit, an sich selbst erschöpfend durch Überdruß und Monotonie, zudem unter allen nur möglichen gesundheitszerstörenden Umständen ausgeübt.

Dr. Johnson: wer anders weiß denn darüber Bescheid, daß die Warenzirkulation der Ausgangspunkt des Kapitals ist? daß Warenproduktion und entwickelte Warenzirkulation, Handel, die Voraussetzungen bilden, unter denen es entsteht? daß Welthandel und Weltmarkt im 16. Jahrhundert die moderne Lebensgeschichte des Kapitals eröffneten?

Bertolt Wildermuth: daß nicht nur irgendjemand, sondern jedermann im Bild sein müsse darüber, daß die Menschen in der gesellschaftlichen Produktion ihres Lebens bestimmte, notwendig von ihrem Willen unabhängige Verhältnisse eingehen, Produktionsverhältnisse, die einer bestimmten Entwicklungsstufe ihrer materiellen Produktivkräfte entsprechen; daß die Gesamtheit dieser Produktionsverhältnisse die ökonomische Struktur der Gesellschaft bildet, die reale Basis, worauf sich ein juristischer und politischer Überbau erhebt und welcher bestimmte gesellschaftliche Bewußtseinsformen entsprechen; daß es nicht das Bewußtsein der Menschen ist, das ihr Sein, sondern umgekehrt ihr gesellschaftliches Sein, das ihr Bewußtsein bestimmt; und daß auf einer gewissen Stufe ihrer Entwicklung die materiellen Produktivkräfte der Gesellschaft in Widerspruch mit den vorhandenen Produktionsverhältnissen geraten oder, was ein juristischer Ausdruck dafür ist, mit den Eigentumsverhältnissen, innerhalb deren sie sich bisher bewegt hatten; daß nun aus Entwicklungsformen der Produktivkräfte diese Verhältnisse in Fesseln derselben umschlagen; daß dann eine Epoche sozialer Revolution eintritt; daß mit der Veränderung der ökonomischen Grundlage sich der ganze ungeheure Überbau langsamer oder rascher umwälzt; daß man aber in der Betrachtung solcher Umwälzungen stets unterscheiden muß zwischen der materiellen, naturwissenschaftlich getreu zu konstatierenden Umwälzung in den ökonomischen Produktionsbedingungen und den juristischen, politischen, religiösen, künstlerischen oder philosophischen, kurz, ideologischen Formen, worin sich die Menschen dieses Konflikts bewußt werden und ihn ausfechten.

D'Alembert beteuert, daß nicht nur irgendjemand, sondern

jedermann sich damit abfinden müsse, daß tatsächlich die Macht asiatischer und ägyptischer Könige oder etruskischer Theokraten usw. in der modernen Gesellschaft übergegangen ist auf den Kapitalisten, ob er nun als vereinzelter Kapitalist auftrete oder, wie bei Aktiengesellschaften, als kombinierter Kapitalist.
Ottilie Wildermuth: welcher andere kann denn noch unterscheiden zwischen den gegenständlichen und einander ergänzenden Phasen, wodurch der Prozeß der Verschlingung der Metamorphosen verschiedner Waren verläuft, welche nicht räumlich nebeneinander fallen, sondern nur zeitlich aufeinander folgen können? und daß daher Zeitabschnitte das Maß seiner Dauer bilden, oder daß die Zahl der Umläufe derselben Geldstücke in gegebner Zeit die Geschwindigkeit des Geldumlaufs mißt?
Helmut Maria Wildermuth: kann denn zum Beispiel der bereits mehrfach bemühte Straßenbahnschaffner überhaupt darüber Bescheid wissen, daß sich in der häufigen Wiederholung des Stellenwechsels derselben Geldstücke nicht nur die Metamorphosenreihe einer einzigen Ware widerspiegelt, sondern auch die Verschlingung der zahllosen Metamorphosen der Warenwelt überhaupt?
D'Alembert vermutet, daß der Bundesfinanzminister sich niemals darum gekümmert hat, ob wir für die Betrachtung gemeinsamer, das heißt vergesellschafteter Arbeit zu der naturwüchsigen Form derselben zurückgehen brauchen oder nicht.
Frau d'Alembert möchte es nun auch noch einmal aussprechen, daß der Präsident der Vereinigten Staaten natürlich niemals darüber Bescheid gewußt hat, daß es nichts Ungewöhnliches in Nottingham gewesen war, 15 bis 20 Kinder in einem kleinen Zimmer von vielleicht nicht mehr als 12 Fuß im Quadrat zusammengepökelt zu finden, während 15 aus 24 Stunden an einer Arbeit beschäftigt, an sich selbst erschöpfend durch Überdruß und Monotonie, zudem unter allen nur möglichen gesundheitszerstörenden Umständen ausgeübt.

Bertolt Wildermuth vermutet, daß der besagte Straßenbahnschaffner wohl tatsächlich keinen blassen Schimmer davon haben könne, daß die Entdeckung der Gold- und Silberländer in Amerika, die Ausrottung, Versklavung und Vergrabung der eingebornen Bevölkerung in die Bergwerke, die beginnende Eroberung und Ausplünderung von Ostindien, die Verwandlung von Afrika in ein Geheg zur Handelsjagd auf Schwarzhäute die Morgenröte der kapitalistischen Produktionsära bezeichneten; daß diese idyllischen Prozesse Hauptmomente der ursprünglichen Akkumulation waren; daß dem auf dem Fuß der Handelskrieg der europäischen Nationen folgte, mit dem Erdrund als Schauplatz; daß dieser Handelskrieg eröffnet worden war durch den Abfall der Niederlande von Spanien, daß er Riesenumfang angenommen hatte in Englands Antijakobinerkrieg, daß er noch fortspielte in den Opiumkriegen gegen China usw.
Die Schildkröte: sollte denn nicht nur irgendjemand, sondern jedermann zumindest einen blassen Schimmer davon haben, daß das treibende Motiv und der bestimmende Zweck des kapitalistischen Produktionsprozesses zunächst möglichst große Selbstverwertung des Kapitals, das heißt also möglichst große Ausbeutung der Arbeitskraft durch den Kapitalisten ist? daß mit der Masse der gleichzeitig beschäftigten Arbeiter ihr Widerstand wächst und damit notwendig der Druck des Kapitals zur Bewältigung dieses Widerstands? daß aber die Leitung des Kapitalisten nicht nur eine aus der Natur des gesellschaftlichen Arbeitsprozesses entspringende und ihm angehörige besondere Funktion ist, sondern zugleich Funktion der Ausbeutung eines gesellschaftlichen Arbeitsprozesses und daher bedingt durch den unvermeidlichen Antagonismus zwischen dem Ausbeuter und dem Rohmaterial seiner Ausbeutung?
Die Schildkröte macht sich noch einmal Gedanken darüber, ob wohl der Präsident der deutschen Bundesbank darüber im Bild ist, daß der absolute Bereicherungstrieb, die leidenschaftliche Jagd auf den Wert, dem Kapitalisten mit dem Schatzbildner gemeinsam ist, daß aber, während der

 Schatzbildner nur der verrückte Kapitalist, der Kapitalist der rationelle Schatzbildner ist.
Eduard nimmt an, daß auch der Bundesfinanzminister keine Ahnung davon hat, daß der Gebrauch der Arbeitskraft die Arbeit selbst ist; daß der Käufer der Arbeitskraft sie konsumiert, indem er ihren Verkäufer arbeiten läßt; daß letztrer hierdurch actu sich betätigende Arbeitskraft, Arbeiter, wird, was er früher nur potentia gewesen ist; daß er, um seine Arbeit in Waren darzustellen, sie vor allem in Gebrauchswerten darstellen muß (Sachen, die zur Befriedigung irgendeiner Art dienen); daß es also ein besondrer Gebrauchswert, ein bestimmter Artikel ist, den der Kapitalist vom Arbeiter anfertigen läßt; daß die Produktion von Gebrauchswerten oder Gütern ihre allgemeine Natur nicht dadurch ändert, daß sie für den Kapitalisten und unter seiner Kontrolle vorgeht und daß der Arbeitsprozeß daher zunächst unabhängig von jeder bestimmten gesellschaftlichen Form zu betrachten ist.
Frau d'Alembert nimmt schließlich doch an, daß vielleicht sogar der Bundeskanzler eine Ahnung davon hat, daß die Maschinerie stets ganz in den Arbeitsprozeß und immer nur teilweise in den Verwertungsprozeß eingeht; daß sie nie mehr Wert zusetzt, als sie im Durchschnitt durch ihre Abnutzung verliert; daß also große Differenz stattfindet zwischen dem Wert der Maschine und dem periodisch von ihr auf das Produkt übertragnen Wertteil; daß eine große Differenz stattfindet zwischen der Maschine als wertbildendem und als produktbildendem Element usw.
Und so sagen alle aus, beteuern, vermuten alle, machen sich alle Gedanken darüber, möchten alle es einmal aussprechen, annehmen, danach fragen, ob nicht sogar der besagte Straßenbahnschaffner eine Ahnung davon hat, sich darin zurechtfindet, sich darum gekümmert hat, unterscheiden kann, danach fragt, zumindest einen blassen Schimmer davon hat, im Bild ist darüber, Bescheid weiß, begreift, daß der absolute Bereicherungstrieb, die leidenschaftliche Jagd auf den Wert, dem Kapitalisten mit dem Schatzbildner ge-

meinsam ist, daß aber, während der Schatzbildner nur der verrückte Kapitalist, der Kapitalist der rationelle Schatzbildner ist und warum.

Gespräch über die eigene Lage

Alle: Es ist der Masse so gegangen wie dem Einzelnen, der viel Neues gesehn, viel Ungewöhnliches erfahren und der mit dem nil admirari die Geschmeidigkeit der äußern Sitte gewonnen.
Helmut Maria Wildermuth und die Schildkröte zitieren E. T. A. Hoffmann: Indem wir unsern Blick in dem bunten Gewühl der wogenden Menge umherschweifen lassen, fallen uns hin und wieder junge Mädchen in die Augen, die, von sauber angezogenen Köchinnen begleitet, den Markt durchstreifen und um Hausbedürfnisse, wie sie der Markt darbietet, feilschen.
Eduard, Bertolt Wildermuth und Frau d'Alembert erinnern an Heine und zitieren: Daher die geheime Übereinstimmung des ganzen Lebens und Webens, das uns beim ersten Anblick nur Schauplatz der Verwirrung und Widersprüche dünken will. Überreichtum und Misere, Orthodoxie und Unglauben, Freiheit und Knechtschaft, Grausamkeit und Milde, Ehrlichkeit und Gaunerei, diese Gegensätze in ihren tollsten Extremen, darüber der graue Nebelhimmel, von allen Seiten summende Maschinen, Zahlen, Gaslichter, Schornsteine, Zeitungen, Porterkrüge, geschlossne Mäuler, alles dieses hängt so zusammen, daß wir keins ohne das andere denken können, und was vereinzelt unser Erstaunen oder Lachen erregen würde, erscheint uns als ganz gewöhnlich und ernsthaft in seiner Vereinigung.
D'Alembert wiederum zitiert Poe und erzählt: Als dann die Schatten des Abends kamen, war ich zu Tode müde; ich hielt an; ich trat dem Wandrer mitten in den Weg und starrte ihm beharrlich ins Gesicht. Doch er nahm keinerlei Notiz von mir, sondern schritt weiter in feierlichem Gang, indessen ich davon abstand, ihm noch fürder zu folgen, und in Gedanken versunken zurückblieb. Dieser alte Mann, ist das Urbild und der Genius tiefer Schuld. Er bringts nicht über sich allein zu sein. Er ist der Massenmensch, der Mann in der Menge, the man in the crowd. Es wäre fruchtlos, ihm hinfort zu folgen; denn weder über ihn noch über seine Taten werde ich mehr erfahren.

 Helmut Maria Wildermuth und die Schildkröte fallen ein: Johnny Cash at Folsom Prison, live, mag ein sentimentales Schauspiel sein, von kapitalistischer sogenannter Kulturindustrie veranstaltet, um mit Country and Western vor versammelter Gefangenenmannschaft die Antinomien dieser kapitalistischen Gesellschaft zu vertuschen: dennoch bewegt uns die Plattenaufnahme dieses Schauspiels als ein Zeugnis der unausweichlichen Situation, in der wir uns befinden, die unseretwegen manipulierte Sentimentalität schlägt in uns aus als Emotion wie vor den Brechtliedern von Hanns Eisler, von Fritz Busch gesungen, oder wie vor den Lectures von John Cage.
Andie Wildermuth: Wenn es Sprachlosigkeit bedeutet, daß wir nicht artikulieren können, was ist, was in diesem historischen Augenblick die Situation des Menschen auf dieser Erde bewirkt, so mögen wir sprachlos sein. Weniger als andere je zuvor wissen wir, ob wir es artikulieren. Zu den ununterbrochenen Versuchen, die wir machen, es zu tun, haben wir kein Zutrauen. Dennoch tun wir ununterbrochen das, wozu wir kein Zutrauen haben. Daß wir das tun, wozu wir kein Zutrauen haben, ist unser Ehrgeiz.
Frau d'Alembert: Jeder, der in einer Menge von außen her erfahren werden kann als Objekt einer oder mehrerer Verhaltenswissenschaften, hat dennoch seine eigene Einzelerfahrung. Wie koordiniert sich diese der Außenerfahrung? Garnicht. Notwendigkeit des Lebensunterhalts, Modeströmung, Zufall usw. mischen sie untereinander und mit sich selbst. Wer sind wir als Einzelne in der Menge? Nicht Unterscheidbares. Was unterscheidet uns hier in unseren Augen und vielleicht sogar, wenn auch weniger als wir meinen, objektiv? Daß wir ausdrücklich darüber reden.
Eduard, Bertolt Wildermuth und Frau d'Alembert nehmen nun das Poezitat auf und erinnern an den Anfang der Erzählung vom Mann in der Menge: Anfangs nahmen meine Gedanken eine abstrakte und verallgemeinernde Richtung. Ich sah die Passanten erst nur mehr en masse und dachte über sie als Herden-Ganzes nach. Bald aber ging ich dann

zu Einzelheiten über und betrachtete mit minutiösem Interesse die ungezählten Varietäten in Kleidung und Gestalt, in Gangart und Gebaren, Gesicht und Mienenspiel. Bei weitem die größere Zahl der Vorübergehenden zeigte ein zufrieden geschäftiges Gehaben und schien allein daran zu denken, sich einen Weg durch das Gedränge zu bahnen. Ihre Stirnen waren gefaltet, und ihre Augen rollten quick-behende; wurden sie von Passanten angestoßen, so legten sie keinerlei Zeichen von Ungehaltenheit an den Tag, sondern ordneten ihre Kleider und eilten weiter. Andere, eine insgleichen zahlreich vertretene Klasse, waren rastlos in ihren Bewegungen, hatten rot-hitzige Gesichter und redeten und gestikulierten mit sich selbst, wie wenn sie Einsamkeit gerade mitten in der Masse von Gesellschaft rings umher empfänden. Die Gruppe der höheren Clerks, der Jungs aus gutem altem Hause, soliden Firmen zugehörig, war einfach unverkennbar. Im weiteren erblickte ich eine Menge flotter Existenzen, die, so ließ sich unschwer erkennen, zur famosen Rasse der Taschenmarder gehörten. Weiter abwärts auf der Leiter dessen, was man so gutbürgerlich nennt, fand ich dann mancherlei Erscheinungen, angesichts derer sich mein Grübeln verdüsterte und vertiefte.
Bertolt und Helmut Maria Wildermuth und die Schildkröte wollen einmal grundsätzlich festhalten: Nicht daß wir keine Meinung hätten. Vielleicht haben wir zuviel davon. Meinung haben bedeutet: sich Meinung bilden. Meinung bilden bedeutet: an den Sachen, über die man sich Meinung bildet, beteiligt sein. Beteiligt sein bedeutet drinstecken. Aber Meinung bilden bedeutet zugleich: draußen stehn und kritisch aussortieren. Sind die neuen außerparlamentarischen Politiker mehr an der Sache beteiligt als die alten parlamentarischen? Haben die einen wie die anderen auch nur die Tendenz, das, worin sie drinstecken, kritisch auszusortieren? Ist ihr Kampf nicht ein Scheinkampf mit dem Kampfruf: laßt uns mal ran.
Bertolt Wildermuth: Der stinkende Kadaver des Subjekts, der sich selber erkennt.

Ottilie Wildermuth zitiert Lichtenberg: Ich logierte in einem Wirtshaus, wo einen in den andern gerechnet alle Sekunde ein Mensch vorbeiging, also alle Stunde 3600 Menschen mit allerlei Gesichtern, Figuren und Absichten.
Dr. Johnson fährt im Lichtenbergzitat fort und erzählt: Auf beiden Seiten hohe Häuser mit Fenstern von Spiegelglas. Die untern Etagen bestehen aus Boutiquen und scheinen ganz von Glas zu sein; viele Tausende von Lichtern erleuchten da Silberläden, Kupferstichläden, Bücherläden, Uhren, Glas, Zinn, Gemälde, Frauenzimmer-Putz und Unputz, Gold, Edelgesteine, Stahl-Arbeit, Kaffeezimmer und Lottery Offices ohne Ende. Die Straße läßt wie zu einem Jubelfeste illuminiert, die Apotheker und Materialisten stellen Gläser mit bunten Spiritibus aus und überziehen ganze Quadratruten mit purpurrotem, gelbem, grünspangrünem und himmelblauem Licht. Die Zuckerbäcker blenden mit ihren Kronleuchtern die Augen und kützeln mit ihren Aufsätzen die Nasen, für weiter keine Mühe und Kosten, als daß man beide nach ihren Häusern kehrt; da hängen Festons von spanischen Trauben, mit Ananas abwechselnd, um Pyramiden von Äpfeln und Orangen, dazwischen schlupfen bewachende und, was den Teufel gar los macht, oft nicht bewachte weißarmige Nymphen mit seidenen Hütchen und seidenen Schlenderchen. Sie werden von ihren Herren den Pasten und Torten weislich zugesellt, um auch den gesättigten Magen lüstern zu machen und dem armen Geldbeutel seinen zweitletzten Schilling zu rauben, denn Hungriche und Reiche zu reizen, wären die Pasteten mit ihrer Atmosphäre allein hinreichend. Dem ungewöhnten Auge scheint dies alles ein Zauber; desto mehr Vorsicht ist nötig, alles gehörig zu betrachten; denn kaum stehen Sie still, Bums! läuft ein Packträger wider Sie an und ruft: by Your leave wenn Sie schon auf der Erde liegen. In der Mitte der Straße rollt Chaise hinter Chaise, Wagen hinter Wagen und Karrn hinter Karrn. Durch dieses Getöse, und das Sumsen und Geräusch von Tausenden von Zungen und Füßen, hören Sie das Geläute von Kirchtürmen, die Glocken der Postbedien-

steten, die Orgeln, Geigen, Leiern und Tambourinen der Savoyarden und das Heulen derer, die an den Ecken der Gasse unter freiem Himmel Kaltes und Warmes feil haben. Dann sehen Sie ein Lustfeuer von Hobelspänen Etagen hoch auflodern in einem Kreis von jubilierenden Betteljungen, Matrosen und Spitzbuben. Auf einmal ruft einer, dem man sein Schnupftuch genommen: stop thief, und alles rennt und drückt und drängt sich, viele, nicht um den Dieb zu haschen, sondern selbst vielleicht eine Uhr oder einen Geldbeutel zu erwischen. Ehe Sie es sich versehen, nimmt Sie ein schönes, niedlich angekleidetes Mädchen bei der Hand: come, my Lord, come along, let us drink a glass together, or I'll go with You if You please; dann passiert ein Unglück 40 Schritte vor Ihnen; God bless me, rufen einige, poor creature ein anderer; da stockts und alle Taschen müssen gewahrt werden, alles scheint Anteil an dem Unglück des Elenden zu nehmen, auf einmal lachen alle wieder, weil einer sich aus Versehen in die Gosse gelegt hat; look there, damn me, sagt ein Dritter und dann geht der Zug weiter. Zwischendurch hören Sie vielleicht einmal ein Geschrei von Hunderten auf einmal, als wenn ein Feuer auskäme oder ein Haus einfiele oder ein Patriot zum Fenster heraus guckte. Wo es breiter wird, da läuft alles, niemand sieht aus, als wenn er spazieren ginge, sondern alles scheint zu einem Sterbenden gerufen.

Andie Wildermuth: Sind wir die eigentlichen Parasiten? Die die dem funktionierenden Ganzen aufsitzen? Ist das was wir tun notwendig oder überflüssig?

Helmut Maria Wildermuth und die Schildkröte: Wir sehen uns in der vereinzelnden Erfahrung von innen in Bezügen, die von diesem Innen bestimmt sind: sei es emotional, reflektierend, praktisch, ökonomisch oder sozial. Unser funktionales Verhalten erscheint in der vereinzelnden Erfahrung als Projektion dieses inneren selbsterfahrenden Bezugs. In der Menge aber erfahren wir von außen: Verhaltensmuster, Gruppenreaktionen, gemischte Reaktionen, eingefahrene oder aufgedrängte Verhaltensmuster, Modevarianten, Varianten von Suggestivvorstellungen, Beatsänger-Imitationen, Filmschauspielerinnen-Imitationen, Fernsehstar-Gesten-Imitationen, Nachahmungen von Kleidung, Redeweise, Gehweise, Bewegungen beim Essen, Trinken, Rauchen, Vielzahlen von denen, die nur die Begrenzung einer mittleren Linie einzuhalten bemüht sind, irgendein regional-lokales Verhaltensklischee usw.

Die Schildkröte wiederholt nun wie Frau d'Alembert: Jeder, der in einer Menge von außen her erfahren werden kann als Objekt einer oder mehrerer Verhaltenswissenschaften, hat dennoch seine eigene Einzelerfahrung. Wie koordiniert sich diese der Außenerfahrung? Garnicht. Notwendigkeit des Lebensunterhalts, Modeströmung, Zufall usw. mischen sie untereinander und mit sich selbst. Wer sind wir als Einzelne in der Menge? Nichts Unterscheidbares. Was unterscheidet uns hier denn in unseren Augen und vielleicht sogar, wenn auch weniger als wir meinen, objektiv? Daß wir ausdrücklich darüber reden vielleicht.

Helmut Maria Wildermuth: Der erste Satz lautet: alle sind gleich und alle sind ungleich. Die erste Folgerung daraus lautet: uneingeschränkte Einhaltung der Gleichheit in allen Möglichkeiten; uneingeschränkte Anerkennung der Andersartigkeit jedes anderen. Niemand ist von Geburt, Verdienst, Fähigkeit oder erworbener Position über andere erhoben; niemand kann Solidarität in Identität verwandeln. Unterdrückung nur als Unterdrückung der Unterdrückung. Was nicht praktizierbar ist, ist allein unter dem Bewußtsein des Kompromisses zu praktizieren.

D'Alembert: Alle erfahren und interessieren sich dafür, was überall ununterbrochen vorgeht und passiert. Im Durchgang solcher nicht oder nur schematisch sortierter Information gleichen sich alle einander auch von innen an. In einer irgendwo versammelten Menge kann fast jeder mit fast jedem über fast jeden Gegenstand einer solchen Information reden. Fast jeder auf fast der ganzen Erde kann mit fast jedem zu fast jedem Zeitpunkt über den Vietnamkrieg, den Präsidenten der Vereinigten Staaten, John Lennon oder die letzte Konferenz der kommunistischen Parteien reden.

Eduard, Bertolt Wildermuth und Frau d'Alembert stellen
die Frage, wie weit es denen, die literarisch, politisch oder philosophisch schreiben, tatsächlich ernst ist mit dem, was sie sagen. Ist nicht was dem einen sein Kuba ist, dem andern sein Ruhm oder dem dritten irgendein Institut?

Dr. Johnson und Frau d'Alembert stellen fest, daß einige von uns schon fast Beamte sind. Aber wir weichen dem Offiziellen aus. Wir nehmen Funktionärsfunktionen nur an, wenn wir nicht ausweichen können.

Bertolt und Helmut Maria Wildermuth und die Schildkröte wiederholen noch einmal das Zitat aus Heine, das Eduard, Bertolt Wildermuth und Frau d'Alembert zitiert hatten: Daher die geheime Übereinstimmung des ganzen Lebens und Webens, das uns beim ersten Anblick nur Schauplatz der Verwirrung und Widersprüche dünken will. Überreichtum und Misere, Orthodoxie und Unglauben, Freiheit und Knechtschaft, Grausamkeit und Milde, Ehrlichkeit und Gaunerei, diese Gegensätze in ihren tollsten Extremen, darüber der graue Nebelhimmel, von allen Seiten summende Maschinen, Zahlen, Gaslichter, Schornsteine, Zeitungen, Porterkrüge, geschlossne Mäuler, alles dies hängt so zusammen, daß wir keins ohne das andere denken können, und was vereinzelt unser Staunen oder Lachen erregen würde, erscheint nun als ganz gewöhnlich und ernsthaft in seiner Vereinigung.

Helmut Maria Wildermuth: Wenn wir unsere eigene Lage abschätzen, denken wir nur daran, wie wir durchkommen. Wir denken nicht daran, ob die anderen durchkommen, oder wenn, dann nur abstrakt.

Die Schildkröte: Wer bezahlt uns? Die Institutionen, die Informationen vertreiben und damit handeln. Zeitungen, Zeitschriften, Rundfunk- und Fernsehanstalten, Verlage, Galerien, öffentliche und private Käufer.

Andie und Ottilie Wildermuth erinnern noch einmal an Heine. Sie zitieren: Als ich die vorüberwandlenden Menschen genauer betrachtete, kam es mir vor, als seien sie nichts anders als Zahlen, als arabische Chiffern; und da ging eine krummfüßige Zwei neben einer fatalen Drei, ihrer schwangeren und vollbusigen Gemahlin; dahinter ging Herr Vier auf Krücken; einherwatschelnd kam eine fatale Fünf mit kleinem Köpfchen; dann kam eine wohlbekannte kleine Sechse und eine noch wohlbekanntere böse Sieben – doch als ich die unglückliche Acht, wie sie vorüberschwankte, ganz genau betrachtete, erkannte ich den Assekuradeur, der sonst wie ein Pfingstochs geputzt ging. Unter den vorüberrollenden Nullen erkannte ich noch manchen alten Bekannten.

Helmut Maria Wildermuth und die Schildkröte fragen: Sind wir abhängig? Wovon? Ottilie, Bertolt und Eduard von ihren Programmdirektoren und Intendanten. Wie ist ihr Spielraum? Sie können mehr oder weniger ins Programm bringen, was sie wollen. Sie haben freie Hand im Engagement von Mitarbeitern und in der Auswahl von Themen. Es gibt natürlich strittige Fälle, wie etwa eine Sendung von Hans G. Helms oder Peter O. Chotjewitz. Das Fernsehen ist publikumsabhängiger, dadurch wird die Innenkontrolle aufmerksamer. Aber auch Ottilie hat ziemlich freie Hand. Dr. Johnson ist abhängig von Redakteuren. Wir Kunstkritiker sind eher abhängig vom Geld als von Personen. Natürlich müssen wir, um es verdienen zu können, unser Prestige aufrecht halten. Um das zu können, müssen wir wissen, was los ist. Weißt du, was los ist, Lonnie? Frau d'Alembert, Lieselotte, und ich sind als Journalisten in einer Zwischenlage. Wir sind relativ unabhängig. Lieselotte schreibt, was sie meint. Ich habe einen guten Posten. Obwohl ich natürlich manchmal vorsichtig sein muß, mich taktisch verhalten muß. Andie als Maler und Eduard nicht als Redakteur sondern als Schriftsteller stehen auf dem freien Markt. Sie sind beide jedenfalls bekannt. Andie hat die Chance sich durchzusetzen. Wenn er sich durchsetzt, sind andere von ihm abhängig. Von uns allen sind andere abhängig. Wieweit sind wir und sind die, von denen wir abhängig sind, Personen, wie identisch ist eine Person mit der Institution, in der sie Geld verdient? Geschieht nicht alles, was wir tun, in einem frei benutzbaren Spielraum mit Grenzen und Rändern der Unsicherheit? Kann nicht in einem Umschlag des Ganzen unser relativer Spielraum verschwinden? Können wir etwas dazu tun oder etwas daran ändern?

Alle wiederholen nun, was die Schildkröte und Frau d'Alembert gesagt hatten: Jeder, der in einer Menge von außen her erfahren werden kann als Objekt einer oder mehrerer Verhaltenswissenschaften, hat dennoch seine eigene Einzelerfahrung. Wie koordiniert sich diese der Außenerfahrung? Garnicht. Notwendigkeit des Lebensunterhalts, Modeströmung, Zufall usw. mischen sie untereinander und mit sich selbst. Wer sind wir als Einzelne in der Menge? Nichts Unterscheidbares. Was unterscheidet uns hier denn in unseren Augen und vielleicht sogar, wenn auch weniger als wir meinen, objektiv? Daß wir ausdrücklich darüber reden vielleicht?

Bertolt Wildermuth und Frau d'Alembert: Wenn das Primat der Kritik ein Kennzeichen von Liberalismus ist, sind wir liberal. Wir sind, gradweise allerdings und nicht jeder von uns in bezug auf dieselben Sachen, davon überzeugt, daß alles, was geschieht, getan oder gesagt wird, kritisierbar bleiben muß. Helmut Maria neigt vielleicht am ehesten dazu, Ausnahmen zu machen. Andie auf seine Weise auch. Wirklich überzeugt sind Eduard und Lonnie.

Alle: Sind wir die eigentlichen Parasiten? Die die dem funktionierenden Ganzen aufsitzen? Ist das was wir tun notwendig oder überflüssig?

Helmut Maria Wildermuth und die Schildkröte: Es gibt Tarifklassen und besser oder schlechter bezahlte Arbeitsbereiche. Es gibt verschieden große Bedürfnisse je nach Familienstand, Gewohnheit oder Anspruch. Es gibt verschiedenen sozialen Standard in verschiedenen Herrschaftsbereichen. Es gibt Unterschiede der Intelligenz oder der Emotionalität. Aber sonst?

Eduard, Bertolt Wildermuth und Frau d'Alembert? Nichts wäre schlimmer als wenn wir uns als Stellvertreter sähen.

 Nichts sind wir weniger. Wir nehmen nicht länger Partei für eine Sache. Wenn wir engagiert sind, so hängt das mit der Erfahrung zusammen, aus der wir nicht herauskönnen und über die wir uns nicht zu erheben vermögen.
Andie Wildermuth wiederholt die Frage, die Eduard, Bertolt Wildermuth und Frau d'Alembert gestellt haben, wie weit es nämlich denen, die literarisch, politisch oder philosophisch schreiben, tatsächlich ernst ist mit dem, was sie sagen. Ist nicht, was dem einen sein Kuba ist, dem andern sein Ruhm oder irgendein Institut?
Helmut Maria Wildermuth und die Schildkröte wiederholen: Es gibt Tarifklassen und besser oder schlechter bezahlte Arbeitsbereiche. Es gibt verschieden große Bedürfnisse je nach Familienstand, Gewohnheit oder Anspruch. Es gibt verschiedenen sozialen Standard in verschiedenen Herrschaftsbereichen. Es gibt Unterschiede der Intelligenz oder der Emotionalität. Aber sonst?
Andie Wildermuth: Wer bezahlt uns? Die Institutionen, die Informationen vertreiben und damit handeln. Zeitungen, Zeitschriften, Rundfunk- und Fernsehanstalten, Verlage, Galerien, öffentliche und private Käufer.
Frau d'Alembert wiederholt noch einmal das Heinezitat, das sie mit Eduard und ihren Brüdern Bertolt und Helmut Maria zur Diskussion gestellt hatte: Daher die geheime Übereinstimmung des ganzen Lebens und Webens, das uns beim ersten Anblick nur Schauplatz der Verwirrung und Widersprüche dünken will. Überreichtum und Misere, Orthodoxie und Unglauben, Freiheit und Knechtschaft, Grausamkeit und Milde, Ehrlichkeit und Gaunerei, diese Gegensätze in ihren tollsten Extremen, darüber der graue Nebelhimmel, von allen Seiten summende Maschinen, Zahlen, Gaslichter, Schornsteine, Zeitungen, Porterkrüge, geschlossne Mäuler, alles dies hängt so zusammen, daß wir keins ohne das andere denken können, und was vereinzelt unser Staunen oder Lachen erregen würde, erscheint uns nun ganz gewöhnlich und ernsthaft in seiner Vereinigung.
Eduard, Bertolt Wildermuth und Frau d'Alembert, wie Ber-

tolt mit seinem Bruder Helmut Maria und der Schildkröte:
Nicht daß wir keine Meinung hätten. Vielleicht haben wir zuviel davon. Meinung haben bedeutet: sich Meinung bilden. Meinung bilden bedeutet: an den Sachen, über die man sich Meinung bildet, beteiligt sein. Beteiligt sein bedeutet drinstecken. Aber Meinung bilden bedeutet zugleich: draußen stehn und kritisch aussortieren. Sind die neuen außerparlamentarischen Politiker mehr an der Sache beteiligt als die alten parlamentarischen? Haben die einen wie die anderen auch nur die Tendenz, das, worin sie drinstecken, kritisch auszusortieren? Und wo stecken sie denn drin? Ist ihr Kampf nicht ein Scheinkampf mit dem Kampfruf: laßt uns mal ran?

Bertolt und Helmut Maria Wildermuth und die Schildkröte zitieren wie Ottilie Wildermuth Lichtenberg: Ich logierte in einem Wirtshaus, wo einen in den andern gerechnet alle Sekunde ein Mensch vorbeiging, also alle Stunde 3600 Menschen mit allerlei Gesichtern, Figuren und Absichten.

Bertolt Wildermuth: Zufällige bundesdeutsche Intellektuelle. Kommt es auf dies Adjektiv an? Wir sprechen und schreiben deutsch und hängen an dieser Sprache nicht weil wir zur deutschen Nation gehören, sondern weil wir, in ihr sprechend, umso deutlicher sagen können, daß dies Adjektiv keine Eigenschaft bedeutet.

Ottilie Wildermuth: Unser Hochmut besteht darin, daß die Lage, in der wir uns befinden, uns wirklich an die Nieren geht. Daß es uns ernst ist.

Dr. Johnson: Wenn wir wir sagen, meinen wir die Mehrzahl von ich. Diese Mehrzahl ist keine große Zahl. Zwei drei sieben neun ein Dutzend. Zwei Dutzend wären schon zuviel.

Andie Wildermuth: Eine Frage, die uns spezieller bewegt als alle anderen: wird produziert, damit jeder einzeln seinen privaten Spielraum bewahren oder erringen kann in emotionalem, physiologischem, sexuellem, imaginativem, reflektierendem Belieben? Oder muß sich die private Beliebigkeit an den Produktionsprozeß angleichen, ihm folgen und gehorchen?

 Helmut Maria Wildermuth wiederholt mit der Schildkröte das Heinezitat seiner Geschwister Andie und Ottilie.
Die Schildkröte, wie Eduard, Bertolt Wildermuth und d'Alembert und seine Frau, fragt, wie weit es denen, die literarisch, politisch oder philosophisch schreiben, tatsächlich ernst ist mit dem, was sie schreiben. Ist nicht, was dem einen sein Kuba ist, dem andern sein Ruhm oder irgendein Institut?
Helmut Maria Wildermuth wiederholt: Alle erfahren und interessieren sich dafür, was überall ununterbrochen vorgeht und passiert. Im Durchgang solcher nicht oder nur schematisch sortierter Information gleichen sich alle einander auch von innen an. In einer irgendwo versammelten Menge kann fast jeder mit fast jedem über fast jeden Gegenstand einer solchen Information reden. Fast jeder auf fast der ganzen Erde kann mit fast jedem zu fast jedem Zeitpunkt über den Vietnamkrieg, den Präsidenten der Vereinigten Staaten, John Lennon oder die letzte Konferenz der kommunistischen Parteien reden.
D'Alembert: Aber wir denken trotzdem mehr an andere als andere. An andere zu denken gehört sozusagen zu unserem Geschäft. Kunst, Kunstkritik, Zeitungsarbeit, Rundfunkarbeit, Fernseharbeit, Literatur, politische Kommentare usw.: das alles beschäftigt sich nicht mit unserer Person, sondern mit anderen. Und wenn mit unserer Person, dann mit ihr unter anderen, weil wir uns nicht ausschließen können, wenn wir von Pop oder Minimalart, Außenpolitik, Studentenbewegung, Rockmusik, Monopolisierung der Produktionsmittel, Mauricio Kagel oder Bewußtseinserweiterung reden.
Eduard, Bertolt Wildermuth und Frau d'Alembert: Das Telefon als Bild der gleichberechtigten Kommunikation. Sobald wir das Telefon benutzen, kommunizieren wir gleichberechtigt mit allen anderen Telefonbenutzern innerhalb des Telefonnetzes der Erde.
Dr. Johnson und Frau d'Alembert zitieren: Die Menschen sind sehr unglücklich. Alles Schöne geschieht ohne sie. Ihr

Werk sind die Cholera und die Gemeinplätze. Sie schäumen vor Eifersucht oder verkommen vor Langeweile, was auf dasselbe hinausläuft, wenn es ihnen nicht gelingt, sich einzuschalten. Wenn sie sich einschalten, ist es der Preis für Heuchelei und Wahnsinn. Dann aber: welche Aussichtspunkte, wenn man nicht ankommt, und wie beruhigend es wird.

Bertolt Wildermuth wiederholt mit seinem Bruder Helmut Maria und der Schildkröte, was er mit Eduard und Frau d'Alembert gesagt hat: Das Telefon als Bild der gleichberechtigten Kommunikation. Sobald wir das Telefon benutzen, kommunizieren wir gleichberechtigt mit allen anderen Telefonbenutzern innerhalb des Telefonnetzes der Erde.

Helmut Maria Wildermuth: Zweiter Satz: jede Gewaltanwendung wird tabuiert. Aggressionen sind vernünftig abzubauen. Abreaktionen nur gegen totes Material oder sich selbst. Selbstvernichtung vor Gewaltanwendung.

Die Schildkröte: Sind wir die sprachlose Intelligenz? Wir reden wenigsten nicht darüber.

Andie und Ottilie Wildermuth wiederholen: Nichts wäre schlimmer als wenn wir uns als Stellvertreter sähen. Wir nehmen nicht länger Partei für eine Sache. Wenn wir engagiert sind, so hängt das mit der Erfahrung zusammen, aus der wir nicht herauskönnen und über die wir uns nicht zu erheben vermögen.

Helmut Maria Wildermuth und die Schildkröte: Vom Gesichtspunkt des Parasitären aus gesehen, dem des entbehrlichen Zusatzes zum produzierenden, produktiven und in der Produktion organisierten Gesellschaftsganzen: erscheint unser emotionales, physiologisches, sexuelles Verhalten merkwürdig proportional der Öffentlichkeit, wie bei allen anderen.

Alle zitieren Defoe und erzählen: Der Wagen enthielt sechzehn oder siebzehn Leichen. Einige waren in Leintücher, einige in grobe Wolldecken, einige waren fast nackt oder so lose eingewickelt, daß ihre Hülle abfiel, als sie aus dem Wagen geworfen wurden und sie ganz nackt zwischen die übrigen zu liegen kamen; aber es machte nicht viel aus, oder die Unschicklichkeit kümmerte sonst niemanden, da man ja sah, sie waren alle tot und sollten bunt durcheinander in das allgemeine Menschheitsgrab geworfen werden, denn hier wurde kein Unterschied gemacht, sondern arm und reich gingen miteinander; es gab keine andere Bestattungsart und es war auch nicht möglich, daß es eine andere geben würde, denn Särge waren für die ungeheure Zahl derer, die zum Opfer fielen, nicht zu haben.

Bertolt Wildermuth und Frau d'Alembert wiederholen, womit alle am Anfang das Gespräch begonnen haben: Es ist der Masse so gegangen wie dem Einzelnen, der viel Neues gesehn, viel Ungewöhnliches erfahren und der mit dem nil admirari die Geschmeidigkeit der äußern Sitte gewonnen.

Alle wiederholen noch einmal: Nichts wäre schlimmer als wenn wir uns als Stellvertreter sähen. Wir nehmen nicht länger Partei für eine Sache. Wenn wir engagiert sind so hängt das mit der Erfahrung zusammen, aus der wir nicht herauskönnen und über die wir uns nicht zu erheben vermögen.

Helmut Maria Wildermuth und die Schildkröte: Bei allem, was gegen uns gesagt werden kann, bei allen Unterschieden der Fähigkeit, der Einsicht und des geschäftlichen Anstands handeln wir guten Glaubens, daß wir es ernst meinen. Unsere Arroganz besteht in der Verachtung der Ehrgeizigen, Karrieristen und überforderten Besserwisser. Natürlich muß man Chancen ausnutzen.

Eduard, Bertolt Wildermuth und Frau d'Alembert: Mit der Abwehr der Leidensmöglichkeit nimmt der Humor einen Platz ein in der großen Reihe jener Methoden, die das menschliche Seelenleben ausgebildet hat, um sich dem Zwang des Leidens zu entziehen, einer Reihe, die mit der Neurose anhebt, im Wahnsinn gipfelt, und in die der Rausch, die Selbstversenkung, die Ekstase einbezogen sind.

D'Alembert: Sagen wir denn: wir werden in unserem Leben eine Menge erreicht haben?

Helmut Maria Wildermuth und die Schildkröte: Sind wir die Intellektuellen? Die Unverbesserlichen, die noch immer meinen, daß sie mit der Sprache etwas anfangen können, selbst wenn sie nichts anderes mehr tun, als diese Sprache aus den Angeln ihrer geschichtlich entwickelten Bedingungen und Formen herauszuheben? Die noch immer meinen, daß soetwas wie Kunst uns augenscheinlich oder hörbar zeigen kann, wo wir und wer wir sind?

Andie Wildermuth: Verwalter, Käufer und Verkäufer von Informationen? Ist, was wir tun, gemessen an Lebensbedürfnissen und an Lustbefriedigung, nicht unproduktiv? Ist Produktion unser neuerworbenes Trauma?

Frau d'Alembert stimmt Dr. Johnson zu: Wenn wir: wir sagen, meinen wir die Mehrzahl von ich. Diese Mehrzahl ist keine große Zahl. Zwei drei sieben neun ein Dutzend. Zwei Dutzend wären schon zuviel.

Eduard, Bertolt Wildermuth und Frau d'Alembert: Was gibt ein deutlicheres Bild von der in einem Gebäude zur Arbeit versammelten Menge: Ein gedachter Querschnitt durch die Arbeitsplätze oder der Parkplatz mit den in regelmäßiger Anordnung geparkten Autos?

Helmut Maria Wildermuth wiederholt mit seinem Bruder Bertolt und der Schildkröte zusammen noch einmal: Wenn wir unsere Lage abschätzen, denken wir daran, wie wir durchkommen. Wir denken nicht daran, ob die anderen durchkommen. Oder wenn, dann nur abstrakt. Bertolt Wildermuth: Kann erreicht werden, daß jeder praktisch und seinem Bewußtsein nach in der Verantwortung für alle steht? Ist das das Ziel?

Ottilie Wildermuth wiederholt: Wenn das Primat der Kritik ein Zeichen von Liberalismus ist, sind wir liberal.

Dr. Johnson, noch einmal, zitiert Lichtenberg: ich logierte in einem Wirtshaus, wo einen in den andern gerechnet alle Sekunde ein Mensch vorbeiging, also alle Stunde 3600 Menschen mit allerlei Gesichtern, Figuren und Absichten.

Andie Wildermuth: Sind Eduard und ich zum Beispiel typisch für Schriftsteller oder Maler in der augenblicklichen Situation? Wir gehören beide zur sogenannten avantgardistischen Gruppe. Wir haben beide Kontakt zu den Gemä-

 ßigten und den Politischen. Wir stehen im Gegensatz zu den Traditionalisten. Ist das typisch? Ist es typisch, daß Eduard von deutschen Schriftstellern Mon, Helms, Jandl oder Schuldt vorziehen würde oder ich Horst Janssen und Paul Wunderlich nicht leiden mag und im Moment für Stella und Ruscha eingenommen bin? Typisch ist vielleicht, daß im Moment in allen Künsten eine progressive Spitze zu erkennen ist, die ihre Progression darin definiert, daß sie nun endgültig die Kunstbasis verändern und den Weg freimachen will, auf dem Kunst und Nichtkunst schließlich ununterscheidbar werden. Unsere beiden Kritiker sind im Grunde bürgerlich. Sie erfüllen dieselben Funktionen wie ihre Kollegen im 19. Jahrhundert. Wenn sie auch immerzu darüber diskutieren, wie sie darüber weg kommen. Dr. Johnson ist der musikalischste von uns. Er ist aber ein Außenseiter.
Helmut Maria Wildermuth wiederholt nun mit der Schildkröte zusammen: Zweiter Satz: jede Gewaltanwendung wird tabuiert. Aggressionen sind vernünftig abzubauen. Abreaktionen nur gegen totes Material oder gegen sich selbst. Selbstvernichtung vor Gewaltanwendung.
Die Schildkröte allein: Nahe dem Unerkennbaren, dem Rest des Undurchdringlichen, in das Erkenntnis in alle Ewigkeit nur immer weiter eindringen kann, ohne es je aufzulösen. Dessen ununterbrochen bewußt. Denn der Tod ist unbegreiflich. Vernunft nur möglich auf dem Hintergrund dieses unbegreiflichen Schreckens.
Helmut Maria Wildermuth: Merkwürdige Gruppierungen, Aussortierungen. Mengen, die sich an Seestränden oder um Schwimmbecken herum ansammeln; Insassen voller U-Bahnen; Besatzungen von D-, F- und TEE-Zügen; Ansammlungen in Kinos; Ketten und Gruppen von Autos in hoher Geschwindigkeit; Insassen von Gefängnissen; ununterbrochen wechselnde Anhäufung von Verkehrsmitteln an Rundverkehren; Mengen, die in Massengräbern zusammenliegen.
D'Alembert: Wenn wir uns in der Menge befinden, verlieren wir alle Erfahrung von uns selbst. Mögliche Erfahrung verdinglicht in Serien von Augen, Ohren, Nasen, Lippen,

alle in anders variierten Konstellationen zueinander; Serien von Gangarten, Kleidungsweisen, Waden, Hintern. Lauter Varianten von etwas, was immer gleich ist, ohne jemals dasselbe zu werden.

Eduard, Bertolt Wildermuth und Frau d'Alembert ergänzen: Ablehnung alles Vorbestimmten, Offenbarten, Mythologischen. D'Alembert und Dr. Johnson haben hier manchmal Neigung zum Rückfall.

Dr. Johnson und Frau d'Alembert ergänzen: Egoismus ist weniger vernünftig als Solidarität. Gegenüber der bürgerlichen Moral, vor allem in Fragen der Etikette und der Sexualität, ist Destruktion das Vernünftigste.

Bertolt Wildermuth wiederholt mit seinem Bruder Helmut Maria und der Schildkröte noch einmal: Ablehnung alles Vorbestimmten, Offenbarten, Mythologischen.

Helmut Maria Wildermuth fragt: Sind wir nicht einfach solche, die sich immerzu auszunehmen versuchen? Die da: Ja. Aber wir: Nicht.

Die Schildkröte ergänzt: Wir sind uns der historischen Rolle der Theologie bewußt. Aber wir diskutieren nicht darüber als über etwas Aktuelles.

Andie Wildermuth wiederholt mit seiner Schwester Ottilie zusammen noch einmal: Wenn es Sprachlosigkeit bedeutet, daß wir nicht artikulieren können, was ist, was in diesem historischen Augenblick die Situation des Menschen bewirkt, so mögen wir sprachlos sein. Weniger als andere je zuvor wissen wir, ob wir es artikulieren. Zu den ununterbrochenen Versuchen, die wir machen, es zu tun, haben wir kein Zutrauen. Dennoch tun wir ununterbrochen das, wozu wir kein Zutrauen haben. Daß wir das tun, wozu wir kein Zutrauen haben, ist unser Ehrgeiz.

Helmut Maria Wildermuth und die Schildkröte: Wir halten das Erbe, das mehr oder weniger direkt von unseren Vätern an uns gekommen ist, für eine Last; aber wir halten es für albern, unsere Väter zu entmündigen oder uns von ihnen loszusagen. Wer es nicht über sich bringt, seinem Vater in sich zuzustimmen, wie kann er beteiligt sein an dem, was vorgeht!

 Alle wiederholen: Wenn wir uns in der Menge befinden, verlieren wir alle Erfahrung von uns selbst. Mögliche Erfahrung verdinglicht in Serien von Serien von ununterbrochen bewegtem Lebendigem. Varianten von etwas, das immer gleich ist, ohne jemals dasselbe zu werden.

Bertolt Wildermuth wiederholt mit Frau d'Alembert zusammen: Zufällige bundesdeutsche Intellektuelle. Kommt es auf dieses Adjektiv an? Wir sprechen und schreiben deutsch und hängen an dieser Sprache nicht weil wir zur deutschen Nation gehören, sondern weil wir, in ihr sprechend, umso deutlicher sagen können, daß dies Adjektiv keine Eigenschaft bedeutet.

Erstes Kunstgespräch

Andie Wildermuth nachdenklich: Qualität, gut oder schlecht, ist von der Definition her relativ. Wenn was gut ist oder schlecht, dann befriedigt es (oder befriedigt es nicht) Bedingungen, die zu bestimmen sind oder nicht oder vorherbestimmt. Eine gute Seife zum Beispiel ist eine, die Sachen sauber wäscht; wir können sagen, wozu Seife da ist und so können wir sagen, wie gut sie das tut, was von ihr erwartet wird. Bilder tun irgendwas, sonst würden wir sie nicht um uns herum haben, aber niemand war bisher imstande zu sagen, was das ist. Die meiste sogenannte minor art ist entweder voraussetzungslose Kunst oder einfach unfertige Kunst, die nie den ganzen Apparat ausgebraucht hat, mit dem sie anfing, die nie die Mittel soweit ausstreckte wie die Möglichkeiten.

Bertolt Wildermuth murmelnd: Silvie und Eddy in the desert von Öyvind Fahlström.

Die Schildkröte murmelnd: Änderungen der Form können in einer senkrechten Skala vorgestellt werden. Wenn Kunst sich ändert, ändert sich offensichtlich Form. Änderungen der Wahrnehmung und der Bedeutung können vorgestellt werden in einer horizontalen Skala, als Horizont überhaupt. Diese Änderungen, über die wir sprechen, haben mehr mit Bedeutung als mit Form zu tun. Daß man eine neue Bedeutung überhaupt aufnimmt, ist etwas, das schnell vorbeigeht. Wenn eine Bedeutungsänderung einmal eingetreten ist, sieht man nicht mehr hin, sondern benutzt sie, um die Welt zu sehn. Sichtbar wird sie allein an dem Punkt, an dem man die Änderung überhaupt aufnimmt. Später sind wir durch sie verändert, aber haben sie zugleich absorbiert.

Bertolt Wildermuth lächelnd: Wenn man das unmittelbare Sehfeld beobachtet, was sieht man? Weder Ordnung noch Unordnung. Wodurch wird das Feld begrenzt? Durch eine unbegrenzte Randzone, weder aktuell noch unerfahren in dieser Unbegrenztheit, die sich mit jeder Bewegung der Augen verschiebt. Wie sehen die Bestandteile irgendeines herausgegriffenen Sektors im Sehfeld aus? Eine kontroverse Ansammlung von Substanzen und Formen, weder unvoll-

kommen noch in besonderem Sinn vollkommen (mit Ausnahme der isolierbaren Totalitäten von Figuren oder bewegten Dingen). In manchem scheint nun eine neue Kunst die Bedingungen des Sehfelds selbst (Figuren ausgenommen) zu benutzen, und zwar als strukturale Basis für Kunst.
D'Alembert: Um jedoch den Charakter einer Epoche und der ihr eigenen möglichen Prozesse zu verstehen, muß man zunächst das wahre Wesen der Epoche, jene grundlegenden Triebkräfte, die alle übrigen Erscheinungen bestimmen, deutlich machen und sie, ungeachtet der Mannigfaltigkeit aller äußeren Erscheinungen, zu einem einheitlichen Ganzen verbinden.
Dr. Johnson nachdenklich: Und die heroische Avantgarde, die einmal die Werte einer traditionsgebundenen europäischen Gesellschaft zerstörte, ist dann heute sowieso nur noch eine Sensibilität stilisierende Branche innerhalb einer wohlprogrammierten pluralistischen Kultur.
Eduard wie zu sich selber: Schon um ein einziges Wort zu verstehn ist es nötig zu wissen, wie es angewendet wird. Verstehn bedeutet nicht, daß man privat eine Bildvorstellung hat, die dann in einer bestimmten Operation angewendet werden kann und für sie als Schlüssel dient: keine Bildvorstellung kann ihre eigene Anwendbarkeit bestimmen. Jede Anwendung ist öffentlich und vereinbart.
Die Schildkröte um sich blickend: Spiele gesehen als realistische Modelle eines Lebensbereichs (nicht Beschreibungen) oder als frei erfundene Regelstrukturen. Dabei sind notwendigerweise Relationen zu betonen (im Gegensatz zur freien Form, bei der alles relativ zu allem ist und im Prinzip keine Relation gültig ist). Notwendigkeit der Wiederholung, um zu zeigen, daß eine Regel funktioniert – daher Raumzeitform und variable Form. Das Aufregende von Spannung und Lösung. Beides zu haben: Konflikt und Nichtkonflikt (im Gegensatz zur freien Form, bei der im Prinzip alles egal ist).
Bertolt Wildermuth leise: Kultur scheint gegenwärtig beschäftigt mit einem feindseligen ja tödlichen Akt unvermit-

telter Anerkennung aller neuen Bewegungen der Wahrnehmung durch Kunst; sie saugt jeden Kunstakt auf in die institutionalisierte Beobachtung. Zu diskutieren wäre das nicht Erwartete.

Andie Wildermuth um sich blickend: Um jedoch den Charakter einer Epoche und der ihr eigenen möglichen Prozesse zu verstehen, muß man zunächst das wahre Wesen der Epoche, jene grundlegenden Triebkräfte, die alle übrigen Erscheinungen bestimmen, deutlich machen und sie, ungeachtet der Mannigfaltigkeit aller äußeren Erscheinungen, zu einem einheitlichen Ganzen verbinden.

Die Schildkröte um sich blickend: Ein großes kubistisches Format zum Beispiel begünstigt extreme Offenheit, wahrhaft leeren Raum, wie die leere Leinwand in einem Pollock oder die großen Löcher in einigen von den späten Plastiken von David Smith. Die Trennung der Stücke offenbart die aufeinander beziehbaren Teile.

Eduard: Das ökonomische Wesen der gegenwärtigen Epoche dagegen läuft darauf hinaus, daß die Produktion in immer größerem Maße vergesellschaftet und auf dieser Basis die freie Konkurrenz durch das Monopol abgelöst wird.

Dr. Johnson um sich blickend: Änderungen der Form können in einer senkrechten Skala vorgestellt werden. Wenn Kunst sich ändert, ändert sich offensichtlich Form. Änderungen der Wahrnehmung und der Bedeutung können vorgestellt werden in einer horizontalen Skala, als Horizont überhaupt. Diese Änderungen, über die wir sprechen, haben mehr mit Bedeutung als mit Form zu tun. Daß man eine neue Bedeutung überhaupt aufnimmt, ist etwas, das schnell vorbeigeht. Wenn Bedeutungsänderung einmal eingetreten ist, sieht man nicht mehr hin, sondern benutzt sie, um die Welt zu sehn. Sichtbar wird sie allein an dem Punkt, an dem man die Änderung überhaupt aufnimmt. Später sind wir durch sie verändert, aber haben sie zugleich absorbiert.

Andie Wildermuth: Im Bild schließen Abbildungen von erotischem oder politischem Charakter, die innerhalb eines

 Spielrahmens einander oder abstrakten Elementen zugeordnet sind, meditative Erfahrung nicht aus, sondern ziehen sie an. Das wiederum schließt die Probe auf alltäglicher moralischer, gesellschaftlicher Ebene nicht aus.

Bertolt Wildermuth um sich blickend: Ein Bild soll nicht nach etwas aussehen, was es nicht ist, sondern nach etwas, was es ist.

Die Schildkröte murmelnd findet, daß das Bild realer wird, wenn es aus Realien zusammengesetzt ist.

Bertolt Wildermuth murmelnd: Qualität, gut oder schlecht, ist von der Definition her relativ. Wenn was gut ist oder schlecht, dann befriedigt es (oder befriedigt es nicht) Bedingungen, die zu bestimmen sind oder nicht oder vorherbestimmt. Eine gute Seife zum Beispiel ist eine, die Sachen sauber wäscht; wir können sagen, wozu Seife da ist und so können wir sagen, wie gut sie das tut, was von ihr erwartet wird. Bilder tun irgendwas, sonst würden wir sie nicht um uns herum haben, aber niemand war bisher imstande zu sagen, was das ist. Die meiste sogenannte minor art ist entweder voraussetzungslose Kunst oder einfach unfertige Kunst, die nie den ganzen Apparat ausgebraucht hat, mit dem sie anfing, die nie die Mittel soweit ausstreckte wie die Möglichkeiten.

D'Alembert: Die Ungeduld, voranzukommen mit den Sachen; metaphysische und metaphorische Kunst loszuwerden, weil sie so unwirksam ist wie sie sich als Vermittler zwischen Sinn und Sache aufgedrängt hat; ein anderes Bedürfnis nach unvermittelter Erfahrung.

Dr. Johnson ohne zu überlegen: Ein Bild soll nicht nach etwas aussehn, was es nicht ist, sondern nach etwas, was es ist.

Eduard murmelnd nimmt an, daß Kunst ein Weg ist, auf dem man erfährt, wie Vergnügen und Erkenntnis zusammenfallen. Das ist eher durch Unterschied und Multiplizität der Ebenen zu erreichen als durch Reduktion.

Die Schildkröte murmelnd: Und die heroische Avantgarde, die einmal die Werte einer traditionsgebundenen europäi-

schen Gesellschaft zerstörte, ist dann heute sowieso nur noch
eine Sensibilität stilisierende Branche innerhalb einer wohlprogrammierten pluralistischen Kultur.

Bertolt Wildermuth lächelnd fragt, ob es nicht immer mehr darauf ankommt, nicht zu erfinden (Gesten Farben Formen Verse Melodien), sondern darauf, das bereits Vorgefundene immer neu zu verändern und immer neu zusammenzusetzen.

Andie Wildermuth: Änderungen der Form können in einer senkrechten Skala vorgestellt werden. Wenn Kunst sich ändert, ändert sich offensichtlich Form. Änderungen der Wahrnehmung und der Bedeutung können vorgestellt werden in einer horizontalen Skala, als Horizont überhaupt. Diese Änderungen, über die wir sprechen, haben mehr mit Bedeutung als mit Form zu tun. Daß man eine neue Bedeutung überhaupt aufnimmt, ist etwas, das schnell vorbeigeht. Wenn Bedeutungsänderung einmal eingetreten ist, sieht man nicht mehr hin, sondern benutzt sie, um die Welt zu sehn. Sichtbar wird sie allein an dem Punkt, an dem man die Änderung überhaupt aufnimmt. Später sind wir durch sie verändert, aber haben sie zugleich absorbiert.

Die Schildkröte nachdenklich: Die wirksamsten Erotika in der ersten Hälfte des 20. Jahrhunderts stützten sich auf exotisches Nebeneinander und durchschaubare Konvention, auf generelle Vereinbarung mehr als auf realistische Reproduktion. Max Ernst und Balthus zum Beispiel fanden es nicht nötig, ihre erotischen Phantasien der 30er Jahre anatomisch auszuzeichnen. Bloße Reproduktion von Genitalien Brüsten Hintern sadomasochistischem Zubehör neuen Positionen hat offenbar weniger erotische oder selbst pornographische Wirksamkeit.

Eduard: Wenn man das unmittelbare Sehfeld beobachtet, was sieht man? Weder Ordnung noch Unordnung. Wodurch wird das Feld begrenzt? Durch eine unbegrenzte Randzone, weder aktuell noch unerfahren in dieser Unbegrenztheit, die sich mit jeder Bewegung der Augen verschiebt. Wie sehen die Bestandteile irgendeines herausge-

griffenen Sektors im Sehfeld aus? Eine kontroverse Ansammlung von Substanzen und Formen, weder unvollkommen noch in besonderem Sinn vollkommen (mit Ausnahme der isolierbaren Totalitäten von Figuren oder bewegten Dingen). In manchem scheint nun eine neue Kunst die Bedingungen des Sehfelds selbst (Figuren ausgenommen) zu benutzen, und zwar als strukturale Basis für Kunst.
Dr. Johnson: Edward Hopper surrealistischer als Magritte. Pop Tankstellen Sonntagmorgen und Autobahnen, ohne daß irgendwas wie sozialistischer Realismus daraus wird.
Andie Wildermuth um sich blickend: schon um ein einziges Wort zu verstehn, ist es nötig zu wissen, wie es angewendet wird. Verstehn bedeutet nicht, daß man privat eine Bildvorstellung hat, die dann in einer bestimmten Operation angewendet werden kann und für sie als Schlüssel dient: keine Bildvorstellung kann ihre eigene Anwendbarkeit bestimmen. Jede Anwendung ist öffentlich und vereinbart.
Bertolt Wildermuth murmelnd: Für eine Kunst von Benzinpumpen und Bierreklamen. Für eine Kunst von Unterwäsche und Taxis. Für eine Kunst von Softeis, das auf Asphalt gefallen ist. Für eine Kunst von Leuchtreklamen. Für eine Kunst von Eisschränken kopflosen Teddybären Stühlen mit abgebrochenen Beinen Feuerwerksresten am Neujahrsmorgen Plattenspielern mit Plexiglasdeckeln und ausrangiertem Verpackungsmaterial eingeschnürt wie ein Pharao.
Die Schildkröte wie zu sich selber: Denn die Elemente, obwohl fixiert, erhalten charakteristische Identität erst, wenn sie zusammengesetzt werden; mit jedem neuen Arrangement verändert sich ihr Charakter.
Bertolt Wildermuth nachdenklich: Eine gezogene oder gespritzte Linie entfernt sich vom Rand mit der ihr eigenen wirksamen Geschwindigkeit, sie kann die umschlossenen Sektoren oder Flächen mit sich reißen. Aber ein überarbeiteter Sektor nähert sich dem Rand vorsichtig. Kleine Formate sind besonders randfeindlich. Je kleiner, umso bestimmender wird die Randspannung. Deshalb hat das Format der Leinwand eine solche Bedeutung.

D'Alembert leise: Es ist leichter zu sagen, was falsch ist an einem Bild als was richtig ist. Mechanische Fehler sind nicht allzu schwer zu entdecken. Etwas Falsches bietet sich immer zum Drüberreden an. Was richtig ist, scheint einfach bloß richtig. Alle Blumen sind richtig, jede auf ihre Weise.
Dr. Johnson wie zu sich selber: Jede Kunst hat bisher noch ihre bestimmte Bildvorstellung realisiert, ob sie das nun tat als etwas, zu dem sie als zu ihrem Ziel hinstrebte oder ob sie damit anfing. Der offene beiläufige zufällige Aspekt der gegenwärtig aktuellen Werke liefert nun tatsächlich soetwas wie eine generelle allumfassende Bildvorstellung. Darin rekonstituiert sich ein Aspekt zum Beispiel von Pollocks Bildvorstellung.
Eduard: Weil die gegenwärtige Überentwicklung der inneren Logik unserer Gesellschaft entspricht, die ihr System perfektionieren will, indem sie die direkte ökonomische Ausbeutung in die Passivität eines bedingungslosen Konsums überführt.
Die Schildkröte nachdenklich: Kultur scheint gegenwärtig beschäftigt mit einem feindseligen ja tödlichen Akt unvermittelter Anerkennung aller neuen Bewegungen der Wahrnehmung durch Kunst; sie saugt jeden Kunstakt auf in die institutionalisierte Beobachtung. Zu diskutieren wäre das nicht Erwartete.
Bertolt Wildermuth: Der unmittelbar logische oder unlogische Bezug von etwas mit etwas anderem genügt nicht mehr, wenn das Bewußtsein dafür wächst, daß man selbst im konzentriertesten Augenblick nur Teilhaber ist an einem unauflösbaren Kontinuum, das ohne eigene Entscheidung und ohne eigenes Zutun aufgeht und untergeht.
Andie Wildermuth ohne zu überlegen: Es gilt die Welt zu manipulieren.
Die Schildkröte lächelnd: Ich möchte gern eine umfangreiche Serie von Puppenspielen zur Subskription stellen; als Ausschneidepuppen oder als Plastikpuppen (Barbaras-für-Burroughs-Projekt). Und ein Robotertheater: die Elemente arrangieren sich selbst durch ein Komputerprogramm.

 Eduard wie zu sich selber: Wenn man das unmittelbare Sehfeld beobachtet, was sieht man? Weder Ordnung noch Unordnung. Wodurch wird das Feld begrenzt? Durch eine unbegrenzte Randzone, weder aktuell noch unerfahren in dieser Unbegrenztheit, die sich mit jeder Bewegung der Augen verschiebt. Wie sehen die Bestandteile irgendeines herausgegriffenen Sektors im Sehfeld aus? Eine kontroverse Ansammlung von Substanzen und Formen, weder unvollkommen noch in besonderem Sinn vollkommen (mit Ausnahme der isolierbaren Totalitäten von Figuren oder bewegten Dingen). In manchem scheint nun eine neue Kunst die Bedingungen des Sehfelds selbst (Figuren ausgenommen) zu benutzen, und zwar als strukturale Basis für Kunst.

Dr. Johnson wie zu sich selber: Spiele gesehen als realistische Modelle eines Lebensbereichs (nicht Beschreibungen) oder als frei erfundene Regelstrukturen. Dabei sind notwendigerweise Relationen zu betonen (im Gegensatz zur freien Form, bei der alles relativ zu allem ist und im Prinzip keine Relation gültig ist). Notwendigkeit der Wiederholung, um zu zeigen, daß eine Regel funktioniert – und daher Raumzeitform und variable Form. Das Aufregende von Spannung und Lösung. Beides zu haben: Konflikt und Nichtkonflikt (im Gegensatz zur freien Form, bei der im Prinzip alles egal ist).

Andie Wildermuth leise: Nine swimmingpools and a broken glass von Edward Ruscha. Thirty four parking lots von Edward Ruscha. Business cards von Edward Ruscha und Billy Al Bengston.

Bertolt Wildermuth leise: Das ökonomische Wesen der gegenwärtigen Epoche dagegen läuft darauf hinaus, daß die Produktion in immer größerem Maße vergesellschaftet und auf dieser Basis die freie Konkurrenz durch das Monopol abgelöst wird.

Die Schildkröte nachdenklich fragt, ob es nicht immer mehr darauf ankommt, nicht zu erfinden (Gesten Farben Formen Verse Melodien) sondern darauf, das bereits Vorgefundene immer neu zu verändern und immer neu zusammenzusetzen.

Bertolt Wildermuth um sich blickend: Es ist leichter zu sagen, was falsch ist an einem Bild als was richtig ist. Mechanische Fehler sind nicht allzu schwer zu entdecken. Etwas Falsches bietet sich immer zum Drüberreden an. Was richtig ist, scheint einfach bloß richtig. Alle Blumen sind richtig, jede auf ihre Weise.

D'Alembert lächelnd plädiert dafür, daß Texte helfen Texte anzuregen; daß Texte helfen Bilder anzuregen oder mehrere Bilder eine Serie von Bildern; daß Bilder helfen Texte anzuregen, die ins Bild hineinreichen; daß Bilder helfen andere Texte anzuregen andere Texte andere Bilder.

Dr. Johnson ohne zu überlegen: Flaggen und Zielscheiben waren die ersten Bilder, die einer strikt vorgegebenen Anordnung folgten. Ein Ergebnis davon war, daß ein bisher unvorstellbares Gewicht auf den Rand gelegt wurde. Das betraf nicht den inneren Bildbezug (den stellte Stella später her), sondern bedeutete die endgültige absolute Grenze. Malerei war bis dahin mehr oder weniger durchschaubare Oberfläche gewesen, die am Rand endete. Die Arbeiten von Jasper Johns waren definitive Form. Der Prozeß, in dem sie entstanden, stellte nicht so sehr eine Kunstäußerung dar wie er Kunst rekonstituierte als Objekt.

Eduard lächelnd: Kultur scheint gegenwärtig beschäftigt mit einem feindseligen ja tödlichen Akt unvermittelter Anerkennung aller neuen Bewegungen der Wahrnehmung durch Kunst; sie saugt jeden Kunstakt auf in die institutionalisierte Beobachtung. Zu diskutieren wäre das nicht Erwartete.

Die Schildkröte murmelnd: Dubuffet legte 1957 Wert darauf, daß seine Kunst einen Akt der Rehabilitierung unterdrückter Werte darstellte.

Bertolt Wildermuth wie zu sich selber: Jede Kunst hat bisher noch ihre bestimmte Bildvorstellung realisiert, ob sie das nun tat als etwas, zu dem sie als zu ihrem Ziel hinstrebte oder ob sie damit anfing. Der offene beiläufige zufällige Aspekt der gegenwärtig aktuellen Werke liefert nun tatsächlich soetwas wie eine generelle allumfassende Bildvor-

 stellung. Darin rekonstituiert sich ein Aspekt zum Beispiel von Pollocks Bildvorstellung.
Andie Wildermuth: Keine Trennung mehr zwischen dem Wortwörtlichen und dem Literarischen. Kein Widerstreit zwischen der Äußerlichkeit des Materials und der Funktionalität der Zeichen.
Die Schildkröte um sich blickend: Eine gezogene oder gespritzte Linie entfernt sich vom Rand mit der ihr eigenen Geschwindigkeit, sie kann die umschlossenen Sektoren oder Flächen mit sich reißen. Aber ein überarbeiteter Sektor nähert sich dem Rand vorsichtig. Kleine Formate sind besonders randfeindlich. Je kleiner, umso bestimmender wird die Randspannung. Deshalb hat das Format der Leinwand eine solche Bedeutung.
Eduard leise: Es ist leichter zu sagen, was falsch ist an einem Bild als was richtig ist. Mechanische Fehler sind nicht allzu schwer zu entdecken. Etwas Falsches bietet sich immer zum Drüberreden an. Was richtig ist, scheint einfach bloß richtig. Alle Blumen sind richtig, jede auf ihre Weise.
Dr. Johnson murmelnd: Es ist schließlich für mich entscheidend, daß ein Material Konzept oder Prinzip mich nicht nur emotional bewegt, sondern ebenso Sachen enthält, die allgemein und fundamental sind für Leute unserer Zeit, und dabei so frisch, so uneingefärbt von Symbolismus wie möglich.

Zweites Kunstgespräch

Andie Wildermuth mit Nachdruck: Es kommt darauf an zu erkennen, daß Schreiben Malen Komponieren nur dort möglich ist, wo alles erlaubt ist. Alles ist erlaubt. Die Ablehnung jeder Begrenzung und Vorschrift aber gibt der künstlerischen Produktion (im Prinzip ihrer nur auf sich selbst gestützten Herstellung und ihres Nichtgebundenseins an irgendeine der vorhandenen Spielregeln) eine immanente politische Bedeutung.

D'Alembert: Jede Form von Illusion eliminieren. Ästhetik, Sensibilität, individuellen Ausdruck eliminieren. Ehrlich sein und anonym.

Die Schildkröte: Daß das nur die historische Begleiterscheinung dessen ist, daß das Individuum abzusterben beginnt; daß die Signatur der Zeit immer weniger durch einzelne Individuen bestimmt wird; daß ihr Aktionsradius immer kleiner wird, in umgekehrter Proportionalität zu den Kollektivkräften, die heute die Geschichte bestimmen.

D'Alembert: Alles kann benutzt werden.

Ottilie Wildermuth zögernd: Manchmal macht mich eine leere Leinwand ganz verrückt. Einfach weil sie leer ist. Das bloße Gewebe macht mich verrückt.

Frau d'Alembert mit Nachdruck: Eines Tages wird vielleicht unser ganzes elektrisches Versorgungssystem der Geschichte angehören. Meine Lampe funktioniert dann nicht länger mehr. Aber irgendjemand wird sich daran erinnern, daß sie geleuchtet hat.

Eduard fragt ungeduldig, ob es nicht gerade die allgemeinsten Klischees, die allgemeinsten Redensarten sind, die uns zeigen, was möglich ist.

Die Schildkröte mit erhobener Stimme: Für den Kampf, der vor unseren Augen und in jedem Einzelnen von uns gekämpft wird, brauchen wir Werke, die Zeugnis davon ablegen.

D'Alembert erinnert laut daran, daß das allgemeine Bedürfnis des Kunstwerks im Gedanken des Menschen zu suchen sei, indem es eine Art und Weise sei, dem Menschen vor ihn zu bringen, was er ist.

 Andie Wildermuth beunruhigt: Manchmal macht mich eine leere Leinwand ganz verrückt. Einfach weil sie leer ist. Das bloße Gewebe macht mich verrückt.
Die Schildkröte: Die Produktion liefert dem Bedürfnis nicht nur ein Material, sondern sie liefert dem Material auch ein Bedürfnis. Der Kunstgegenstand schafft ein kunstsinniges Publikum. Die Produktion produziert nicht nur einen Gegenstand für das Subjekt, sondern auch ein Subjekt für den Gegenstand.
Eduard mit erhobener Stimme: Eine Menge Sachen sehen gleich aus. Aber sie müssen nicht notwendigerweise überhaupt gleich sein.
Frau d'Alembert mit erhobener Stimme: Die Kunst von den Fesseln zu befreien, die ihr von der Herrschaft der Ästhetik angelegt worden sind. Versuch, Kunst unmittelbar in Beziehung zu setzen zu Leben und Geschichte.
Andie Wildermuth zögernd: Alles Malerische geht mir auf die Nerven. Wo es fehlt, bin ich hingerissen. Keine Vernebelung. Kein Schein. Kein Schleier. Bei Null anfangen.
D'Alembert zitiert mit erhobener Stimme Dubuffet, der in seinem Pamphlet: Erstickende Kultur nur ein Gesicht des Staates kennt, das der Polizei. Alle Verwaltungsinstitutionen haben für ihn dieses Gesicht, er kann sich ein Kultusministerium nur vorstellen als Kulturpolizei.
Die Schildkröte: 1967 veranstalteten die Maler Buren, Mosset, Parmentier und Toroni eine Reihe von Manifestationen, bei denen sie nichts sagten und Bilder zeigten, die aus identischen, auf Keilrahmen gespannten Dekorationsstoffen bestanden und die jeder mit dem Namen des anderen signiert hatte.
D'Alembert: Es kommt darauf an zu erkennen, daß Schreiben Malen Komponieren nur dort möglich ist, wo alles erlaubt ist. Alles ist erlaubt. Die Ablehnung jeder Begrenzung und Vorschrift aber gibt der künstlerischen Produktion (im Prinzip ihrer nur auf sich selbst gestützten Herstellung und ihres Nichtgebundenseins an irgendeine der vorhandenen Spielregeln) eine immanente politische Bedeutung.

Ottilie Wildermuth zögernd: Die Kunst ist nicht mehr da. Es geht um etwas anderes.
Frau d'Alembert beunruhigt: Die meisten Werke, die die Galerien noch anbieten, fallen schon in das Grab der toten Ideen. Dieses Grab hat ein lebendiger Toter imaginäres Museum genannt.
Eduard: Die Erfahrung einer nächtlichen Landstraße zum Beispiel. Man kann das nicht einrahmen. Viele Bilder sehen dann nur noch wie Bilder aus. Ich erinnere mich an stillgelegte Flugplätze. Künstliche Landschaften ohne kulturelle Funktion.
Die Schildkröte: Eines Tages wird vielleicht unser ganzes elektrisches Versorgungssystem der Geschichte angehören. Diese Lampe funktioniert dann nicht länger mehr. Aber irgendjemand wird sich daran erinnern, daß sie geleuchtet hat.
D'Alembert: Ich erinnere mich an Carl Andres Lösung zur Beilegung von Kriegen: laß sie aufessen, was sie töten.
Andie Wildermuth zögernd: Daß das nur die historische Begleiterscheinung dessen ist, daß das Individuum abzusterben beginnt; daß die Signatur immer weniger durch einzelne Individuen bestimmt wird; daß ihr Aktionsradius immer kleiner wird, in umgekehrter Proportionalität zu den Kollektivkräften, die heute die Geschichte bestimmen.
Die Schildkröte mit Nachdruck: Die Revolution ist kein Überadler, sie ist ein alter Maulwurf, der im vermoderten Boden, widerlich riechend für die empfindsamen Nasen der Utopisten, seine Gänge gräbt.
Eduard zögernd, wie Theodor W. Adorno, glaubt doch ja nicht, die neue Kunst sei so wie sie sei, weil die Welt so schlecht sei und in einer besseren sei sie besser.
Frau d'Alembert zögernd: Welch kolossale Täuschung, die moderne bürgerliche Gesellschaft (die Gesellschaft der Industrie, der allgemeinen Konkurrenz, der frei ihre Zwecke verfolgenden Privatinteressen, der Anarchie, der sich selbst entfremdeten natürlichen und geistigen Individualität) in den Menschenrechten anerkennen und sanktionieren und

 zugleich die Lebensäußerungen dieser Gesellschaft hinterher an einzelnen Individuen annullieren zu wollen.
Andie Wildermuth mit erhobener Stimme: Dubuffet labonfam abeber par unbo nom.
D'Alembert: Kunst entscheidet nicht mehr. Sie experimentiert, korrigiert, verändert.
Die Schildkröte betont ungeduldig, daß Fortschritt und Regression sich sogar in exponierten Beispielen der gegenwärtigen Kunst zu verfilzen beginnen. Der Fortschritt sei darüber jedoch nicht pluralistisch geworden, und er müsse davor warnen, aus der Vielfalt seiner Schwierigkeiten die Konsequenz zu ziehen, nun alle mögliche Kunst nebeneinander gelten zu lassen.
D'Alembert spricht mit Nachdruck von der im Kern antiautoritären und antiinstitutionellen Kunstpolitik, die auf Erweiterung des Bereichs der organisierten Selbständigkeit der künstlerisch tätigen Reflexe gerichtet ist.
Ottilie Wildermuth laut: Kultur oder was heute offiziell so genannt wird, saugt jeden Kunstakt auf in die institutionalisierte Registratur. Zu diskutieren ist das nicht Erwartete.
Frau d'Alembert ungeduldig: Und wie oft nur Agenten und Routiniers, die großen Aufwand mit ihrer Armut treiben und sich aus der gähnenden Leere ein Fest machen. Gemütlicher kann man sichs in einer ungemütlichen Situation nicht einrichten.
Eduard zitiert zögernd Andy Warhol, der gesagt hat, er möchte, daß jeder gleich denkt, gleich aussieht, gleich handelt und daß wir immer mehr Fortschritte auf diesem Gebiet machen.
Die Schildkröte mit Nachdruck: Es handelt sich darum, daß man nicht zurückkann. Nicht um die Frage, ob man irgendwas zerstören will. Wenn was aufgebraucht ist, erledigt, vorbei: was nützt es, sich weiter damit einzulassen.
D'Alembert zögernd: Einen Gegenstand in herkömmlicher Weise unter ästhetischen Gesichtspunkten betrachten heißt, an ihn bestimmte Maßstäbe anlegen. Einen Gegenstand zum

Kunstwerk erklären heißt, die Maßstäbe aus seiner Materialität ableiten.
Andie Wildermuth beunruhigt: Alles wird infragegestellt.
Die Schildkröte: Es wird endlich Zeit, daß genügend technische Möglichkeiten eröffnet werden für die Massenproduktion von Kunstwerken, käuflich für Reiche wie für Arme. Werke, bei denen der Erfinder seine Art von Qualität ins Konzept tut und der Hersteller seine ins Produkt.
Eduard ungeduldig: Welch kolossale Täuschung, die moderne bürgerliche Gesellschaft (die Gesellschaft der Industrie, der allgemeinen Konkurrenz, der frei ihre Zwecke verfolgenden Privatinteressen, der Anarchie, der sich selbst entfremdeten natürlichen und geistigen Individualität) in den Menschenrechten anerkennen und sanktionieren und zugleich die Lebensäußerungen dieser Gesellschaft hinterher an einzelnen Individuen annullieren zu wollen.
Frau d'Alembert erinnert ungeduldig daran, daß das Allgemeine des Bedürfnisses der Kunst kein anderes sei als das, das darin liege, daß der Mensch Denkender, Bewußter sei. Indem er Bewußtsein sei, müsse der Mensch das, was er ist, und auch das, was überhaupt ist, vor sich hinstellen, zum Gegenstand für sich haben.
Andie Wildermuth laut: Ich denke an Kunst in einem öffentlichen Kontext, nicht in Form von beweglichen Kunstwerken. Kunst soll einfach da sein.
D'Alembert laut: Eine Menge Sachen sehen gleich aus. Aber sie müssen nicht notwendigerweise überhaupt gleich sein.
Die Schildkröte mit Nachdruck: Die Kunst von den Fesseln zu befreien, die ihr von der Herrschaft der Ästhetik angelegt worden sind. Versuch, Kunst unmittelbar in Beziehung zu setzen zu Leben und Geschichte.
D'Alembert mit erhobener Stimme: Kultur oder was heute so genannt wird, saugt jeden Kunstakt auf in die institutionalisierte Registratur. Zu diskutieren ist das nicht Erwartete.
Ottilie Wildermuth: Malerei ist doch nicht einfach nur eine Unterhaltungskunst.

 Frau d'Alembert beunruhigt: Anstatt zu fragen: wie steht das Werk zu den Produktionsverhältnissen der Epoche? ist es mit ihnen einverstanden, ist es reaktionär oder strebt es ihre Umwälzung an, ist es revolutionär? möchte ich fragen: wie steht es in ihnen? Diese Frage zielt unmittelbar auf die Funktion, die das Werk innerhalb der künstlerischen Produktionsverhältnisse einer Zeit hat. Sie zielt unmittelbar auf die künstlerische Technik der Werke.
Eduard erinnert noch einmal daran, daß das allgemeine Bedürfnis des Kunstwerks im Gedanken des Menschen zu suchen sei, indem es eine Art und Weise sei, dem Menschen vor ihn zu bringen, was er ist.
Die Schildkröte: Vielleicht wird man beim Ausheben des stinkenden Grabens bürgerlicher Kultur auf die riesigen düsteren Höhlen stoßen, in denen menschliche Kraft und Freiheit sich niederlassen können.
D'Alembert ungeduldig: Wenn ich irgendwas Obszönes an die Wand schmiere, halten sie das für Engagement, aber ich frage nur, ob es Kunst ist.
Andie Wildermuth zögernd: Moonstrips Empire News und General Dynamic Fun.
Die Schildkröte spricht mit erhobener Stimme von einer im Kern antiautoritären und antiinstitutionellen Kulturpolitik, die auf Erweiterung des Bereichs der organisierten Selbständigkeit der künstlerisch tätigen Reflexion gerichtet ist.
Eduard laut noch einmal: Kultur oder was heute so genannt wird, saugt jeden Kunstakt auf in die institutionalisierte Registratur. Zu diskutieren ist das nicht Erwartete.
Frau d'Alembert: Fahlströms Notizen für Dr. Schweitzers letzte Mission.

Gespräch über Studenten und verwandte Gegenstände

Ottilie Wildermuth findet, daß der Markt immer eine Ausbeutung und daher ein Markt von Herrschaft war; er stellte die Klassenstruktur der Gesellschaft sicher.

Bertolt Wildermuth sieht das Ambivalente an der Rolle der Studenten in ihrer Zwischenstellung, die sie heute relativ Privilegierte und zugleich Bevormundete, zukünftig aber Ausgebeutete und Ausbeuter sein läßt: ihre Privilegien fallen zusammen mit der Unmöglichkeit ihrer Befreiung.

Helmut Maria Wildermuth hat gehört, daß die Studenten.

Bertolt Wildermuth fragt dagegen, wie es möglich ist, daß Studenten, die ja zumindest im ökonomischen Sinne keine Klasse darstellen, zur Vorhut des revolutionären Kampfes werden konnten.

Eduard antwortet, daß Studenten weit weniger als die, die in festen Lebens- und Arbeitsverhältnissen stehen, einem Rollenzwang unterliegen und das heißt, daß sie individuell ansprechbar sind, spontaner als andere Bevölkerungsgruppen reagieren und eher bereit sind, die Notwendigkeit umfassender gesellschaftlicher Veränderungen anzuerkennen.

Frau d'Alembert antwortet mit einem Zitat von Blanqui.

Für Dr. Johnson reicht der durch die Massenpresse verbreitete Vorwurf des Parasitären kaum aus, die beabsichtigten Repressionsmaßnahmen der staatlichen Funktionsträger zu begründen.

Helmut Maria Wildermuth hält den Vorwurf des Linksfaschismus für den Ausdruck einer Zerfallsstufe des bürgerlich-liberalen Bewußtseins, das von der fühlbaren Brüchigkeit der demokratischen Institutionen betroffen ist, jedoch in sozialistischen Alternativen nur das Ende aller Freiheit zu entdecken vermag.

Eduard zitiert Hans Magnus Enzensberger, der nur allenfalls sotto voce den Wunsch nach einer Art Entwicklungshilfe sich äußern sieht.

Die Schildkröte findet nicht aktionsgebundene Kritik lächerlich. Er behält sich aber das Recht der individuellen Entscheidung vor.

Für Ottilie Wildermuth führt jeder Versuch, die dialektische Methode kritisch zu vertiefen, notwendig zu einer Verflachung. Denn der methodische Ausgangspunkt einer solchen kritischen Stellungnahme ist eben die Trennung von Methode und Wirklichkeit, von Denken und Sein.

Andie Wildermuth betont dagegen, daß der Grundwiderspruch, dem die Protestbewegungen in den Metropolen unterliegen, die Quelle aller revolutionären Verdinglichungen des individuellen Verhaltens bildet.

D'Alembert sieht die Strategie der Außerparlamentarischen Opposition in den Metropolen deshalb auf die Städte konzentriert, weil sie als Zentren von Produktion und Verteilung bei Krisen und Störungen die schwächsten Glieder des Systems sein werden.

Frau d'Alembert zitiert Lukács.

Die Schildkröte erwägt, daß die gegenwärtige Überentwicklung nach dem amerikanischen Modell der inneren Logik unserer Gesellschaft entspricht, die nur ihr System perfektionieren will, indem sie die direkte ökonomische Ausbeutung durch die Passivität eines bedingungslosen Konsums vollendet.

Eduard erwidert: Genauso wie die Ökonomie des Kapitalismus in dieser ihrer selbst geschaffenen Unmittelbarkeit stehenbleibt, so auch die bürgerlichen Versuche, sich das ideologische Phänomen der Verdinglichung bewußt zu machen.

Für Andie Wildermuth liegt die Stärke der Bewegung darin, daß sie sich auf eine unkontrollierbare Spontaneität stützt, daß sie Impulse gibt, ohne die Aktion, die sie ausgelöst hat, kanalisieren, ausbeuten zu wollen. Er sagt: Wir können heute zweierlei tun. Entweder lassen wir fünf Leute, die etwas von Politik verstehen, ein Programm ausarbeiten, wohlbegründete Minimalforderungen formulieren und sagen: da habt ihr die Ziele der Bewegung, macht damit, was ihr wollt. Oder wir können versuchen, wenn auch nicht sämtliche Demonstranten, so doch eine große Zahl über die Situation aufzuklären. Wenn wir das wollen, dürfen wir nicht gleich eine Organisation auf die Beine stellen und ein Programm entwerfen. Das würde nur lähmend wirken. Die einzige Chance der Bewegung liegt in ihrer Spontaneität, bei der alle sich frei aussprechen können. Und wenn die Zungen gelöst sind, muß man sie erst einmal reden lassen. Sie reden Dinge, die konfus, vage, oft uninteressant sind, schon hundertmal gesagt. Aber das bringt sie schließlich dazu, sich selbst die Frage zu stellen: was tun? Darauf kommt es an. Es kommt darauf an, daß möglichst viele sich die Frage stellen: was tun?

Für Helmut Maria Wildermuth dagegen hat die Bürokratisierung der Theorie und der Praxis die von dieser Bewegung angenommenen Formen zum Erstarren gebracht. Sie hat die Elemente getrennt, indem sie sie in einer politischen Fiktion vereinigte. Die politische Illusion hält diese Trennung in der Fiktion einer erreichten, autoritären, zentralisierten Einheit aufrecht.

Dr. Johnson hat gehört, daß die Studenten die Arbeiter.

Frau d'Alembert ist mehr für den Versuch, durch Striptease Menschlichkeit zurückzubringen.

Dr. Johnson möchte dann lieber den Versuch machen, sich durch Drogen aus seinem verrotteten Bewußtsein herauszutreiben.

Helmut Maria Wildermuth ruft: Provokation reinigt die Seele! Revolution belebt die Umwelt!

Dr. Johnson antwortet mit einem Zitat von Friedrich Engels.

Eduard will nicht länger auf die üblen Tricks einer Wissenschaft hereinfallen, die hinter einem lächerlichen Formalismus nur mit Mühe den zutiefst perversen Versuch verbergen kann, uns zu einer blinden Aufgabe unserer Freiheit zu überreden.

Bertolt Wildermuth zitiert nun seinerseits Hans Magnus Enzensberger, der nur allenfalls sotto voce den Wunsch nach einer Art Entwicklungshilfe sich äußern sieht.

Auch für Dr. Johnson hat die Bürokratisierung der Theorie und der Praxis die von der Bewegung angenommenen Formen zum Erstarren gebracht. Auch für ihn hat sie die Elemente getrennt, indem sie sie in einer politischen Fiktion

 vereinigte. Auch für ihn hält die politische Illusion diese Trennung in der Fiktion einer erreichten, autoritären, zentralisierten Einheit aufrecht.
Nicht das Bild einer nackten Frau, die ihre Schamhaare entblößt, findet Frau d'Alembert obszön, sondern das eines Generals, der seine Orden zur Schau stellt.
Dr. Johnson zitiert Lukács.
Ottilie Wildermuth erkennt die erste Form der Repression, die dem Studenten begegnet, im akademischen Autoritarismus, der heute in zwei komplementären Gestalten auftritt: als archaischer Aspekt der Hochschulorganisation und als technokratischer Aspekt, der die Universität in einen reibungslosen Betrieb verwandeln möchte. Bertolt Wildermuth rechnet nicht auf eine Solidarisierung der Massen mit den Befreiungsbewegungen der Welt. Diese sei nur dialektisch zu erkaufen dadurch, daß die Liberalisierung zunimmt.
Helmut Maria Wildermuth besteht darauf, daß die totale Ablehnung undenkbar ist ohne die unwiderstehliche Offenbarung der Scham, die sich in der Unschuld des Verlangens, der schöpferischen Heiterkeit behauptet.
Für Bertolt Wildermuth hatte das frühere Marxsche Beispiel der freien Individuen, die zwischen Fischen, Jagen und Kritisieren und so fort frei auswählen, von Anbeginn einen spaßig-ironischen Unterton.
Eduard hat gehört, daß die Studenten die Arbeiter, damit sie ein besseres proletarisches Klassenbewußtsein.
Frau d'Alembert antwortet mit einem Zitat von Louis Althusser.
Dr. Johnson sieht wie d'Alembert die Strategie der Außerparlamentarischen Opposition in den Metropolen deshalb auf die Städte konzentriert, weil sie als Zentren von Produktion und Verteilung bei Krisen und Störungen die schwächsten Glieder des Systems sein werden.
Helmut Maria Wildermuth antwortet mit einem Zitat von Bucharin.
Nun ruft Eduard: Provokation reinigt die Seele! Revolution belebt die Umwelt!

Die Schildkröte versteht die bestehende Egalitätsbewegung als Herrschaftsverhältnis, das mit der Forderung, im studentischen Ungleichheitsbewußtsein die praktische Überwindung aller Illusionen formaler Gleichheit zu stärken, nur die Protestbewegung aller bezweckt.

Für Ottilie Wildermuth ist es andererseits völlig normal, daß sich eine politische Bewegung an den unmittelbaren Bedürfnissen der Beteiligten entzündet.

Andie Wildermuth wiederholt, daß für ihn die Stärke der Bewegung darin liegt, daß sie sich auf eine unkontrollierbare Spontaneität stützt, daß sie Impulse gibt, ohne die Aktion, die sie ausgelöst hat, kanalisieren, ausbeuten zu wollen usw. siehe oben.

D'Alembert meint, die sogenannte Konsumentenökonomie habe eine zweite Natur der Menschen erzeugt, die sie libidinös und aggressiv an die Warenform binde. Das Bedürfnis, technische Gebrauchsartikel zu besitzen, zu konsumieren und dauernd zu erneuern, damit sie diese selbst bei Gefahr ihrer eigenen Zerstörung gebrauchten, sei zu einem biologischen Bedürfnis geworden.

Frau d'Alembert zitiert Ottilie Wildermuth, für die jeder Versuch die dialektische Methode kritisch zu vertiefen, notwendig zu einer Verflachung führt usw. siehe oben.

Die Schildkröte hat auch gehört, daß die Studenten die Arbeiter, damit sie ein besseres proletarisches Klassenbewußtsein.

Eduard hält den Solidarisierungsprozeß mit politischer Praxis weder für identisch noch für deren beherrschende Form; er ist vielmehr dafür, eine im Kern antiautoritäre und antiinstitutionelle Politik zu konstituieren, die auf Erweiterung des Bereichs der organisierten Selbständigkeit der politisch tätigen Reflexion gerichtet ist.

Andie Wildermuth empfiehlt intermediale Duschen zur Erweiterung des Sensoriums.

Helmut Maria Wildermuth wiederum versteht das illusionäre Ungleichheitsbewußtsein als eine Protestbewegung, die mit der Forderung, unter bestehenden Gleichheitsformen das studentische Herrschaftsverhältnis zu stärken, nur die egalitäre Bewegung der Überwindung aller bezweckt.

Dr. Johnson antwortete nun seinerseits mit einem Zitat von Louis Althusser.

Frau d'Alembert versteht allerdings die studentische Protestbewegung als eine egalitäre Bewegung, die mit der Forderung, unter bestehenden Herrschaftsverhältnissen das Ungleichheitsbewußtsein der Menschen zu stärken, nur die praktische Überwindung aller Formen der illusionären Gleichheit bezweckt.

Dr. Johnson nun erkennt im Grundwiderspruch, dem die Metropolen in den Protestbewegungen unterliegen, die Quelle aller individuellen Verdinglichungen des revolutionären Verhaltens.

Für Helmut Maria Wildermuth ist allerdings auch jene heroische Avantgarde, die einst die Werte einer traditionsgebundenen Gesellschaft zerstörte, heute zu der Sensibilität stilisierenden Branche einer wohlprogrammierten pluralistischen Kultur geworden.

Dr. Johnson sieht schon das Piano mit dem Jazz-Spieler trefflich zwischen den Barrikaden stehen; schicklich ziert die rote Fahne die Statue des Autors von Les Misérables; und streikende Studenten fordern in Toulouse die Neubelebung der Sprache der Albigenser.

Auch Eduard findet wie Frau d'Alembert nicht das Bild einer nackten Frau, die ihre Schamhaare entblößt, obszön, sondern das eines Generals, der seine Orden zur Schau stellt.

Bertolt Wildermuth will wie Frau d'Alembert durch Striptease zur Menschlichkeit zurückbringen.

Auch Dr. Johnson hat gehört, daß die Studenten die Arbeiter, damit sie ein besseres proletarisches Klassenbewußtsein.

Frau d'Alembert empfiehlt wie Andie Wildermuth intermediale Duschen zur Erweiterung des Sensoriums.

Dr. Johnson besteht nun wie Helmut Maria Wildermuth darauf, daß die totale Ablehnung undenkbar ist ohne die unwiderstehliche Offenbarung der Scham, die sich in der Unschuld des Verlangens, der schöpferischen Heiterkeit behauptet.

Ottilie Wildermuth zitiert Jürgen Habermas.

Wer, wie Bertolt Wildermuth, eine Zeitlang den unterschiedlichsten Thesen über die Sexualität im Zeitalter ihrer Vermarktung zum Ausdruck verholfen hat, den drängt es in der Debatte doch manchmal noch als gesammelte Person zu Wort.

Auch Helmut Maria Wildermuth hält wie Eduard den Solidarisierungsprozeß mit politischer Praxis weder für identisch noch für deren beherrschende Form; auch er ist vielmehr dafür, eine im Kern antiautoritäre und antiinstitutionelle Politik zu konstituieren, die auf Erweiterung des Bereichs der organisierten Selbständigkeit der politisch tätigen Reflexion gerichtet ist.

Bertolt Wildermuth zitiert überraschenderweise Charles Fourier.

Eduard stimmt überraschenderweise Bertolt Wildermuth darin zu, daß er das Ambivalente an der Rolle der Studenten in ihrer Zwischenstellung sieht, die sie heute relativ Privilegierte und zugleich Bevormundete, zukünftig aber Ausgebeutete und Ausbeuter sein läßt: ihre Privilegien fallen zusammen mit der Unmöglichkeit ihrer Befreiung.

Frau d'Alembert wiederum erwägt, ob die gegenwärtige Perfektionierung der direkten ökonomischen Ausbeutung nicht dem bedingungslosen Konsum entspricht, der die innere Logik seines überentwickelten Systems durch die Passivität unserer Gesellschaft vollendet.

Dr. Johnson hält das Konzept für im wesentlichen tradeunionistisch.

Wie Frau d'Alembert versteht auch Helmut Maria Wildermuth die studentische Protestbewegung als eine egalitäre Bewegung, die mit der Forderung, unter bestehenden Herrschaftsverhältnissen das Ungleichheitsbewußtsein der Menschen zu stärken, nur die praktische Überwindung aller Formen der illusionären Gleichheit bezweckt.

Eduard stimmt Andie Wildermuth darin zu, daß die Stärke der Bewegung vielleicht darin liegt, daß sie sich auf unkontrollierbare Spontaneität stützt, daß sie Impulse gibt, ohne

 die Aktion, die sie ausgelöst hat, kanalisieren, ausbeuten zu wollen usw. siehe oben.
Die Schildkröte betont noch einmal, daß sie gehört hat, daß die Studenten die Arbeiter usw.
Ottilie Wildermuth antwortet endlich mit einem Zitat von Herbert Marcuse.
Wie Dr. Johnson sieht Andie Wildermuth das Piano mit dem Jazz-Spieler schon trefflich zwischen den Barrikaden stehen, die rote Fahne ziert schicklich die Statue des Autors von Les Misérables; und die streikenden Studenten fordern die Neubelebung der Sprache der Albigenser.
Auch d'Alembert hält im Grunde wie Helmut Maria Wildermuth den Vorwurf des Linksfaschismus für den Ausdruck einer Zerfallsstufe des bürgerlich-liberalen Bewußtseins, das von der fühlbaren Brüchigkeit der demokratischen Institutionen betroffen ist, jedoch in sozialistischen Alternativen nur das Ende aller Freiheit zu entdecken vermag.
Auch Frau d'Alembert stimmt nun Eduard und Bertolt Wildermuth darin zu, daß sie das Ambivalente an der Rolle der Studenten in ihrer Zwischenstellung sehen, die usw. siehe oben.
Die Schildkröte will ihrerseits keinesfalls auf die üblen Tricks einer Wissenschaft hereinfallen, die usw. siehe oben.
Eduard versucht zum Ausgangspunkt des Gesprächs zurückzukehren, indem er den Satz von Ottilie Wildermuth aufgreift, nach dem der Markt immer eine Ausbeutung und daher ein Markt von Herrschaft war, der die Klassenstruktur der Gesellschaft sicherstellt.
Andie Wildermuth fragt nun wie sein Bruder Bertolt, wie es möglich ist, daß Studenten, die ja zumindest im ökonomischen Sinne keine Klasse darstellen, zur Vorhut des revolutionären Kampfes werden konnten.
Helmut Maria Wildermuth will wie sein Bruder Bertolt und Frau d'Alembert durch Striptease Menschlichkeit zurückbringen.
Auch Dr. Johnson zitiert nun Herbert Marcuse.

Für Frau d'Alembert ist es andererseits wie für Ottilie Wildermuth völlig normal, daß sich eine politische Bewegung an den unmittelbaren Bedürfnissen der Beteiligten orientiert.

Dr. Johnson betont noch einmal, daß er wie d'Alembert die Strategie der Außerparlamentarischen Opposition usw. siehe oben.

Helmut Maria Wildermuth hat gehört, daß die Studenten usw.

Dr. Johnson ruft nun: Provokation reinigt die Seele! Revolution belebt die Umwelt.

Eduard findet nun wie die Schildkröte nicht aktionsgebundene Kritik lächerlich. Er läßt das Recht auf individuelle Entscheidung offen.

Bertolt Wildermuth meint wie d'Alembert, die sogenannte Konsumentenökonomie habe eine zweite Natur des Menschen erzeugt usw. siehe oben.

Dr. Johnson zitiert wie Frau d'Alembert Ottilie Wildermuth, für die jeder Versuch, die dialektische Methode kritisch zu vertiefen, notwendig zu einer Verflachung führt usw. siehe oben.

Frau d'Alembert zitiert Bucharin.

Dr. Johnson hält wie Helmut Maria Wildermuth und Eduard den Solidarisierungsprozeß mit politischer Praxis weder für identisch noch für deren beherrschende Form usw. siehe oben.

Ottilie hält die Taktik der studentischen Avantgarde in einem bescheidenen Grade für eine modifizierte Anwendung der Guerillastrategie.

Bertolt Wildermuth erwägt, daß die gegenwärtige Überentwicklung usw.

Helmut Maria Wildermuth zitiert Friedrich Engels.

Bertolt Wildermuth erkennt wie seine Schwester Ottilie die erste Form der Repression, die dem Studenten begegnet, im akademischen Autoritarismus usw. siehe oben.

Wie Andie Wildermuth betont Eduard, daß der Grundwiderspruch, dem die Protestbewegungen in den Metropolen

unterliegen, die Quelle aller revolutionären Verdinglichungen des individuellen Verhaltens bildet.
Auch Frau d'Alembert hat gehört, daß die Studenten usw.
Dr. Johnson zitiert Jürgen Habermas.
Helmut Maria Wildermuth kommt auf Eduards Antwort zurück, nach der Studenten weit weniger als die, die in festen Lebens- und Arbeitsverhältnissen stehen, einem Rollenzwang unterliegen usw. siehe oben.
Eduard betont noch einmal, daß er nicht länger auf die üblen Tricks einer Wissenschaft hereinfallen will, die usw. siehe oben.
Die Schildkröte zitiert merkwürdigerweise Daniel Cohn-Bendit.
Ottilie Wildermuth möchte ihrem Bruder Bertolt und d'Alembert darin zustimmen, daß die sogenannte Konsumentenökonomie eine zweite Natur des Menschen erzeugt habe usw. siehe oben.
Andie Wildermuth zitiert Antonio Gramsci.
Wie Helmut Maria Wildermuth hält d'Alembert jene heroische Avantgarde, die einst die Werte einer traditionsgebundenen Gesellschaft zerstörte, heute für die Sensibilität stilisierende Branche einer wohlprogrammierten pluralistischen Kultur.
Frau d'Alembert erinnert daran, daß auch sie wie Bertolt Wildermuth eine Zeitlang den unterschiedlichsten Thesen über die Sexualität im Zeitalter ihrer Vermarktung zum Ausdruck verholfen hat und es auch sie manchmal in der Debatte als gesammelte Person zu Wort drängt.
Die Schildkröte antwortet darauf nun doch mit einem Zitat von Wilhelm Reich.
Eduard erkennt wie Bertolt und Ottilie Wildermuth die erste Form der Repression, die dem Studenten begegnet, im akademischen Autoritarismus usw. siehe oben.
Andie Wildermuth wie seine Schwester Ottilie sieht in der Taktik der studentischen Avantgarde in einem bescheidenen Grade eine modifizierte Anwendung der Guerillastrategie.
Helmut Maria Wildermuth schreit jetzt: Provokation reinigt die Seele! Revolution belebt die Umwelt!

Dr. Johnson zitiert Eduard und sagt: Genauso wie die Ökonomie des Kapitalismus in dieser ihrer selbst geschaffenen Unmittelbarkeit stehenbleibt, so auch die bürgerlichen Versuche, sich das ideologische Phänomen der Verdinglichung bewußt zu machen.

Frau d'Alembert zitiert Lenin oder Stalin, sie weiß nicht genau, von welchem der beiden es ist.

Dr. Johnson besteht noch einmal darauf, daß die totale Ablehnung usw. siehe oben.

Für Helmut Maria Wildermuth ist wie für Dr. Johnson das Konzept im wesentlichen trade-unionistisch.

Noch einmal sieht Dr. Johnson das Piano mit dem Jazz-Spieler trefflich zwischen den Barrikaden stehen; die rote Fahne ziert schicklich die Statue des Autors von Les Misérables; und die streikenden Studenten fordern die Neubelebung der Sprache der Albigenser.

Eduard zitiert wie Dr. Johnson und Frau d'Alembert Ottilie Wildermuth, wonach jeder Versuch, die dialektische Methode kritisch zu vertiefen, notwenig zur Verflachung führt usw. siehe oben.

Bertolt Wildermuth zitiert nun aber doch einmal Marx.

Dr. Johnson kommt auf seine inzwischen von Helmut Maria Wildermuth und Eduard durchaus bestätigte Anfangsthese zurück, wonach der Solidarisierungsprozeß mit politischer Praxis weder identisch noch deren beherrschende Form ist usw. siehe oben.

Frau d'Alembert schließt sich wie Eduard Andie Wildermuth an, wenn er die Stärke der Bewegung darin sieht, daß sie sich auf eine unkontrollierbare Spontaneität stützt, daß sie Impulse gibt, ohne die Aktion, die sie ausgelöst hat, kanalisieren, ausbeuten zu wollen usw. siehe oben.

Dr. Johnson antwortet darauf mit einem Zitat von Theodor W. Adorno.

Ottilie Wildermuth stimmt Eduard und ihrem Bruder Andie zu, wenn dieser sagt, daß für ihn der Grundwiderspruch, dem die Protestbewegungen in den Metropolen unterliegen, die Quelle aller revolutionären Verdinglichungen des individuellen Verhaltens bildet.

 Bertolt Wildermuth hat gehört, daß die Studenten die Arbeiter nicht.
Helmut Maria Wildermuth zitiert nun auch Charles Fourier.
Bertolt Wildermuth hält wie Eduard und sein Bruder Helmut Maria jene heroische Avantgarde, die einst usw. siehe oben.
Eduard antwortet mit einem Zitat von Walter Benjamin.
Wie die Brüder Andie und Bertolt Wildermuth fragt Frau d'Alembert, wie es aber möglich ist, daß Studenten, die ja zumindest im ökonomischen Sinne keine Klasse darstellen, zur Vorhut des revolutionären Kampfes werden konnten.
Dr. Johnson versteht die bestehende Egalitätsbewegung usw. siehe oben.
Helmut Maria Wildermuth ist wie Dr. Johnson und d'Alembert der Meinung, daß die Strategie der Außerparlamentarischen Opposition in den Metropolen deshalb auf die Städte gerichtet ist, weil usw. siehe oben.
Eduard zitiert noch einmal Ottilie Wildermuth, wonach jeder Versuch, die dialektische Methode kritisch zu vertiefen, notwendig zu einer Verflachung führt usw. siehe oben.
Die Schildkröte stimmt Dr. Johnson und Helmut Maria Wildermuth darin zu, daß die Bürokratisierung der Theorie und der Praxis die von dieser Bewegung angenommenen Formen zum Erstarren gebracht hat usw. siehe oben.
Ottilie Wildermuth zitiert Daniel Cohn-Bendit.
Andie Wildermuth meint wie Dr. Johnson, daß der durch die Massenpresse verbreitete Vorwurf des Parasitären kaum ausreiche, die beabsichtigten Repressionsmaßnahmen der staatlichen Funktionsträger zu begründen.
Für d'Alembert ist wie für Helmut Maria Wildermuth und Dr. Johnson das Konzept im wesentlichen trade-unionistisch.
Frau d'Alembert hält wie ihr Mann und Helmut Maria Wildermuth den Vorwurf des Linksfaschismus für den Ausdruck einer Zerfallsstufe des bürgerlich-liberalen Bewußtseins, das usw. siehe oben.
Die Schildkröte empfiehlt wie Dr. Johnson Drogen zur Austreibung aus dem verrotteten Bewußtsein.

Eduard zitiert Lenin oder Stalin, er weiß ebenfalls nicht genau, von welchem von den beiden es ist.

Auch Andie Wildermuth sieht noch einmal das Piano des Jazz-Spielers trefflich zwischen den Barrikaden stehen; die rote Fahne ziert schicklich die Statue des Autors von Les Misérables; und streikende Studenten fordern die Neubelebung der Sprache der Albigenser.

Helmut Maria Wildermuth zitiert Wilhelm Reich.

Dr. Johnson murmelt: Provokation reinigt die Seele; Revolution belebt die Umwelt.

Frau d'Alembert wiederholt noch einmal, daß sie nicht das Bild einer nackten Frau, die ihre Schamhaare entblößt, für obszön hält, sondern das eines Generals, der seine Orden zur Schau stellt.

Dr. Johnson hat aber auch gehört, daß die Arbeiter die Studenten.

Helmut Maria Wildermuth zitiert daraufhin Jürgen Habermas.

Dr. Johnson stimmt Helmut Maria Wildermuth und Eduard zu, wenn sie meinen, daß Studenten weit weniger als die, die in festen Lebens- und Arbeitsverhältnissen stehen, einem Rollenzwang unterliegen, das heißt, individuell ansprechbar sind, spontaner reagieren als andere Bevölkerungsgruppen und eher bereit sind, die Notwendigkeit umfassender Veränderungen der Gesellschaft anzuerkennen.

Eduard betont noch einmal, daß das Ambivalente an der Rolle des Studenten auf seiner Zwischenstellung beruhe, die usw. siehe oben.

Bertolt Wildermuth wiederholt sein Marx-Zitat.

Dr. Johnson kommt seinerseits wie Eduard auf die Ausgangsthese von Ottilie Wildermuth zurück, wonach der Markt immer eine Ausbeutung und daher ein Markt von Herrschaft war, der die Klassenstruktur der Gesellschaft sicherstellte.

Frau d'Alembert antwortet mit einem Zitat von Bucharin.

Auch Dr. Johnson findet es andererseits wie Frau d'Alembert und Ottilie Wildermuth völlig normal, daß sich eine politische Bewegung an den unmittelbaren Bedürfnissen der Beteiligten entzündet.

Ottilie Wildermuth meint wie ihr Bruder Andie und Dr. Johnson, daß der durch die Massenpresse verbreitete Vorwurf des Parasitären kaum ausreiche, die beabsichtigten Repressionsmaßnahmen der staatlichen Funktionsträger zu begründen.

Auch Bertolt Wildermuth schließt sich wie Frau d'Alembert und Eduard seinem Bruder Andie an, wenn er die Stärke der Bewegung darin sieht, daß sie sich auf eine unkontrollierbare Spontaneität stützt usw. Und wenn die Zungen gelöst sind, muß man sie erst einmal reden lassen. Sie reden Dinge, die konfus, vage, oft uninteressant sind, hundertmal gesagt. Aber das bringt sie schließlich dazu, sich selbst die Frage zu stellen: was tun? Darauf kommt es an. Es kommt darauf an, daß möglichst viele sich die Frage stellen: Was tun?

Helmut Maria Wildermuth zitiert Bucharin.

Bertolt Wildermuth zitiert Herbert Marcuse.

Nun sieht auch Eduard wie Dr. Johnson und Andie Wildermuth das Piano mit dem Jazz-Spieler trefflich zwischen den Barrikaden stehen; die rote Fahne ziert schicklich die Statue des Autors von Les Misérables; und streikende Studenten fordern in Toulouse die Neubelebung der Sprache der Albigenser.

Frau d'Alembert findet, daß der Grundwiderspruch, dem die Protestbewegungen in den Metropolen unterliegen, die Quelle bildet für alle revolutionären Verdinglichungen des individuellen Verhaltens.

Dr. Johnson zitiert Herbert Marcuse.

Helmut Maria Wildermuth zitiert Charles Fourier.

Eduard zitiert Antonio Gramsci.

Die Schildkröte wagt nun doch die Ausgangsthese Ottilie Wildermuths zu bezweifeln, wonach der Markt immer eine Ausbeutung und daher ein Markt von Herrschaft war, der die Klassenstruktur der Gesellschaft sicherstellte.

Ottilie Wildermuth fragt nun doch, ob, wie Frau d'Alembert, Eduard und ihr Bruder Bertolt meinen, das Ambivalente an der Rolle der Studenten wirklich auf ihrer Zwischenstellung beruht, die sie heute relativ Privilegierte und zugleich Bevormundete, zukünftig aber Ausgebeutete und Ausbeuter sein läßt: Fallen ihre Privilegien tatsächlich zusammen mit der Unmöglichkeit ihrer Befreiung?

Andie Wildermuth antwortet mit einem Zitat von Herbert Marcuse.

D'Alembert zitiert Jürgen Habermas.

Frau d'Alembert zitiert Louis Althusser.

Die Schildkröte zitiert Herbert Marcuse.

Wie Frau d'Alembert und die Brüder Andie und Bertolt Wildermuth fragt nun auch Eduard, wie es aber möglich ist, daß Studenten, die ja zumindest im ökonomischen Sinne keine Klasse darstellen, zur Vorhut des revolutionären Kampfes werden konnten.

Andie Wildermuth hat gehört, daß die Studenten und die Arbeiter, damit nicht nur die Arbeiter, sondern auch die Studenten ein besseres proletarisches Klassenbewußtsein.

Helmut Maria Wildermuth zitiert noch einmal Charles Fourier.

Dr. Johnson zitiert Kropotkin.

Frau d'Alembert zitiert Wilhelm Reich.

Dr. Johnson fragt plötzlich entgegen seiner früheren Zustimmung und nach einigem Nachdenken, ob Studenten tatsächlich weit weniger einem Rollenzwang unterliegen als die, die in festen Lebens- und Arbeitsverhältnissen stehen, das heißt, ob sie tatsächlich individuell ansprechbar sind, spontaner reagieren als andere Bevölkerungsgruppen und eher bereit sind, die Notwendigkeit umfassender Veränderungen der Gesellschaft anzuerkennen.

Helmut Maria Wildermuth zitiert Herbert Marcuse.

Dr. Johnson besteht noch einmal darauf, daß die totale Ablehnung undenkbar ist ohne die unwiderstehliche Offenbarung der Scham, die sich in der Unschuld des Verlangens, der schöpferischen Heiterkeit behauptet.

Gespräch über bürgerliche Moral und verwandte Gegenstände

Für Bertolt Wildermuth haben sich zum Beispiel Mick Jagger und Keith Richard rasch zu Songwritern entwickelt, die Lennon und McCartney durchaus die Waage halten. Aber sie sind von der Presse ignoriert worden, weil sie für diese zu sehr etwas sind wie Bürgerrechtsbewegung, Antivietnamproteste, Sex- und Drogenrevolution.
Helmut Maria Wildermuth zitiert: all you need is love.
Ottilie Wildermuth zitiert: Vergehende Zeit legt sich über die Nacktheit der Bilder, der Schrecken der sichtbaren Einsicht wird erträglich gemacht für das Tägliche.
Eduard: Dies alles immer drin zu behalten permanent in sich rücklaufender Report keine Kommunikation solange der Rücklauf anhält.
Helmut Maria Wildermuth stellt zur Diskussion, ob die heutigen Nachfolger und Erneuerer Sades nicht einen Fehler machen, wenn sie das pervertierte Subjekt beibehalten. Das wäre ja nur dann möglich, wenn die sexuellen Aktionen, von denen erzählt wird, als Projektion des absoluten solipsistischen Durchsetzenwollens von Lustgewinn aufgefaßt werden könnten. Wären sie das, müßte aber zugleich das Subjekt als bereits gespalten in Unbewußtes und Ego angenommen werden (denn das geschlossene Subjekt, das Individuum, erklärt seine Projektionen und relativiert sie, diese Relativierung gehört zu seinem Prinzip, seiner Definition). Sades Schilderungen aber erweisen sich gerade von hier aus als vorsubjektiv, allegorisch und klassenkritisch. Die unausweichliche Aufteilung in Lustgewinner und Lustopfer spiegelt die in Privilegierte und Untertanen, in Schlächter und Schlachtvieh. Die Taten der französischen Revolution stellen die Umkehrung dieser Teilung dar im Namen der Moral, der Lustindifferenz. Eine psychoanalytische Interpretation der Schriften Sades wie der Taten der Revolutionäre kann nur treffen, soweit sie das Primat der historisch bedingten allegorischen Konstellation einberechnet. Die heutigen Nachfolger Sades können ihre sexuellen Spiegelkabinette nur dann sinnvoll arrangieren, wenn sie sie als Wechselaktionen beschreiben, in denen immerzu der Lustge-

 winner in das Lustopfer umschlägt; in denen sich das Opfer im Gewinn regeneriert, um sich als Opfer zu erschöpfen. Die Spur davon in Robbe-Grillets Maison de Rendezvous.
Andie Wildermuth zitiert: Durch die beiden Züge: die Abweisung des Anspruchs der Realität und die Durchsetzung des Lustprinzips nähert sich der Humor den regressiven und reaktionären Prozessen, die uns in der Pathologie so ausgiebig beschäftigen. Mit einer Abwehr der Leidensmöglichkeit nimmt er einen Platz ein in der großen Reihe jener Methoden, die das menschliche Seelenleben ausgebildet hat, um sich dem Zwang des Leidens zu entziehen, einer Reihe, die mit der Neurose anhebt, im Wahnsinn gipfelt, und in die der Rausch, die Selbstversenkung, die Ekstase einbezogen sind.
D'Alembert stellt zur Diskussion, ob aber das, was den Grad der Möglichkeit von Lustbefriedigung bestimmt, nicht das sei, was abgebaut, destruiert und durch eine bessere Lösung ersetzt werden solle.
Helmut Maria Wildermuth: Wenn der Speicher des menschlichen Gehirns aufgeschlossen werden könnte, würde vermutlich ein großer Vorrat an sexuellen Vorstellungen gefunden werden, variierend von solchen offen primärer Geschlechtsmerkmale, von Geschlechtsakten, solchen sekundärer Geschlechtsmerkmale bis zu den verschlüsseltesten Ersatzvorstellungen. Man könnte eine Typologie herstellen zwischen den beiden Endpunkten mit gleitender Skala. Kennzeichnend wäre eine unvergleichlich starke Rücklaufquote zum Pol der unverhüllten Vorstellung hin, während Symbolvorstellungen immerzu nach außen abfließen. So gesehen müßte man die sexuellen Vorstellungen für die weitaus am stärksten selbstreproduktiven Vorstellungen im menschlichen Gehirn halten. Ist eine Auflösung dieser Selbstreproduktion möglich? Die Außenprojektion nimmt ja mit zunehmender Geschwindigkeit zu. Was bewirkt sie? Abbau, Ausgleich, Obsession, Fixierung?
Dr. Johnson verbreitet sich ausweichend darüber, daß die Jungs dauernd nach Engagement schreien, und wenn einer

was Obszönes an die Wand schmiert, halten sie das schon für Engagement, aber er fragt nur, ob es Kunst ist.

D'Alembert: die bürgerliche Gesellschaft ist nur an der monogamen Dauerehe interessiert, und zwar ökonomisch, sie kann auf die Geschlechtsinteressen keine Rücksicht nehmen. Schon mit der Muttermilch hat das Mädchen die Forderung der kapitalistischen Gesellschaft in sich aufgesogen, daß man nur mit einem Mann geschlechtlich verkehren darf. Die von Besitzinteressen durchtränkte Sexualmoral hat es zur Selbstverständlichkeit gemacht, daß der Mann die Frau besitzt, die Frau hingegen sich hingibt.

Andie Wildermuth sieht die Schwierigkeit bei der Darstellung von sexuellen Gewohnheiten darin, daß man sie, von der konventionellen Vorstellungsweise her, nicht auf eine Ebene bringen kann mit der Beschreibung des Normalen. Der Begriff des Normalen sei gebildet worden unter Ausschluß von sexuellen Gewohnheiten.

Ottilie Wildermuth: Daß Wörter Sachen machen, ließe sich an Tabuwörtern beweisen: die Sache, die für sich immer dieselbe bleibt changiert, je nachdem ob ich sie Pöter, Popo, Hintern, Arsch, Arschbacken, Achtersteven, Vier Buchstaben usw. nenne; ob ich sie Pillermann, Schwänzchen, Zebedäus, Rute, Phallus, Penis, Glied, Lockenprinz usw. nenne; ob ich sie Muschi, Röschen, Geschlechtsteil, Vagina, Votze, Dose, Täschchen, Pflaume usw. nenne. Werden die Namen deutlicher als die Sache, weil der Bezug zur Sache begriffliche Neutralität verhindert? Machen Wörter Sachen, wo der Subjektbezug nicht neutralisiert werden kann?

Eduard: Insgesamt bleibt die Tatsache, daß in der europäisch-amerikanischen Kultur Frauen durch sexuelle Stimuli weniger tangierbar sind; dies ist aber nicht so sehr die Folge physiologischer Unterschiede als vielmehr das Ergebnis kultureller Voraussetzungen.

Frau d'Alembert hat gehört, Freiheit sei eine Form der Herrschaft; diejenige nämlich, in der die vorgegebenen Mittel die Bedürfnisse des Individuums mit einem Minimum an Unlust und Entsagung befriedigen; in diesem Sinne sei Frei-

heit durch und durch geschichtlich und ihr Grad nur geschichtlich bestimmbar.
Bertolt Wildermuth wiederholt, ob aber das, was den Grad der Möglichkeit von Lustbefriedigung bestimmt, nicht das sei, was abgebaut, destruiert und durch eine bessere Lösung ersetzt werden solle.
Ottilie Wildermuth wiederholt: Daß Wörter Sachen machen, ließe sich an Tabuwörtern beweisen: die Sache, die für sich immer dieselbe bleibt, changiert, je nachdem ich sie Pöter, Popo, Hintern, Arsch, Arschbacken, Achtersteven, Vier Buchstaben usw. nenne; ob ich sie Pillermann, Schwänzchen, Zebedäus, Rute, Phallus, Penis, Glied, Lokkenprinz usw. nenne; ob ich sie Muschi, Röschen, Geschlechtsteil, Vagina, Votze, Dose, Täschchen, Pflaume usw. nenne. Werden die Namen deutlicher als die Sache, weil der Bezug zur Sache begriffliche Neutralität verhindert? Machen Wörter Sachen, wo der Subjektbezug nicht neutralisiert werden kann?
Frau d'Alembert fragt, ob Lustbefriedigung tatsächlich nur unter geschichtlichen Bedingungen gesehen werden könne, wozu dann auch ihr Reflex in der Musik der Rolling Stones, der Fugs, der Mothers of Invention, der Canned Heat, der Sly and the Family Stone oder selbst von Jerry Lew Lewis oder Leonard Cohen gehöre. Bedeutet Sexrevolution nicht zugleich Destruktion der gegebenen geschichtlichen, das heißt gesellschaftlichen Bedingungen? Und was dann? Alle befriedigt, aber nichts funktioniert?
Die Schildkröte stellt erstaunt zur Diskussion, ob das, was wir zu sehen gelehrt worden seien und was uns immer noch zunächst bewege, unsere Einbildungskraft daran zu betätigen, nicht Gesichter seien: für den Mann das Gesicht der Frau; ob das, was gelernt werden müsse, nicht dies sei, daß das Gesicht nur der Spiegel sei von einem andern Gesicht: dem Gesicht des Körpers. Erst wenn man das Gesicht des Körpers erkannt habe (was nicht Nacktkultur sei), erfahre man das mögliche Verhältnis zum anderen. Erst jetzt sei es möglich, das Gesicht des Körpers im Gesicht zu erraten und

damit zu erfahren, was auch allein die Bedeutung der Bekleidung sein könne.

Helmut Maria Wildermuth stellt seinerseits lächelnd zur Diskussion, ob nicht viele junge Männer und Mädchen, die sich von der traditionellen Liebesideologie befreien wollten, meinten, das Ziel des Sexualakts sei nicht eine Verbindung oder Beziehung, sondern einfach physische Entladung, und es spiele daher garkeine Rolle, mit wem und auf welche Weise man die therapeutische Klimax zu erreichen suche, solange diese vollkommen sei und häufig wiederholt werde.

Dr. Johnson wiederholt: Vergehende Zeit legt sich über die Nacktheit der Bilder, der Schrecken der sichtbaren Einsicht wird erträglich gemacht für das Tägliche.

Helmut Maria Wildermuth erwähnt, daß die wirksamsten Erotika in der ersten Hälfte des 20. Jahrhunderts sich eines exotischen Nebeneinanders und einer trügerischen Konventionalität bedienten, auf allgemeine Vereinbarung mehr eingestellt als auf realistische Reproduktion. Max Ernst und Balthus zum Beispiel hielten es kaum für nötig, ihre erotischen Phantasien anatomisch auszuzeichnen. Hat bloße Reproduktion von Genitalien, Brüsten, Hintern, sadomasochistischem Zubehör, neuen Positionen usw. nicht weit weniger erotische oder selbst pornographische Wirksamkeit?

Dr. Johnson erinnert erstaunt an die beiden Standardthemen des Underground: Sex und bewußtseinserweiternde Drogen.

Eduard: Der Schrecken der Bilder mildert sich nicht; man bringt es nur fertig, sich zeitweise nicht an ihren Ursprung zu erinnern.

Ottilie Wildermuth: Wie eingehn und schon verloren Lächeln zurückgeblendet und wie dies angeht schlichtweg dies angeht wie Dunkeltag fleischfarb je höher der Po je leichter das ineinandergefleischt wie selbst sich ad acta sich selbst außer Kurs zottig Morgengeschrei Agaven.

Bertolt Wildermuth wiederholt noch einmal, ob aber das,

 was den Grad der Möglichkeit von Lustbefriedigung bestimmt, nicht das sei, was abgebaut, destruiert und durch eine bessere Lösung ersetzt werden solle.
Ottilie zitiert ihrerseits: all you need is love.
Bertolt Wildermuth wiederholt, daß insgesamt die Tatsache bleibe, daß in der europäisch-amerikanischen Kultur Frauen durch sexuelle Stimuli weniger tangierbar seien; dies sei aber nicht so sehr die Folge physiologischer Unterschiede als vielmehr das Ergebnis kultureller Voraussetzungen.
Helmut Maria Wildermuth fragt, ob die wachsende und sich immer vernünftiger gebärdende Destruktion andeuten solle, daß die Kultur einer Katastrophe entgegengehe.
Ottilie Wildermuth betont, daß wer eine Zeitlang den unterschiedlichsten Thesen über die Sexualität im Zeitalter ihrer Vermarktung zum Ausdruck verholfen habe, doch immer wieder einmal in der Debatte als gesammelte Person zu Wort dränge.
Auch Eduard fragt, ob das, was wir zu sehen gelehrt worden seien und was uns immer noch zunächst bewege, unsere Einbildungskraft daran zu betätigen, nicht Gesichter seien: für den Mann das Gesicht der Frau; ob das, was gelernt werden müsse, nicht dies sei, daß das Gesicht nur der Spiegel sei von einem anderen Gesicht: dem Gesicht des Körpers. Erst wenn man das Gesicht des Körpers erkannt habe (was nicht Nacktkultur sei), erfahre man das mögliche Verhältnis zum anderen. Erst jetzt sei es möglich, das Gesicht des Körpers im Gesicht zu erraten und damit zu erfahren, was auch allein die Bedeutung der Bekleidung sein könne.
Helmut Maria Wildermuth fragt noch einmal, ob die wachsende und sich immer vernünftiger gebärdende Destruktion andeuten solle, daß die Kultur einer Katastrophe entgegengehe.
Andie Wildermuth wiederholt: die beiden Standardthemen des Underground: Sex und bewußtseinserweiternde Drogen.
D'Alembert noch einmal: Vergehende Zeit legt sich über die

Nacktheit der Bilder der Schrecken der sichtbaren Einsicht wird erträglich gemacht für das Tägliche.
Helmut Maria Wildermuth stellt seinerseits ausweichend zur Diskussion, daß die Jungs nach Engagement schreien, und wenn man irgend was Obszönes an die Wand schmiert, halten sie das für Engagement, aber die Frage ist doch, ob es Kunst ist.
Auch Dr. Johnson sieht wie Andie Wildermuth die Schwierigkeit bei der Darstellung von sexuellen Gewohnheiten darin, daß man sie, von der konventionellen Vorstellungsweise her, nicht auf eine Ebene bringen kann mit der Beschreibung des Normalen. Der Begriff des Normalen sei gebildet worden unter Ausschluß von sexuellen Gewohnheiten.
D'Alembert: Lady came from Baltimore she never saw my face.
Andie Wildermuth zitiert Wilhelm Reich, der 1932 geschrieben hatte, man solle das Condom nicht in der Westentasche tragen, weil es in der Wärme schadhaft werde. Risse einmal ein Gummi und bemerke man es erst nach dem Verkehr, so müsse sich das Mädel die Scheide sofort mit einer Lösung von einem Eßlöffel Essig in einem Liter Wasser ausspülen. Proletarische Jugendliche würden hier mit Recht sagen, daß die Umstände, unter denen sie den Geschlechtsverkehr ausübten, eine solche Ausspülung nicht gestatteten. Darauf könne man nur antworten, daß das ein Grund mehr sein müsse, daß man sich nicht nur um die Möglichkeiten des Geschlechtsverkehrs kümmere, sondern auch die Gesellschaftsordnung verstehen lerne, die der Jugend solche Schwierigkeiten mache.
Ottilie Wildermuth zitiert: Im Gemälde schließen Abbildungen von erotischem oder politischem Charakter, die innerhalb eines Spielrahmens miteinander oder mit abstrakten Elementen kombiniert sind, meditative Erfahrung nicht aus, ziehen sie vielmehr an.
Eduard: Daß der Prinz tatsächlich eintrifft, macht ja die Dornröschengeschichte erst zu dem Märchen, das sie ist.

 Frau d'Alembert: Der Schrecken der Bilder mildert sich nicht, man bringt es nur fertig, sich zeitweise nicht an ihren Ursprung zu erinnern.
Auch Bertolt Wildermuth fragt, wie Eduard und die Schildkröte, ob das, was wir zu sehen gelehrt worden seien und was uns immer noch zunächst bewege, unsere Einbildungskraft daran zu betätigen, nicht Gesichter seien: für den Mann das Gesicht der Frau; ob das, was gelernt werden müsse, nicht dies sei, daß das Gesicht nur der Spiegel sei von einem anderen Gesicht: dem Gesicht des Körpers. Erst wenn man das Gesicht des Körpers erkannt habe (was nicht Nacktkultur sei), erfahre man das mögliche Verhältnis zum anderen. Erst jetzt sei es möglich, das Gesicht des Körpers im Gesicht zu erraten und damit zu erfahren, was auch allein die Bedeutung der Bekleidung sein könne.
Ottilie Wildermuth fragt wie Frau d'Alembert, ob Lustbefriedigung tatsächlich nur unter geschichtlichen Bedingungen gesehen werden könne, wozu dann auch ihr Reflex in der Musik der Rolling Stones, der Fugs, der Mothers of Invention, der Canned Heat, der Sly and the Family Stone oder selbst von Jerry Lew Lewis oder Leonard Cohen gehöre. Bedeute Sexrevolution nicht zugleich Destruktion der gegebenen geschichtlichen, das heißt gesellschaftlichen Bedingungen? Und was dann? Alle befriedigt, aber nichts funktioniert?
Frau d'Alembert: Nicht das Bild einer nackten Frau, die ihre Geschlechtsteile entblößt, ist obszön, sondern das eines Generals, der seine Orden zur Schau stellt.
Die Schildkröte: In der Säugetierreihe, von den Nagern bis zu den Primaten, sind homosexuelle Verhaltensweisen verhältnismäßig häufig, vor allem bei den Männchen. Homosexuelle Akte bei Tierweibchen sind interessanterweise nicht auf die Brunst beschränkt. Es kommt gelegentlich vor, daß nicht brünstige Weibchen brünstige decken.
Helmut Maria Wildermuth stellt lächelnd zur Diskussion, ob Freiheit, wie Herbert Marcuse behauptet, wirklich eine Form der Herrschaft sei; diejenige nämlich, in der die vorge-

gebenen Mittel die Bedürfnisse des Individuums mit einem Minimum von Unlust und Entsagung befriedigten; und daß in diesem Sinne Freiheit durch und durch geschichtlich und ihr Grad nur geschichtlich bestimmbar sei.
Dr. Johnson: Die Neigung, das Glied des Mannes in den Mund zu nehmen und daran zu saugen, die in der bürgerlichen Gesellschaft zu den abscheulichsten sexuellen Perversionen gerechnet wird, kommt doch bei den Frauen unserer Zeit sehr häufig vor und scheint im Zustand der Verliebtheit ihren anstößigen Charakter völlig abzustreifen. Es scheint, daß es den Frauen leicht wird, aus Eigenem solche Wunschphantasien zu schaffen.
Helmut Maria Wildermuth: Der Schrecken der Bilder mildert sich nicht, man bringt es nur fertig, sich zeitweise nicht an ihren Ursprung zu erinnern.
Dr. Johnson: Wir haben gelernt, daß die Libidofunktion eine weitläufige Entwicklung durchmacht, bis sie in der normal genannten Weise in den Dienst der Fortpflanzung treten kann. Im Einklang mit den Lehren der allgemeinen Pathologie kann man sagen, daß eine solche Entwicklung zweierlei Gefahren mit sich bringt, erstens die der Hemmung und zweitens die der Regression. Nach dem, was von der Entwicklung der Libidofunktion bekanntgeworden ist, dürfte man aber Regressionen von zweierlei Art erwarten, Rückkehr zu den ersten von der Libido besetzten Objekten, die bekanntlich inzestuöser Natur sind, und Rückkehr der gesamten Sexualorganisation zu früheren Stufen.
Eduard lächelnd: Wer eine Zeitlang den unterschiedlichsten Thesen über die Sexualität im Zeitalter ihrer Vermarktung zum Ausdruck verholfen hat, den drängt es im Lauf der Debatte doch immer einmal wieder als gesammmelte Person zu Wort.
Ottilie Wildermuth fragt, was dabei herauskommen würde, wenn man die Produkte der Minimal Art, ihre einfarbigen Flächen, glatten Kuben, identischen Elemente, Gitter, Abfallarrangements, Werkfiktionen usw. mit den Augen des

Psychoanalytikers betrachten würde. Was bedeutet der Impuls zur tabula rasa?
Bertolt Wildermuth: Wir haben gelernt, daß die Libidofunktion eine weitläufige Entwicklung durchmacht, bis sie in der normal genannten Weise in den Dienst der Fortpflanzung treten kann. Im Einklang mit den Lehren der allgemeinen Pathologie kann man sagen, daß eine solche Entwicklung zweierlei Gefahren mit sich bringt, erstens die der Hemmung und zweitens die der Regression. Nach dem, was von der Entwicklung der Libidofunktion bekannt geworden ist, dürfte man aber Regressionen von zweierlei Art erwarten, Rückkehr zu den ersten von der Libido besetzten Objekten, die bekanntlich inzestuöser Natur sind, und Rückkehr der gesamten Sexualorganisation zu früheren Stufen.
Ottilie Wildermuth erinnert sich an das, was ihr Bruder Bertolt anfangs erwähnte, daß für ihn zum Beispiel Mick Jagger und Keith Richard sich rasch zu Songwritern entwickelt hätten, die Lennon und McCartney durchaus die Waage hielten; daß sie aber von der Presse ignoriert würden, weil sie für diese zu sehr etwas seien wie Bürgerrechtsbewegung, Antivietnamproteste, Sex- und Drogenrevolution. Und dasselbe könne man nun später von John Lennon und Yoko Ono sagen.
Bertolt Wildermuth wiederholt nun auch lächelnd, daß wer eine Zeitlang den unterschiedlichsten Thesen über die Sexualität im Zeitalter ihrer Vermarktung zum Ausdruck verholfen habe, nun im Lauf der Debatte doch immer wieder einmal als gesammelte Person zu Wort dränge.
Helmut Maria Wildermuth zitiert noch einmal, was Wilhelm Reich 1932 veröffentlicht hat.
Ottilie Wildermuth wiederholt zum dritten Mal: Daß Wörter Sachen machen, ließe sich an Tabuwörtern beweisen: die Sache, die ja für sich immer dieselbe bleibt, changiert, je nachdem ob ich sie Pöter, Popo, Hintern, Arsch, Arschbakken, Achtersteven, Vier Buchstaben usw. nenne; ob ich sie Pillermann, Schwänzchen, Zebedäus, Rute, Phallus, Penis,

Glied, Ding, Lockenprinz usw. nenne; ob ich sie Muschi,
Röschen, Geschlechtsteil, Vagina, Votze, Dose, Täschchen, Pflaume usw. nenne. Werden die Namen deutlicher als die Sache, weil der Bezug zur Sache begriffliche Neutralität verhindert? Machen Wörter Sachen, wo der Subjektbezug nicht neutralisiert werden kann?
Eduard wiederholt nun auch: Nicht das Bild einer nackten Frau, die ihre Geschlechtsteile entblößt, ist obszön, sondern das eines Generals, der seine Orden zur Schau stellt.
Helmut Maria Wildermuth zitiert: im gegenwärtigen spätkapitalistischen Herrschaftssystem mischen sich die primär repressiven und die primär manipulativen Komponenten der Sexualität in einer für die gesamte Epoche charakteristischen Weise. Zur Durchsetzung der sexuellen Anpassung wird auf eine ganze Skala von Manipulations- und Anpassungsmethoden zurückgegriffen, von denen einige aus historisch bereits zurückliegenden Epochen stammen. Diese Methoden sind zu untersuchen, wobei der Ausdruck Methode das Geschehen insofern nur unvollkommen faßt, als er ein handelndes Subjekt unterstellt, das es als solches nicht gibt; und insofern ist Methode der machtlose Begriff zur Bezeichnung der mächtigen gesellschaftlichen Tendenz.
Andie Wildermuth: Man darf annehmen, daß große Veränderungen im Spiegel der weiblichen oder männlichen Sexualhormone die Sexualität Erwachsener beeinflussen, daß aber geringe Veränderungen im allgemeinen keinen Einfluß haben. Wir sind eher psychologische als endokrinologische Wesen.
D'Alembert wiederholt: Im Gemälde schließen Abbildungen von erotischem oder politischem Charakter, die innerhalb eines Spielrahmens miteinander oder mit abstrakten Elementen kombiniert sind, meditative Erfahrung nicht aus, ziehen sie vielmehr an.
Helmut Maria Wildermuth ausweichend: Der Traum ist ein Angsttraum. Sein Inhalt ist schreckhaft. Angst wird vom Träumer im Schlaf verspürt, und schmerzliche Empfindungen bleiben nach ihm übrig. Traumdeutung aber mahnt,

doch ja nicht in den Irrtum zu verfallen, die Angst, die man in einem Traum empfindet, von dem Inhalt des Traumes abzuleiten, den Trauminhalt doch nicht so zu behandeln wie einen Vorstellungsinhalt des wachen Lebens. Sie macht darauf aufmerksam, wie oft wir die gräßlichsten Dinge träumen, ohne daß eine Spur von Angst dabei verspürt wird. Vielmehr sei der wahre Sachverhalt ein ganz anderer, der nicht leicht zu erraten, aber sicher zu beweisen sei. Die Angst des Angsttraumes entspreche einem sexuellen Affekt, einer libidinösen Empfindung, wie überhaupt jede nervöse Angst aus der Libido hervorgegangen. Bei der Deutung des Traums müsse man also die Angst durch sexuelle Erregtheit ersetzen.

Dr. Johnson fragt noch einmal, ob die wirksamsten Erotika in der ersten Hälfte des 20. Jahrhunderts sich nicht eines exotischen Nebeneinanders und einer trügerischen Konventionalität bedient hätten, gestützt auf allgemeine Übereinkunft mehr als auf realistische Reproduktion. Max Ernst und Balthus zum Beispiel fanden es kaum nötig, ihre erotischen Phantasien anatomisch auszuzeichnen. Habe bloße Reproduktion von Genitalien, Brüsten, Hintern, sadomasochistischem Zubehör, neuen Positionen usw. nicht weit weniger erotische oder selbst pornographische Wirksamkeit?

D'Alembert lächelnd: Überall immer und überall je und je morgens mittags und abends sogar im Büro ein dies dies ist ein.

Andie Wildermuth wiederholt: Wenn der Speicher des menschlichen Gehirns aufgeschlossen werden könnte, würde vermutlich ein großer Vorrat an sexuellen Vorstellungen gefunden werden, variierend von solchen offen primärer Geschlechtsmerkmale, von Geschlechtsakten, solchen sekundärer Geschlechtsmerkmale bis zu den verschlüsseltesten Ersatzvorstellungen. Man könnte eine Typologie herstellen zwischen den beiden Endpunkten mit gleitender Skala. Kennzeichnend wäre eine unvergleichlich starke Rücklaufquote zum Pol der unverhüllten Vorstellung hin, während Symbolvorstellungen immerzu nach außen abfließen. So gesehen müßte man die sexuellen Vorstellungen für die weitaus am stärksten selbstreproduktiven Vorstellungen im menschlichen Gehirn halten. Ist eine Auflösung dieser Selbstreproduktion möglich? Die Außenprojektion nimmt ja mit zunehmender Geschwindigkeit zu. Was bewirkt sie? Abbau, Ausgleich, Obsession, Fixierung?

Ottilie Wildermuth sieht wie Dr. Johnson und ihr Bruder Andie die Schwierigkeit bei der Darstellung von sexuellen Gewohnheiten darin, daß man sie, von der konventionellen Vorstellungsweise her, nicht auf eine Ebene bringen kann mit der Beschreibung des Normalen. Der Begriff des Normalen sei gebildet worden unter Ausschluß von sexuellen Gewohnheiten.

Eduard: was fange ich aber mit der literarischen Beschreibung von sexuellen Gewohnheiten an, wenn die Beschreiber den Ehrgeiz haben, immer alle Varianten zugleich zu beschreiben? Wenn alle immer dazu aufgefordert werden, alles zu tun?

Frau d'Alembert fragt, ob nicht viele junge Männer und Mädchen, die sich von der traditionellen Liebesideologie befreien wollen, meinen, das Ziel des Sexualaktes sei nicht eine Verbindung oder Beziehung, sondern einfach physische Entladung, und es spiele daher garkeine Rolle, mit wem oder auf welche Weise man die therapeutische Klimax zu erreichen suche, solange diese vollkommen sei und häufig wiederholt werde.

Bertolt Wildermuth fragt wie seine Schwester Ottilie und Frau d'Alembert, ob Lustbefriedigung tatsächlich nur unter geschichtlichen Bedingungen gesehen werden könne, wozu dann auch ihr Reflex in der Musik der Rolling Stones, der Fugs, der Mothers of Invention, der Canned Heat, der Sly and the Family Stone oder selbst von Jerry Lee Lewis oder Leonard Cohen gehöre. Bedeute Sexrevolution nicht zugleich Destruktion der gegebenen geschichtlichen, das heißt gesellschaftlichen Bedingungen? Und was dann? Alle befriedigt, aber nichts funktioniert?

 Ottilie Wildermuth: wenn man genießen will, so pflegt man es sich so bequem wie möglich zu machen. Beim Koitus liegt man normalerweise heutzutage genauso bequem, wie unsere Vorfahren es taten.
Frau d'Alembert: Das Wort Unzucht, ein Ausdruck des Abscheus oder des Mißfallens, bezeichnet nach feststehendem allgemeingültigem Sprachgebrauch die Befriedigung des Geschlechtstriebes, und zwar eine jegliche Art seiner Befriedigung, die eheliche insofern eingeschlossen, als sie unerachtet der ihr nicht abzusprechenden rechtlichen und sittlichen Legalität der Aberkennung einer Gerechtsame unterliegt.
Die Schildkröte zitiert noch einmal, was Wilhelm Reich 1932 veröffentlicht hat.
Helmut Maria Wildermuth lächelnd: Lady came from Baltimore she never saw my face.
Dr. Johnson wiederholt: die bürgerliche Gesellschaft ist nur an der monogamen Dauerehe interessiert, und zwar ökonomisch. Sie kann auf die Geschlechtsinteressen keine Rücksicht nehmen. Schon mit der Muttermilch hat das Mädchen die Forderung der kapitalistischen Gesellschaft in sich aufgesogen, daß man nur mit einem Mann geschlechtlich verkehren darf. Die von Besitzinteressen durchtränkte Sexualmoral hat es zur Selbstverständlichkeit gemacht, daß der Mann die Frau besitzt, die Frau hingegen sich dem Manne hingibt.
Helmut Maria Wildermuth: Überall immer und überall je und je morgens mittags und abends sogar im Büro ein dies dies ist ein.
Dr. Johnson wiederholt, daß man annehmen dürfe, daß große Veränderungen im Spiegel der weiblichen oder männlichen Sexualhormone die Sexualität Erwachsener beeinflußten, daß aber geringe Veränderungen im allgemeinen keinen Effekt haben. Wir seien eher psychologische als endokrinologische Wesen.
Eduard zitiert Andie Wildermuths Freud-Zitat: Durch die beiden Züge: die Abweisung des Anspruchs der Realität und die Durchsetzung des Lustprinzips nähert sich der

Humor den regressiven und reaktionären Prozessen, die uns
in der Pathologie so ausgiebig beschäftigen. Mit einer Abwehr der Leidensmöglichkeit nimmt er einen Platz ein in der großen Reihe jener Methoden, die das menschliche Seelenleben ausgebildet hat, um sich dem Zwang des Leidens zu entziehen, einer Reihe, die mit der Neurose anhebt, im Wahnsinn gipfelt, und in die der Rausch, die Selbstversenkung, die Ekstase einbezogen sind.

Ottilie Wildermuth: Angenommen, man könnte sagen, die verschiedenen Sinnesorgane hätten verschiedene Grade der Kultivation, der Einengung durch Gewöhnung und soziale Bedingungen. Geschmack und Gefühl wären dann archaischer, weniger vergesellschaftet als Gehör und Gesicht. Das hieße, die Zunge könnte tun, wovor das Auge zurückschreckt, weil es stärker dem Tabu gehorcht. Andererseits wäre die Reizquote, das heißt Lust größer, wenn das Auge sich über das Tabu hinwegsetzt. Lecken wäre für sich leichter als ansehn oder gar beides zusammen.

Bertolt Wildermuth wiederholt: Das Wort Unzucht, ein Ausdruck des Abscheus oder des Mißfallens, bezeichnet nach feststehendem allgemeingültigem Sprachgebrauch die Befriedigung des Geschlechtstriebes, und zwar eine jegliche Art seiner Befriedigung, die eheliche insofern eingeschlossen, als sie unerachtet der ihr nicht abzusprechenden rechtlichen und sittlichen Legalität der Aberkennung einer Gerechtsame unterliegt.

Ottilie Wildermuth: Lady came from Baltimore she never saw my face.

Zwischengespräch
zwischen d'Alembert und Andie
auf dem Balkon geflüstert

Kann ja nicht angehn.

Ich möchte eine Wallfahrt machen dorthin, wo meine Seele und das Kind meiner Seele begraben liegen.

Kann ja nicht angehn.

Ein Gesicht starrt mich unverwandt an.

Kann ja nicht angehn.

Bin ich denn vollständig verrückt geworden?

Kann ja nicht angehn.

Du hast gesagt, ich wäre eine fruchtbare Episode für dich gewesen.

Kann ja nicht angehn.

Es waren viele Möven da. Und es wehte ein kräftiger Wind. Manchmal schien die Sonne.

Kann ja nicht angehn.

Etwas darzustellen als jung und unberührt. Unentweiht. Ohne von irgendwelchen Flecken und Schlacken sich reinigen zu müssen. Zu Licht und Herrlichkeit erwacht. Die Idee der Reinheit.

Kann ja nicht angehn.

Soll ich denn schon der Teufel sein, so laß es mich auch ganz sein.

Kann ja nicht angehn.

 Es waren viele Möven da. Und es wehte ein kräftiger Wind. Manchmal schien die Sonne.

Kann ja nicht angehn.

Wollte ich dir denn nicht alle Herrlichkeit dieser Welt zeigen.

Kann ja nicht angehn.

War ich eine Art Notbehelf für dich?

Kann ja nicht angehn.

Etwas darzustellen als jung und unberührt. Unentweiht. Ohne von irgendwelchen Flecken und Schlacken sich reinigen zu müssen. Zu Licht und Herrlichkeit erwacht. Die Idee der Reinheit.

Kann ja nicht angehn.

Hast du nicht Lust wie in alten Tagen mit mir zu verreisen. Wie aufzuschließen all das, was in mir nun ins Schloß gefallen.

Kann ja nicht angehn.

Gespräch nach dem Muster von Notizbuchaufzeichnungen

Sie stehen in den Ecken und reden sich an.
Andie Wildermuth: die Frage, wie etwas einschlägt, ist nicht beiläufig. Alle Produkte haben eine Richtung auf die größte Zahl zu. Das ist nicht Sozialismus, sondern Ausgleich. Nur in der progressiven Wirksamkeit des Ausgleichs finden die Tendenzen, die heute die Produktion bestimmen, ihren Anhalt. Diesen progressiven Ausgleich kann man als die stärkste Kraft überhaupt bezeichnen. Im Detail ist zu fragen, in welchen Teilen was einschlägt; worin das am meisten Einschlagende seine Kennzeichen hat; wie das Einschlagen gelenkt wird (ob es als es selbst manipulierbar ist oder nur auf dem Weg und was die Abgrenzung von Manipulierbarkeit überhaupt ist, ob Manipulierbarkeit nicht nur ein Vorurteil ist); ob es darauf ankommt, den Weg vom Ursprung zu allen so kurz wie möglich zu machen, die Zeitdauer so kurz wie möglich.
Sie sitzen einander gegenüber und entgegnen einander und reden darüber, ob die Tendenz, Realität zu verdoppeln (zu multiplizieren) bezeichnend ist für die Kunst des 20. Jahrhunderts (im Gegensatz zur symbolischen Darstellung, die auf Ideen bezogen ist) und ob, wenn das so ist, ihr Gesetz heißt: Reproduktion und Kombinatorik der Reproduktion. Diese Tendenz sichtbar zu machen an den neuen Medien. Charakteristikum der neuen Medien darin zu sehen, daß sie ihre Reproduktionstendenz unvermittelter durchführen
die Schildkröte: aha
als die traditionellen Medien. Diese größere Angemessenheit an die zugrundeliegende Tendenz bedeutet, daß der Teilnehmer leichter in die Verdoppelung (Multiplikation) eingeht. Wie geschieht das? Spielen soziologische Muster, Progressionen, Moden, kollektiv-psychologische Mechanismen eine Rolle? Die Medien sind auf Erfolg eingestellt, auf größtmögliche Teilnehmerzahlen, auch größtmöglichen Profit usw., das aber wird erreicht, wenn das Eingehn erleichtert wird. Die größtmögliche Zahl wandert so etwa vom Buch zum Film, vom Film zum Fernsehn. Die Hinwendung zum leichteren Medium ist dabei offenbar nicht um-

kehrbar. Man muß damit rechnen. Wer Erkenntnis in der Form von Kunst gewinnen und mitteilen will, muß von dieser Basis aus neu reflektieren. Was in Kauf zu nehmen ist. Was trotzdem geht.

Dr. Johnson verbreitet sich über die Grenze, die der sogenannte innere Monolog bezeichnet. Der Unterschied, so sagt er, besteht darin, ob man im Dienst einer Erzählkonstruktion die Motivation, die diese Konstruktion zusammenhält, immer weiter differenzieren

Helmut Maria Wildermuth: warum nicht

will oder ob es darauf ankommt zu rekonstruieren, wie der Mechanismus des menschlichen Denkvorgangs tatsächlich funktioniert.Im einen Fall wird vorausgesetzt, daß Literatur ein entscheidendes Kriterium hat im formalen Aufbau und in der formalen Geschlossenheit einer Erzählkonstruktion, eines durchschaubaren und auflösbaren Zusammenhangs, von dessen Bestimmbarkeit jedes Detail abhängt (dem die Plausibilität der Charaktere und Ereignisse wie die Anschaulichkeit der Beschreibung als das Komplement dient, das die Konstruktion mit Fleisch bedeckt, das allerdings ohne diese Konstruktion in sich zusammenfällt). Solange man diese Voraussetzung einhält, kann man zwar bis an die Grenze gehen, an der man tatsächlich Denkmechanismen miteinbezieht, aber dadurch, daß man die Voraussetzung der Erzählkonstruktion nicht

Andie Wildermuth: achso

überspringen kann, bleibt eine solche Rekonstruktion des Denkmechanismus (seiner sprachlichen Rekonstruktion) in Abhängigkeit von etwas, dem sie widerspricht. Die Einsicht in die Grenze besteht darin, daß man diesen Widerspruch erfährt. Die unabhängige Rekonstruktion des Denkmechanismus läßt kein vorgegebenes

Helmut Maria Wildermuth räuspert sich

Schema zu. Was an schematischen Abkürzungen, statistischen Häufungen, Kulminationen, Streckungen, Wiederholungen usw. möglich ist, ergibt sich erst aus der versuchten Rekonstruktion. Denn diese ist gegenüber der früheren Erzählkonstruktion die neue Erfindung. Sie geht parallel der wissenschaftlichen Registratur und Systematik. Sie hat jedoch nicht zum Ziel Tabellen, Komputer, Benutzbarkeit, Übersetzbarkeit in Praxis usw., sondern Sprache: eine neue Organisation von Sprache.

Sie reden über alles mögliche und auch darüber, daß das, was die Mitglieder einer geschlossenen Kultur als diese Kultur haben, absolute Kenntnis ihrer einmaligen Welt ist und Einordnung dieser Kenntnis in einen geschlossenen und in sich zurücklaufenden Kreis von Regeln. Dem aber, dem die ganze Erde bewohnbar geworden ist, scheint das einfach in eine Vielzahl von Möglichkeiten zu zerfallen, von denen er keine mehr voll ausnutzen kann. Merkwürdig, daß wir uns punktuell immer wieder bemühen, solche Kenntnis, die geschlossene Kulturen haben, aufzuarbeiten, oft innerhalb

die Schildkröte: nunja

kurzer Zeit, zum Beispiel im Urlaub. Und zwar mit einer Vielzahl von Hilfsmitteln, aber nie als etwas Einzuübendes, sondern als bloß Angelerntes. Unsere Kultur, wenn man das so sagen kann, besteht aus einer Vielzahl von solch punktuell Angelerntem. Es scheint dabei alles auf einen Mittelwert der Aufnahme und Verwendung ausgerichtet. Wissenschaft wird immer mehr aus ihrer Exklusivität heraus gegen diesen Mittelwert hin gebeugt. Bildung kommt dem entgegen. Was wir haben und was allenfalls als das angesehen werden kann, was dem geschlossenen Kreis von Regeln in einer geschlossenen Kultur entspricht, ist eine Art kombinatorischer Bildung beziehungsweise eine unbeschränkte Kombinationsfähigkeit als Bildung (anstelle von Bildung). Positiv zu werten ist alles, was den Absolutheitsanspruch der Kombinationsfähigkeit fördert und deren Eingrenzung und Unterdrückung abwehrt. Deshalb sind alle Einsprüche von theologischer, ideologischer oder politischer

Dr. Johnson: warum nicht

Seite falsch. Die Empfindlichkeit des kommunistischen Dogmas in diesem Punkt spricht gegen dies Dogma. Frage der Freizeit dabei. Kombinatorik eine Sache der Arbeitsver-

 hältnisse oder der Freizeit. Aufhebung des Gegensatzes im Absolutheitsanspruch der Kombinationsfähigkeit. Was bedeutet dann Arbeit? Usw.
Sie sitzen herum und halten Rundgespräche unter anderem darüber, ob man den Zusammenhalt einer gegebenen historischen Situation, vergangen oder aktuell (das Repertoire der jeweiligen Möglichkeiten), auffassen kann im Sinne eines Regelkreises. Wenn man das täte, wäre das Bezeichnende gerade eines solchen Kreises von Voraussetzungen, daß er nicht geschlossen gedacht werden könnte, sondern in sich eine Indifferenzkomponente hat, die es aufzufüllen gilt. In dieser Auffüllung trifft der Entschluß, der aus der Situation heraus getroffen wird, eine Entscheidung. Zum Entschluß führen nicht Überlegung und Abwägung im gewohnten Sinne, er muß ad hoc getroffen werden. Ad hoc wäre Definition des Entschlusses. Der Entschließende entschließt sich nach Grad und Differenzierung seines Kontakts mit der Situation, das heißt, dem Ansichtigwerden dessen, was als Indifferenzkomponente innerhalb der Voraussetzungen aufzufüllen ist. Dies wäre zu üben.
Sie unterhalten sich darüber, was, unter anderem, Katastrophen bewirken. Worin zum Beispiel die Gegenbewegungen der Jugend, Provos Gammler Hippies Studenten usw. eindeutig definierbar sind. Entformalisierung? Ist das, was in jedem Fall wirksam wird
d'Alembert räuspert sich
einfach ein Abschütteln konventioneller Reglements? In dieser Entformalisierung die Tendenz selbst zu sehn? Kein positives Ziel der Gegenbewegungen. Die Neue Gesellschaft nur ein Fetisch. Nicht Idee, sondern Solidarität im Leerraum der Unsolidarität. Auch nicht Nonkonformismus. Nicht Absentieren. Entformalisierung führt nicht zu positiver Idee. Wie nach einer Schlafpause in den Tagesschematismus springt der Entformalisierte nach einer Weile wieder in die Konvention ein, oft in besonders starre Restaurationsformen. Nichts als sich los machen vom Zwang, es recht machen zu müssen. Nicht unrecht tun: nur nicht: recht tun.

Es einfach nur los sein wollen. Nicht: sich natürlich verhalten wollen (es fehlt eine eindeutige Vorstellung von Natürlichkeit). Nicht: die Regeln konkret ablehnen (es bleibt immer die Vorstellung, daß Regeln für das Zusammenleben nötig sind). Kein contrat social. Einfach nur: nicht mehr täglich waschen rasieren Essensgewohnheiten einhalten

Frau d'Alembert: aha

weißes Hemd anziehn Bürostunden einhalten sich anständig benehmen usw. Keine Unfreundlichkeit. Einfach nicht mehr mitmachen. Ausfallerscheinung. Materialermüdung. Sie kommen auf Überlegungen zurück, die einige von ihnen beim Redigieren von Manuskripten angestellt haben: daß Denken vielleicht nur eine besonders eng und besonders stark rückbezogene Art der Wortverbindung darstellt. Von Denken spricht man, wenn in einem Wortverband der größtmögliche Grad der Determination der Einzelwörter durch einander, zueinander und im Verband, formal und bedeutungsmäßig erreicht wird. Literatur wäre dagegen überwiegend formal determiniert. Ein besonderes Gewicht läge dabei auf der Determiniertheit des Teils durch den Verband. Die ideelle Determination der Sprache im literarischen Gebrauch setzt etwas voraus, was durch den Zusammenhang des jeweiligen Wortverbandes (des Werks) erst erschlossen werden muß. Dies Element der Offenheit, der Indetermination in der strikten formalen Determination macht den Glanz der Literatur.

Andie Wildermuth rekapituliert noch einmal die Frage, ob man den gegebenen Zusammenhalt einer gegebenen historischen Situation

Ottilie Wildermuth: warum nicht.

vergangen oder aktuell (das Repertoire der jeweiligen Möglichkeiten), auffassen kann im Sinne eines Regelkreises. Wenn man das täte, wäre das Bezeichnende gerade eines solchen Kreises von Voraussetzungen, daß er nicht geschlossen gedacht werden könnte, sondern in sich eine Indifferenzkomponente hat, die es aufzufüllen

d'Alembert räuspert sich

 gilt. In dieser Auffüllung trifft der Entschluß, der aus der Situation heraus getroffen wird, eine Entscheidung. Zum Entschluß führen nicht Überlegung und Abwägung im gewohnten Sinne, er muß ad hoc getroffen werden. Ad hoc wäre Definition des Entschlusses. Der Entschließende entschließt sich nach Grad und Differenzierung seines Kontakts mit der Situation, das heißt, dem Ansichtigwerden dessen, was als Indifferenzkomponente innerhalb der Voraussetzungen aufzufüllen ist. Dies wäre zu üben.
Sie sitzen hier und da und reden hin und her und auch darüber, daß die Kritik am Positivismus nur da trifft, wo der Positivismus sich als optimistischer Reduktionsglaube erweist. Wenn aber aus der kritischen Analyse des positivistischen Verfahrens ein Schluß gezogen werden kann, dann nicht der: er mag recht haben,
Bertolt Wildermuth: warum nicht
aber das besagt nichts zur Situation; der Schluß sollte vielmehr lauten, daß man nur mit der antimetaphysischen Skepsis des Positivismus im Rücken weiterdenken kann. Wenn gefolgert wird, wie es bei Herbert Marcuse geschieht, daß die Analyse eines allgemeinen Begriffs wie Freiheit, Glaube, Schönheit, Subjekt usw. durch den Positivismus in der Destruktion die Definierbarkeit des Begriffs auslöst, so spricht das nicht gegen das analytische Destruktionsverfahren. Was definiert werden soll, ist die Sache und die Situation. Die allgemeinen Begriffe aber haben in der gegenwärtigen Situation ihre Schwierigkeit darin, daß sie keine Sache mehr bezeichnen. Wenn man den Begriff der Freiheit oder der Schönheit analysiert, analysiert man nicht eine Sache Freiheit oder Schönheit, sondern einen Namen für eine Sache, von dem man im Grunde nicht genau mehr weiß, ob man mit diesem Namen, mit diesem Definitions- und Assoziationskonglomerat (denn das sind sie geworden), noch eine definierbare Sache trifft. Schon wenn man unterscheidet zwischen Freiheit wovon und Freiheit wozu, hat man eine prinzipielle Skepsis dem Begriff
Eduard räuspert sich

gegenüber eingeschlossen. Die Analyse der allgemeinen Begriffe sollte vielmehr die Relikte freilegen, die in ihnen aufbewahrt werden. Die Richtung der Analyse hätte dann immer die Richtung, theologische Vorurteile zu entlarven. Das theologische Vorurteil wäre auf ein gesellschaftliches Vorurteil zurückzuführen. Das gesellschaftliche Vorurteil, das Begriffe wie Liebe oder Schönheit determiniert, sollte aufgelöst werden in die überschaubare historische Situation. Die historische Situation, ja Geschichte überhaupt, bekäme einen neuen Aspekt, würde neu erfahrbar in der Auflösung solcher im Begriff aufbewahrter Vorurteile. Das erst gäbe eine Basis ab für den Entwurf, für die Bereitstellung der Entscheidung, die Erfindung der Alternative.

Sie reden über alles mögliche und Ottilie Wildermuth fährt etwa folgendermaßen fort: Wenn die Kritik am Zustand des allgemeinen Ausgleichs, der Vorausanerkennung von Gegenpositionen, der Vereinheitlichung im Zeichen der vorangetriebenen Massenproduktion stimmt, so wäre doch zu fragen, ob nicht gerade diese Kritik das Miteingeplante ist. Ist sie die Alternative? Sie ist sie nicht, da sie in Wahrheit eine Alternative nur in der Negation des Kritisierten öffnet. Negation als Alternative bedeutet Anerkennung. Der positive Entwurf müßte die Alternative bereitstellen. Dieser aber läßt sich eher gewinnen aus der methodischen Destruktion

die Schildkröte räuspert sich

als aus der Ideologie- oder Gesellschaftskritik; diese sollte vielmehr selber zuerst der analytischen Destruktion unterworfen und in eine Beschreibung der Sache aufgelöst werden, die historisch vorurteilend darin steckt.

Eduard: Die Kritik am herrschenden gesellschaftlichen Zustand trifft das Erscheinungsbild und die Funktionen, in denen es sich bildet. Antikapitalismus: nun gut. Aber trifft die Kritik am kapitalistischen Wirtschafts- und Gesellschaftssystem noch die treibenden Motive, die das Erscheinungsbild hervorbringen? Läßt sich, zwar nicht Totalitarismuskritik, wohl aber Wirtschafts- und Gesellschaftskritik auch üben am sozialistischen Lager? Ist die Abwehr solcher Kritik bereits Symptom der erreichten sozialistischen Gesellschaft? Der eindimensionale Mensch Herbert Marcuses zum Beispiel ist, so wie er beschrieben wird, merkwürdigerweise nur zu einem Teil als Produkt des historischen Gesamtprozesses zu erkennen, ebenso und entscheidend ist er ein Produkt der speziellen Sozialisierungsfortschritte. Zu fragen wäre, wie

Helmut Maria Wildermuth: warum nicht

weit die Durchführung aller Sozialreformen bis heute zu dem Erscheinungsbild beigetragen haben, das Marcuse im Bild des eindimensionalen Menschen zu beschreiben versucht. Träger des vollkommenen Ausgleichs, der totalen Produktion und der Doktrin vom labilen Rüstungsgleichgewicht sind nicht Reaktionäre oder Klassenrelikte aus Feudalismus und Großbürgertum, sondern restaurativ gesonnene Produkte der sozialreformierten Gesellschaft. Die Realisierung aller Programmpunkte der Sozialreformen hat nicht die neue Gesellschaft gebracht. Auch nicht die Auflösung des Kapitalismus in das Funktionsmonopol. Sondern die, die wir heute haben. Überall. Sind deren Leitbilder nicht eher nachahmende Imitationen anstelle von utopischen Entwürfen? Überall Züge der doppelt überlagerten Nachahmung: Nachahmung des Feudalismus durch die

Andie Wildermuth räuspert sich

Bourgeoisie und Nachahmung der Nachahmung vermischt mit Nachahmung noch weiter zurückliegender Vorbilder durch irritierte nachbürgerliche Restaurative. Auf diese Überlagerungen das gegenwärtige Erscheinungsbild zu durchschauen. Die Kritik an diesem selber legt die Motive nicht bloß, solange nicht die Rückstände isoliert und destruiert werden, die darin weiterhin nachwirken. Wenn die Kritik zum Beispiel beklagt, daß der Begriff seine aufschließende Fähigkeit verloren habe und in technologischer Verdinglichung erstarrt sei, so liegt das ja nicht zuletzt daran, daß der Begriff als Produkt der abendländischen Philosophie, wie sehr er auch dem Kampf gegen das theologische Vorurteil gedient hat, doch in sich unlösbar ein theologi-

sches Relikt enthält; dessen Denaturierung ins Technologische aber ein Zeichen
Helmut Maria Wildermuth: warum nicht
folgerichtiger Entwicklung. Erst in dieser Reduktion und in einer neu zu gewinnenden topologischen Feldbezüglichkeit wäre er zu beleben. Erst dann wäre seine Relation zu den Sachen zu prüfen, die zur Diskussion stehen. Erst dann ließe sich sagen was los ist. Nicht in negativer Dialektik.
Die Schildkröte: aha.
So sitzen sie herum und halten Rundgespräche und eines davon kreist noch einmal um die Frage, was unter anderem, Katastrophen bewirken und worin zum Beispiel die Gegenbewegungen der Jugend, Provos Gammler Hippies Studenten usw. eindeutig definierbar seien. Entformalisierung? Ist das, was in jedem Fall wirksam wird, einfach ein Abschütteln konventioneller Reglements? In dieser Entformalisierung die Tendenz selber zu sehen? Kein positives Ziel der Gegenbewegungen. Die Neue Gesellschaft nur ein Fetisch. Nicht Idee, sondern Solidarität im Leerraum der Unsolidarität. Auch nicht Nonkonformismus. Nicht absentieren. Entformalisierung führt nicht zu positiver Idee. Wie nach einer Schlafpause in den Tagesschematismus springt der Entformalisierte nach einer Weile wieder in die Konvention ein, oft in besonders starre Restaurationsformen. Nichts als sich los machen vom Zwang, es recht machen zu müssen. Nicht unrecht tun: nur nicht: recht tun. Es einfach los sein wollen. Nicht: sich natürlich verhalten wollen (es fehlt eine eindeutige Vorstellung von Natürlichkeit). Nicht:
Dr. Johnson räuspert sich
die Regeln konkret ablehnen (es bleibt immer die Überzeugung, daß Regeln für das Zusammenleben nötig sind). Kein contrat social. Einfach nur: nicht mehr täglich waschen rasieren Essensgewohnheiten einhalten sich anständig benehmen usw. Keine Unfreundlichkeit. Ausfallerscheinung. Materialermüdung.
D'Alembert: Einsicht in Prag. Daß bestimmte typologische Ergebnisse abgestorbener Gesellschaftsformen plötzlich wie-

 der für bestimmte Aufgaben einer neuen Gesellschaftsorganisation prädestiniert erscheinen, andere dagegen nicht. Verzahnung zwischen den Gesellschaftsordnungen durch den für bestimmte Aufgaben ausgeprägten oder gegen bestimmte Aufgaben ausgeprägten Typus. Radikale Bohème als Kettenglied zwischen Bürgertum und Kommunismus. Der kleinbürgerliche Untertan als Träger des Faschismus. Wo Funktionäre typologisch herkommen und wo sie die Funktionen übernehmen. Keine Gestaltvorstellung im Sinne von Spenglers Clerk oder Jüngers Arbeiter, sondern konkrete soziologisch-psychologische Bestimmung.
Nach dem Drumherumgerede ergreifen sie das Wort und verbreiten sich etwa auf folgende Weise: Wenn Literatur und Kunst vom Markt aufgesogen und gesteuert werden, so nicht aufgrund von Qualität, sondern aufgrund von Verkäuflichkeit. Der Kritiker aber ist dazu da, die Nichtidentität zwischen Qualität und Verkäuflichkeit
Ottilie Wildermuth: nun ja
immer neu und möglichst scharf hervorzuheben. Er tut das, indem er Verkäuflichkeit wie Qualität nach Gesichtspunkten beurteilt, die aus der historisch aktuellen Gesamtsituation bezogen sind. Seine Urteile können in soziologischer, marxistischer, phänomenologischer, psychoanalytischer, informationstheoretischer, ästhetischer usw. Terminologie formuliert sein. Aufgabe des Kritikers ist es, diese in verschiedenartiger Terminologie formulierten Feststellungen untereinander auf das zu beurteilende Werk, den zu beurteilenden Künstler, die zu beurteilende Tendenz hin in Deckung zu halten. Er sollte plausibel machen, daß das zu Dekkung Gebrachte in dem terminologisch verschieden Formulierten die Sache trifft und den historisch aktuellen Punkt anzeigt.
Sie nehmen das Gespräch wieder auf, das fallengelassen worden war und kommen dann etwa auf folgende Überlegungen: Der springende Punkt: einen Gegenstand in herkömmlicher Weise unter ästhetischen Gesichtspunkten
d'Alembert: warum nicht

betrachten heißt: an ihn bestimmte Maßstäbe anlegen, Maßstäbe der Form, des Gehalts, der Idee. Einen beliebigen Gegenstand zum Kunstwerk erklären heißt aber: die ästhetischen Maßstäbe erst aus ihm selber ableiten (Maßstäbe nicht eines Formkanons, eines Gehalts, eines ideellen Bezugs), Maßstäbe der Materialität dieses Gegenstandes. Die Forderung nach Rücksicht auf das Publikum ist dabei nicht Rücksichtnahme auf Jedermann. Vielmehr ein Relikt feudalistischer Verhaltensweise. Die Ansprache an einen konkret gemeinten Leser Hörer Betrachter Konsumenten ist eindeutig und direkt nur in einer feudalistischen Gesellschaft: alle Kunst ist auf den Herrscher und die Hierarchie seines Hofes gerichtet. Die Ausrichtung auf eine Klasse in der bürgerlichen Gesellschaft meint nicht konkrete Personen, sondern eine gedachte Gruppe, abgegrenzt in ihrem geforderten und vorgestellten Gruppen- beziehungsweise Klassenverhalten. Klassenlose Kunst würde uneingeschränkte Streuung bedeuten. Jeder ist potentieller Konsument. Klassenlose Kunst würde durch diese Streuung definiert sein. Das Verständnis der potentiell Angesprochenen
Frau d'Alembert: nunja
würde sich daraus ergeben, nicht aus dem Grad ihrer Gewöhnung oder ihrer intellektuellen Einsicht, noch weniger aus einem propagierten Nutzeffekt. Die Forderung nach Rücksicht auf ein bestimmtes Publikum bedeutet Restauration auf einer Ebene mittlerer Egalität der Bildung und der Intelligenz, auf der jeder aufnehmen und urteilen können soll wie ein nachgemachter Feudalherrscher xter Ableitung. Zu erkennen, daß der sogenannte einfache oder auch Mann von der Straße der oberste Fetisch der Restaurateure ist. Ottilie Wildermuth räuspert sich.

Wer ein Bild macht, komponiert, schreibt, unterscheidet sich dadurch, daß er außerhalb der Sache steht, sich herausbegeben hat, aus ihr abgerückt ist. Wer debattiert, wer ändern will, wer sich wehrt, wer Pläne schmiedet, bleibt mitten drin. Wer heraustritt, kann aber nur was machen, wenn er versucht, es mitzunehmen.

Sie rekapitulieren: Der springende Punkt: einen Gegenstand in herkömmlicher Weise unter ästhetischen Gesichtspunkten betrachten heißt: an ihn bestimmte Maßstäbe anlegen, Maßstäbe der Form, des Gehalts, der Idee. Einen beliebigen Gegenstand zum Kunstwerk erklären heißt aber: die ästhetischen Maßstäbe erst aus ihm selber ableiten (Maßstäbe nicht eines Formkanons, eines Gehalts, eines ideellen Bezugs), Maßstäbe der Materialität dieses Gegenstandes.

Sie stehen in den Ecken und reden sich an. Dr. Johnson zitiert den Professor Emil Staiger: Wenn man anfängt, nur das Ungewöhnliche, Einzigartige, Interessante als solches zu bewundern, führt

d'Alembert: achso

der Weg unweigerlich über das Aparte, Preziöse zum Bizarren, Grotesken und weiter zum Verbrecherischen, das nicht als Widerspiel in unserer Einbildungskraft ein wohlgeratenes höheres Dasein evoziert, das vielmehr um seiner eigenen Reize willen gekostet werden soll und meistens auch gekostet wird. Vermutlich ist vielen

Bertolt Wildermuth: warum nicht

nicht wohl dabei. Der Bürger applaudiert dem politischen Terror, die Dame der guten Gesellschaft sexuellen Exzessen, deren bloße Erwähnung sie sich in ihrem eigenen Hause verbitten würde.

Sie sitzen herum und reden drumherum und Frau d'Alembert zitiert aus einem Artikel von Joachim Kaiser, in dem es heißt: Einem Streichquartett des späten Beethoven, das sich neben Rossini und Diabelli auf dem freien Markt behaupten mußte, aber dennoch nicht nur, ja sogar fast überhaupt nicht, ist wahrscheinlich überhaupt nichts Faßbares, nichts Politisch-Wirkendes über den Zwiespalt zwischen Einzelnem und Allgemeinem zu entnehmen, selbst wenn es vielleicht etwas über ihn verlauten läßt.

Frau d'Alembert fügt hinzu: Beethovens Musik ist Kunst für eine Klasse. Er lenkt sie nicht ab, er bestätigt sie in dem, was sie praktisch und politisch tut. Zugleich widersteht er der Klasse. Was er musikalisch zeigt, zeigt diesen Wider-

spruch. Diesen Widerspruch kann man dann auch in einer rein ästhetischen Terminologie formulieren. Was nötig ist: gegenwärtige Kunstausübung
Eduard: aha
in den Relationen der aktuellen Situation zu erkennen. Was Adorno zum Werk Schönbergs gesagt hat, betrifft eine Situation, in der nur radikalisiert ist, was auch an Beethovens Werk gezeigt werden kann. Das verfehlt bestimmte Aspekte im Werk Schönbergs.
Andie Wildermuth: Der Gesichtspunkt der Integration: wenn Schwitters einst das nach herkömmlicher ästhetischer Vorstellung nicht Integrierbare, den Abfall, zu Bildern zusammenfügte, so tat er das in kritischem Widerspruch zur gängigen Ästhetik. Die kritische Negation dieser Ästhetik wurde zum ästhetischen Maßstab. Heute neigen wir bereits wieder dahin anzunehmen, daß er gerade das tat, wogegen sein Tun gerichtet war: er integrierte das nicht Integrierbare zu ästhetischen Gebilden. Was uns heute an Schwitters Bildern auffällt und manchmal stört, ist, daß sie so schön sind. Wir meinen zu sehen, daß er dennoch das getan hat, was zu tun nicht mehr möglich war. Die Folgerung für heute müßte heißen:
die Schildkröte: aha
das nicht Integrierbare so einzusetzen, daß es nicht (nie?) integrierbar ist. Was heißt das? Ist soetwas wie Kunst nicht einfach dadurch definiert, daß sie integriert, so oder so, unter den verschiedensten Voraussetzungen? Hypothese: daß Integration das Kennzeichen nur der historisch vergangenen Kunst war. Kunst nun das, was das nicht Integrierbare offen hält. Dadurch allein vergleichbar? Was folgt daraus? Integration würde bedeutet haben, daß das Material auf etwas hin bezogen wird, das es als Ganzes (und zugleich) durchsichtig erscheinen ließ; daß es durch Organisation separiert wurde. Wäre das aufgelöst und nie wieder zu erreichen, müßte man zunächst annehmen, daß der Bezugspunkt, das Bezugsfeld weggefallen ist. Das würde heißen: unauflösbare Ambivalenz der Bezugsmöglichkeiten. Streu-

ung, Multiplikation möglicher Bezüge. Das würde eine völlig veränderte Aufnahme und Verarbeitung verlangen. Was bliebe, wäre die Separierung. Diese jedoch momentan, zufällig, ad hoc? Zufall wäre dabei ein altmodisches Wort. Die Alternative schön–häßlich wäre unverständlich und inhaltslos geworden. Wenn ich mich zum Beispiel an Holzschnitte von Ludwig Richter erinnere und diese Erinnerungsbilder deutlicher und wirksamer sind als die an reale Kindererinnerungen, so steckt darin, wie man zur Zeit sagen würde, ein spezifischer Pop-Effekt. Aber was heißt das? Nicht Heimweh nach gestern. Verwandlung des nicht mehr integrierbaren Kunsteffekts, des Kunstabfalls in Material? Separierbar. Wodurch separierbar? Psychologisch? Einsicht

Helmut Maria Wildermuth: warum nicht

in die Voraussetzungen meiner psychologischen Struktur? Nunja. Wenn man aber immer wieder Modelle der nicht integrierbaren Desintegration vorführt, müßte dann nicht unter anderem als Reaktion das Bewußtsein eines immer dichter werdenden Kontinuums erzeugt werden? Die Desintegration der alltäglichen sinnlichen Wahrnehmungsregistratur (des Bewußtseinsstroms à la Ulysses) immer schon übertroffen durch die kalkulierte Separierung immer weiter Auseinanderstrebendens? Dies zugleich immer stärker als ambivalent und multipel bezüglich erfahren? Unbegrenzt kombinierbare Strukturmodelle als Orientierungsmarken? In der durch Reaktion hervorgerufenen Verdichtung des Bewußtseinskontinuums eingeschlossen die Möglichkeit eines Wechsels in andere Kontinua?

Helmut Maria Wildermuth: Wenn der Mensch sich momentan nicht eindeutig definieren kann (etwa als animal rationale, als homo sociologicus, als Mitte zwischen Gott und Tier, als Individuum, als Solipsist usw.),

Andie Wildermuth: achso

scheint es für ihn von lebensnotwendiger Bedeutung zu sein, daß er wenigstens irgendeine vorläufige Definition formuliert. Das versuchen die sogenannten Humanwissenschaften und Teile der heutigen Philosophie. Eine Formulierung scheint jedoch nur dann möglich, wenn die Relikte früherer Definitionen destruiert oder als Vorurteil einkalkuliert worden sind. In diese vorläufig formulierte Definition ist die Übersetzung in Praxis miteingeschlossen. Sie macht den Menschen in einem Maß verfügbar, das bisher nicht bekannt war. Sie ist aber zugleich mit dem einen Satz einer anderen Formulierung zerstörbar. Einzusehen, daß die Möglichkeit der Verfügbarmachung identisch ist mit der Notwendigkeit einer nachmetaphysischen Definition vom Wesen des Menschen.

Sie stehen in den Ecken und reden sich an, und Andie Wildermuth fährt fort: Das Subjekt als immergleiche und ohne Rangunterschiede unmittelbar vergleichbare Menschlichkeit begründet sich psychologisch. Seine logisch herstellbare Einheit bleibt immer bezogen auf den angenommenen psychischen Ursprung aller emotionalen, reflektorischen und reagierenden Äußerungen. Sprache und Kunst erscheinen sinnvoll, wenn sie auf diese Subjektivität verweisen und sie als Ursprung bestätigen. Formen und Auswahlprinzipien

Helmut Maria Wildermuth räuspert sich

von Kunst und Literatur umschreiben und variieren in unermüdlicher Vielfalt (und ermüdender Einheitlichkeit) die Abstammung aus diesem Ursprung. Man nennt diese Kunst und Literatur romantisch und ihre Ausdrucksweise symbolisch. Ihre Wirkung beruht auf Verzauberung, das heißt Verweisung an den Ursprung, aus dem sie abstammen. Sätze, Verse, Farben, Kompositionsmuster, Ikonographien, Melodien usw.

die Schildkröte: nunja

die als Leitwege in diesen Ursprung aufzufassen sind, bezeichnet man als Ausdruck des Subjekts. Das alles ändert sich jedoch in dem Augenblick, in dem der Ursprung des Subjekts als Fiktion erkannt wird und dessen Einheit sich auflöst in eine Mehrzahl von wissenschaftlich-philosophisch formulierten Bedingtheiten, zum Beispiel dem Primat des materiellen Daseins vor dem Überbau aus Kultur und Bewußtsein oder der Unterscheidung zwischen Unbewußtem, Ich und Überich. Nun verfällt die Funktion dessen, was vorher als Leitweg in der Kunst sinnvoll war. Man sagt, die Kunst wird sinnblind und verlagert zunächst das Sinnbedürfnis ins Technische, das heißt in Stil, Erfindung und Methode. Eine Art Rückkoppelung zuerst auf Formalia, dann auf die Materialität des Mediums tritt ein. Kunst wird reproduktiv, rekapitulierend. Literatur

Dr. Johnson: warum nicht

die ihr Medium Sprache es selbst sein läßt und es nicht weiter für Leitwege in den Ursprung verwendet, zitiert Sprache. Zitat bedeutet das Prinzip einer solchen Literatur und Kunst. Sobald ich nicht mehr als Subjekt (als fiktive Einheit psychologischen Ursprungs) zu reden vermag (verstumme), kann ich auch nicht mehr auf Leitvorstellungen in den Ursprung hin modulieren, Medium benutzen. Ich rede nun versuchsweise zitierend. Ich zitiere Wörter, Wortverbände, Sätze, Satzverbände, Zitate, Zitatverbände, Zitate von Zitaten. Dies alles verbinde ich zu etwas Neuem. In der unbegrenzten Kombinatorik stellt sich etwas her, das nur im Risiko einer äußersten Grenze Bestand erhält. Ich muß immer wieder bis an die Grenze gehn. Das Sinnblinde wird nicht durchdrungen von ideellem Sinn, ich assimiliere mich ihm als einer neuen Erfahrung. Dabei hört die Fähigkeit der logischen Verknüpfung und der vergleichenden Registratur nicht auf. Im Gegenteil. Die materialistisch-formalistische Wissenschaft in all ihren Aufzweigungen gewinnt nun erst ihre eigentliche

Ottilie Wildermuth: nunja

Selbständigkeit. Kunst und Wissenschaft stehen einander gleichberechtigt gegenüber, zur Seite, und sind ausgerichtet auf dieselbe Perspektive. Das, woran sie arbeiten, könnte man als so etwas wie eine synthetische Authentizität bezeichnen.

Sie rekapitulieren nun noch einmal, was Helmut Maria Wildermuth gesagt hat: Wenn der Mensch sich momentan nicht eindeutig definieren kann, scheint es für ihn von

lebensnotwendiger Bedeutung zu sein, daß er wenigstens
irgendeine vorläufige Definition formuliert. Das versuchen die sogenannten Humanwissenschaften und Teile der heutigen Philosophie. Eine Formulierung scheint jedoch nur dann möglich, wenn die Relikte früherer Definitionen destruiert oder als Vorurteil einkalkuliert worden sind. In diese vorläufig formulierte Definition ist die Übersetzung in Praxis miteingeschlossen. Sie macht den Menschen in einem Maß verfügbar, das bisher nicht bekannt war. Sie ist aber zugleich mit dem einen Satz einer anderen Formulierung zerstörbar. Einzusehen, daß die Möglichkeit der Verfügbarmachung identisch ist mit der Notwendigkeit einer nachmetaphysischen Definition vom Wesen des Menschen.

Es kommt zu Randgesprächen und einige von ihnen unterhalten sich darüber, daß Mythos und Metaphysik die Erfahrbarkeit einer einheitlichen und zusammenhängenden Welt bedeuten. Daß in Mythos

d'Alembert räuspert sich

und Metaphysik für alle möglichen und erfindbaren Erscheinungen ein Platz und eine Erklärung vorhanden sein muß. Sobald aber Erscheinungen oder nur Wahrnehmungen von Erscheinungen keinen Platz oder keine Erklärung mehr finden, beginnen Mythos und Metaphysik ihre Funktion zu verlieren (wobei sie noch Jahrhunderte hindurch in restauriertem Zustand erhalten bleiben können). An ihre Stelle tritt jedoch die Erklärung durch Vergleich von Registrierbarem und dessen objektivierbare (mathematisierbare) Ableitungen. Die Wissenschaften, die das tun, bleiben dabei ihrem Prinzip nach in einem Zustand der Unabgeschlossenheit. Diese Unabgeschlossenheit (entgegengesetzt der Geschlossenheit von Mythos und Metaphysik) bedeutet zugleich ununterbrochene und unbegrenzte Korrigierbarkeit. Indem Wissenschaft sich Unerklärtem nähert, korrigiert sie sich und erklärt das Unerklärte durch Assimilation. Die Offenheit dieses Prozesses ist absolut. In der historischen Datierung dieses Prozesses zeigt sich (und wird sich in zunehmendem Maße zeigen): das Wesen der Geschichte. Da auch

Frau d'Alembert: aha

das Erinnerte zum Erklärbaren, zum wissenschaftlichen Objekt wird, reicht der Prozeß auch rückwärts in die bereits vergangene Geschichte. Alles bleibt Entwurf. Die Setzung eines Endzustandes würde nur den Rückfall in die Restauration von Mythos und Metaphysik bedeuten.

Denn, so sagen einige von ihnen: was am Boden der dialektischen Zwickmühle gefunden werden kann, ist Heimweh nach der alles erklärenden Theologie. Kierkegaard in Hegel dialektisch negativ rein vermittelt. Alles andere ist Maskerade. Oft melancholisch, manchmal nur ehrgeizig sich spreizend, viele interessante einzelne Aussichtspunkte. Immer voller Eifersucht. Heimweh nach der Geborgenheit im Schoß der säkularisierten Theologie, mit Schrammelmusik, die wie von Alban Berg klingen müßte.

Ottilie Wildermuth: warum nicht.

So stehen sie in den Ecken und reden sich an, und Frau d'Alembert sagt schließlich: Die Basis bleibt die Beobachtung. Registratur des sinnlich und mit den technischen Hilfsmitteln Wahrnehmbaren. Verkürzung des Registrierten in geeignete Zeichensysteme.

D'Alembert räuspert sich.

Sie sitzen einander gegenüber und entgegnen einander, und Ottilie Wildermuth hebt noch einmal an und sagt: Wenn Sprache nicht nur ein Kommunikations- und Ausdrucksmittel ist, sondern zugleich einen kybernetischen Effekt hat, ein überpersonales Gedächtnis darstellt, so muß man eins einsehn: daß diese Sprache ihrem Wesen nach reaktionär ist. Sie ist reaktionär, weil sie das Überlieferte festhält. Ihr reaktionäres Wesen wird uns bewußt, weil wir nicht mehr in der Lage sind, die von der Sprache überlieferte und festgehaltene Tendenz in Richtung dieser Überlieferung weiterhin abzuwandeln. Die Sprache hält fest, was nicht mehr ist, alle Inhalte, Formen und Ideen. Indem wir sprechend dieses Festgehaltene benutzen, müssen wir uns in Relation stellen

zu dem, was es noch immer sagt. Wir sprechen nicht frei,
was wir wahrnehmen, erkennen, meinen. Festgehaltenes, das nicht mehr ist, spricht immer mit. Was wir versuchen, ist im Grunde nicht: sprechen; wir probieren aus, wie man mit der Sprache zeigen kann. Man muß ins Auge fassen, daß die einzigartige, die menschlichste

Bertolt Wildermuth: warum nicht

Erfindung des Menschen ihre Mittlerstelle verliert. Daß die Möglichkeit ihrer Ablösung durch andere kombinierte Verfahren besteht. Man muß dabei einsehn, daß dieser Gedanke nur zu fassen ist in diesem Medium, das seine Stelle verliert. Man muß erkennen, welch nie wiederkehrender Augenblick für uns sich herstellt, darin, daß wir den ersten Blick werfen auf das Überlieferte als das sich Verlierende. Wir sind es, die zum erstenmal den unabmeßbaren Vorrat als Vorrat erkennen. Als benutzbaren Vorrat. Wir sind die ersten, die seine Benutzbarkeit vielleicht auszunutzen vermögen.

D'Alembert: Ein schwankendes Gerüst mit immer neu zu ziehenden Verstrebungen. Durchfallen auf die Namen selbst. Ihre erneuerte Bedeutung spannt das zweite Netz. Alles Benennbare ist bedeutend. Benennen ist die Definition des Menschen.

Sie reden über alles mögliche.

Eduard räuspert sich.

Sie sind sich darüber einig, daß man die Eitelkeit überwinden muß, mit der man das hoch Eingeschätzte in die öffentliche Anerkennung gebracht wissen will. Das literarische Werk von Kurt Schwitters oder das Werk Walter Benjamins in der 1968 vorliegenden Veröffentlichung haben mehr Chancen, wenn sie als Gerücht verbreitet werden. Kanonisierung, Anerkennung läßt das Gerücht verkümmern. Nur das Gerücht wirkt weiter.

Sie sitzen herum und halten Rundgespräche.

D'Alembert: Keine Spielregeln anerkennen. Unabhängig. Sich nicht überwältigen lassen. Alle Spielregeln kennen und zu benutzen wissen. Sich jederart Abhängigkeit bewußt

 sein. In diesem Bewußtsein operieren. Immerzu von allem überwältigt.
Bertolt Wildermuth: Das Unerträgliche ist die Vorstellung einer Erinnerung an sinnliche Wahrnehmung, die verloren und nie mehr wiederholbar ist (der Blinde, der das nie wieder Sichtbare erinnert; der Taube, der das nie wieder Hörbare erinnert; der doppelt Amputierte, der das nie wieder Anfassen erinnert). Es ist die Vorstellung davon, nicht das Zurechtfinden in der veränderten, eingeschränkten Praxis. Die Unvorstellbarkeit des Aufhörens von Erinnerung und Projektion. Nie wieder: morgen. Wo bleibe: ich? Sobald das Jen-seits als Illusion begriffen ist, hilft kein Trost.
Sie sitzen hier und da und reden hin und her.
Sie reden über alles mögliche.
Die Schildkröte räuspert sich.
Sie sitzen herum und halten Rundgespräche.
Nach dem Drumherumgerede ergreift einer das Wort.
Sie nehmen das Gespräch, das fallengelassen worden war, wieder auf und führen aus.
Sie stehen in den Ecken und reden sich an.
Sie sitzen herum und reden drumherum.
Sie stehen in den Ecken und reden sich an.
Es kommt zu Randgesprächen.
Helmut Maria Wildermuth: warum nicht.
Andie Wildermuth räuspert sich.
Helmut Maria Wildermuth: warum nicht.
Die Schildkröte: aha.
Dr. Johnson räuspert sich.
Ottilie Wildermuth: nunja.
D'Alembert: warum nicht.
Frau d'Alembert: nunja.
Ottilie Wildermuth räuspert sich.
D'Alembert: achso.
Bertolt Wildermuth: warum nicht.
Eduard: aha.

Dr. Johnsons Monolog über Orientierung

(aus d'Alemberts Arbeitszimmer hereinkommend, wo er in der History of Rasselas Prince of Abyssina gelesen hat, die auf dem Schreibtisch liegt) Der gegenwärtige Zustand ist die Folge eines früheren, und es ist nur zu natürlich, nach dem Ursprung des Guten zu forschen, das wir genießen, oder nach dem des Übels, das wir erleiden. Ist denn sozial einfach nur das, was vom Individuum nicht absorbiert werden kann? Bestimmende, erst dunkle und dann sich verlebendigende Vergegenwärtigungen holen mir etwas heraus, eine Kette von Erinnerungen schließt sich zusammen, der Kreis der Bestimmtheit erweitert sich immer mehr und eventuell so weit, daß der Zusammenhang mit dem aktuellen Wahrnehmungsfelde, als der zentralen Umgebung, hergestellt ist;
(das Rotweinglas mit dem achteckigen Kelch zwischen beiden flach ausgestreckten Händen haltend und es langsam hin und her drehend) Wissenschaft heißt beobachten, vergleichen, klassifizieren. In der Geschichte aber ist keine Periode so aufschlußreich wie jene, die vom Fortschritt menschlichen Geistes berichtet, von der allmählichen Erstarkung der Vernunft, von der schrittweisen Weiterentwicklung der Wissenschaft, vom Wechsel zwischen Gelehrsamkeit und Unwissenheit, vom Untergang und der Erneuerung der Künste und von den Revolutionen der geistigen Welt;
(am Plattenspieler, wo er: Pagin' the Devil mit Lester Young: Klarinette sucht) was soll ich auf die Beschuldigungen antworten, aus der Erfahrung, der Geschichte und der Vernunft den Schluß gezogen zu haben, daß die Begriffe des moralisch Guten und Bösen schon vor der Erkenntnis Gottes vorhanden gewesen seien; daß der Mensch seiner Pflichten gegen ein Höchstes Wesen entledigt sei; daß ich die Dinge als wirkende Ursache unserer Sinnesempfindungen angesehen habe; (am Plattenspieler, wo er weiter: Pagin' the Devil mit Lester Young: Klarinette sucht) sammeln vergleichen unterordnen abstrahieren: Bestandsaufnahme Enzyklopädie Erklärung, (im Sessel sitzend, den Kopf auf

 die Sessellehne zurückgelehnt, etwas müde) Analogie, wenn auch keine Beweismethode im eigentlichen Sinn, ist dennoch ein sekundäres Verfahren zur Veranschaulichung und Verifizierung, das Nutzen haben kann. Individuelles Sein jeder Art ist, ganz allgemein gesprochen, zufällig; (aus d'Alemberts Arbeitszimmer hereinkommend, wo er in der History of Rasselas Prince of Abyssina gelesen hat, die auf dem Schreibtisch liegt) Analogie, wenn auch keine Beweismethode im eigentlichen Sinn, ist dennoch ein sekundäres Verfahren zur Veranschaulichung und Verifizierung, das Nutzen haben kann. Unsere Leidenschaften bestehen aus Freude und Schmerz, Liebe und Haß, Hoffnung und Furcht. Gegenstand der Freude und des Schmerzes ist die Vergangenheit, Gegenstand der Hoffnung und der Furcht ist die Zukunft; selbst Liebe und Haß berücksichtigen die Vergangenheit, denn die Ursache muß der Wirkung vorausgehen. Sammeln vergleichen unterordnen abstrahieren: Bestandsaufnahme Enzyklopädie Erklärung; (hin und her gehend) wir vergrößern unser Verständnis durch neue Vorstellungen und entdecken vielleicht eine Fertigkeit wieder, die der Menschheit verlorengegangen war, oder lernen, was in unserem eigenen Land nur unvollkommen bekannt ist;
(die Hände in den Hosentaschen [hinter dem Rücken verschränkt] an der Wand lehnend) individuelles Sein jeder Art ist, ganz allgemein gesprochen, zufällig; (die Hände in den Hosentaschen [hinter dem Rücken verschränkt] an der Wand lehnend) bestimmende, erst dunkle und dann sich verlebendigende Vergegenwärtigungen holen mir etwas heraus, eine Kette von Erinnerungen schließt sich zusammen, der Kreis der Bestimmtheit erweitert sich immer mehr und eventuell so weit, daß der Zusammenhang mit dem aktuellen Wahrnehmungsfelde, als der zentralen Umgebung, hergestellt ist; (aus d'Alemberts Arbeitszimmer hereinkommend, wo er in der History of Rasselas Prince of Abyssina gelesen hat, die auf dem Schreibtisch liegt) nicht mit dem Bereiche des anschaulich klar oder dunkel, deutlich oder undeutlich Mitgegenwärtigen, das einen beständigen

Umring des aktuellen Wahrnehmungsfeldes ausmacht, erschöpft sich die Welt, die für mich in jedem wachen Moment bewußtseinsmäßig vorhanden ist. Ich bin, ich, der wirkliche Mensch, ein reales Objekt wie andere in der natürlichen Welt;
(auf die Fensterbank gelehnt, in Betrachtung einer violetten Clematisblüte, die von einer an der Wand emporrankenden Staude ins Zimmer hineinragt) Orientierung in der Welt beruht auf der Fähigkeit Regeln zu finden. Regeln setzen voraus, daß, was immer geschieht, so gesehen werden kann, daß es eine nicht definitiv einmalige, sondern vergleichbare, wiederholbare und einzuordnende Ansicht hat. Das aber ist eine Fiktion. Was immer geschieht, ist definitiv und unvergleichbar. Erkenntnis war bisher nur möglich unter der Fiktion. Wir erst sind bereit, die Fiktion als Fiktion einzusetzen (nicht als Axiom oder Prämisse). Definition des lebendigen zeitlichen Daseins ist das Definitive jedes Moments. Dieses Definitive verborgen unter der Vorstellung, die wir über ihm errichtet haben, um es ertragen zu können. Das Bild des Definitiven ist der Tod. Bild heißt: das Definitive von außen sehen. Die innere Erfahrung des Definitiven ist einmalig und definitiv. Sie ist zugleich das Aufhören von Erfahrung; (hin und her gehend) und ebenso alle meine übrigen rein psychischen Erlebnisse, aus deren veränderlichem Strom die spezifischen Ichakte so eigenartig aufleuchten, ineinander übergehen, sich zu Synthesen verknüpfen, sich unaufhörlich modifizieren;
(die Hände in den Hosentaschen [hinter dem Rücken verschränkt] an der Wand lehnend) ist dann sozial einfach nur das, was vom Individuum nicht absorbiert werden kann? Orientierung in der Welt beruht auf der Fähigkeit Regeln zu finden. Regeln setzen voraus, daß, was immer geschieht, so gesehen werden kann, daß es eine nicht definitiv einmalige, sondern vergleichbare, wiederholbare und einzuordnende Ansicht hat. Das aber ist eine Fiktion. Was immer geschieht, ist definitiv und unvergleichbar. Erkenntnis war bisher nur möglich unter der Fiktion. Wir erst sind bereit,

die Fiktion als Fiktion einzusetzen (nicht als Axiom oder Prämisse). Definition des lebendigen zeitlichen Daseins ist das Definitive jedes Moments. Dieses Definitive verborgen unter der Vorstellung, die wir über ihm errichtet haben, um es ertragen zu können. Das Bild des Definitiven ist der Tod. Bild heißt: das Definitive von außen sehen. Die innere Erfahrung des Definitiven ist einmalig und definitiv. Sie ist zugleich das Aufhören von Erfahrung;
(auf die Fensterbank gelehnt, in Betrachtung einer violetten Clematisblüte, die von einer an der Wand emporrankenden Staude ins Zimmer hineinragt) Analogie, wenn auch keine Beweismethode im eigentlichen Sinn, ist dennoch ein sekundäres Verfahren zur Veranschaulichung und Verifizierung, das Nutzen haben kann. Beispiele sind immer wirksamer als Belehrungen. Um zu einem gerechten Urteil über die Gegenwart zu kommen, müssen wir sie der Vergangenheit gegenüberstellen; denn jedes Urteil entsteht durch Vergleich, und über die Zukunft kann niemand etwas wissen. Die Wahrheit ist, daß niemand sich sehr mit der Gegenwart beschäftigt. Erinnerung und Erwartung füllen fast jeden Augenblick;
aus d'Alemberts Arbeitszimmer hereinkommend, in dem er in der History of Rasselas Prince of Abyssina gelesen hat, die auf dem Schreibtisch liegt) ich bin, ich, der wirkliche Mensch, ein reales Objekt wie andere in der natürlichen Welt; (auf die Fensterbank gelehnt, in Betrachtung einer violetten Clematisblüte, die von einer an der Wand emporrankenden Staude ins Zimmer hineinragt) Bilder machen Analogien herstellen strukturieren Zeichen herstellen; und ebenso alle meine übrigen rein psychischen Erlebnisse, aus deren veränderlichem Strom die spezifischen Ichakte so eigenartig aufleuchten, ineinander übergehen, sich zu Synthesen verknüpfen, sich unaufhörlich modifizieren; aber der Sinn der Zufälligkeit, die da Tatsächlichkeit heißt, begrenzt sich darin, daß sie korrelativ bezogen ist auf eine Notwendigkeit, die nicht den bloßen faktischen Bestand einer geltenden Regel räumlich-zeitlicher Tatsachen besagt, sondern den Charakter der Wesens-Notwendigkeit und

damit Beziehung auf Wesens-Allgemeinheit hat; (aus d'Alemberts Arbeitszimmer hereinkommend, wo er in der History of Rasselas Prince of Abyssina gelesen hat, die auf dem Schreibtisch liegt) das aktuell Wahrgenommene, das mehr oder minder Mitgegenwärtige oder Bestimmte (oder mindestens einigermaßen Bestimmte) ist teils durchsetzt, teils umgeben von einem dunkel bewußten Horizont unbestimmter Wirklichkeit. Ich kann Strahlen des aufhellenden Blickes der Aufmerksamkeit in ihn hineinsenden, mit wechselndem Erfolg;

(aus d'Alemberts Arbeitszimmer hereinkommend, wo er in der History of Rasselas Prince of Abyssina gelesen hat, die auf dem Schreibtisch liegt) Prinzipien der Orientierung: nachmessen ausrechnen auswiegen beschreiben registrieren; (hin und her gehend) um etwas zu kennen, müssen wir seine Wirkungen wissen; und um die Menschen zu verstehen, damit wir erfahren, was die Vernunft geboten oder wozu die Leidenschaft angereizt hat, und damit wir ausfindig machen, welches die stärksten Antriebe sind; (im Sessel sitzend, den Kopf auf die Sessellehne zurückgelehnt und etwas müde) aber auch nicht mit dem Bereiche des anschaulich klar oder dunkel, deutlich oder undeutlich Mitgegenwärtigen, das einen beständigen Umring des aktuellen Wahrnehmungsfeldes ausmacht, erschöpft sich die Welt, die für mich in jedem wachen Moment bewußtseinsmäßig vorhanden ist. Wissenschaft heißt: beobachten, vergleichen, klassifizieren. Beispiele sind immer wirksamer als Belehrungen;

(am Plattenspieler, wo er: Pagin' the Devil mit Lester Young: Klarinette sucht) um zu einem gerechten Urteil über die Gegenwart zu kommen, müssen wir sie der Vergangenheit gegenüberstellen; denn jedes Urteil entsteht durch Vergleich, und über die Zukunft kann niemand etwas wissen. Die Wahrheit ist, daß niemand sich sehr mit der Gegenwart beschäftigt: Erinnerung und Erwartung füllen fast jeden Augenblick;

(im Sessel sitzend, den Kopf auf die Sessellehne zurückgelehnt und etwas müde) Orientierung in der Welt beruht auf

 der Fähigkeit Regeln zu finden. Regeln setzen voraus, daß, was immer geschieht, so gesehen werden kann, daß es eine nicht definitiv einmalige, sondern vergleichbare, wiederholbare und einzuordnende Ansicht hat. Das aber ist eine Fiktion. Was immer geschieht, ist definitiv und unvergleichbar. Erkenntnis war bisher nur möglich unter der Fiktion. Wir erst sind bereit, die Fiktion als Fiktion einzusetzen (nicht als Axiom oder Prämisse). Definition des lebendigen zeitlichen Daseins ist das Definitive jedes Moments. Dieses Definitive verborgen unter der Vorstellung, die wir darüber errichtet haben, um es ertragen zu können. Das Bild des Definitiven ist der Tod. Bild heißt: das Definitive von außen sehen. Die innere Erfahrung des Definitiven ist einmalig und definitiv. Sie ist zugleich das Aufhören von Erfahrung;
(aus d'Alemberts Arbeitszimmer hereinkommend, wo er in der History of Rasselas Prince of Abyssina gelesen hat, die auf dem Schreibtisch liegt) um zu einem gerechten Urteil über die Gegenwart zu kommen, müssen wir sie der Vergangenheit gegenüberstellen; denn jedes Urteil entsteht durch Vergleich, und über die Zukunft kann niemand etwas wissen. Die Wahrheit ist, daß niemand sich sehr mit der Gegenwart beschäftigt: Erinnerung und Erwartung füllen fast jeden Augenblick;
(aus d'Alemberts Arbeitszimmer hereinkommend, wo er in der History of Rasselas Prince of Abyssina gelesen hat, die auf dem Schreibtisch liegt) sammeln vergleichen unterordnen abstrahieren: Bestandsaufnahme Enzyklopädie Erklärung: unsere Leidenschaften bestehen aus Freude und Schmerz, Liebe und Haß, Hoffnung und Furcht. Gegenstand der Freude und des Schmerzes ist die Vergangenheit, Gegenstand der Hoffnung und der Furcht die Zukunft; selbst Liebe und Haß berücksichtigen die Vergangenheit, denn die Ursache muß der Wirkung vorausgehen; (hin und her gehend) Beispiele sind immer wirksamer als Belehrungen;
(am Plattenspieler, wo er: Pagin' the Devil mit Lester Young: Klarinette sucht) der gegenwärtige Zustand ist die

Folge eines früheren, und es ist nur zu natürlich, nach dem Ursprung des Guten zu forschen, das wir genießen, oder nach dem des Übels, das wir erleiden. Das aktuell Wahrgenommene, das mehr oder minder klar Mitgegenwärtige oder Bestimmte (oder mindestens einigermaßen Bestimmte) aber ist teils durchsetzt, teils umgeben von einem dunkel bewußten Horizont unbestimmter Wirklichkeit. Ich kann Strahlen des aufhellenden Blickes der Aufmerksamkeit in ihn hineinsenden, mit wechselndem Erfolge;
(aus d'Alemberts Arbeitszimmer hereinkommend, wo er in der History of Rasselas Prince of Abyssina gelesen hat, die auf dem Schreibtisch liegt) Wissenschaft heißt: beobachten, vergleichen, klassifizieren;
(das Rotweinglas mit dem achteckigen Kelch zwischen beiden flach ausgestreckten Händen haltend und es langsam hin und her drehend) Orientierung in der Welt beruht auf der Fähigkeit Regeln zu finden. Regeln setzen voraus, daß, was immer geschieht, so gesehen werden kann, daß es nicht eine definitiv einmalige, sondern usw. Aber auch nicht mit dem Bereich des anschaulich klar oder dunkel, deutlich oder undeutlich Mitgegenwärtigen usw. Beispiele sind immer wirksamer als Belehrungen;
(aus d'Alemberts Arbeitszimmer hereinkommend, wo er usw.) Orientierung in der Welt beruht auf usw. (die Hände in den Hosentaschen usw.) wir vergrößern unser Verständnis durch neue Vorstellungen und entdecken vielleicht eine Fertigkeit wieder, die der Menschheit verlorengegangen war, oder lernen, was in unserem eigenen Land nur unvollkommen bekannt ist. Schließlich vergleichen wir unsere Zeit mit früheren und sind entweder erfreut über unseren Fortschritt oder, was der erste Schritt zum Guten ist, wir entdecken unsere Mängel; (das Rotweinglas mit dem achteckigen Kelch zwischen beiden usw.) wir vergrößern unser Verständnis durch neue usw. (im Sessel sitzend, den Kopf usw.) wir vergrößern usw. Bestimmende, erst dunkle und dann sich verlebendigende Vergegenwärtigungen usw. (auf die Fensterbank gelehnt, in Betrachtung einer violetten Cle-

matisblüte, die usw.) Orientierung in der Welt beruht auf usw. Definition des lebendigen zeitlichen usw. das Bild des Definitiven ist der usw. die innere Erfahrung des Definitiven ist usw. sie ist zugleich Aufhören von Erfahrung usw.

Gespräch über die Lage der Nation

Dr. Johnson meint: wenn ich richtig verstehe handelt es sich
Frau d'Alembert glaubt, so dankbar sie sein müsse, so ernst seien ihre Zweifel daran, ob sie wirklich das, was unter den gegebenen Umständen offensichtlich allein notwendig
Dr. Johnson glaubt, daß es durchaus möglich ist
Bertolt Wildermuth hat nie damit gerechnet daß
Eduard äußert keine Meinung
Dr. Johnson wäre unter anderen Umständen durchaus bereit
Helmut Maria Wildermuth hat sage und schreibe noch niemanden gefunden der nicht
Dr. Johnson möchte nachdrücklich unterstreichen, daß er innerhalb dieser Verfahrensweisen nicht nur für wichtig, sondern auch für angemessen
Frau d'Alembert sagt: scheiß drauf
Dr. Johnson hatte es nicht so gemeint
Helmut Maria Wildermuth sagt er weiß es auch nicht
Andie Wildermuth ist der Meinung daß
Eduard: das muß man sich aber doch mal klarmachen
die Schildkröte äußert achso
Frau d'Alembert findet es unglaublich
d'Alembert glaubt nur nicht dafür zu sein daß
Andie Wildermuth glaubt, daß wenn er es richtig versteht, es sich darum handelt daß
Ottilie Wildermuth äußert: nun hört doch einmal zu
die Schildkröte: kein Mensch würde sich darüber
Eduard glaubt nunja
Helmut Maria Wildermuth glaubt er wäre unter anderen Umständen durchaus bereit
Dr. Johnson wollte doch noch einmal betonen
Frau d'Alembert äußert sie hielte es durchaus für möglich
Eduard: wenn man bedenkt was alles sonst noch
Bertolt Wildermuth äußert er habe sich nie Gedanken darüber gemacht
Helmut Maria Wildermuth äußert er habe niemals daran gedacht
Bertolt Wildermuth scheißt auf alles

 Ottilie Wildermuth glaubt sie finde es unerhört
Bertolt Wildermuth möchte doch noch einmal zur Debatte stellen ob
Helmut Maria Wildermuth bittet zu verzeihen, wenn er doch, ehe er, über den Begriff, über den eigentlich
Bertolt Wildermuth sagt: wer unbefangen zu sagen hätte was sei, würde wahrscheinlich zuerst über das, was als es selbst
Eduard läßt sich nicht davon überzeugen
Frau d'Alembert äußert: niemand kann mir weismachen
Dr. Johnson hatte an etwas anderes gedacht
Helmut Maria Wildermuth äußert er möchte seinerseits zur Debatte stellen ob nicht doch noch
Eduard ist durchaus davon überzeugt daß
die Schildkröte schüttelt den Kopf
Ottilie Wildermuth hatte nicht daran gedacht
Andie Wildermuth: ich scheiße drauf
d'Alembert sagt aber aber
d'Alembert sagt, er sei der Meinung gewesen daß
die Schildkröte: das muß man sich aber doch mal klarmachen
Eduard: wer unbefangen zu sagen hätte was sei, wird wahrscheinlich zuerst über das, was als es selbst
Andie Wildermuth: wenn ich richtig verstehe handelt es sich um
Helmut Maria Wildermuth ist im übrigen durchaus der Meinung
Dr. Johnson: scheiß drauf
Frau d'Alembert glaubt, daß wenn man einmal überlegen würde was überhaupt
Dr. Johnson läßt sich nicht davon überzeugen
Helmut Maria Wildermuth äußert er wisse es wirklich nicht
Dr. Johnson bittet zu verzeihen, wenn er doch, ehe er, über den Begriff, über den eigentlich
Eduard sagt: wer unbefangen zu sagen hätte was sei, würde wahrscheinlich zuerst über das, was als es selbst
Bertolt Wildermuth glaubt er könne sich nicht damit einverstanden erklären

Dr. Johnson:
Frau d'Alembert:
Dr. Johnson:

Schematisches Gespräch

Ottilie Wildermuth meint nicht etwa daß
Bertolt Wildermuth glaubt auch nicht
Helmut Maria Wildermuth glaubt daß
Bertolt Wildermuth glaubt daß nicht
Eduard äußert sich nicht darüber
Dr. Johnson meint nicht
Helmut Maria Wildermuth hat nicht vergessen daß
Eduard weiß nichts
die Schildkröte sagt
Ottilie Wildermuth widerspricht nicht
Andie Wildermuth sagt
d'Alembert
Frau d'Alembert
die Schildkröte äußert sich darüber daß
Eduard weiß nichts
Andie Wildermuth glaubt
Helmut Maria Wildermuth glaubt
Dr. Johnson äußert sich darüber daß sich nichts
Frau d'Alembert spricht davon daß
Dr. Johnson glaubt an etwas
Helmut Maria Wildermuth glaubt nicht daß
Dr. Johnson weiß es nicht
Bertolt Wildermuth äußert sich nicht
Dr. Johnson meint nicht
Frau d'Alembert äußert
Dr. Johnson äußert daß
Ottilie Wildermuth weiß daß
Bertolt Wildermuth glaubt
Helmut Maria Wildermuth hat nicht vergessen
Bertolt Wildermuth meint nicht
Eduard sagts nicht
Dr. Johnson hat nicht vergessen daß
Helmut Maria Wildermuth äußert etwas anderes
Eduard meint
die Schildkröte äußert sich darüber daß sich nichts
Ottilie Wildermuth spricht nicht davon daß
Andie Wildermuth

d'Alembert hat vergessen daß nichts
die Schildkröte sagt
Eduard sagt
Andie Wildermuth meint
Helmut Maria Wildermuth weiß es nicht
Dr. Johnson
Frau d'Alembert verspricht sich nichts davon
Dr. Johnson glaubt nicht daß
Helmut Maria Wildermuth glaubt an nichts
Dr. Johnson hat nichts vergessen
Bertolt Wildermuth äußert sich darüber daß nichts sich
Dr. Johnson weiß daß
Frau d'Alembert sagts nicht
Dr. Johnson glaubt nicht daß

3

Erstes Quergespräch
Kleiner Vortrag Bertolt Wildermuths mit Zwischenreden von Ottilie und Helmut Maria Wildermuth Dr. Johnson der Schildkröte und Eduard

Beim Lebensnotwendigen ist nichts überher. Schmuck, Kunst oder Luxus sind nicht lebensnotwendig, weil man ohne sie weder verhungert noch verdurstet. Wenn Gesellschaft das ist, was vor Hunger und Durst beschützt, wird die Gesellschaft erklärt aus der Produktion des Lebensnotwendigen. Die Erklärung der Gesellschaft aus der Produktion des Lebensnotwendigen bestimmt den Platz des Einzelnen in der Gesellschaft. Das Lebensnotwendige kann nur produziert werden, wenn alle zusammen miteinander arbeiten. (Einer allein ist kein Problem. Das Problem besteht darin, daß nicht einer allein ist. Mehrere können sich einigen. Viele müssen zusammenhalten. Wer von allen nicht mit allen auskommt, muß sich darauf verlassen können, daß er allein durchkommt. Nur allein kommt er gegen alle durch. Wenn er allein durchkommt, kommt er nur durch, wenn alle damit einverstanden sind.) Es können Reibungen und Differenzen auftreten zwischen Einzelnen und Einzelnen, Einzelnen und Gruppen, Gruppen und Gruppen. Reibungen und Differenzen zwischen Einzelnen und Einzelnen, Einzelnen und Gruppen, Gruppen und Gruppen werden beigelegt, damit die Gesellschaft, die aus der Produktion des Lebensnotwendigen erklärt wird, erhalten bleibt. Können dann Gruppen geduldet werden, die das produzieren, was nicht lebensnotwendig ist: Schmuck, Kunst oder Luxus? Die ihren Lebensunterhalt ableiten von der Produktion des Nichtlebensnotwendigen? Als Kritiker, Befürworter, Verbreiter? (Für die Zivilisationsgesellschaft ergibt sich für jeden einzelnen das Problem seiner Lage zwischen Intelligenz und Kapital. Dieses Problem der individuellen Selbstauffassung und Selbstbehauptung zwischen Intelligenz und Kapital ist von entscheidender Bedeutung, da es die verhängnisvolle Rolle der Vermachtung im nicht transzendenten, sich selbst erhaltenden System der heutigen Zivilisation enthüllt.) Vermögen sich Gruppen, die das produzieren, was nicht lebensnotwendig ist, nicht erst zu bilden, wenn sich über das Lebensnotwendige hinaus Vorrat angesammelt hat? Können in der Gesellschaft, die aus der

 Produktion des Lebensnotwendigen erklärt wird, Gruppen geduldet werden, die sich darauf verlassen, daß sich Vorrat angesammelt hat? Sie verzehren Lebensnotwendiges, ohne es zu produzieren. (Vielleicht erinnern wir uns eines Tages dieser Zeit als einer Zeit der Intellektuellen, die wir den Irrtum bis in seine letzten Schlupfwinkel zu verfolgen suchten; als eine Zeit, in der Philosophen keine Bücher schrieben, aber jedes Buch zu einem Politikum machten und die Welt der Kunst, der Literatur, der Philosophie unbarmherzig in Blöcke aus Klassenunterschied zersäbelten.) Die Erklärung der Gesellschaft aus der Produktion des Lebensnotwendigen war nicht der Anfang. Der Anfang scheint vielmehr in dem bestanden zu haben, das zugleich die Welt erklärt und die Produktion des Lebensnotwendigen bestimmt. Die Erklärung der Welt war Religion. Die Störung der Welterklärung konnte die Produktion des Lebensnotwendigen stören. Wenn die Gesellschaft aus der Produktion des Lebensnotwendigen allein erklärt wird, übernimmt diese Erklärung zugleich die Erklärung der Welt, das heißt der Religion. (Das allmähliche Hinüberwachsen des Sozialismus in den Kommunismus scheint eine objektive Gesetzmäßigkeit. Die klassenlose Gesellschaft, in der die Produktionsmittel Volksvermögen und alle Mitglieder der Gesellschaft sozial gleich sein werden, wird auf der Grundlage der ständig fortschreitenden Wissenschaft und Technik die Produktivkräfte stetig erweitern und alle Quellen des gesellschaftlichen Reichtums fließen lassen. Das große Prinzip wird herrschen: jeder nach seinen Fähigkeiten jedem nach seinen Bedürfnissen.) Wissenschaft tritt an die Stelle von Religion. Aber während Religion die Welt zuende erklärt (als Geheimnis), muß die Wissenschaft den unerklärten Rest stehenlassen, in den sie nur unendlich vordringt, ohne zu wissen, ob sie sein Ende erreicht, ja gewiß wissend, daß sie das nicht tut. Aberglaube und Vorurteil werden aufgelöst um den Preis der unerklärten Rests. Die Rückverwandlung des Rests in neues Vorurteil und neuen Aberglauben wird verhindert allein durch die rationale Erklärung des Rests von Unerklärtem. (Vielleicht erinnern wir uns eines Tages dieser Zeit als einer Zeit der Intellektuellen, die wir den Irrtum bis in seine letzten Schlupfwinkel zu verfolgen suchten; als eine Zeit, in der Philosophen keine Bücher schrieben, aber jedes Buch zu einem Politikum machten und die Welt der Kunst, der Literatur, der Philsosophie unbarmherzig in Blöcke aus Klassenunterschied zersäbelten.) Die Erklärung der Gesellschaft aus der Produktion des Lebensnotwendigen ist gleich der Erklärung der Welt durch Wissenschaft. Die wissenschaftliche Erklärung der gesellschaftlichen Praxis ist Welterklärung. In dieser Identität ist vorausgesetzt, daß das Lebensnotwendige produziert wird. Eine mögliche Form dieser Gesellschaft ist die Kolchose und die Kolchose aus Kolchosen. (Wer aber mehr Geld hat als die anderen, der kann auch leichter etwas anderes tun als die anderen. Bedeutet Sozialismus nicht, daß man nichts anderes tut als die anderen? Dennoch streben alle danach, das zu tun, was nur die tun können, die sehr viel mehr Geld haben als alle anderen.) Die Identität von wissenschaftlicher Erklärung der gesellschaftlichen Praxis und Welterklärung wird offen gehalten durch das, was überher ist. Die Identität wird offen gehalten zum Beispiel durch Kunst, die die Welt anders erklärt. Bereits Sprache erklärt die Welt anders. Sie erklärt die Welt aus dem Vorrat, der sich in ihr angesammelt hat. Sprache ist überher. Sprache lebt vom Vorrat. (Alles Vorgestellte bedeutet Abkürzung. Man muß ja sicher sein, nach welchem Maß man abkürzt. Woher kommt die Sicherheit?) Die offengehaltene Identität zwischen der Erklärung der Gesellschaft aus dem Lebensnotwendigen und der wissenschaftlichen Welterklärung bleibt offen, solange es überher gibt. Die Gruppen, die sich auf das verlassen, was überher ist, erklären die Gesellschaft aus dem, was sie über das Lebensnotwendige überher hat. Im Extremfall wird die Negation der Produktion von Lebensnotwendigem zum Programm. (Einer allein ist kein Problem. Das Problem besteht darin, daß nicht einer allein ist. Mehrere können sich einigen. Viele müssen zusammenhalten. Wer von allen nicht mit allen auskommt, muß sich darauf verlassen können, daß er allein durchkommt. Nur allein kommt er gegen alle durch. Wenn er durchkommt, kommt er aber nur durch, wenn alle damit einverstanden sind.) Wer die Erklärung der Gesellschaft aus der Produktion des Lebensnotwendigen als Programm aufstellt, erklärt alles, was nicht lebensnotwendig ist, für nicht lebensnotwendig. Die Frage muß so gestellt werden: ob das, was in der Produktion des Lebensnotwendigen überher ist, zum Lebensnotwendigen gerechnet werden kann. Wenn es dazugerechnet werden kann, transponiert sich das, was bis dahin als ideell über dem Lebensnotwendigen stand, in das Materielle des Lebensnotwendigen. Es wird ein Teil, es wird eine Erscheinung des Lebensnotwendigen. Das Lebensnotwendige zeigt sich in der Form dessen, was überher ist. Kunst wäre nichts als die Form des Lebensnotwendigen. Kunst wäre nichts als die Form der wissenschaftlichen Welterklärung. (Sind wir die eigentlichen Parasiten? Die dem funktionierenden Ganzen aufsitzen? Oder ist das, was wir tun, das was notwendig ist?) Die Schwierigkeit besteht also darin, die Lebensnotwendigkeit dessen zu erklären, was überher ist. Nicht als bloßer Vorrat. Ist es nicht bloß der Parasit? Es geht darum, den Gedanken des Parasitären auszulöschen. (Alles Vorgestellte bedeutet Abkürzung. Man muß ja sicher sein, nach welchem Maß man abkürzt. Woher kommt die Sicherheit?) An einer Grenze, an die die alten Erklärungen, Vorstellungen, Muster nur eben heranreichen, erscheinen plötzlich Gruppen, die sich auf das verlassen, was überher ist. Sie erscheinen als das Bild von dem, was überher ist. Zeigt das Bild die Form, die die Erklärung aus dem Lebensnotwendigen annehmen wird? (Einer allein ist kein Problem. Das Problem besteht darin, daß nicht einer allein ist. Mehrere können sich einigen. Viele müssen zusammenhalten. Wer von allen nicht mit allen auskommt, muß sich darauf verlassen können, daß er allein durchkommt. Nur allein kommt er gegen alle durch. Wenn er allein durchkommt, kommt er aber nur durch, wenn alle damit einverstanden sind.) Wenn ich ein Bild verwende, erkläre ich die Welt anders. Wenn ich rede, erkläre ich die Welt anders. Wenn ich die Terminologie der Wissenschaft aus der Terminologie der Philosophie ableite, erkläre ich die Welt anders. Wenn ich den Widerruf Hegels durch Marx auf Hegel zurückführe, erkläre ich die Welt anders. Es kommt darauf an, das zu durchschauen. Es kommt darauf an, das als Prozeß zu durchschauen. Es kommt darauf an, das als Warnung zu erkennen. Kommt es darauf an, einfach nur davon wegzugehn?

Materialien zu einer neuen Gruppentheorie

25 % sind Mädchen. Manchmal tauchen Geldgeber unter ihnen auf. Offizielle Berichterstattung: eine Tendenz sich fest zu organisieren ist nur in geringem Maß vorhanden. Wohl aber ist die Tendenz zu erkennen, im Kreis Gleichgesinnter aufzugehen. Abzeichen erfreuen sich großer Beliebtheit. They lived in Pranksterstyle as a group with a name and a mission, which was music and the psychedelic vision. Eine Mehrzahl von Menschen (Jugendlichen), die als Einheit handeln, weil sie sich in einer Situation befinden, die sie als eine gemeinsame empfinden. Kleine Gruppen, die durch persönliche Bekanntschaft verbunden sind, nennt man Primärgruppen. Es gibt nicht nur Verhaltensnormen, es gibt auch äußerliche materielle Gegenstände, in die die Gruppenkräfte hineinprojiziert werden, wie Wappen Fahnen Embleme Abzeichen. In diesem Augenblick ist die Gruppe geboren. Sie lebt als die Zusammenfassung der Kräfte, die dem Tod widerstehen. Sie ist die eingeschränkte Gruppe und als eingeschränkte Gruppe die einzige, die möglich ist. Zeitungsbericht vom 27. 7. 1968: erstmalig waren solche Gruppen im Bereich Hamburg in den Jahren 1964/65 zu beobachten. In den folgenden Jahren wurde es wieder etwas ruhiger. Wie Kriminalkommissar Holer angibt, haben sich kriminelle Tendenzen seit Anfang des Jahres wieder verstärkt. Sie wissen, daß sie jetzt und hier nicht ohne die anderen leben können. Aber sie erkennen die Regeln nicht an. Der soziale Prozeß besteht in den Einflüssen, die heterogene Gruppen aufeinander ausüben. Gruppen ohne Vergangenheit und Zukunft, von heterogener Zusammensetzung. Es geht um die wahre Meinung. Die Tatsache, daß sie mit d'Alembert, vermittelt durch Andie W., kommunizieren können, läßt sie zugleich umso heftiger gegen das reagieren, was sie als seinen Zynismus ansehen. Psychologische Erklärungen halten sie für bürgerlich. Psychoanalyse halten sie für bürgerlich. Die Gruppe gründet in dem syngenetischen Kreis, zu dem die Einzelnen sich verbinden. Aus Syngenismus entwickelt sich Sozialsympathie. Konventionell gesehen stellt diese sich nach außen dar als Sozialegoismus.

 Aneignung der Gruppe durch sich selbst. Jeder verzichtet darauf er selbst zu sein. Sie sind da zu finden, wo was los ist. Sie sagen, daß es unter den Vorstellungen, die wir im allgemeinen von der Welt haben, solche gibt, die einen stärkeren Druck auf uns ausüben, in einer bestimmmten Richtung zu handeln. Das sind Kollektivvorstellungen. They lived in Pranksterstyle as a group with a name and a mission, which was music and the psychedelic vision. Daraus, daß es überhaupt Gruppenphänomene gibt, leitet sich die Vorstellung ab, nach der die Gruppe eine eigene Individualität ausbilden kann. 25 % sind Mädchen. Offizielle Berichterstattung: auf Grund der lockeren Organisation in den Gruppen verlegen sie die Schauplätze ihrer Aktivitäten laufend in andere Stadtteile. D'Alembert zu Andie W.: diese Gruppensitzungen sind doch Quatsch. Ihr sitzt herum und redet und redet ohne Programm und Idee von Vorstellung mit einem Diskussionsleiter, der nichts diskutiert und nichts leitet und nur manchmal sagt, daß er eine andere Meinung hat. Andie W. zu d'Alembert: tut ihr was anderes? Offizielle Berichterstattung: sie haben nur verhältnismäßig geringe finanzielle Mittel zur Verfügung. Up against the wall motherfucker. 25 % sind Mädchen. Tatsächlich fängt mit Dunkelwerden am 26. 7. 1968 ein Singen Tanzen und Saufen an, das die ganze Nacht nicht aufhört. Andie W. zu d'Alembert: sie kommen ja nicht zusammen, um ihre Libido zu sublimieren. Sie wollen Konflikte beseitigen, in die wir alle verwickelt sind. Die Gruppe gründet in dem syngenetischen Kreis, zu dem die Einzelnen sich verbinden. Aus Syngenismus entwikkelt sich Sozialsympathie. Konventionell gesehen stellt diese sich nach außen dar als Sozialegoismus. Aneignung der Gruppe durch sich selbst. Jeder verzichtet darauf er selbst zu sein. 25 % sind Mädchen. Manchmal tauchen Geldgeber unter ihnen auf. Offizielle Berichterstattung: eine Tendenz sich fest zu organisieren ist nur in geringem Maß vorhanden. Wohl aber ist die Tendenz zu erkennen, im Kreis Gleichgesinnter aufzugehen. Abzeichen erfreuen sich großer Beliebtheit. They lived in Pranksterstyle as a group with a name and a mission, which was music and the psychedelic vision. Eine Mehrzahl von Menschen (Jugendlichen), die als Einheit handeln, weil sie sich in einer Situation befinden, die sie als eine gemeinsame empfinden. Kleine Gruppen, die durch persönliche Bekanntschaft verbunden sind, nennt man Primärgruppen. Es gibt nicht nur Verhaltensnormen, es gibt auch äußerliche materielle Gegenstände, in die die Gruppenkräfte hineinprojiziert werden, wie Wappen Fahnen Embleme Abzeichen. D'Alembert zu Andie W.: diese Gruppensitzungen sind doch Quatsch. Ihr sitzt herum und redet und redet ohne Programm und Idee und Vorstellung mit einem Diskussionsleiter, der nichts diskutiert und nichts leitet und nur manchmal sagt, daß er eine andere Meinung hat. Andie W. zu d'Alembert: tut ihr was anderes? Offizielle Berichterstattung: sie haben nur geringe finanzielle Mittel zur Verfügung. Wenn alle Führungsansprüche abgewehrt sind, wird auch der geringste Versuch individueller Selbstbestätigung als willkürlich und gefährlich empfunden. Up against the wall motherfucker. Tatsächlich fängt mit Dunkelwerden am 26. 7. 1968 ein Singen Tanzen und Saufen an, das die ganze Nacht nicht aufhört. Andie W. zu d'Alembert: sie kommen ja nicht zusammen, um ihre Libido zu sublimieren. Sie wollen Konflikte beseitigen, in die wir alle verwickelt sind. D'Alembert zu Andie W.: diese Gruppensitzungen sind doch Quatsch. Ihr sitzt herum und redet und redet ohne Programm und Idee und Vorstellung mit einem Diskussionsleiter, der nichts diskutiert und nichts leitet und nur manchmal sagt, daß er eine andere Meinung hat. Andie W. zu d'Alembert: tut ihr was anderes? Der soziale Prozeß besteht in den Einflüssen, die heterogene Gruppen aufeinander ausüben. Wenn die Zeit kommt für die bittere und sentimentale Einsicht. An diesem Abend haben sie ein Klavier angeschleppt. Sie demontieren es, während sie darauf spielen. Dann verbrennen sie es und nennen es das älteste lebendige verdammte Ding von Europa. Sie schreien und lachen und sind hoch bis an die Sterne. Es ist hart, das Ende einer Ära zu feiern. Freitag

 26. 7. 1968. D'Alembert halten sie für harmlos. Andie W. halten sie für den potentiellen Verräter, den künftigen Verbündeten des kommenden Manns. Up against the wall motherfucker. Offizielle Berichterstattung: sie haben nur geringe finanzielle Mittel zur Verfügung. 25 % sind Mädchen. Sie negieren die bürgerlichen Ideale, die Organisation, den Konsumzwang. Sie lehnen die offiziellen Alternativen ab. Frei ist, wer keine Bedürfnisse hat, sagen sie. Rechnen sie mit Toleranz von seiten derer, die sie ablehnen? Nur durch Liebe kann die Welt verändert werden, sagen sie. Sie leiden unter der Entfremdung der Computerzivilisation, sagen sie. Der älteren Generation werfen sie Verlogenheit vor. Sie gründen Kommunen und halten Meetings ab. Sie sind immer noch enttäuscht. Offizielle Berichterstattung: sie haben verhältnismäßig geringe finanzielle Mittel zur Verfügung. Sie sind da zu finden, wo was los ist. Sie sagen, daß es unter den Vorstellungen, die wir im allgemeinen von der Welt haben, solche gibt, die einen stärkeren Druck auf uns ausüben, in einer bestimmten Richtung zu handeln. Das sind Kollektivvorstellungen. They lived in Pranksterstyle as a group with a name and a mission, which was music and the psychedelic vision. Daraus, daß es überhaupt Gruppenphänomene gibt, leitet sich die Vorstellung ab, nach der die Gruppe eine eigene Individualität ausbilden kann. Die Gruppe gründet in dem syngenetischen Kreis, zu dem die Einzelnen sich verbinden. Aus Syngenismus entwickelt sich Sozialsympathie. Konventionell gesehen stellt diese sich nach außen dar als Sozialegoismus. Aneignung der Gruppe durch sich selbst. Jeder verzichtet darauf er selbst zu sein. Sie sind da zu finden, wo was los ist. Sie sagen, daß es unter den Vorstellungen, die wir im allgemeinen von der Welt haben, solche gibt, die einen stärkeren Druck auf uns ausüben, in einer bestimmten Richtung zu handeln. Das sind Kollektivvorstellungen. They lived in Pranksterstyle as a group with a name and a vision, which was music and the psychedelic vision. Daraus, daß es überhaupt Gruppenphänomene gibt, leitet sich die Vorstellung ab, nach der die

Gruppe eine eigene Individualität ausbilden kann. Die Gruppe gründet in dem syngenetischen Kreis, zu dem die Einzelnen sich verbinden. Aus Syngenismus entwickelt sich Sozialsympathie. Konventionell gesehen stellt dieser sich nach außen dar als Sozialegoismus. Aneignung der Gruppe durch sich selbst. Jeder verzichtet darauf er selbst zu sein. D'Alembert zu Andie W.: diese Gruppensitzungen sind doch Quatsch. Ihr sitzt herum und redet und redet ohne Programm und Idee und Vorstellung mit einem Diskussionsleiter, der nichts diskutiert und nichts leitet und nur manchmal sagt, daß er eine andere Meinung hat. Andie W. zu d'Alembert: tut ihr was anderes? Offizielle Berichterstattung: sie haben nur verhältnismäßig geringe finanzielle Mittel zur Verfügung. Sie erkennen die Regeln nicht an. Gruppen ohne Vergangenheit und Zukunft, von heterogener Zusammensetzung. Psychologische Erklärungen halten sie für bürgerlich. Psychoanalyse halten sie für bürgerlich. Es ist vom Klima der Gruppe wie von etwas Selbstverständlichem zu reden. Die Zeit wird kommen, in der man selbstverständlich nicht mehr Individuum, sondern Gruppe denkt. Da die Wurzel des Übels nicht im Individuum als solchem liegt, sondern in dem Bezugssystem, das sich auf das Individuum stützt, muß die Lösung hier gesucht werden. Noch definiert die Gruppe sich negativ. Die Welt der ordnungsliebenden, besitz- und karrierefreudigen Bürger, den vorgezeichneten Weg zum vorgezeichneten Wohlstand, die Abhängigkeit von Mächten, die Ordnung, Karriere und Wohlstand garantieren, erscheint als Gegenwelt. Sie wissen, daß sie nicht ohne sie leben können. Aber sie erkennen die Regeln nicht an.

Zwischengespräch Eduards mit d'Alembert nach dessen leidenschaftlichem Ausbruch vor seiner Flucht an der Haustür

Eduard, der sein Naturell und seinen Verstand umso weniger verleugnen konnte, als er sich durch den schmerzlichen Ausbruch der Leidenschaft d'Alemberts weit von der Stille der Nacht und der Bewegung ihrer Gespräche verschlagen sah, äußerte aufrichtig seine Mißbilligung. D'Alembert, hieß es, solle sich ermannen, solle bedenken, was er seinen vielfachen Aktivitäten schuldig sei. Lohnt es sich denn? fragte Eduard: d'Alembert solle nicht vergessen, daß dem Menschen zur höchsten Ehre gereiche, im Unglück sich zu fassen, den Schmerz mit Gleichmut und Anstand zu ertragen, um weiterhin geschätzt und als Muster aufgestellt zu werden. Muster! rief d'Alembert: ich!

Aufgeregt, durchdrungen von den peinlichsten Gefühlen, wie d'Alembert war, mußten ihm die Worte Eduards hohl und nichtig vorkommen. Der Glückliche, der Behagliche hat gut reden, fuhr er auf: aber schämen würde er sich, wenn er einsähe, wie unerträglich er dem Leidenden wird. Eine unendliche Geduld soll es geben einen unendlichen Schmerz will der Behagliche nicht anerkennen. Es gibt Fälle, ja, es gibt deren! wo jeder Trost niederträchtig und Verzweiflung Pflicht ist. Verschmäht doch der, der auch Helden zu schildern weiß, keineswegs, sie bei schmerzlichem Drange weinen zu lassen. Ich verwünsche die Glücklichen, denen der Unglückliche nur zum Spektakel dienen soll. Er soll sich in der grausamsten Lage körperlicher und geistiger Bedrängnis noch edel gebärden, um ihren Beifall zu erhalten, und, damit sie ihm beim Verscheiden noch applaudieren, wie ein Gladiator mit Anstand vor ihren Augen umkommen. Lieber Eduard, ich danke Ihnen, daß Sie gekommen sind und mit mir gesprochen haben; aber Sie erzeigten mir eine große Liebe, wenn Sie sich im Garten umsähen oder zu meiner Frau hinübergingen.

Aufgeregt, durchdrungen von den peinlichsten Gefühlen, wie d'Alembert war, mußten ihm seine eigenen Worte hohl und nichtig vorkommen.

Eduard mochte jedoch lieber einlenken, als die Unterhaltung an diesem Punkt abbrechen, die er so leicht nicht wieder anknüpfen konnte. Allerdings fragte er sich selber, was hier noch zu helfen sei, wobei er freilich nicht ahnen konnte, was geschehen würde, obwohl die Spur dieser Ahnung ihm später bereits an dieser Stelle spürbar gewesen zu sein schien. D'Alembert war es sowieso und natürlicherweise gemäß, das Gespräch weiter fortzusetzen, das ohnehin zu seinem Ziel abzulaufen strebte.

Freilich, sagte er, hilft das Hin- und Widerdenken, das Hin- und Widerreden nichts; doch unter diesem Reden bin ich mich selbst erst gewahr geworden, habe ich erst entschieden gefühlt, wozu ich mich entschließen sollte, wozu ich entschlossen bin. Ich sehe mein gegenwärtiges, mein zukünftiges Leben vor mir; nur zwischen Elend und Genuß habe ich zu wählen. Gehen Sie zur Schildkröte. Gehen Sie hin, lieber Mann, beruhigen Sie uns alle, machen Sie uns glücklich!

Eduard stockte. Oh, rief er, was muß ich mit meinen Freunden für Geduld haben! Wir spielen mit Voraussagen und Träumen und machen dadurch das alltägliche Leben bedeutend. Aber wenn das Leben nun selbst bedeutend wird, wenn alles um uns sich bewegt und braust, dann wird das Gewitter durch jene Gespenster nur noch fürchterlicher.

Der Glückliche, der Behagliche hat gut reden, fuhr d'Alembert auf: aber schämen würde er sich, wenn er einsähe, wie unerträglich er dem Leidenden wird. Eine unendliche Geduld soll es geben, einen unendlichen Schmerz will der Behagliche nicht anerkennen. Es gibt Fälle, ja, es gibt deren! wo jeder Trost niederträchtig und Verzweiflung Pflicht ist. Verschmäht doch der, der auch Helden zu schildern weiß, keineswegs, sie bei schmerzlichem Drange weinen zu lassen. Ich verwünsche die Glücklichen, denen der Unglückliche nur zum Spektakel dienen soll. Er soll sich in der grausamsten Lage körperlicher und geistiger Bedrängnis noch edel gebärden, um ihren Beifall zu erhalten, und, damit sie ihm beim Verscheiden noch applaudieren, wie ein Gladiator mit Anstand vor ihren Augen umkommen.

Eduard mochte lieber einlenken, als die Unterhaltung an diesem Punkt abbrechen, die er so leicht nicht wieder anknüpfen konnte. Allerdings fragte er sich selber, was hier noch zu helfen sei, wobei er freilich nicht ahnen konnte, was geschehen würde, obwohl die Spur dieser Ahnung ihm später bereits an dieser Stelle spürbar gewesen zu sein schien.

Lassen Sie in dieser Ungewißheit des Lebens, rief d'Alembert, zwischen diesem Hoffen und Bangen dem bedürftigen Herzen doch nur eine Art Leitstern, nach welchem es hinblicke, wenn es auch nicht darnach steuern kann.

Eduard, der sein Naturell und seinen Verstand umso weniger verleugnen konnte, als er sich durch den schmerzlichen Ausbruch der Leidenschaft d'Alemberts weit von der Stille der Nacht und der Bewegung ihrer Gespräche verschlagen sah, äußerte aufrichtig seine Mißbilligung. D'Alembert, hieß es, solle sich ermannen, solle bedenken, was er seinen vielfältigen Aktivitäten schuldig sei. Lohnt es sich denn? fragte Eduard: d'Alembert solle nicht vergessen, daß dem Menschen zur höchsten Ehre gereiche, im Unglück sich zu fassen, den Schmerz mit Gleichmut und Anstand zu ertragen, um weiterhin geschätzt und als Muster aufgestellt zu werden. Muster! rief d'Alembert: ich!

Ich ließe mirs wohl gefallen, versetzte Eduard, wenn dabei nur einige Konsequenz zu hoffen wäre, aber ich habe immer gefunden: auf die warnenden Symptome achtet kein Mensch, auf die versprechenden allein ist die Aufmerksamkeit gerichtet und der Glaube für sie ganz allein lebendig.

Da er sich in die dunklen Regionen geführt sah, in denen er sich immer unbehaglich fühlte, je länger er darin verweilte, was wollte er überhaupt d'Alembert in diesem Augenblicke noch entgegensetzen? Zeit zu gewinnen, zu erforschen, wie es um wen stehe, welcher Auffassung nun wer in Wahrheit sei, was wessen Bestreben, wohin wessen Ehrgeiz ziele? Was haben Sie vor, fragte er den mit herabgebeugtem Gesicht am Fuß des dunklen Treppenhauses stehenden und vom

 hereinfallenden Abglanz der Straßenbeleuchtung wie in einen absondernden Bereich entfernten d'Alembert, ehe dieser begann, das Haus zu verlassen.
Mich aufzuopfern, ehe ich aufgeopfert werde, erwiderte jener, indem er den Kopf hob.

Eduard Voyeur

Wenn Eduard über den dunklen Flur hinweg durch den offenstehenden Türspalt das große Bett erblickt, dessen blaue Decke im Schein der roten Lampe dunkel verfärbt ist, erschrickt er nicht deshalb, weil er dort Lilo d'Alembert und Andie W. sieht, sondern weil das Bild ihn erinnert. Er erinnert sich, aber er weiß, wenn er sich erinnert, dennoch nicht, an was. Das Bild, das Eduard sieht, setzt den Mechanismus des Erinnerns in Gang, liefert jedoch nicht den Inhalt dessen, was hier und jetzt. Er bewegt sich über den dunklen Flur und blickt in das vergessene Zimmer hinein.

Lilo kniet auf dem Bett, nackt, auf allen vieren, die Beine gespreizt, das linke etwas weiter, sodaß die rechte Hüfte höher steht, auf die Hände gestützt, den Kopf herabhängend, unter der Achselhöhle steht Haar hervor, unter dem Haar hervor hängt baumelnd mit großer dunkelbrauner steifer Warze eine der Brüste. Andie, nackt, kniet hinter ihr. Er bewegt sich unregelmäßig vor und zurück. Seine gespreizten Hände umfassen ihre Hinterbacken und spreizen sie auseinander. Sein Mund steht offen. Seine Augen starren auf seine Hände hinab. Er atmet laut und schnaufend. Seine weißen flachen Hinterbacken zittern. Sein Gesicht erscheint im Schatten braun und fleckig. In dichten Büscheln steht schwarzes Haar vom Kopf und vom Körper ab. Zwischen den Haarbüscheln erscheint die Haut gelb. Wenn Lilos Hinterkörper sich langsam höher streckt und dabei schaukelnd waagerecht hin und her bewegt, erschrickt der Zuschauer. Wenn Lilo auf die Ellbogen hinabgeht und mit den Händen unter ihren Bauch greift, während Andie sich rascher bewegt und sein Atem lauter und keuchender wird, verwandelt sich der Zuschauer erschrocken. Wenn der Zuschauer erschrickt, so tut er das nicht, weil er Zuschauer ist, sondern. Wenn der Zuschauer (und Eduard ist der Zuschauer) erschrickt, so erschrickt er nicht deshalb, weil; er erschrickt, weil er erkennt, daß er nicht. Während die Bewegungen des männlichen Akteurs rascher werden, verschwindet der Körper des weiblichen Akteurs. Der Körper des weiblichen Akteurs wird zuerst glatter runder jünger. Dann wird er durchsichtig. Seine Umrisse verwischen. Er erscheint zuerst wie von einer Wolke bedeckt, dann ist er diese Wolke selbst. Während der Körper des weiblichen Akteurs verschwindet, steigert sich die Bewegung des männlichen Akteurs und bricht plötzlich ab. Wenn man die weiße Flüssigkeit aus dem großen roten glänzenden männlichen Glied spritzen sieht, ist der Körper des weiblichen Akteurs verschwunden. Wenn der Körper des männlichen Akteurs langsam zur Seite fällt und das große rote glänzende männliche Glied aus dem verklebten schwarzen Haar hervorsteht, ist der weibliche Akteur vollständig verschwunden.

Wenn Eduard erschrickt, so erschrickt er, weil. Er erschrickt, weil er plötzlich weiß, daß. Er erschrickt, weil er weiß, daß dies alles. Und welche Einsicht könnte banaler sein?

Eduard erschrickt und bewegt sich erschrocken durch dunkle Flure und über leere Treppen und schließlich durch die offene Nacht. Er geht durch die Nacht. Erst später wird er erkennen, daß sein Weg an den d'Alemberts gebunden ist, daß ihrer beider Wege bloß Varianten des einen Wegs sind, der unausweichlich ist. Daß er dies erkennen wird, bedeutet jetzt Zukunft. Er geht durch die Nacht. Sein Bestimmungsort ist ein anderer als der d'Alemberts. Daß sein Bestimmungsort ein anderer ist als der d'Alemberts, bedeutet jetzt Zukunft. Dies ist das erste Projekt.

Ottilie Wildermuths Märchen rekonstruiert

Kann auch im Leben einmal so eine wahrhafte Geschichte begegnen, die nicht so vergnüglich und unterhaltsam ist wie manche erdichtete, so ist sie doch vielleicht gut für das Gemüt, das hineinblickt in ein Geschick, bei dems ganz anders zugeht als man sichs in jungen Jahren zu träumen und wünschen pflegt.

Wenn auch Ottilie Wildermuth von Herzen d'Alembert zugetan ist, so weiß sie doch nicht, welches die wahre Natur dieser Beunruhigung sein könnte und wie es, was erst im Verlauf der folgenden Ereignisse zutage treten wird, in Wahrheit um sie bestellt ist. Denn wer ist Ottilie Wildermuth, daß sie ausgerechnet d'Alembert nachzustreben trachtet, und ist ein Sinn darin zu erblicken, daß sie dies tut? Da er doch nie gelernt hat, Bitterkeit und Mißtrauen aus seinem Herzen zu entfernen und sein Vertrauen, an was immer er es verschwendet, enttäuscht wird. Manches wär ihr schier gelungen, vieles wär ihr fast geglückt. Aber dies hat nimmermehr sein können.

Und wenn nun die Tür sozusagen unwiderruflich ins Schloß fällt, erschrickt sie und beginnt (wie Eduard) erschrocken in dem Haus, in dem die redenden Stimmen noch immer lebendig sind, hin und her zu wandern. Ihres schlafenden Bruders Andie W. entblößten Körper versucht sie zuzudecken und löscht das Licht, lauschend im Dunkeln auf seine Atemzüge. Dr. Samuel Johnson und der Schildkröte, ihren anderen Brüdern Helmut Maria und Bertolt, die der fortschreitenden Nacht zum Trotz neugierig geblieben sind, gibt sie ausweichende Antwort.

Löscht auch das helle Freudenlicht aus, Lichtpunkte gibts immer noch in jedem Leben. Und wenn nun nichts als der Name geblieben ist, den Ottilie vor sich hinsagt, so kann sie doch in Gedanken zurückkehren zu vergangenen Tagen. Freilich ist, was sie da findet, nicht viel, und wenn sie sich weiter, erschrocken und unruhig, durch die Nacht bewegt, die den aufgenommen hat, den sie sucht, so weiß sie wohl, daß nicht irgendein wunderbares Geschick kommen wird. Denn dies ist kein Märchen.

Wenn sie dem Satz: d'Alembert ist weg, nachfolgt, bleibt doch in dem Haus, in dem die redenden Stimmen und die Neugier auf das, was allenfalls kommen wird, nicht stille werden wollen, alles, wie es gewesen ist. Mit dem Taxi, das sie gerufen hat, fährt sie zum Hallerplatz. Die kugelig geschnittenen Kate-Greenawaybäume deuten ihren Weg an, und es ist der Anblick dieser Rotdornkugel, eingedenk dessen sie immer fortfahren wird, dem Unbekannten weiter entgegenzugehn. Fern erkennt sie das brennende Klavier, das sie das lebendigste alte verdammte Ding von Europa nennen hören wird. Schatten Stimmen Gelächter Fensterschlagen. Andere Stimmen. Stille. Neues Gelächter. Gesang. D'Alemberts Wohnung aber ist ganz dunkel und leer. Nichts meldet sich auf das Klingeln der Türglocke. Nichts meldet sich auf Klopfen und leises Rufen. Der kommende Mann, der unterhalb wohnt, liegt im ersten Schlaf und wird erst später in Erscheinung treten. Die halbkreisförmig geschwungene Treppe führt wie hinauf ins Unabsehbare. Schließlich wandert sie wieder im Dunkeln umher und bewegt sich wie im Kreis um Mittelpunkte, die nicht zu erkennen sind.

Nun fragt in der Dunkelheit die fremde Stimme, und Ottilie beginnt zu vergessen, weshalb sie gekommen ist. Wollen wir Einstand machen? fragt die fremde Stimme, es ist die reisende Anna, und Ottilie folgt ihr, ungewiß, ob es nun doch noch das Märchen ist, das kommt, wenn es keiner erwartet. Aber dies ist kein Märchen. Sie sitzt mit den Fremden im fremden Zimmer, trinkend rauchend redend und unruhig, wie im Begriff, etwas zu unternehmen, zu dem sie gewiß noch nicht fest entschlossen ist. Ist Ottilie Wildermuth gefunden? ist die einzige Frage; die die Fremden stellen. Und da sie sie ja sehen, reden sie untereinander, doch sie versteht nicht, wovon sie reden, aber es beunruhigt sie auch nicht, daß sie es nicht versteht. Die reisende Anna liegt bei ihr und berührt ihren Körper. Ihre Zehen sind gespreizt. Sie hat kurze Beine. Ihre Beine sind behaart. Ihre Arme sind dicht behaart. Ihre Stirn ist behaart. Sie hat einen Bart auf der Oberlippe und berührt mit den Lippen viele Stellen ihres Körpers. Ohrmuschel Lidkugel Nippel Achselhöhle Nabelkuhle Ritze Zäpfchen Kniekehle Zehenspreize. Ottilie Wildermuth vergißt, daß sie hierhergekommen ist, weil Ottilie Wildermuth mit d'Alembert vereinigt werden sollte. Denn wenn es der Versuch war, der angestellt worden ist, so kann er am Ende nicht gelingen, und nicht zuletzt deshalb, weil ja d'Alembert niemals mit Ottilie Wildermuth gerechnet hat, sondern höchstens mit einem Menschen wie Andie W.; aber allerlei schöne und kühne Träume, die er sich ausgedacht hat, zerfallen von selbst. Seine Vorbildung hierfür war dennoch mangelhaft und taugt nicht länger zu dem Beruf, zu dem seine verkümmerte Gestalt herabgekommen. Wenn aber Ottilie Wildermuth erwacht, liegt sie unter der wollenen Decke nackt und ist verlassen. Verlassen schreckt sie empor und will, in diesem einen letzten Moment, noch einmal alles verändern. Das ist nicht nötig. Sie sieht, wie die Flamme zum Himmel schlägt, hört den herzzereißenden Schrei und erkennt ihn nicht. Schritte in der Nacht vermischen sich mit der ersten Farbe des Himmels. Endlich wird es still, und todmüde fällt sie auf den Packen ihrer Kleider zurück in einen schweren Schlaf.

Es wird sie berühren, daß er fast an derselben Stelle geendet ist, an der sie sich selbst mutwillig in Versuchung gebracht hat und doch am Ende, wenn auch im Gegensinn, daraus errettet worden ist oder richtiger, sich darin verändert hat. Denn getan, das wird sie gelernt haben, ist alles richtig. Wenn der Tag anbrechen wird, wird die blasse Sonne das beleuchten, was vorhanden ist.

D'Alemberts Flucht

Der Raum war voll Rauch. Der Rauch hing gerade in der Luft, in dünnen Streifen, wie ein Vorhang. Er war blöde, ohne Gedanken. Der Rauch beunruhigte ihn. Er lag auf dem Rücken und dachte darüber nach. Nach unendlicher Zeit holte er Luft und brüllte: Feuer. Seine Lungen zerrissen. Das brachte ihn zum Lachen. Er mochte das Geräusch nicht, das das Lachen machte. Er wischte den Schweiß vom Gesicht mit den Fingern, die der Fernkurs-Lehrgang geschickt hatte, nach der ersten neue leichte Lektionen, eine halbe Stunde umsonst, Box zweimillionenvierhundertsechzigtausendneunhundertvierundzwanzig. Bekloppt. Vollkommen bekloppt. Er kam hoch, und nach einer Weile blieb der Boden stehen. Er kippte über, schweratmend, und eine Stimme, die unter dem Fußboden heraufzukommen schien, sagte wieder und wieder: du hast die Mäuse du hast die Mäuse du hast die Mäuse.

Er versuchte nicht mehr sich anzuklammern. Niemand konnte mehr etwas für ihn tun. Als sähe er sie nicht, starrte er auf eine Leuchtreklame. Je länger er hinstarrte, desto mehr füllte sich das, was er sah (nicht sah), mit Sinn. Es wurde deutlicher. Er konnte sich jetzt sogar an das Wetter erinnern. An die Farbe des Himmels. Hätte er sich mehr Mühe geben können, er hätte das Jahr gewußt und den Monat und vielleicht sogar den Wochentag.

Sagte er, bevor er aufbrach, welche Absichten er hatte? Erinnern Sie sich an ein Gespräch, das zwischen Ihnen über diesen Gegenstand stattgefunden hat? Er wollte nach Hause. Und er sagte, daß er kein Risiko eingehn wollte? Sie entschlossen sich, nicht auf ihn zu warten, weil Sie Angst hatten? Weil ich ihm nicht mehr helfen konnte. Haben Sie erwartet, daß er zurückkommt? Ich war im Grunde sicher, daß er nicht zurückkommt.

Du warst lange weg. Wir haben geredet. Wirst du nervös? Morgen ist es noch nicht so weit. Darum geht es nicht. Dann muß es was anderes sein, wovon ich nichts weiß. Unsinn. Du hast dich verändert. Du mußt einen klaren Kopf behalten. Worüber habt ihr geredet? Das habe ich schon gesagt. Haben wir Geheimnisse voreinander? Nun gut.

Wir handeln dem Bild nach, das wir uns von uns machen. Handeln wir dem Bild nach, das wir uns von uns machen? Ich esse, gehe, spreche, denke, beobachte, liebe nach der Art, in der ich mich empfinde. Esse, gehe, spreche, denke, beobachte, liebe ich nach der Art, in der ich mich empfinde? Empfinde ich mich in der Art, nach der ich esse, gehe, spreche, denke, beobachte, liebe? Dieses Ich-Bild, das ich mir mache, ist teils ererbt, teils anerzogen, teils verdankt es sich der Selbsterziehung. Verdankt dieses Ich-Bild, das ich mir mache, sich der Selbsterziehung? Ist es anerzogen oder ererbt? Mache ich mir dieses Ich-Bild, das teils ererbt, teils anerzogen ist und sich teils der Selbsterziehung verdankt? Seine Hände fühlten sich dick an und heiß und ungeschickt. Er fuhr mit einem Finger über die Tischplatte und sah den Streifen an, den er im Staub gemacht hatte. Er sah den Staub auf seinem Finger an. Er sah die Uhr an der Wand an. Er sah die Wand an. Er sah nichts an. Er stand auf einem Klo an einem Waschbecken. Er spülte seine Hände ab. Er sah sein Gesicht im Spiegel an. Er bürstete sein Haar und sah das Grau darin an. Das Gesicht unter dem Haar sah krank aus. Ihm gefiel das Gesicht überhaupt nicht. Er horchte, wie die Nacht sich mit Geräusch füllte. Ganz langsam wurde er ruhig in dieser endenden Nacht.

Er versuchte nicht mehr sich anzuklammern. Niemand konnte mehr etwas für ihn tun. Als sähe er sie nicht, starrte er auf eine Leuchtreklame. Je länger er hinstarrte, desto mehr füllte sich das, was er sah (nicht sah), mit Sinn. Es wurde deutlicher. Er konnte sich jetzt sogar an das Wetter erinnern. An die Farbe des Himmels. Hätte er sich mehr Mühe geben können, er hätte das Jahr gewußt und den Monat und vielleicht sogar den Wochentag.

Der Raum war voll Rauch. Der Rauch hing gerade in der Luft, in dünnen Streifen, wie ein Vorhang. Er war blöde, ohne Gedanken. Der Rauch beunruhigte ihn. Er lag auf dem Rücken und dachte darüber nach. Nach unendlicher Zeit holte er Luft und brüllte: Feuer. Seine Lungen zerrissen. Das brachte ihn zum Lachen. Er mochte das Geräusch nicht, das das Lachen machte. Er wischte den Schweiß vom Gesicht mit den Fingern, die der Fernkurs-Lehrgang geschickt hatte, nach der ersten neue leichte Lektionen, eine halbe Stunde umsonst, Box zweimillionenvierhundertsechzigtausendneunhundertvierundzwanzig. Bekloppt. Vollkommen bekloppt. Er kam hoch, und nach einer Weile blieb der Boden stehen. Er kippte über, schweratmend, und eine Stimme, die unter dem Fußboden heraufzukommen schien, sagte wieder und wieder: du hast die Mäuse du hast die Mäuse du hast die Mäuse.

In der Kneipe hatte er Zeit zwei Tassen Kaffee zu schlucken und ein Brötchen zu essen, zwischen dessen Hälften die Salami heraushing wie ein toter Fisch in einem ausgetrockneten Wasserloch. Er fand das gut. Er mochte es.

Der Raum war voll Rauch. Der Rauch hing gerade in der Luft, in dünnen Streifen, wie ein Vorhang. Er war blöde, ohne Gedanken. Der Rauch beunruhigte ihn. Er lag auf dem Rücken und dachte darüber nach. Nach unendlicher Zeit holte er Luft und brüllte: Feuer. Seine Lungen zerrissen. Das brachte ihn zum Lachen. Er mochte das Geräusch nicht, das das Lachen machte. Er wischte den Schweiß vom Gesicht mit den Fingern, die der Fernkurs-Lehrgang geschickt hatte, nach der ersten neue leichte Lektionen, eine halbe Stunde umsonst, Box zweimillionenvierhundertsechzigtausendneunhundertvierundzwanzig. Bekloppt. Vollkommen bekloppt. Er kam hoch, und nach einer Weile blieb der Boden stehen. Er kippte über, schweratmend, und eine Stimme, die unter dem Fußboden heraufzukommen schien, sagte wieder und wieder: du hast die Mäuse du hast die Mäuse du hast die Mäuse.

Wir handeln dem Bild nach, das wir uns von uns machen. Handeln wir dem Bild nach, das wir uns von uns machen? Ich esse, gehe, spreche, denke, beobachte, liebe nach der Art, in der ich mich empfinde. Empfinde ich mich in der Art, nach der ich esse, gehe, spreche, denke, beobachte, liebe? Esse, gehe, spreche, denke, beobachte, liebe ich nach der Art, in der ich mich empfinde? Dieses Ich-Bild, das ich mir

 mache, ist teils ererbt, teils anerzogen, teils verdankt es sich der Selbsterziehung. Mache ich mir dieses Ich-Bild, das teils ererbt, teils anerzogen ist und das sich teils der Selbsterziehung verdankt? Verdankt sich dieses Ich-Bild der Selbsterziehung? Ist es ererbt oder anerzogen?
Seine Hände fühlten sich dick an und heiß und ungeschickt. Er fuhr mit einem Finger über die Tischplatte und sah den Streifen an, den er im Staub gemacht hatte. Er sah den Staub auf seinem Finger an. Er sah die Uhr an der Wand an. Er sah die Wand an. Er sah nichts an. Er stand auf einem Klo an einem Waschbecken. Er spülte seine Hände ab. Er sah sein Gesicht im Spiegel an. Er bürstete sein Haar und sah das Grau darin an. Das Gesicht unter dem Haar sah krank aus. Ihm gefiel das Gesicht überhaupt nicht. Er horchte, wie die Nacht sich mit Geräuschen füllte. Ganz langsam wurde er ruhig in dieser endenden Nacht.
Der Raum war voll Rauch. Der Rauch hing gerade in der Luft in dünnen Streifen, wie ein Vorhang. Er war blöde, ohne Gedanken. Der Rauch beunruhigte ihn. Er lag auf dem Rücken und dachte darüber nach. Nach unendlicher Zeit holte er Luft und brüllte: Feuer. Seine Lungen zerrissen. Das brachte ihn zum Lachen. Er mochte das Geräusch nicht, das das Lachen machte. Er wischte den Schweiß vom Gesicht mit den Fingern, die der Fernkurs-Lehrgang geschickt hatte, nach der ersten neue leichte Lektionen, eine halbe Stunde umsonst, Box zweimillionenvierhundertsechzigtausendneunhundertvierundzwanzig. Bekloppt. Vollkommen bekloppt. Er kam hoch, und nach einer Weile blieb der Boden stehen. Er kippte über, schweratmend, und eine Stimme, die unter dem Fußboden heraufzukommen schien, sagte wieder und wieder: du hast die Mäuse du hast die Mäuse du hast die Mäuse.
Es ist ein Grundzug des Nervensystems, daß es nicht gleichzeitig eine Handlung und deren Gegenteil ausführen kann. In jedem gegebenen Augenblick erreicht daher das gesamte System eine Art allgemeiner Integration, die der Körper in jedem dieser Augenblicke ausführen wird. Haltung, Sinnes-

empfindung, Gefühl, Denken, chemische und hormonale Prozesse bilden in jedem Augenblick ein einziges Ganzes, das nicht in seine Teile zerlegt werden kann. Mag dieses Ganze noch so kompliziert sein: es ist das integrierte Ganze des Systems in jedem Augenblick bis zur endlichen, definitiven Desintegration.
Er versuchte nicht mehr sich anzuklammern. Niemand konnte mehr etwas für ihn tun. Als sähe er sie nicht, starrte er auf eine Leuchtreklame. Je länger er hinstarrte, desto mehr erfüllte sich das, was er sah (nicht sah) mit Sinn. Es wurde deutlicher. Er konnte sich jetzt sogar an das Wetter erinnern. An die Farbe des Himmels. Hätte er sich mehr Mühe geben können, er hätte das Jahr gewußt und den Monat und vielleicht sogar den Wochentag.
Zu Fuß: Gaedechensweg Goernestraße Eppendorfer Landstraße Eppendorferweg Bundesstraße Hohe Weide Weidenallee Schanzenstraße Schulterblatt Neuer Pferdemarkt Wohlwillstraße Hein Hoyerstraße Reeperbahn Silbersackstraße Hein Köllischplatz Antonistraße Pinnasberg Fischmarkt; dann Lücken; Hinundherbewegungen; wo? Lokale? Freiheit Talstraße Bernhard Nochtstraße? Taxi vom Millerntor? betrunken? ja und nein? schweigsam, abgeschlossen, weit weg, ohne Verbindung.
Seine Hände fühlten sich dick an und heiß und ungeschickt. Er fuhr mit einem Finger über die Tischplatte und sah den Streifen an, den er im Staub gemacht hatte. Er sah den Staub auf seinem Finger an. Er sah die Uhr an der Wand an. Er sah die Wand an. Er sah nichts an. Er stand auf einem Klo an einem Waschbecken. Er spülte seine Hände ab. Er sah sein Gesicht im Spiegel an. Er bürstete sein Haar und sah das Grau darin an. Das Gesicht unter dem Haar sah krank aus. Ihm gefiel das Gesicht überhaupt nicht. Er horchte, wie die Nacht sich mit Geräuschen füllte. Ganz langsam wurde er ruhig in der endenden Nacht.
Er versuchte nicht mehr sich anzuklammern. Niemand konnte mehr etwas für ihn tun. Als sähe er sie nicht, starrte er auf eine Leuchtreklame. Je länger er hinstarrte, desto

mehr erfüllte sich das, was er sah (nicht sah) mit Sinn. Es wurde deutlicher. Er konnte sich jetzt sogar an das Wetter erinnern. An die Farbe des Himmels. Hätte er sich mehr Mühe geben können, er hätte das Jahr gewußt und den Monat und vielleicht sogar den Wochentag.

In der Kneipe hatte er Zeit zwei Tassen Kaffee zu schlucken und ein Brötchen zu essen, zwischen dessen Hälften die Salami heraushing wie ein toter Fisch in einem ausgetrockneten Wasserloch. Er fand das gut. Er mochte es.

Zu Fuß: Gaedechensweg Goernestraße Eppendorfer Landstraße Eppendorferweg Bundesstraße Hohe Weide Weidenallee Schanzenstraße Schulterblatt Neuer Pferdemarkt Wohlwillstraße Hein Hoyerstraße Reeperbahn Silbersackstraße Hein Köllischplatz Antonistraße Pinnasberg Fischmarkt; dann Lücken; Hinundherbewegungen; wo? Lokale? Freiheit Talstraße Bernhard Nochtstraße? Taxi vom Millerntor? betrunken? ja und nein? schweigsam, abgeschlossen, weit weg, ohne Verbindung.

D' Alemberts Wahn

Gelber Himmel gelbes Gras gelbe Augen richtig geantwortet haben Erinnerungsschichten Milano Frankfurt wie Wasser auf Öl Scaloppine Parmigianino Taubenhaar Haartaube nie mehr sich an etwas erinnern werden garnicht geantwortet haben nichts erinnern richtig geantwortet haben furchtbar gern Mäander der Rede es immer noch innen fühlen nie mehr vergessen haben werden ob es endgültig aus ist auf welche extremen Vorstellungen zu kommen Erinnerungsschichten Milano Frankfurt wie Wasser auf Öl nichts erinnern daß es jetzt erst ernst wird Julisonne Elbschiffahrt und die Autobahn Hamburg–Bremen nachts in Scandinavia sagt ein Italiener am Nebentisch Mäander der Füße daß es Jahre her ist daß das nicht unästhetisch ist gelber Himmel gelbes Gras gelbe Augen gebetet haben verzweifelnd es noch immer innen haben Mäander die sich treffen Mäander die sich trennen Mäander die sich wieder treffen Mäander die sich treffen um sich zu trennen Mäander die sich trennen um sich wieder zu treffen Mäander die sich treffen um sich zu trennen um sich wieder zu treffen Mäander die sich treffen um sich zu trennen um sich wieder zu treffen nun und in Ewigkeit furchtbar gern Erinnerungsschichten Milano Frankfurt wie Wasser auf Öl daß es noch nicht zu spät ist sich an nichts mehr erinnern werden können taubenschwarz taubengelb nichts mehr innen fühlen daß es jetzt erst ernst wird alles vergessen haben werden nie mehr sich an etwas erinnern werden nie mehr wiedererkennen können werden gegen Morgen alles vergessen haben werden ob es längst vorbei ist gebetet haben der sonnigste Julinachmittag meines Lebens Erinnerungsschichten Milano Frankfurt in die nicht unterzutauchen Mäander der Wege gelber Himmel gelbes Gras gelbe Augen taubenschwarz taubengelb Mäander der Rede gelber Himmel gelbes Gras gelbe Augen daß es jetzt erst ernst wird es noch immer innen haben hiersein dortsein hier und dort sein hiersein dort dortsein hier Mäander der Bäche nichts mehr innen fühlen Mäander der Bäche schrecklich gern auf welche extremen Vorstellungen zu kommen vorbei nun und in Ewigkeit daß es Jahre her ist telefoniert haben

Julisonne Elbschiffahrt und die Autobahn Hamburg-Bremen nachts nie mehr sich an etwas erinnern werden garnicht geantwortet haben Mäander der Füße ob es längst vorbei ist ob es endgültig aus ist nie mehr etwas innen fühlen daß das nicht unästhetisch ist daß es noch nicht zu spät ist nie mehr dran zweifeln garnicht geantwortet haben nie mehr dran zweifeln nie mehr wiedererkennen werden können der sonnigste Julinachmittag meines Lebens nie mehr antworten werden verzweifelnd Tauben am Kölner Dom es noch immer innen fühlen Erinnerungsschichten Milano Frankfurt in die nicht unterzutauchen hiersein dortsein hier und dort sein hiersein dort dortsein hier nichts erinnern vorbei nun und in Ewigkeit taubenschwarz taubengelb sich an nichts erinnern telefoniert haben daß es noch nicht zu spät ist gebetet haben verzweifelnd es noch immer innen haben beweglich alles vergessen haben werden garnicht geantwortet haben furchtbar gern Erinnerungsschichten Milano Frankfurt Mäander der Wege richtig geantwortet haben verflucht haben Mäander die sich treffen Mäander die sich trennen Mäander die sich wieder treffen Mäander die sich treffen um sich zu trennen Mäander die sich trennen um sich wieder zu treffen Mäander die sich treffen um sich zu trennen um sich wieder zu treffen nun und in Ewigkeit nie mehr etwas innen fühlen ob es endgültig zu spät ist taubenschwarz taubengelb furchtbar gern geschwiegen haben auf welche extremen Vorstellungen zu kommen verzweifelnd es noch immer innen fühlen verflucht haben Erinnerungsschichten Milano Frankfurt in die nicht unterzutauchen Taubenhaar Haartaube Erinnerungsschichten Milano Frankfurt es noch immer innen haben beweglich Scaloppine Parmigianino Erinnerungsschichten Milano Frankfurt sich an nichts erinnern telefoniert haben gebetet haben Mäander die sich treffen Mäander die sich trennen Mäander die sich wieder treffen Mäander die sich treffen um sich zu trennen Mäander die sich trennen um sich wieder zu treffen Mäander die sich treffen um sich zu trennen um sich wieder zu treffen Mäander die sich treffen um sich zu trennen um sich wieder zu treffen nun und in Ewigkeit verflucht haben verzweifelnd es noch immer innen fühlen daß es noch nicht zu spät ist in Scandinavia sagt ein Italiener am Nebentisch nie mehr wiedererkennen können werden Scaloppine Parmigianino Tauben am Kölner Dom nie mehr etwas innen fühlen sich an nichts mehr erinnern können werden Julisonne Elbschiffahrt und die Autobahn Hamburg-Bremen nachts Erinnerungsschichten Milano Frankfurt nie mehr wiedererkennen können werden gegen Morgen nichts erinnern nie mehr antworten werden Taubenhaar Haartaube ob es endgültig zu spät ist telefoniert haben Erinnerungsschichten Milano Frankfurt in die nicht unterzutauchen nie mehr etwas innen fühlen Mäander der Füße verflucht haben nie mehr vergessen haben werden daß es jetzt erst anfängt daß es noch nicht zu spät ist ob es endgültig aus ist ob es endgültig zu spät ist in Scandinavia sagt ein Italiener am Nebentisch es noch immer innen fühlen verflucht haben in Scandinavia sagt ein Italiener am Nebentisch Julisonne Elbschiffahrt und die Autobahn Hamburg-Bremen nachts alles vergessen haben werden nie mehr falsch antworten werden hiersein dortsein hier und dort sein hiersein dort dortsein hier nie mehr antworten werden daß es noch nicht zu spät ist nie mehr vergessen haben werden daß es Jahre her ist Tauben am Kölner Dom.

D'Alemberts Memoiren

Während er die Rue Mouffetard entlanggegangen war, war ihm eine Einzelheit aus dem Stadtführer der Vergangenheit eingefallen. Er war ohne zu überlegen in das Hotel Orfila hineingegangen und hatte gebeten, das Zimmer besichtigen zu dürfen, in dem Strindberg gewohnt hatte. Damals hatte er gelernt, was jeder Verrückte in Paris früher oder später lernt: daß es keine gebrauchsfertige Hölle gibt. Als er das Hotel Orfila verließ, hatte er angefangen, über die Hölle nachzudenken. Ihm fiel die Passage des Thermopyles ein. Mehr als der Anblick der winselnden Hunde, die in der Rue Brancion verschachert wurden, hatte ihn der riesige Eisenzaun mit Mitleid erfüllt. In der Rue des Périchaux hatte er Blutspuren entdeckt. Wie Strindberg auf den Fliesen des Hotel Orfila böse Omen erkannte, hatten sich, als er durch die schmutzige blutbespritzte Gasse schlich, Bruchstücke der Vergangenheit abgelöst und schaukelten nun träge vor seinen Augen und erfüllten ihn mit schrecklichen Ahnungen. Er hatte sein eigenes Blut vergossen gesehn. Die schmutzige Straße war, soweit er zurücksehn konnte, mit seinem eigenen Blut bedeckt. Irgendwo hinter den Häusern gedämpfter Lärm. Der Verkehr auf dem Boulevard St. Michel. Aber das war in einer anderen Welt gewesen, und zwischen den Dächern hatte er plötzlich ein Stück des sternenübersäten Himmels gesehn. Im Schwarz der gegenüberliegenden Häuser hatten sich stärker und schwächer leuchtende Rechtecke abgezeichnet, und manchmal verlosch eins. Manchmal sah man Schatten lautlos sich hinter erleuchteten Vorhängen bewegen. Geräusche am Ende der Straße. Stimmen, die zwischen den Häusern widerhallten, eine Männerstimme und eine Frauenstimme. Er hatte fast verstehen können, was sie sagten. Ein paar Häuser weiter waren sie verstummt. Eine Tür war ins Schloß gefallen. Oder die stille Rue Notre-Dame-des-Champs. Die eine Seite in der Sonne, die andere im Schatten. Zwei Hunde beschnüffelten sich auf der Fahrbahn, und hinter offenen Fenstern verrichteten Hausfrauen ihre Arbeit. Drei Nonnen in weiten Rökken und Flügelhauben, die wie Vögel flatterten, gingen zum

Jardin du Luxembourg. Er sah sie von ferne ohne an etwas zu denken. Atemlos erschien ihm Paris wie eine bösartige Maschine, die ihn wehrlos von allem Unentbehrlichen abgeschnitten hatte, erträglich allein durch gelegentliche Stationen des Trostes, Fallen, die den Herumirrenden gefangennahmen. Sobald er nur den richtigen Platz gefunden haben würde, würde sich alles ändern. Abends war er in dem düsteren Viertel spazierengegangen, hatte den St-Martin Kanal überquert, der schwarz wie ein Grab war und dazu gemacht, sich in ihm zu ertränken. Er war an der Ecke Rue Alibert stehengeblieben. Warum Rue Alibert? Wer war das? Dann Rue Dieu. Warum Gott? Rue Baurepaire. Ein Aufenthalt für Verbrecher. Rue de Bondy. Führte ihn der Teufel? Eine alte Kirche zwischen Gemüse und blauen Straßenlampen, die Rinnsteine schlüpfrig von Abfall. Die Place St. Sulpice, still und verlassen, wo gegen Mitternacht die Frau mit dem zerbrochenen Schirm und dem verrückten Schleier hinkam; jede Nacht schlief sie dort auf einer Bank unter ihrem zerfetzten Schirm, das Kleid grün verfärbt, mit knotigen Fingern im Verwesungsgeruch, den ihr Körper ausdünstete. Eines Nachts war er niedergeschlagen die Rue Lhomond hinuntergegangen. Weil er diese Straße besonders oft verzweifelt hinuntergegangen war? Weil er sich an den Satz erinnerte, den er hier gehört hatte? Warum zeigst du mir nicht das Paris, von dem du immer redest? Das Paris, das es nie gegeben hatte. Er hatte die Straßennamen nicht mehr gelesen. War irregegangen, auf seinen eigenen Spuren umgekehrt, ohne den Weg wiederzufinden. Er war vor einem ungeheuren Schuppen zurückgeschreckt, der nach rohem Fleisch und verfaultem Gemüse stank. Verdächtige Gestalten streiften ihn, grobe Worte fielen. Er hatte Angst vor dem Unbekannten gehabt. Geriet in eine schmutzige Sackgasse, in der Unrat, Laster, Verbrechen hausten. Huren hatten ihm den Weg versperrt. Straßenjungen lachten ihn aus. Weiter entfernt hohe Mauern mit zahlreichen vergitterten Fenstern. Dahinter ein Wald von Schornsteinen. In der Ferne der Turm der Kirche Notre-Dame-des-Champs mit dem Kreuz und dem Hahn. Mitten in dem dichten Menschenbrei, der in die Gare St. Lazare hineinfloß, die Huren unter den Torbogen, die Seltersflaschen auf den Tischen, ein dicker in die Rinnsteine fließender Samenstrom. Nur selten fuhr ein Autobus durch die Straße, und über die nassen Gehsteige eilten einzelne Fußgänger. Eine Gruppe silhouettenhafter Gestalten an der Ecke Rue Lamarck. Er war den rechten Gehsteig die Rue Lamarck entlanggegangen. Kein Mensch. In der ganzen Länge der Straße nur die Lichter zweier Cafés. Er war vor einem Haus stehengeblieben, das wie alle in dieser Straße aussah, ein altes sechsstöckiges Haus, in dem hinter einzelnen Fenstern noch Licht brannte. Er hatte geklingelt. Die Tür hatte sich geöffnet. Er hatte gesehen, daß es in der Loge der Concierge noch hell war. Radiomusik klang durch die Glastür, hinter der er ein Bett sah, eine ältere Frau, die strickte und einen Mann in Filzpantoffeln, ohne Kragen, das Hemd über der behaarten Brust offen, eine Zeitung lesend. Es gab keinen Fahrstuhl. Die Treppe war mit einem dunklen Läufer belegt. Auf jedem Treppenabsatz brannte eine elektrische Birne. Rechts und links braune Türen. Das Haus war sauber gewesen, ohne Luxus. Der Wandanstrich täuschte Marmor vor. Das Weiße bräunlich verfärbt. Auf jedem Treppenabsatz die gleiche Radiomusik. Manchmal hatte er morgens dagesessen und ein Nickerchen gemacht in der Sonne und die Tauben verflucht, die überall herumpickten. St. Sulpice. Die gedrungenen Glockentürme, die grellen Anschläge am Portal, drinnen Kerzen. Anatole France hatte den Platz gemocht, mit dem Stimmengewirr, dem Glöckchenklang vom Altar, dem Plätschern der Springbrunnen, dem Gurren der Tauben. Als er die Rue d'Assas hinuntergegangen war, hatte er vor einem Haus mit klösterlichem Aussehen haltgemacht. Ein großes Schild: Hotel Orfila. Das Haus war alt gewesen, die Zimmer niedrig, die Korridore dunkel, und die hölzernen Treppen wanden sich wie in einem Labyrinth. In dem Gebäude war eine Atmosphäre von Mystik gewesen, die ihn angezogen hatte. Oder nachts die Seine entlangwandern.

 Gehen und gehen. Außer sich über die herabhängenden Bäume, die Spiegelbilder im Wasser, die Strömung unter den Lichtern der Brücken, die unter den Brückenbögen schlafenden Weiber, auf Zeitungspapier und im Regen. Modrige Säulengänge der Kirchen, Bettler und Ungeziefer und alte Vetteln. Wie Weinfässer übereinander gestapelte Handkarren in Seitenstraßen. Beerengeruch auf einem Marktplatz. Er war durch die Rue de la Paix gegangen, durch die Tuilerien und über den Fluß und dann, wie zum äußersten entschlossen, stehengeblieben. Zwischen fünf und sieben im Gedränge mitgeschoben werden, einem Bein oder einem Hintern folgend, mitgerissen. Keine Verabredungen, kein Programm, kein Geld. Hierhin und dahin sausen wie eine Ratte, manchmal, heimlich, Zigarettenstummel aufhebend. Er war vor einem Haus stehengeblieben, das wie alle in dieser Straße aussah, ein altes sechsstöckiges Haus, in dem hinter einzelnen Fenstern Licht brannte. Er hatte geklingelt. Die Tür hatte sich geöffnet. Er hatte gesehen, daß es in der Loge der Concierge noch hell war. Radiomusik klang durch die Glastür, hinter der er ein Bett sah, eine ältere Frau, die strickte und einen Mann in Filzpantoffeln, ohne Kragen, das Hemd über der behaarten Brust offen, eine Zeitung lesend. Es gab keinen Fahrstuhl. Die Treppe war mit einem dunklen Läufer belegt. Auf jedem Treppenabsatz brannte eine elektrische Birne. Rechts und links braune Türen. Das Haus war sauber gewesen, ohne Luxus. Der Wandanstrich täuschte Marmor vor. Das weiße bräunlich verfärbt. Auf jedem Treppenabsatz die gleiche Radiomusik. War es nicht merkwürdig gewesen, daß sich im Abstand von ungefähr sechs Monaten das gleiche ereignet hatte? Er war vom Boulevard Rochechouart aus gegangen mit den erleuchteten Kinos und Tanzlokalen. Aber von der Ecke Rue Coulaincourt an, die ziemlich steil anstieg, war es geradezu beängstigend still geworden. Er hatte die Lücken mit düsteren Figuren gefüllt. Er fand den abgelegenen Winkel, den er gesucht hatte. Sein Zimmer ging auf eine Sackgasse hinaus. Von seiner Mitte aus konnte man nur eine

moosbewachsene Mauer mit zwei runden Fenstern sehen.
Saß er am Tisch, blickte er auf die Landschaft, die er nicht erwartet hatte.

D'Alemberts Träume

Er hatte seine jüngste Tochter durch die Flut oder die Trümmer einer Katastrophe getragen und seine älteste Tochter gesucht. Während er suchte, hatte er erkannt, daß er hier in dieser Zeit diese Tochter trug und daß es zugleich in einer anderen Zeit die andere Tochter war, die er trug. Usw.

Sehr rasche Hinundherbewegung eines aus einem Loch herausragenden schwanzlosen Rattenhinterteils. Mechanische Bewegung, die weder zu steuern, noch abzubrechen oder zu ignorieren war. Aufdringliche Präsenz dieser mechanischen Bewegung. Usw.

Was früher ein kleiner schwarzer bösartiger Köter gewesen war, der unverhofft zubiß, was dann ein großer weißer Leopard geworden war, der nur die Haut mit den Zähnen ritzte, das war nun ein riesiges schwarzes zottiges Untier, das auf seinen Hinterbeinen am Tisch hin und her ging und die Esser anstieß, zwei Meter fünfzig hoch. Der Schrecken der Bilder hat sich nicht gemildert. Man hat es nur fertig gebracht, sich zeitweise nicht daran zu erinnern. Was früher ein kleiner schwarzer bösartiger Köter gewesen war, der unverhofft zubiß, was dann ein großer weißer Leopard geworden war, der nur die Haut mit den Zähnen ritzte, das war nun ein riesiges schwarzes zottiges Untier, das auf seinen Hinterbeinen am Tisch hin und her ging und die Esser anstieß, zwei Meter fünfzig hoch. Er war auf den Vorraum hinausgegangen. Als er die Tür hinter sich zuziehen wollte, waren die drei von draußen hereingekommen. Er hatte dem ersten, der groß und muskulös in einem zu engen schwarzen Mantel steckte, die Hand gegeben. Sein fleischiges Gesicht lief nach oben spitz zu wie eine Birne. Er war geschäftig, wie abgelenkt, aber nicht unfreundlich. Als er dem zweiten, der einen noch spitzeren Kopf hatte, die Hand hatte geben wollen, hatte der erste ihn am Arm festgehalten. Besser nicht, hatte er gemurmelt: Vorsicht. Der dritte war klein gewesen und hatte schlapp ausgesehen, er wirkte mehr breit als hoch. Er hatte einen blauen Anzug angehabt, der glänzte und ihm zu eng war. Sein dunkelhäutiges Gesicht war grau gewesen.

 Seine Backen hatten unaufhörlich gezittert. Die Augen waren flach, undurchsichtig und wie blind vor Angst oder Schmerz gewesen. Das Haar hatte naßgeschwitzt am Kopf geklebt. Er war gegen die sich schließende Außentür zurückgefallen. Der zweite hatte angefangen sich auszuziehen. Er hatte dann dagestanden im Trikot, Hand– und Fußgelenke bandagiert wie ein Gewichtheber. Sein Kopf hatte noch spitzer gewirkt. Er trat rasch von einem Fuß auf den anderen. Dann hatte er unverhofft dem dritten von hinten unter die zu enge Jacke gegriffen. Ruckhaft nachgegriffen. Sein Mund hatte sich vor Anstrengung auseinander gezogen. Der dritte sackte zusammen. Er hatte die rechte Hand geballt und mehrere Male mit weitausholenden Schwüngen kraftlos über die linke Schulter ins Leere geschlagen. Der zweite hatte noch einmal nachgegriffen. Der auseinandergezogene Mund hatte ausgesehen, als ob er grinste. Nochmal, sagte der erste. Der dritte hatte sinnlos seine Faust durch die Luft geschwungen. Während der Beobachter, die Tür in seinem Rücken wieder öffnend, zurückgetreten war, war plötzlich das Gesicht des dritten aufgerissen. Waren seine Augen groß und ganz leer geworden. Der aufgerissene Mund hatte ein Loch gebildet, das ganz langsam, von der linken Seite her, ausgefranst war. Dann war aus dem Loch ein dicker Strom schwarzer Flüssigkeit hervorgeschossen und hatte sich auf den Vorplatz ergossen. Usw. Sehr rasche Hinundherbewegung eines aus einem Loch herausragenden schwanzlosen Rattenhinterteils. Mechanische Bewegung, die weder zu steuern, noch abzubrechen oder zu ignorieren war. Aufdringliche Präsenz dieser mechanischen Bewegung. Traum in fünf quadratischen schwarzen Platten, deren Inneres aufzufalten war. Nicht alle fünf Platten ganz zu schaffen. Die fünfte blieb unerledigt. Usw.

Er hatte sich rasch auf die Bedarfshaltestelle einer Provinzeisenbahn zubewegt. Neben ihm hatte ein von der Mitte abwärts in der Landschaft verwurzelter Adler ihn zu überholen versucht. Der Adler war hell erleuchtet gewesen. Der Glanz, den er ausstrahlte, war unerträglich gewesen. Er hatte sich auf einer Linie bewegt, die in spitzem Winkel kurz vor dem Bahndamm den Weg kreuzen mußte. Wenn es nicht gelang, vor dem Adler an diesem Kreuzungspunkt zu sein, war er verloren. Er hatte gewußt, daß dies sein Vater war. Er hatte seinen Vater lange nicht in dieser strahlenden Helligkeit gesehen. Ein triumphierendes Lächeln, aber wie abwesend, hatte auf seinem Gesicht gelegen. Bei jedem Schritt der wie durch unendlichen Schlamm watenden Verwachsenheit mit der Landschaft hatte er sich höher und heller emporgereckt. Er war im Begriff gewesen sich mit ihm zu vereinigen. Riesige bleierne Füße hatten ihn mit panischer Angst gefüllt. Als er den Bahndamm erreicht hatte, erkannte er, daß unmittelbar hinter ihm, wie lautlos explodierend die brennende Figur erlosch. Ein unerträglicher Schmerz war durch seine linke Schulter gegangen. Der Schrecken der Bilder hat sich nicht gemildert. Man hat es nur fertig gebracht, sich zeitweise nicht daran zu erinnern. Auf der Rampe hin und her gehend und mit einem Stock auf die schwarze leere Wand hinter sich weisend. Von kurzen Trommelwirbeln eines Maskierten begleitet. Redend drang nichts aus dem Mund heraus. Plötzlich emporgereckt. Der Trommler verschwand und ein anderer Maskierter mit einer Landsknechtstrommel trat ein, auf die er einschlug wie im Takt eines pumpenden Herzens. Kopfschüttelnd jetzt lockerte sich das Haar und fiel lang herab. Im Takt der Trommel aufstampfend. Aus der Hüfte heraus löste sich weit und glänzend ein weißer Rock. Oben ein perlenbesetztes Decolleté. Fleischig glatte Haut aus Perlen und Seide hervorglänzend. Ein Schritt nach vorn. Der Trommelschlag kürzer. Der Oberkörper wie in einen Rhythmus hinein versuchsweise hin und her bewegt. Palucca tanzt, sagte eine Stimme. Der Stock mit weit abgespreizten Armen hinter dem Nacken. Jetzt wurde die Stimme hörbar, die aus dem Mund kam. Indem sie hörbarer wurde, verstummte der Klang der Trommel, obwohl der Maskierte schneller und heftiger darauf einhieb. Eine riesige laute kehlköpfige tiefe Staccatostimme erfüllte den ganzen Raum. Sie steigerte sich immer schneller in ein Vokabular von unglaublicher Obszönität. Usw.

Er hatte seinen Vater abholen wollen oder ihn beim Umsteigen treffen wollen. Er hatte ihn getroffen und zu seiner Überraschung gesehen, daß sein Vater einen kleinen Sohn bei sich gehabt hatte. Als er nach Hause gekommen war, war der Vater ihm nachgegangen. Seine Frau hatte ihn an der Tür begrüßt. Er hatte plötzlich erkannt, daß er zugleich er selber, sein Vater und dessen kleiner Sohn gewesen war. Daß seine Frau zugleich seine Mutter gewesen war und zu einem Teil sogar seine Tochter. Usw.

Zweites Quergespräch über Todesarten mit Beispielen

Bertolt Wildermuth zitiert Faulkner, der einmal geschrieben hat: die einzige Unsterblichkeit besteht in der Gewißheit, daß mit dem Tod alles zuende ist oder so ähnlich.
Dr. Johnson: Halb aufs Gesicht gefallen, kopfunter. Die Augen weit aufgerissen und hervorquellend. In den Mundwinkeln Spuren von Schaum. Der Mund erstarrt, die Zähne zusammengebissen, die Lippen zurückgezogen zu einem strengen Kreis. Kirschrote Backen, der Rest des Gesichts bläulichfahl. Unbezweifelbar tot.
Helmut Maria Wildermuth: Aber ich verstehe es nicht, das stand ja bevor, war in irgendeiner Ausführung unvermeidlich, wird bald seine Fortsetzung finden. Ja das Provisorische des Aufschubs und das Definitive des Abschieds war mir nie so wahrnehmungsnahe wie jetzt. Wie jetzt.
Dr. Johnson: Das Provisorische des Aufschubs und das Definitive des Abschieds.
Er fährt fort: Sie blieb schön, während sie schon mit allen Zähnen, sehr weißen Zähnen, ins Leere biß. Ihr Gesicht war wie in Onyx geschnitten. Sie ruhte auf dem Kissen aus Erbrochenem, das sie ausgespien hatte. Unter ihrem langen leinenen Hemd sah man ihren geschwärzten Körper, ihre blauen Schenkel und Beine, die gekrümmt waren wie die einer im Sprung erstarrten Heuschrecke. Er zitiert seinerseits Faulkner, der einmal geschrieben hat: die einzige Unsterblichkeit besteht in der Gewißheit, daß mit dem Tod alles zuende ist oder so ähnlich.
Er zitiert Defoe und sagt: Der Wagen enthielt sechzehn oder siebzehn Leichen. Einige waren in Leintücher, einige in grobe Wolldecken, einige waren fast nackt, oder so lose eingewickelt, daß ihre Hülle abfiel, als sie aus dem Wagen geworfen wurden und sie ganz nackt zwischen die übrigen zu liegen kamen; aber es machte nicht viel aus, oder die Unschicklichkeit kümmerte sonst niemand, da man ja sah, sie waren alle tot und sollten bunt durcheinander in das allgemeine Menschengrab geworfen werden, denn hier wurde kein Unterschied gemacht, sondern arm und reich gingen miteinander; es gab auch keine andere Bestattungsart und es

war auch nicht möglich, daß es eine andere geben würde, denn Särge waren für die ungeheure Zahl derer, die zum Opfer fielen, nicht zu haben.
Bertolt Wildermuth: Das Unerträgliche ist die Vorstellung einer Erinnerung an sinnliche Wahrnehmung, die verloren und nie mehr wiederholbar ist (der Blinde, der das nie wieder Sichtbare erinnert; der Taube, der das nie wieder Hörbare erinnert; der doppelt Amputierte, der das nie wieder Anfassen erinnert). Es ist die Vorstellung davon, nicht das Zurechtfinden in der eingeschränkten Praxis. Die Unvorstellbarkeit des Aufhörens von Erinnerung und Projektion. Nie wieder: morgen. Wo bleibe: ich? Sobald das Jen-seits als Illusion begriffen ist, bleibt kein Trost.
Er fährt fort: Wer will denn überrascht werden von dem, was schließlich alles entscheidet? Dies Definitive des Abschieds immer bewußt zu haben, so früh wie möglich, zu leben in dem und im Bewußtsein dessen, was immer schon und immer zuende geht.
Die Schildkröte: Das Bewußtsein hat nämlich nicht um dieses oder jenes, noch für diesen oder jenen Augenblick Angst gehabt, sondern um sein ganzes Wesen; denn es hat die Furcht des Todes, des absoluten Herrn, empfunden. Es ist darin innerlich aufgelöst worden, hat durchaus in sich selbst erzittert, und alles Fixe hat in ihm gebebt.
Helmut Maria Wildermuth: Das Ziel alles Lebens ist der Tod, und zurückgreifend: das Leblose war früher da als das Lebende.
Bertolt Wildermuth: Orientierung in der Welt beruht auf der Fähigkeit Regeln zu finden. Regeln setzen voraus, daß, was immer geschieht, so gesehen werden kann, daß es eine nicht definitive einmalige, sondern vergleichbare, wiederholbare und einzuordnende Ansicht hat. Das aber ist eine Fiktion. Was immer geschieht, ist definitiv und unvergleichbar. Erkenntnis war bisher nur möglich unter dieser Fiktion. Wir erst sind bereit, die Fiktion als Fiktion einzusetzen (nicht als Axiom oder Prämisse). Definition des lebendigen zeitlichen Daseins ist das Definitive jedes

Moments. Dieses Definitive verborgen unter der Vorstellung, die wir über ihm errichtet haben, um es ertragen zu können. Das Bild des Definitiven ist der Tod. Bild heißt: das Definitive von außen sehen. Die innere Erfahrung des Definitiven ist einmalig und definitiv. Sie ist zugleich das Aufhören von Erfahrung.

Helmut Maria Wildermuth: Der Schrecken der Bilder mildert sich nicht. Man bringt es nur fertig, sich zeitweise nicht daran zu erinnern.

Bertolt Wildermuth: Der Tod, wenn wir jene Unwirklichkeit so nennen wollen, ist das Furchtbarste, und das Tote festzuhalten das, was die größte Kraft erfordert. Die kraftlose Schönheit haßt den Verstand, weil er ihr das zumutet, was er nicht vermag.

Helmut Maria Wildermuth: Das Provisorische des Aufschubs und das Definitive des Abschieds.

Die Schildkröte: Das Ziel alles Lebens ist der Tod, und zurückgreifend: das Leblose war früher da als das Lebende.

Helmut Maria Wildermuth zitiert Faulkner, der einmal geschrieben hat: die einzige Unsterblichkeit besteht in der Gewißheit, daß mit dem Tod alles zuende ist oder so ähnlich.

Dr. Johnson: Wer will denn überrascht werden von dem, was schließlich alles entscheidet? Dies Definitive des Abschieds immer im Bewußtsein zu haben, so früh wie möglich, zu leben in dem und im Bewußtsein dessen, was immer schon immer zuende geht.

Bertolt Wildermuth: Auf der Seite liegend, den Kopf auf dem Arm, den Rücken gegen die Wand, geschüttelt, plötzlich, vom Koma. Mit letzter Anstrengung schob er sich in sitzende Haltung. Er konnte den Streifen Mondlicht sehen. Zum ersten Mal in seinem Leben hatte er Angst. Er begriff, daß er sterben würde wie er gelebt hatte: unerwünscht und allein. Er atmete noch immer. Schweiß strömte über sein Gesicht.

Dr. Johnson vertritt die Meinung, daß die langsame Folter oder was ihr an Krebstod oder Vergleichbarem heute entspricht die angemessene Todesart ist, da es darauf ankommt, das Bewußtsein bewußt von sich abzulösen. Zerstörung der Lebensfunktionen und Steigerung der Qual, damit man bereit ist, aufzuhören.

Bertolt Wildermuth: Er stöhnte. Es war ein gleichmäßiges, schreckliches Geräusch, ein Jammern von einer Regelmäßigkeit, die nicht menschlich schien; eher wie Tierschreie oder das schleifende Geräusch einer Maschine. Ein Teil des Kiefers war weg. Er hatte die Augen noch immer offen. Eins davon hing fast vollständig aus der Augenhöhle heraus.

Dr. Johnson: Das Unerträgliche ist die Vorstellung einer Erinnerung an sinnliche Wahrnehmung, die verloren und nie mehr wiederholbar ist (der Blinde, der das nie wieder Sichtbare erinnert; der Taube, der das nie wieder Hörbare erinnert; der doppelt Amputierte, der das nie wieder Anfassen erinnert). Es ist die Vorstellung davon, nicht das Zurechtfinden in der eingeschränkten Praxis. Die Unvorstellbarkeit des Aufhörens von Erinnerung und Projektion. Nie wieder: morgen. Wo bleibe: ich? Sobald das Jenseits als Illusion begriffen ist, bleibt kein Trost.

Er fährt fort: Das Bewußtsein hat nämlich nicht um dieses oder jenes, noch für diesen oder jenen Augenblick Angst gehabt, sondern um sein ganzes Wesen; denn es hat die Furcht des Todes, des absoluten Herrn, empfunden. Es ist darin innerlich aufgelöst worden, hat durchaus in sich selbst erzittert, und alles Fixe hat in ihm gebebt.

Helmut Maria Wildermuth: Er schrie laut, daß er nicht sterben wollte. Als er sah, wie sich seine Hände allmählich blau verfärbten, hörte er zu schreien auf. Sein Gesicht wurde starr. Er sagte nichts mehr, bis er starb.

Die Schildkröte: Das Ziel alles Lebens ist der Tod, und zurückgreifend: das Leblose war früher da als das Lebende.

D'Alemberts Ende

D'Alembert endet nicht wie ein König oder Held. Er wird nicht aufgefunden auf einem Schlachtfeld, welcher Art auch immer: sich aufgeopfert habend. Er verschwindet nicht im Massengrab. Er ist kein abseits Verkommener. Er wird nicht entdeckt: nach Tagen, vor seinem Bett, halbnackt, besudelt. Er ist allein. Er stirbt allein in der Nähe eines Fensters auf den Stufen einer Treppe. Er hat vor seinem Tode einige Erkenntnisse und versucht sie auch mitzuteilen. Aber es ist niemand da, der ihm zuhört. Er gibt vor seinem Tod einiges von sich und singt ein Lied. Niemand hat es gehört. Wenn der jüngste der Brüder Wildermuth, Andreas, genannt Andie, mit dem d'Alembert zuletzt befreundet war, ihn findet und nicht Andies Schwester Ottilie Wildermuth, die d'Alembert geliebt hat, so starrt sein offenes Auge den Abgefallenen an und dieser meint Wörter zu vernehmen wie: Denaturierung Dekorporierung Exzeß. Andie Wildermuth schreit so laut, daß mehrere Leute in der Nachbarschaft erwachen, unter anderem auch seine Schwester Ottilie, die jedoch weder den Urheber noch den Charakter des Schreis zu identifizieren vermag, und der kommende Mann, der im Parterre wohnt, unterhalb von d'Alembert, ist sprachlos. Dieser ist es aber, der d'Alembert findet. Der kommende Mann, dem seine Metamorphose noch bevorsteht, der noch nicht der ist, heißt das, der zu sein er die Möglichkeit hat, findet d'Alembert, Todesursache unbekannt, künstliche Beatmung ergebnislos und skalpiert wie ein von Indianern überfallenes Bleichgesicht. Das verklebte rothaarige Toupet liegt auf dem Teller des angestellten Plattenspielers und dreht sich gleichmäßig um sich selbst. Dies ist der erste derartige Fall, der auf dem Festland bekannt wird. Andere werden folgen.

Der kommende Mann

Der kommende Mann ist blond und blauäugig. Er fängt eben an, kahl zu werden. Seine Nase ist eher groß als klein, eher fleischig als knochig. War Friedrich Nietzsche ein Produkt des deutschen Pfarrhauses im 19. Jahrhundert, ist er ein Produkt des deutschen Pfarrhauses im 20. Jahrhundert. Er liebt das Überlieferte und interessiert sich für das Naheliegende. Sein Interesse für das Naheliegende bringt ihn aber nicht in Versuchung. Er ist konservativ. Seine konservative Einstellung gibt sich liberal. Sein konservativer Liberalismus gebärdet sich progressiv (wenn es sein muß: mit linker Färbung). Er ist für generelle Lösungen und bezeichnet sie als vernünftige. Lösungen erscheinen ihm als annehmbar. Er ist gegen grundsätzliche Fragen. Seine Karriere vollzieht sich in stillschweigendem Triumph. Ist er ein Intrigant? Die ihn schätzen, unterschätzen ihn. Man sollte ihn nicht unterschätzen. Sein Seelenhaushalt ist ausgeglichen. Sein Innenleben ist gesund. Sein Sexualverhalten ist sauber. Er trinkt nicht (manchmal (häufig (nur abends, wenn er allein ist, dann bis zur Besinnungslosigkeit))). Das Musische ist ihm teuer. Seine Familie (die er noch nicht hat) wird ihm wert sein, aber nicht heilig. Er ist auf keinem Gebiet Fachmann, aber auf jede Weise Kenner. Er versteht von nichts was, aber beschäftigt sich mit allem. Er ist hellhörig und dickfellig. Er ist intelligenter als man meint; aber nicht so intelligent wie er sich einbildet. Wovon er nichts versteht, darüber kann er reden. Er ist so berechnend wie man mit ihm rechnen muß. Man muß mit dem kommenden Mann rechnen, ob man will oder nicht. Der kommende Mann ist derjenige, der die Fäden spinnt, die er in der Hand behalten kann. Er ist blauäugig und vorausschauend. Er fängt eben an, kahl zu werden. Das Musische ist ihm teuer. Aber er verachtet brotlose Künste. Er ist übersichtlich und nicht zu übersehen. Wenn der kommende Mann gekommen sein wird, wird seine Unübersehbarkeit nicht mehr zu übersehen sein. Er ist durchschnittlich, seine Durchschnittlichkeit überdurchschnittlich. Sein Mund zuckt. Seine Füße zucken. Er wird von Ehrgeiz zerfressen. Er ist unglaublich eitel. Sein Seelenhaushalt ist ausgeglichen. Sein Innenleben ist gesund. Sein Sexualverhalten ist sauber (er onaniert nicht mehr als dreimal in vierundzwanzig Stunden). Seine Vergangenheit liegt auf der Hand. Anzubringende Korrekturen würden jederzeit der Nachprüfbarkeit standhalten. Die Fortsetzung seiner Vergangenheit ist auf Nachprüfbarkeit angelegt. Er hält sich an alles, was mit einiger Wahrscheinlichkeit für wahrscheinlich gehalten wird. Das Erkennen der Wahrscheinlichkeit, mit der etwas für wahrscheinlich gehalten wird, bedeutet für ihn eine Wissenschaft, auf die er sich mit Fleiß geworfen hat und wirft. Das Angewandte verwendet er gewandt. Er beschäftigt sich mit allem möglichen. Er beschäftigt sich zum Beispiel mit allen möglichen organisatorischen Verbesserungsmöglichkeiten. Aufklärung wiederum findet für ihn ihre Grenze zum Beispiel an natürlicher Sittlichkeit. Diese wiederum steht für ihn beispielsweise außer Frage. Sein Innenleben ist gesund. Er kann sich mit allem abfinden. Er erkennt beispielsweise in allem möglichen theologische Relevanz. Er ist davon überzeugt, daß die Mehrzahl aller Leute beispielsweise für ein anständiges Zusammenleben ist. Er kann sich allerdings kein unanständiges Zusammenleben der Mehrzahl aller Leute vorstellen. Er ist in seinem aufrechten Charakter selbstgerecht und rechtgläubig. Das Musische ist ihm teuer. Die Fortsetzung seiner Vergangenheit ist auf Nachprüfbarkeit angelegt. Seine Gegenwart ist astrein. Er ist ein lupenreiner Charakter. Er ist ein lupenreines Charakterschwein. Der kommende Mann kommt da vor, wo man mit ihm auskommen will und wo man ohne ihn nicht hinkommt. Der kommende Mann muß allerdings ankommen. Wenn er nicht ankommt, ist er nicht einmal ein kommender Mann gewesen. Angekommen bei denen, die ihn haben kommen sehen, muß er allerdings gute Miene machen zum bösen Spiel. Zumindest eine gute Figur, damit er nicht zur komischen wird. Noch hat er seine letzte, ja vielleicht noch nicht einmal seine vorletzte Verwandlung erreicht. Einen toten d'Alembert zu finden, ist ein schlechtes Omen für einen kommenden Mann.

Noch ist er nicht dort angekommen, wo er den mausgrauen Mercedes 220 oder den weinroten Citroen ID oder den eigelben NSU RO 80 bewältigt. Noch ist er zu stoppen. Und selbst dann. Einen toten d'Alembert zu finden ist ein schlechtes Omen für einen kommenden Mann. Weiß er das?

Drittes Quergespräch. Demaskierung

Der Darsteller der Schildkröte: Wenn man das Bild der Kondensation verwendet, bezeichnet man einmal den Vorgang, den jeder einzeln für sich vollzieht. Er zieht etwas zusammen und drückt etwas damit aus, das seiner Erfahrung korrespondiert. Er kann im äußersten Fall davon überzeugt sein, daß dies stellvertretend steht. Man bezeichnet aber zugleich auch den anonymen Vorgang, in dem Historisches objektiv seine Spur hinterläßt. Hier steht das Zitat. Aber auch der einzeln vollzogene Vorgang tendiert zum Zitat. Es entstehen Mischungen aus personalen und anonymen Vorgängen. Dies ist die aktuelle Situation. Oder nicht?

Der Darsteller von Helmut Maria Wildermuth: Kein Stilzwang. Pluralismus der Stile: breit, variabel, kontrastierend. Formelhafte Verhärtungen nicht auflösen, sondern benutzen.

Der Darsteller von Andie Wildermuth: Der Sinn der Maske ist die Verwandlung des Menschen. Die Chinesen bedecken ihre Kinder mit Masken, um Krankheiten von ihnen fernzuhalten.

Der Darsteller von Helmut Maria Wildermuth: Nicht der Prozeß selbst. Sondern zum Beispiel historisch, begrifflich, gesellschaftlich, erzählerisch, dialogisch usw. Prozessuales und wie es sich benimmt ausschneiden, separieren, umfrisieren, kombinieren, zusammenkleben, multiplizieren usw.

Der Darsteller der Schildkröte: Die Erzählung ist gedacht im Charakter einer Maskerade. Nicht so wie jemand, maskiert, sich selber darstellt. Sondern so wie man Spitznamen verwendet. Die Maske also, wenn es eine ist: kein Wunschbild, keine Projektion und keine tiefere Bedeutung, sondern Einfall und nichts weiter.

Der Darsteller Dr. Johnsons: Konstruktion aus improvisatorischen Elementen. Improvisation aus Konstruktion.

Die Darstellerin von Ottilie Wildermuth: Im nächsten Moment erlischt das Licht und mit ihm der schwindende Glanz um der Figuren Stirn; während in der Dunkelheit, die folgt, der Kosmopolit den alten Mann freundlich fortführt. Bald mehr von dieser Maskerade.

Der Darsteller d'Alemberts: Wenn Sprache entlarven kann, laufen wir ohne Maske.

Die Darstellerin von Frau d'Alembert: Verabsolutierung des Vorschlags und Nachschlags. Auflösung des Trillers in ein Tonfeld. Grenzwerte der Zeit. Annähernd Null. So lang, bis die Erwartung, daß doch etwas kommt, aufhört.

Die Darstellerin von Ottilie Wildermuth: Wenn Sprache entlarven kann, laufen wir ohne Maske.

Der Darsteller d'Alemberts: Wer sich dagegen wehrt, daß der Satz das letzte Konkrete sei, will sinnliche Wahrnehmung, physiologische Existenz und physikalische Existenz als letzte Wahrheit behalten. Aber um die geht es gar nicht. Auch wer sie behalten will, kann, wenn er darüber reden will, nur darüber reden.

Der Darsteller von Bertolt Wildermuth: Tote demaskieren.

Der Darsteller Eduards: Was an Story erkennbar wird, hat verknüpfende Funktion, keine Bedeutung. Es gibt eine Story. Natürlich. Immer.

Der Darsteller von Helmut Maria Wildermuth: Im Element des Individuellen wird das Überindividuelle der Maske aufgehoben ins Porträt. Solange die Maske nicht abgenommen wird, ist das Porträt ein Irrtum. Kann es anders sein?

Der Darsteller von Bertholt Wildermuth: Der Sinn der Maske ist die Verwandlung des Menschen. Die Chinesen bedecken ihre Kinder mit Masken, um Krankheiten von ihnen fernzuhalten.

Der Darsteller d'Alemberts: Maske heißt die Verhüllung des Gesichts. Demaskierung die Enthüllung des Gesichts.

Der Darsteller von Bertolt Wildermuth: Das Verlieren des Ich und der identischen Person ist für jeden Maskenzauber und seine Wirkung entscheidend.

Der Darsteller d'Alemberts: Synthetische Authentizität.

Die Darstellerin von Ottilie Wildermuth: Totenmasken.

Die Darstellerin von Frau d'Alembert: Kein Stilzwang. Pluralismus der Stile: breit, variabel, kontrastierend. Formelhafte Verhärtungen nicht auflösen, sondern benutzen.

Der Darsteller Eduards: Man unterschied einst tragische,

komische, orchestrische und Sartyr-Masken. Maskenspiele, Masques oder Ludi, waren Aufführungen allegorischen oder mythologischen Inhalts, mit Gesang und phantastischreicher Ausstattung, Vorläufer der Oper.

Der Darsteller d'Alemberts: Wenn Sprache entlarven kann, laufen wir ohne Masken.

Der Darsteller Eduards: Man kann auch alles, was erzählt worden ist, auffassen als Konstruktion über einige wenige Grundthemen; eher illustrativ als erklärend; garnicht motivierend.

Der Darsteller von Dr. Johnson: Man kann auch das Bild des Einkochens verwenden. Oder vielleicht genauer: eine Art von Zusammenpressung der Vorstellung in soetwas wie lauter Schlüsselsätze. Diese Schlüsselsätze sind nicht etwas, das Vorstellung aufschließt, sondern stehen stellvertretend für Vorstellung. Sie sind das einzig Konkrete. Während das Unbegrenzte der Vorstellung (der Anklänge, der Bedeutungshöfe, der Assoziationen, der Gedanken usw.) in sie eingelassen sein kann, aus ihnen ablösbar, durch sie bewegbar und auch nicht.

Der Darsteller von Bertolt Wildermuth: Das Verlieren des Ich und der identischen Person ist für jeden Maskenzauber und seine Wirkung entscheidend.

Der Darsteller der Schildkröte: So stehen wir nun am Ende auf wie in einem altmodischen Theaterstück und nehmen die Masken ab und zeigen, wer wir sind. Sind wir wer? Wer sind wir? Nicht identisch mit den Masken, durch die wir gesprochen und agiert haben, dennoch ohne ihre Hilfe kaum zu unterscheiden. Irgendwer. Irgendjemand.

Der Darsteller Eduards: Totenmasken.

Der Darsteller von Helmut Maria Wildermuth: Alles Ausgedachte, Vorgestellte, Fingierte bedeutet Abkürzung. Man muß sicher sein, wonach man abkürzt. Woher kommt die Sicherheit? Aus der Sicherheit der Welterklärung? Aus der Gewißheit, daß die Welterklärung nicht möglich ist?

Der Darsteller von Andie Wildermuth: Demaskieren wir uns! Wovon? Wozu?

Der Darsteller von Helmut Maria Wildermuth: Zu fragen wäre gewesen, ob der Schauplatz zu den Masken gehört oder ob die Masken sich seiner bedienen.

Der Darsteller der Schildkröte: Alles Material nachprüfbar. Nachzuprüfende Schauplätze, Daten, Wettervoraussagen, Sonnenuntergänge, Straßen, Personen, Berufe, Institutionen, Anspielungen, Reden, Zitate, Relationen usw.; zugleich alles völlig unprüfbar. Eine Welt aus authentischen Bestandteilen ganz und gar erfunden.

Der Darsteller Eduards: Maske heißt die Verhüllung des Gesichts. Demaskierung die Enthüllung des Gesichts.

Der Darsteller von Bertolt Wildermuth: Nicht der Prozeß selbst. Sondern zum Beispiel historisch, begrifflich, gesellschaftlich, erzählerisch, dialogisch usw. Prozessuales und wie es sich benimmt ausschneiden, separieren, umfrisieren, kombinieren, zusammenkleben, multiplizieren usw.

Der Darsteller d'Alemberts: Man kann auch alles, was erzählt worden ist, auffassen als Konstruktion über einige wenige Grundthemen; eher illustrativ als erklärend; garnicht motivierend.

Die Darstellerin von Ottilie Wildermuth: Man kann auch das Bild des Einkochens verwenden. Oder vielleicht genauer: eine Art von Zusammenpressung der Vorstellung in soetwas wie lauter Schlüsselsätze. Diese Schlüsselsätze sind nicht etwas, das Vorstellung aufschließt, sondern stehen stellvertretend für Vorstellung. Sie sind das einzig Konkrete. Während das Unbegrenzte der Vorstellung (der Anklänge, der Bedeutungshöfe, der Assoziationen, der Gedanken usw.) in sie eingelassen sein kann, aus ihnen auslösbar, durch sie bewegbar oder auch nicht.

Die Darstellerin von Frau d'Alembert: Man unterschied einst tragische, komische, orchestrische und Sartyr-Masken. Maskenspiele, Masques oder Ludi, waren Aufführungen allegorischen oder mythologischen Inhalts, mit Gesang und phantastischreicher Ausstattung, Vorläufer der Oper.

Der Darsteller d'Alemberts: Totenmasken.

Die Darstellerin von Ottilie Wildermuth: Tote demaskieren.

Der Darsteller von Dr. Johnson: Wer sich dagegen wehrt, daß der Satz das letzte Konkrete sei, will sinnliche Wahrnehmung, physiologische Existenz und physikalische Faktizität als letzte Wahrheit behalten. Aber um die geht es gar nicht. Auch wer sie behalten will, kann, wenn er darüber reden will, nur darüber reden.
Der Darsteller der Schildkröte: Man kann auch alles, was erzählt worden ist, auffassen als Konstruktion über einige wenige Grundthemen; eher illustrativ als erklärend; gar nicht motivierend.
Der Darsteller von Helmut Maria Wildermuth: Konstruktion aus improvisatorischen Elementen. Improvisation aus Konstruktion.
Der Darsteller von Andie Wildermuth: Demaskieren wir uns! Wovon? Wozu?
Der Darsteller von Helmut Maria Wildermuth: Nicht der Prozeß selbst. Sondern zum Beispiel historisch, begrifflich, gesellschaftlich, erzählerisch, dialogisch usw. Prozessuales und wie es sich benimmt ausschneiden, separieren, umfrisieren, kombinieren, zusammenkleben, multiplizieren usw.
Der Darsteller der Schildkröte: Synthetische Authentizität.
Der Darsteller von Dr. Johnson: Maske heißt die Verhüllung des Gesichts. Demaskieren die Enthüllung des Gesichts.
Der Darsteller von Bertolt Wildermuth: Man kann auch alles, was erzählt worden ist, auffassen als Konstruktion über einige wenige Grundthemen; eher illustrativ als erklärend; garnicht motivierend.
Der Darsteller der Schildkröte: Man unterschied einst tragische, komische, orchestrische und Sartyr-Masken. Maskenspiele, Masques oder Ludi, waren Aufführungen allegorischen oder mythologischen Inhalts, mit Gesang und phantastischreicher Ausstattung, Vorläufer der Oper.
Der Darsteller Eduards: Tote demaskieren.
Der Darsteller von Helmut Maria Wildermuth: Totenmasken.
Der Darsteller von Andie Wildermuth: Was an Story erkennbar geworden ist, hat verknüpfende Funktion, keine Bedeutung. Es gibt eine Story. Natürlich. Immer.

388 Der Darsteller von Helmut Maria Wildermuth: Der Sinn der Maske ist die Verwandlung des Menschen. Die Chinesen bedecken ihre Kinder mit Masken, um Krankheiten von ihnen fernzuhalten.
Der Darsteller der Schildkröte: Synthetische Authentizität.

ENDE

Inhalt

Wilhelm Flitner

Allgemeine Pädagogik

Maria Montessori hat recht, wenn sie meint, daß wir heute auf Grund wissenschaftlicher Einsichten in die Entwicklung des Menschen, in seine Beziehungen zur Umwelt und Mitwelt, ein ganz anderes Geschlecht aufziehen könnten, gesündere, mutigere, kräftigere Menschen, die im Lebenskampf ganz andere Aufgaben bewältigen als frühere Geschlechter und anpassungsfähiger sind. Der Sinn solcher positiven Erforschung des Menschen für die Erziehung darf nicht abgestritten werden; es wäre töricht, wollte man die neuen medizinischen, psychologischen und soziologischen Erkenntnisse nicht auch pädagogisch verwerten.

Klett-Cotta im Ullstein Taschenbuch

Maria Montessori

Kinder sind anders

Die auffallende Blindheit des Erwachsenen, seine Gefühllosigkeit Kindern gegenüber – den Früchten seines eigenen Lebens – haben sicher tiefe Wurzeln, die sich durch die Generationen erstrecken, und der Erwachsene, der zwar Kinder gern hat, sie aber dennoch unbewußt nicht voll anerkennt, fügt ihnen unbeabsichtigt ein Leid zu. Die soziale Frage des Kindes führt uns an die Gesetze heran, nach denen der Mensch gebildet ist, und hilft uns, selbst ein neues Bewußtsein zu entwickeln und folglich unserem eigenen sozialen Leben eine neue Richtung zu geben.

Klett-Cotta im Ullstein Taschenbuch